国家社科基金
后期资助项目
GUOJIA SHEKE JIJIN HOUQI ZIZHU XIANGMU

王肃《诗经》学研究

The Research on Wang Su's Study
of *The Book of Songs*

吴从祥　著

北京师范大学出版集团
BEIJING NORMAL UNIVERSITY PUBLISHING GROUP
安徽大学出版社

图书在版编目(CIP)数据

王肃《诗经》学研究/吴从祥著. —合肥:安徽大学出版社,2023.4
ISBN 978-7-5664-2616-1

Ⅰ.①王… Ⅱ.①吴… Ⅲ.①《诗经》－诗歌研究 Ⅳ.①I207.222

中国国家版本馆 CIP 数据核字(2023)第 097215 号

王肃《诗经》学研究
Wangsu Shijingxue Yanjiu

吴从祥 著

出版发行: 北京师范大学出版集团
安 徽 大 学 出 版 社
(安徽省合肥市肥西路 3 号 邮编 230039)
www.bnupg.com
www.ahupress.com.cn

印　　刷: 合肥远东印务有限责任公司
经　　销: 全国新华书店
开　　本: 710 mm×1010 mm　1/16
印　　张: 22.5
字　　数: 380 千字
版　　次: 2023 年 4 月第 1 版
印　　次: 2023 年 4 月第 1 次印刷
定　　价: 69.00 元
ISBN 978-7-5664-2616-1

策划编辑: 李　君	**装帧设计:** 李　军
责任编辑: 李　君	**美术编辑:** 李　军
责任校对: 龚婧瑶	**责任印制:** 陈　如

国家社科基金后期资助项目
出版说明

后期资助项目是国家社科基金设立的一类重要项目,旨在鼓励广大社科研究者潜心治学,支持基础研究多出优秀成果。它是经过严格评审,从接近完成的科研成果中遴选立项的。为扩大后期资助项目的影响,更好地推动学术发展,促进成果转化,全国哲学社会科学工作办公室按照"统一设计、统一标识、统一版式、形成系列"的总体要求,组织出版国家社科基金后期资助项目成果。

全国哲学社会科学工作办公室

序

　　六经是中国文化的根魂所系,也是中国文化奠基的重要文本之一。但在六经中,有两条不同的线索交织,一是诗书礼乐等所呈现的"三代以上"的先王之道,先王之道通过先王之法及治理实践的历史而显现;一是三代以下以孔子为核心的圣人之道。三代以上的"先王之法"经由孔子及其后学的处理,虽理念化地转化为"先王之道",但本质上是以圣人之统处理帝王之统的结果,故而衡阳王船山指出:"法备于三王,道著于孔子,人得而习之。"道面向一切人开放,而法则非是。由此,先王之法被道化之后,即成为面向一切人之教化。这就是六经始终存在着的隐性的以孔子为中心的圣人系统,不过在字面上六经叙事中出现的更多是显性系统中的帝王及其治法。帝王治法,至于周公而后达到一定高度,是以先王之统可以周公为代表,因而六经中的隐显两大系统即为周公之辨。对六经的释读是着眼于周公,还是孔子?是以治统为意,抑或以教化为根?一言以蔽之,如何处理周公之关系?这就是内蕴在经学中的根本性问题,由此而有古文、今文之分。而《诗经》在六经中具有极为重要的意义,是先王造士的必修科目,孔子亦以诗书礼乐为教。在对六经的两种排序中,最先出现的排序是《诗》《书》《礼》《乐》《易》《春秋》,这里的关键是《诗》为六艺之首。从人之成长的视角而言,孔子提出"兴于诗,立于礼,成于乐"的说法,这与六经始于诗具有某种内在的关联,毕竟诗的意义在于兴起,即升华人的情感,它不是培养人的关于基于概念的推理思辨能力,而是培养人的整体感受性。

　　在经学史上,有郑玄与王肃之争,涉及经学研究的方方面面。与郑玄一样,王肃无疑也是一位对经学发展具有全局性影响的经学大师。相对于郑玄的研究而言,对王肃的研究总体上看还远不充分,对于王肃《诗经》学的研究更加不够。就已有研究现状而言,还较多地停留在文本辑佚、郑王异同等方面,虽然也有一些成果问世,但系统性与整体性的研究还很少见。

吴从祥的《王肃〈诗经〉学研究》是在全面吸收并继承前人成果的基础上,对王肃《诗经》学作出了整体性、系统性、深入性的研究和推进。作为一本研究王肃经学的专著,其学术价值和意义自不待言。我很乐意向读者推荐从祥的这本大作。

从祥的新著对王肃《诗》学渊源进行了考镜源流的工作,对其《诗》学详加考辨。不仅如此,从祥还整理了《王肃家族谱系》《王肃年谱》《王肃〈毛诗注〉补遗》《王肃〈毛诗音〉辑佚》《〈孔子家语〉佚文》《〈孔子家语〉引〈诗〉称〈诗〉及王肃注一览表》《王肃评论资料选辑》等。在从事王肃《诗经》学研究的过程中,从祥作了充分的积累,尤其是在文献等方面可谓做足了功夫。以此深厚的积累为基础,从祥分别对王肃《孔子家语注》中的《诗》学思想、《毛诗注》中的《诗》学思想,以及其他论著中的《诗》学思想进行了认真的爬梳、整理。可以说,从祥的新著全面且系统地呈现了王肃《诗经》学的全貌,以及其内在问题意识与学问机理,且新著还谈及魏晋南北朝隋唐到宋元明清时期王肃《诗经》学的影响。这些影响,作为王肃《诗》学"效果历史"的一部分,将王肃经学中的一些在王肃本人那里引而不发的潜在议题显现出来,从而成为广义的王肃《诗》学及其历史的一部分。所有这些在从祥的新著中都得以呈现。这也从另一个侧面看出从祥在这一领域所持续投入的时间与精力。

从祥于2014年来华东师范大学与我合作从事博士后研究,他的选题就是"王肃《诗》学研究"。在此之前,从祥已经出版了《王充经学思想研究》(2012)《汉代女性礼教研究》(2013)两部专著,承担包括国家社科基金、教育部青年基金在内的5个项目,具有充分的研究积累与学术研究经验。在从事博士后研究期间,从祥的"王肃《诗》学研究"选题获得了第57批博士后基金的一等资助,这也是其王肃《诗经》学研究前期成果得到学术界认可的表现。2017 年,以《王肃〈诗〉学研究》为题的博士后出站报告通过专家鉴定,并且获得了极高的评价。以此成果为基础,从祥继续修改完善,最终成果获批为国家社科基金后期资助项目。这些都是学术界专家对他的肯定和鼓励。作为一部学术史研究专著,《王肃〈诗经〉学研究》有不少可圈可点之处,它为王肃《诗经》学研究提供了新的基础。相信此书的出版,会积极地推进王肃经学、《诗经》学以及整个经学乃至中国古典思想的研究。也祝贺从祥在今后的学术研究中再接再厉,不断有新的建树。

陈赟

2022 年 8 月 30 日

目 录

绪论

王肃是三国时期著名的经学大师，"在三国经学中，成就最高，影响最大，大约非王肃莫属"①。王肃曾遍注群经，创立与郑学相抗衡的王学，掀起了经学史上著名的郑王之争。魏晋时期，王学盛行一时。惜自唐代以降，经学宗郑，王学渐衰，以至逐渐消亡。虽如此，历代经学依然多受王学影响。就《诗经》学而言，王肃著述颇丰，曾著《毛诗王氏注》等《诗经》学著作五种。王肃《诗经》学不仅是经学史上郑王之争的典型代表，也是王肃经学中影响最为深远的专经学说之一，非常值得后世研究与借鉴。

一、国内外研究现状及存在的问题

至今王肃研究依然比较冷清，专著和论文都不多，就其《诗经》学研究而言，学者们作了一些有益研究，这些研究主要表现在以下几个方面。

1. 王肃《诗经》学著作辑佚与整理

王肃著有《诗经》学著作多种，如《毛诗注》《毛诗义驳》《毛诗奏事》《毛诗问难》《毛诗音》等。这些著作皆早佚，清代学者对这些著作作了不少辑佚工作。黄奭的《黄氏逸书考》辑有《毛诗王肃注》一卷（326 条）。马国翰的《玉函山房辑佚书》辑有《毛诗王氏注》四卷（315 条），《毛诗义驳》一卷（12 条），《毛诗奏事》一卷（4 条），《毛诗问难》一卷（7 条）。另外，臧庸的《问经堂丛书》辑有《毛诗马王征》四卷，兼采马融、王肃注。李振兴的《王肃之经学》一书第三章《王肃之诗经学》补入《孔子家语注》中《诗》注资料，共辑得 335 条，并且对每条佚文作了详细的考释。② 韩格平主编的《魏晋全书(2)》以马国翰辑本为基础，对王肃《诗》学著作四种进行了校勘、标点，是目前使用比较方便的整理本。③ 另有一些单篇论文也对王肃《诗》学著述进行了考证。刘运好的《王肃行状与著述考论》对王肃生平及著述作了简

---

① 刘运好：《魏晋经学与诗学》（上编魏晋经学论），北京：中华书局，2018 年，第 145 页。
② 李振兴：《王肃之经学》，上海：华东师范大学出版社，2012 年，第 317～566 页。
③ 韩格平主编：《魏晋全书(2)》，长春：吉林文史出版社，2006 年，第 208～243 页。

要考辨。① 郝桂敏的《王肃〈诗经〉文献失传时间及原因考述》对王肃几种《诗》学著作亡佚时间作了考辨,并对亡佚原因作了解说。② 刘艳霞的《马国翰辑王肃〈诗经〉学著述考》对马国翰辑本作了补辑,共补得 10 余条,其中大多可见于黄奭辑本,并对马书的一些失误作了考辨。③ 在上述基础之上,笔者又从《毛诗正义》《经典释文》等书中辑得佚文 5 条。

2. 王肃《诗经》学研究

对于王肃《诗经》学,陈澧、唐晏等学者已有简单评论。康义勇的《王肃之诗经学》是较早研究王肃《诗》注的一篇学位论文。④ 该论义前列《王肃年谱》,后对王肃《诗》注佚文逐条作了详细考辨。李振兴的《王肃之经学》一书第三章《王肃之诗经学》首先对王肃《诗》学探源作了考辨,认为王肃《诗》注源于三家《诗》《毛诗》、马融、扬雄等,接下来对王肃《诗》注佚文逐条作了详细考释,最后附《郑王二家诗经注异同表》。⑤ 史应勇的《〈毛诗〉郑王比义发微》一书对王肃《诗注》佚文逐条作了较详细的考证、辨析。⑥ 汪惠敏的《三国时代之经学研究》一书对王肃《诗》注条例作了分析:有述全章之旨者,有论释礼仪者,有论名物者,有诠解字义者,有释字音者,等等。⑦ 简博贤的《今存三国两晋经学遗籍考》一书对王肃《诗注》及《问难》《义驳》和《奏事》作了考辨,比较郑、王说《诗》差异,并对王肃难郑大义作了分析:礼制难郑、解题难郑、兴义难郑,等等。同时,该书还对王肃《诗》学作了评议,并指出王肃《诗》学之缺陷:用三家《诗》义述毛,篡改传字,等等。⑧ 郝桂敏的《中古〈诗经〉文献研究》一书对王肃解《诗》特点及形成原因作了简单概说。⑨ 刘艳霞的《王肃诗经学研究》一文从辑本考证、主要特点、思想观点等方面对王肃《诗经》学作了初步研究。⑩ 赵婧、梁素芳的《王肃〈诗

①　刘运好:《王肃行状与著述考论》,载《文献》,2002 年第 2 期,第 45～52 页。

②　郝桂敏:《王肃〈诗经〉文献失传时间及原因考述》,载《社会科学辑刊》,2010 年第 6 期,第258～260 页。

③　刘艳霞:《马国翰辑王肃〈诗经〉学著述考》,载《沈阳工程学院学报》,2007 年第 2 期,第239～241 页。

④　康义勇:《王肃之诗经学》,台湾师范大学国文研究所硕士学位论文,1973 年,收入《"国立"台湾师范大学文学研究所集刊》第 18 号(1973 年),第 513～644 页。

⑤　李振兴:《王肃之经学》,上海:华东师范大学出版社,2012 年,第 317～560 页。

⑥　史应勇:《〈毛诗〉郑王比义发微》,北京:华夏出版社,2016 年,第 19～653 页。

⑦　汪惠敏:《三国时代之经学研究》,台北:汉京文化事业有限公司,1981 年,第 167～170 页。

⑧　简博贤:《今存三国两晋经学遗籍考》,台北:三民书局,1986 年,第 220～257 页。

⑨　郝桂敏:《中古〈诗经〉文献研究》,北京:中国社会科学出版社,2012 年,第 23～30 页。

⑩　刘艳霞:《王肃诗经学研究》,河北大学文学院硕士学位论文,2007 年,第 7～31 页。

经〉学考论》一文对王肃《诗经》学的渊源、内容、特色等作了简要概说。①
一些《诗经》学史著作亦多论及王肃《诗》学。林叶连的《中国历代诗经学》
和戴维的《诗经研究史》二书对郑王《诗》学之争及其演变作了介绍。② 洪
湛侯的《诗经学史》一书对王肃《诗》注内容、申毛驳郑表现作了简述。③ 户
瑞奇的《魏晋诗经学研究》一文对王肃《诗经》学作了简要概说。④ 李中华
的《中国儒学史》(魏晋南北朝卷)一书对王肃《诗》学思想和特点作了简要
论说。⑤ 另,杨晋龙的《论〈毛诗正义〉中的王肃经说及其在诗经学上的运
用——"宋学时期"的观察》一文对《毛诗正义》以及宋元明时期《诗经》学著
作对王肃《诗》说直接引用的情况作了简要概说。⑥

3. 郑王《诗》学比较研究

郑王之争是经学史上的重大事件,学者论述颇多,在此不作详述。就
《诗》学而言,郑王差异颇多,对此学者作了不少精彩论述。汪惠敏的《三国
时代之经学研究》一书对郑王《诗》学作了比较:王肃注依《毛传》,而郑笺往
往擅改其字;郑玄信谶纬说,王肃则否;郑玄深究三礼,故常以制度言诗,而
王肃则以人情言诗;王肃注有优于郑笺者。⑦ 李振兴的《王肃之经学》一书
第三章《王肃之诗经学》最后列表比较了郑王二家《诗》注异同。⑧ 简博贤
的《今存二国两晋经学遗籍考》一书对郑王《诗》学异同作了比较:(1)郑泥
礼制而王通人情;(2)郑信谶纬而王退妖妄。⑨ 邹纯敏的《郑玄王肃〈诗经〉
学比较研究》一文对郑王《诗》学异同作了较全面的研究。该文首先分析了
郑王《诗》学兴起的时代背景差异,接着从训诂、《诗》学观念、思想等方面分
析了郑王《诗》学共相与和差异,最后对《诗》学郑王之争的流衍及影响作了
分析。⑩ 史应勇的《郑玄通学及郑王之争研究》一书将郑玄与王肃的《诗》

① 赵婧、梁素芳:《王肃〈诗经〉学考论》,载《聊城大学学报》,2020年第4期,第27~35页。
② 林叶连:《中国历代诗经学》,台北:学生书局,1993年,第159~166页。戴维:《诗经研究史》,长沙:湖南教育出版社,2001年,第180~184页。
③ 洪湛侯:《诗经学史》,北京:中华书局,2002年,第209~213页。
④ 户瑞奇:《魏晋诗经学研究》,苏州大学文学院硕士论文,2009年,第29~38页。
⑤ 李中华:《中国儒学史》(魏晋南北朝卷),北京:北京大学出版社,2011年,第377~384页。
⑥ 杨晋龙:《论〈毛诗正义〉中的王肃经说及其在诗经学上的运用——"宋学时期"的观察》,见杨晋龙、刘柏宏主编:《魏晋南北朝经学国际研讨会论文集》(上),台北:"中央"研究院中国文哲研究所,2016年,第293~325页。
⑦ 汪惠敏:《三国时代之经学研究》,台北:汉京文化事业有限公司,1981年,第170~177页。
⑧ 李振兴:《王肃之经学》,上海:华东师范大学出版社,2012年,第500~560页。
⑨ 简博贤:《今存三国两晋经学遗籍考》,台北:三民书局,1986年,第223~231页。
⑩ 邹纯敏:《郑玄王肃〈诗经〉学比较研究》,台北:花木兰文化出版社,2009年,第13~156页。

注逐条进行了比勘,并以按语形式注明二者异同。① 此外,贾素华的《〈孔子家语〉王肃注研究》一文从训诂的角度对《孔子家语注》引《诗》王肃注与《毛诗》郑笺作了比较,认为王氏从《毛传》以驳郑《笺》者 6 条,自立新说者 2 条,与郑《笺》大同小异者 28 条。② 陈诗懿的《王肃〈诗经〉注解与郑玄异同》一文将王肃《诗》注与郑玄注的异同进行了分类对比。③ 涉及郑王《诗》学比较的论文也不少。郝桂敏的《王肃对郑玄〈诗〉学的反动、原因及学术史意义》对郑王二人说《诗》差异作了比较。④ 李冬梅的《论王肃申毛驳郑的〈诗〉学观》一文就王肃驳郑得失作了分析。⑤ 何志华的《从东汉高诱注解看郑、王之争》一文在比较高诱注与郑、王注异同后指出:"高诱、郑玄虽称同门受业,然而高诱仍多采毛说而不用郑义,则所谓王肃申毛以驳郑者,其实未足称奇,亦非关王肃意气之争。"⑥许佩玲的《"述毛"与"难郑"——王肃〈诗经〉学的语境还原及历史建构》一文对源于孔颖达《毛诗正义》的"申毛"和"难郑"二说作了较好的批判,从语境的角度对郑玄《毛诗笺》和王肃《毛诗注》的异同作了比较,并对学者们过于强调的"申毛"和"难郑"作了批判。⑦

　　从以上分析可以看出,虽然学者们对王肃《诗》学作了不少研究,但亦存在一些不足之处。其一,重视王肃《毛诗注》佚文考证,忽视《孔子家语》注中王肃注《诗》、引《诗》与称《诗》研究;其二,过于注重王肃和郑玄《诗》注异同比较,忽于王肃《诗》学思想、特征等研究;其三,对于郑王之争,学者多注重表层现象描述,较少从内在原因、叙述语境、历史积累等角度作更深入的探究;其四,忽于王肃《诗经》学影响研究。历代众多《诗经》学著作都大量引用和化用王肃《诗》学观点,对此学者较少作专门研究。正因如此,对王肃《诗经》学重新作全面而深入的研究不仅是有必要的,而且也是很有学术价值的。

---

①　史应勇:《郑玄通学及郑王之争研究》,成都:巴蜀书社,2007 年,第 249～323 页。

②　贾素华:《〈孔子家语〉王肃注研究》,浙江大学人文学院硕士学位论文,2009 年,第 24～32 页。

③　陈诗懿:《王肃〈诗经〉注解与郑玄异同》,广西大学文学院硕士学位论文,2021 年,第 7～58 页。

④　郝桂敏:《王肃对郑玄〈诗〉学的反动、原因及学术史意义》,载《社会科学辑刊》,2008 年第 1 期,第 174～178 页。

⑤　李冬梅:《论王肃申毛驳郑的〈诗〉学观》,载《江汉论坛》,2007 年第 4 期,第 104～107 页。

⑥　何志华:《从东汉高诱注解看郑、王之争》,见《经义丛考》,香港:香港中文大学中国文学研究所刘殿爵中国古籍研究中心,2015 年,第 134 页。

⑦　许佩玲:《"述毛"与"难郑"——王肃〈诗经〉学的语境还原及历史建构》,载《中华文史论丛》,2016 年第 2 期,第 111～150 页。

二、选题的价值与意义

王肃是三国时期著名的经学大师,其一生遍注群经,创立与郑学相抗衡的王学,其《诗经》学影响尤其深远,历代众多《诗经》学著作多受其影响。对其《诗经》学及其影响作全面的研究具有多方面的学术价值。

1. 促进王肃经学研究

王肃著有《诗经》学著作多种,除《毛诗王氏注》之外,其他著作较少受到学者们的关注。以王肃所有《诗经》学著作为研究对象,对其《诗经》学思想、特征、影响等进行全面而深入的研究,有助于加深对王肃经学成就的认知与理解。

2. 促进魏晋经学和学术研究

《诗经》学是王肃经学的重要组成部分,王肃经学是魏晋经学和学术的重要组成部分,《诗经》学郑王之争是经学郑王之争的典型体现。对王肃《诗经》学作深入的研究,有助于推动魏晋经学和学术研究,将魏晋经学和学术研究引向深入。

3. 促进《诗经》学史研究

自东晋以降,王肃《诗经》学虽然走向衰微,但其学术影响从未消亡,其不仅对《毛诗正义》等产生了较大的影响,而且对宋代及清代《诗经》学有不少影响。对王肃《诗经》学及其影响作深入研究,显然有助于《诗经》学史研究。

三、研究思路及其研究方法

本书对王肃《诗》学渊源、思想内容及学术影响等作全面而深入的研究,其基本思路如下。

1. 王肃《诗》学渊源研究

考察王肃《诗》学产生的学术背景;考察《毛传》、今文三家《诗》、许慎《诗》学、马融《毛诗马氏注》以及郑玄《毛诗笺》等对王肃《诗》学的影响。

2.《孔子家语注》中王肃《诗》注研究

比较《孔子家语注》中《诗》注与《毛传》《毛诗笺》以及《毛诗王氏注》的异同,考察《孔子家语注》中《诗》注的特征。

3.《毛诗王氏注》等的《诗》学思想及特征研究

通过对比、溯源等方法,考察《毛诗王氏注》中的《诗》学思想,并归纳出王肃的说《诗》方法、《诗》学特征等。

4. 重新考察《诗经》学郑王之争

详细考察魏晋时期郑、王两派《诗》学论辩发展演变历程，为郑王之争正本清源；考察《经典释文》和《毛诗正义》"申毛"和"驳郑"等思想对重塑郑王之争及王肃《诗》学传播所产生的深远影响。

5. 王肃《诗》学影响研究

以《经典释文》《毛诗正义》《诗集传》《毛诗后笺》等为主要研究对象，考察南北朝隋唐时期、宋代、元明时期、清代等不同时期《诗经》学著作对王肃《诗》学的引用、化用和接受情况等，揭示王肃《诗经》学对历代《诗经》学的影响，以及王肃《诗经》学接受变迁规律等。

在研究方法上，本书研究遵从"因需而取"的原则，力求将多种研究方法结合起来。（1）将文本考释与文本细读相结合，力求在扎实的文献基础上对文本作创造性的解读。（2）将纵向对比与横向对照相结合，在对比中展现研究对象的特征，从而得出可信的结论。（3）适当采用量化统计分析方法，以可信的数据推导可信的结论。（4）适当采用文献学、音韵学、思想史等研究方法。

四、对于相关问题的一些说明

（1）由于王肃《诗经》学著作皆早亡佚，仅有辑佚本存世。因此，本书在使用资料时，一方面力求选用较好的辑佚本，另一方面认真核对佚文原始出处，尽量引自原始出处，以保持资料"原貌"，保证资料的可信度。

（2）自唐代以降，《诗经》研究论著浩如烟海，无法穷尽。因此，本书在研究王肃《诗》学影响时，选择各朝各代具有较强代表性、影响较大的《诗经》学著作作为典范，进行细致考察和研究，对于影响不大的著作则简而言之。

（3）为了节省篇幅，本书所引常见古代典籍一般随文作注，不一一注标明版本、页码等，其版本参见文后"主要参考文献"；原文有明显错误者，则直接改正。对于可能会引起歧义、误解或不易查找的引文，则详细标明版本、卷数、页码等。

（4）对于现代学者的研究成果，包括著作、学位论文、学术论文等，均详细注明出处，一示不掠人之美，二为便于查找核对。

（5）本书对前贤方家研究成果吸纳颇多，在此予以致谢，如标注有疏误，敬请方家学者批评指正，以便及时纠误、致歉。

上编　渊源论

第一章 王肃《诗》学产生的学术背景

王肃是中国经学史上著名的经学大师,创立与郑学并提的王学,有力地推动了经学的发展,在经学发展史上有着不可忽视的重要地位。遗憾的是,由于受到政治意识批评和道德批判等的影响,①王肃研究一直非常冷清,许多问题未能得到较好解决,其学术成就亦未得到较为公正的评判。王肃经学博大精深,短时间无法尽其涯际,故本书仅对其《诗》学作较为全面的探索,以期推动王肃及其学术研究。

第一节 王肃生平概说

王肃出身高贵,出仕较早,为官三十余年,历经文帝、明帝、齐王曹芳、高贵乡曹髦四朝,亲历众多重要政治事件,如高平陵政变、废芳立髦等。故研究王肃学术之前,先对其生平、事迹等作一简单介绍。

一、王肃生平履历

王肃(195-256年),字子雍,东海郯(今山东省郯城县)人,汉末名士王朗之长子。王朗(? -228年),早年以明经入仕,初拜郎中,除菑丘长。师太尉杨赐。中平二年(185年)杨赐卒,王朗弃官行丧。中平五年(188年),陶谦为徐州刺史,举王朗茂才,为治中。初平三年(192年),献帝迁于长安,四方断绝。王朗与别驾赵昱劝陶谦勤王。陶谦于是遣赵昱至长安。天子嘉其意,拜陶谦为安东将军,赵昱为广陵太守,王朗为会稽太守。居郡四年。建安元年(196年)孙策定江东,王朗兵败,归于孙策。曹操表汉献

---

① 杨晋龙对此有较好的论说:"将王肃塑造成古今最大的造伪大家,甚至完全不顾王肃学术自有特色,以及早在司马炎代魏之前即已死亡的事实,刻意营造王肃凭借姻亲政治势力以反郑玄学术的气氛,以遂行其污蔑王肃人格进而否定其学术价值的唯一目的。某些传统学者此种缺乏客观公道精神的堕落式下流评语,居然到现在还有许多人津津乐道,实在有够悲哀。"杨晋龙:《论〈毛诗正义〉中的王肃经说及其在诗经学上的运用——"宋学时期"的观察》,见杨晋龙、刘柏宏主编:《魏晋南北朝经学国际研讨会论文集》(上),台北:"中央"研究院中国文哲研究所,2016年,第299页注释⑦。

帝征之,于是王朗北归,积年乃至,拜谏议大夫。后迁魏郡太守、少府、奉常、大理等。曹丕即王位,王朗为御史大夫,封安陵亭侯。曹丕称帝(220年),王朗为司空,封乐平乡侯。明帝继位(226年),封兰陵侯,转为司徒。明帝太和二年(228年)卒。

王肃为王朗长子。父王朗任会稽太守时,王肃出生于会稽,后随父北归。王肃年十八,从宋忠学《太玄》,并为之作新注。魏文帝时,任散骑、黄门侍郎等职。魏明帝时,王肃颇受器重。太和二年(228年),父王朗卒,王肃嗣兰陵侯。太和三年(229年),年仅三十五岁的王肃被拜为三品散骑常侍。太和四年(230年),大司马曹真征蜀,王肃上书谏罢兵:"又况于深入阻险,凿路而前,则其为劳必相百也。今又加之以霖雨,山坂峻滑,众逼而不展,粮县而难继,实行军者之大忌也。"(《三国志·魏书·王肃传》)明帝从之,不久诏曹真班师。又上《陈政本疏》,建议明帝复听朝之制:"除无事之位,损不急之禄,止浮食之费,并从容之官……可复五日视朝之仪,使公卿尚书各以事进。废礼复兴,光宣圣绪,诚所谓名美而实厚者也。"(《三国志·魏书·王肃传》)

明帝太和六年(232年),王肃与司马懿结为姻亲,王肃嫁女王元姬与司马懿次子司马昭。青龙二年(234年),山阳公(即汉献帝)崩,王肃上疏,论山阳公丧礼:"况今以赠终,可使称皇以配其谥。"(《三国志·魏书·王肃传》)明帝不从。明帝后期,"宫室盛兴,民失农业,期信不敦,刑杀仓卒"。王肃上疏强谏:"今宫室未就,功业未讫,运漕调发,转相供奉。是以丁夫疲于力作,农者离其南亩……诚愿陛下发德音,下明诏,深愍役夫之疲劳,厚矜兆民之不赡。"(《三国志·魏书·王肃传》)

齐王曹芳继位(240年),王肃外放为广平太守。不久召回,拜为议郎。后迁侍中、太常。曹爽等专权,任用何晏、邓飏等。王肃正色加以批判:"此辈即弘恭、石显之属,复称说邪!"坐宗庙事免,后为光禄勋,徙为河南尹。嘉平六年(254年),齐王曹芳被废,王肃持节兼太常,迎高贵乡公曹髦即位。《三国志·魏书·王肃传》:"嘉平六年,持节兼太常,奉法驾,迎高贵乡公于元城。"次年(255年),毌丘俭和文钦叛乱,王肃谏司马师曰:"今淮南将士父母妻子皆在内州,但急往御卫,使不得前,必有关羽土崩之势矣。"(《三国志·魏书·王肃传》)司马师从之,遂破俭、钦。王肃有功,迁中领军,加散骑常侍,增邑三百。再次年,即高贵乡公正元三年(256年),王肃卒,年62岁,追赠卫将军,谥曰景侯,子恽嗣。《三国志·魏书·朱建平传》："（王）肃年六十二，疾笃，众医并以为不愈。肃夫人问以遗言，肃云：'建平相我逾七十，位至三公，今皆未也，将何虑乎！'而肃竟卒。"至死，王肃未能圆三公梦。

二、王肃非司马氏亲信

因王肃结姻于司马氏，故学者多认为王肃结党于司马氏而反对曹氏。实际情况并非如此简单。

王肃出仕较早，且起点较高。魏文帝黄初中，王肃为散骑、黄门侍郎，官秩五品。其父亡后次年，即魏明帝太和三年（229年），年仅三十五岁的王肃被拜为散骑常侍，官秩三品。此后王肃一直任常侍，又曾以常侍领秘书监，兼崇文观祭酒。明帝太和六年（232年），王肃与司马氏结为姻亲，嫁女王元姬与司马昭。魏明帝亡后，齐王曹芳继位（239年），由曹爽和司马懿辅政。齐王曹芳正始元年（240年），任常侍十余年的王肃被外放为广平太守。郡太守，官秩仅为五品，与黄门侍郎齐平，远不及三品散骑常侍。不久征还，却仅为议郎，官秩仅为七品。不久，迁为侍中，迁太常。王肃总算又回到了三品官位。至高平陵政变时（249年），王肃依然为太常。时王肃已五十五岁了。高平陵政变之后，王肃为河南尹。高贵乡公正元二年（255年），平定毌丘俭、文钦叛乱之后，王肃迁为中领军，加散骑常侍，官秩三品。时王肃已年六十一岁了。次年（256年），王肃卒。至死，王肃官职依然停留于三品。可见，不管是司马懿辅政时期，还是司马师、司马昭执政时期，王肃官职虽有不少变迁，但始终在三品上徘徊，并没有得到更多提升。

魏明帝时，王肃为散骑常侍，参与朝政议事。高平陵政变前，司马懿谋事非常谨慎，独与长子司马师商量，连司马昭都不知，故王肃不可能参与此事的策划。政变时，司马懿倚重的是司徒高柔、太仆王观、太尉蒋济等人，时为太常的王肃并未参与其事。高平陵政变之后，王肃先为光禄勋，后转为河南尹。司马懿亡后（251年），其长子司马师执政，王肃方得参与朝廷议事。《三国志·魏书·三少帝纪》注引《魏书》："使中护军望、兼太常河南尹肃持节，与少府袤、尚书亮、侍中表等奉法驾，迎公于元城。"[1]王肃参与废立之事，显然与其任太常之职有关。此后，王肃与司马氏关系渐为密切，参与一些具体事务，如参与谋划平定毌丘俭、文钦叛乱等。次年（256年），

---

[1] （晋）陈寿撰，（南朝·宋）裴松之注：《三国志·魏书·三少帝纪》卷4，北京：中华书局，1959年，第131页。

王肃便卒。王朗曾为三公，王肃亦有三公梦，惜至死未能如愿。可见，王肃虽然与司马氏结为姻亲，但司马氏一直对王肃并不倚重，直至其晚年，方对其信用。

魏明帝时，王肃颇受重用，且比较活跃。齐王曹芳时，大将军曹爽专权，重用其亲信何晏、邓飏等。王肃与蒋济、桓范论政时，曾严斥何晏、邓飏等为奸臣恶人："此辈即弘恭、石显之属，复称说邪！"（《三国志·魏书·王肃传》）一些学者将此事作为王肃党于司马氏的依据。其实不然。其一，王肃批判何晏等乃出于其亮直性格。魏明帝时，王肃曾上疏劝谏大司马曹真伐蜀。明帝本人大兴宫殿，王肃亦上书加以劝谏。如此直言，显然当需胆识，故陈寿称其"亮直"①。此时，曹爽兄弟权势熏天，而同为辅佐大臣的司马懿却因受排挤而失势。当时政治形势未明，谁也不能预料司马氏将来会重掌大权。故此时王肃批判曹爽亲信，当是缘于其"亮直"的性格，并非因其党于司马氏。其二，批判何晏等并非个别现象。曹爽专政，重用何晏等人进行改革，不仅遭到王肃批判，同时还遭到蒋济、王基、傅嘏等人批判。由此可见，王肃批判曹爽集团，一方面源于其耿直性格，另一方面源于当时的风尚，并非源于其对司马氏的支持与忠心。

齐王曹芳正始九年（248 年），王肃所注五经皆已先后立于学官（详后文），时曹爽等人掌权，下距司马炎称帝尚有十余年，因此，王肃经学立于学官，与司马氏无关。

总而言之，司马氏虽然与王肃结为姻亲，但不管是从仕职变迁，还是从王肃政治活动来看，司马氏一直未将王肃视为亲信而加以重用，而王肃亦未表现出明显的拥司马氏反曹氏的政治举措，甚至王学立于学官亦与司马氏无丝毫关联，因此不可简单地将王肃归为司马氏亲信或死党。

三、王肃著述丰富

王朗高才博雅，著《易》《春秋》《孝经》《周官传》等。王肃才学广博，遍注群经，曾著经学著作数十种。刘汝霖撰《王肃著述表》对王肃著作作了较为完备的梳理，②现转述如下：

---

① 陈寿评语。（晋）陈寿撰，（南朝·宋）裴松之注：《三国志·魏书·钟繇华歆王朗传》卷13，北京：中华书局，1959 年，第 423 页。

② 刘汝霖：《汉晋学术编年》卷 7，上海：华东师范大学出版社，2010 年，第 539～541 页。

《周易注》十卷

《周易音》

《尚书传》十一卷

《尚书驳议》五卷

《尚书答问》三卷

《毛诗注》二十卷

《毛诗义驳》八卷

《毛诗奏事》一卷

《毛诗问难》二卷

《毛诗音》

《周官礼注》十二卷

《仪礼注》十七卷

《丧服经传注》一卷

《丧服要记》一卷

《丧服变除》

《礼记》三十卷

《祭法》五卷

《明堂议》三卷

《宗庙诗颂》十二篇

《三礼音》三卷

《春秋左氏传注》三十卷

《春秋外传章句》二十二卷

《孝经解》一卷

《论语注》十卷

《论语释驳》三卷

《孔子家语解》二十一卷

《圣证论》十二卷

《杨子太玄经注》七卷

《玄言新记道德》二卷

《王子正论》十卷

《集》五卷《录》一卷

《家诫》

其中,《易》类 2 种,《书》类 3 种,《诗》类 5 种,《礼》类 10 种,《春秋》类 2 种,《孝经》类 1 种,《论语》类 2 种,其他 7 种,共计 32 种。① 可见王肃经学著述之丰富了。王肃所注《尚书》《诗》《论语》《三礼》《左传》,以及其父王朗所作《易传》,魏时皆立于学官。入晋之后,其所注群注依然立于学官,故对后世产生了深远的影响。② 另外,严可均所辑《全三国文》收录王肃文章 35 题(包括《孔子家语解序》和《家诫》)。由此可见,一代大师王肃勤于著述,文章著述非常丰富,取得多方面的成就。对于王肃在经学史上的地位,牟钟鉴先生有比较客观公正的评价:"王肃学问渊博,不囿旧说,遍考诸经而后能自成一家之学,不能看作单靠政治力量。其经注主要驳郑,对贾逵、马融亦有所超越,立论常有合理依据,确能弥补郑学疏漏,不可一概视为故意黜郑之作,故其在东晋南北朝能继续发生影响。王肃的功绩,除了增加若干经学知识外,主要是动摇了郑学的至高权威,为玄学经学的成长创造了独立思考、自由竞争的合适环境。"③

第二节　东汉中后期《诗》学新变

先秦时期,儒学只是当时争鸣的众家之一,虽为显学,但却无法独秀。自汉武帝"罢黜百家,独尊儒术"之后,在利禄的引导下,经学得到快速发展,乃至一经说至百余万言。西汉时期今文经学盛行于世。到了西汉后期,古文经学逐渐兴起。到了东汉前期,虽然经学主流依然是今文经学,但古文经学传播日广,影响日大。到了东汉中后期,今文经学渐衰,而古文学经日盛。在这样的时代背景下,《诗》学发展呈现出不少新变。

一、《毛诗》盛而三家《诗》衰

《诗》原本是自周初至春秋时期的一本诗歌总集。孔子"删诗""正乐",对《诗》作了一番整理,并将其作为教材传授于生徒,于是《诗》成为儒学重

---

① 刘运好、郝桂敏等对刘汝霖的《王肃著述表》有所补充,增补有《尚书音》《魏朝仪》《魏台访议》《王朗王肃家传》等。参见刘运好《王肃行状与著书考论》,载《文献》,2002 年第 4 期,第 45~52 页;郝桂敏:《王肃著述考》,见《中古〈诗经〉文献研究·附录》,北京:中国社会科学出版社,2012 年,第 218~335 页。

② 王肃礼学在南北朝时期有较大的影响,详情参见刘柏宏《开创与影响:王肃礼学义理及中古传播历程》,台北:稻乡出版社,2009 年,第 80~267 页。

③ 牟钟鉴:《南北朝经学述评》,载《孔子研究》,1987 年第 3 期,第 62~63 页。

要经典之一。秦始皇对《诗》《书》的禁毁，导致了《诗》《书》的流传出现断裂。入汉以后，随着携书令的解除，《诗》《书》方公开流传于世。西汉前期，《诗》主要有齐、鲁、韩、毛四家。前三家为今文经学，立于学官，故学者甚众，形成多个流派。申公为鲁人，故有《鲁诗》之学。《鲁诗》有韦氏学，又有张、唐、褚、许氏之学。辕固，齐人，于是有《齐诗》之学。《齐诗》有翼、匡、师、伏之学。燕人韩婴传《诗》，故有《韩诗》之学。《韩诗》有王、食、长孙之学。据《两汉三国学案》统计，西汉习《鲁诗》者共 40 人，习《齐诗》者 14 人，习《韩诗》者 20 人。《毛诗》为古文经学，无缘于学官，故传习者甚少。《汉书·儒林传》仅载有毛公、贯长卿、解延年、徐敖、陈侠等数人，《两汉三国学案》亦是如此。这些统计数据虽然不一定非常准确，但四家《诗》发展势态清晰可见，三家《诗》学兴盛于世而《毛诗》影响较小。

到了东汉时期，这一情形逐渐发生了逆转，到了东汉中后期，这一趋势尤为明显。《后汉书·儒林列传》中《鲁诗》学者有高诩、包咸、魏应，《齐诗》学者有伏恭、任末、景鸾，《韩诗》学者有薛汉、杜抚、召驯、杨仁、赵晔等，习《毛诗》学者则有卫宏、郑众、贾逵、马融、郑玄等。据《两汉三国学案》统计，东汉时期习《鲁诗》学者 17 人，《齐诗》学者 7 人，《韩诗》学者 37 人。[①] 正如学者所言："大抵《鲁诗》行于西汉，而《韩诗》行于东汉。"[②]这些三家《诗》学者多属东汉前期，后期者较少。习《毛诗》者虽仅著录 9 人，但其中多为著名学者，如郑众、贾逵、许慎、马融、郑玄等。三国时期，三家《诗》学者寥寥无几，而习《毛诗》者多达 21 人。大儒马融弃三家《诗》，而作《毛诗注》。郑玄虽通于三家《诗》，注《诗》却择毛，作《毛诗笺》。故"西汉为今文学独盛时期，东汉则《毛传》代兴"[③]。

从以上分析可以看出，西汉时三家《诗》盛行，而《毛诗》无闻于世。到了东汉时期，三家《诗》渐衰，而《毛诗》异军突起，东汉时期著名学者多习《毛诗》。郑玄作《毛诗笺》后，《毛诗》影响更大。到了三国时期，三家《诗》几乎无闻，而《毛诗》一枝独秀。

二、学《诗》由专一而博通

西汉经学尚专，太学博士精于专经，以专经教授，其他经师亦多如此，

---

① 习两家或多家《诗》者，则于各家皆作统计。
② （清）唐晏：《两汉三国学案》卷 6，北京：中华书局，1986 年，第 299 页。
③ 林叶连：《中国历代诗经学》，台北：学生书局，1993 年，第 132 页。

只有少许高才兼通数经,如董仲舒、王吉、韦贤等。到了东汉时期,这种情况发生了明显的变化,通多经者众,通儒也越来越多,他们往往通于五经中的两经或多经。如卓茂习《诗》《礼》,苏竟明《易》、讲《书》,郑众兼通《易》《诗》,景鸾能理《齐诗》《施氏易》。① 许慎通于五经,故能撰《五经异义》。马融和郑玄皆通于诸经,故能遍注群经。学者不仅打通了各经的界限,也打破了一经各家的界限,往往通于一经中的多家。刘歆先习《穀梁传》,后又习《左传》。郑众“少学《公羊春秋》。晚善《左氏传》”(《后汉书·郑兴传》)。张玄少习《颜氏春秋》,兼通数家法,如《严氏》《冥氏》等。贾逵通于《左传》学,兼通五家《穀梁》学,通于各家《尚书》,故能撰《欧阳、大小夏侯尚书同异》等。

在博通风气的影响之下,“东汉中后期之《诗经》学,也呈现出宏通趋势”②。许慎《说文解字》引《诗》“出入今古四家”③。贾逵曾受命“撰《齐》《鲁》《韩诗》与《毛诗》异同”(《后汉书·贾逵传》),可见其通于四家《诗》。马融《诗》学宗毛,兼采三家《诗》说。郑玄早年从张恭祖习《韩诗》,后从马融习《毛诗》,其《毛诗笺》虽以《毛诗》为底本,但对今文三家《诗》多加采纳。郑玄早年习《韩诗》,故《毛诗笺》采纳《韩诗》者甚众。《毛诗笺》释义从《韩诗》者甚众。如《鄘风·君子偕老》:“邦之媛也。”《毛传》:“美女为媛。”《毛诗笺》:“媛者,邦人所依倚,以为援助也。”《经典释文》:“《韩诗》作援。援,取也。”④郑玄从《韩诗》,释“媛”为“援”。《毛诗笺》亦有不少字从《韩诗》者。《商颂·长发》:“何天之龙。”《毛传》:“龙,和也。”《毛诗笺》云:“龙当作宠。宠,荣名之谓。”《大戴礼记·卫将军文子篇》引《韩诗》作“何天之宠”。马瑞辰云认为“郑笺多本韩诗”,并作了详细考定。⑤ 其说大体可信。《毛诗笺》亦有不少用《鲁诗》者。如《邶风·静女》:“彤管有炜,说怿女美。”《毛传》:“炜,赤貌。彤管以赤心正人也。”《毛诗笺》:“悦怿。当为说释。赤管炜炜然,女史以之说释妃妾之德,美之。”张衡《天象赋》:“女史掌彤管之训。”⑥张衡习《鲁诗》,可见郑玄此从《鲁诗》。郑玄亦多用《齐诗》。如《周

---

　　① 详情参见边家珍《汉代经学发展史论》,北京:中国文史出版社,2003 年,第 275～280 页。

　　② 刘立志:《汉代〈诗经〉学史论》,北京:中华书局,2007 年,第 143 页。

　　③ 刘立志:《汉代〈诗经〉学史论》,北京:中华书局,2007 年,第 144 页。

　　④ (唐)陆德明撰,黄焯汇校:《经典释文汇校》卷 5,北京:中华书局,2006 年,第 138 页。

　　⑤ (清)马瑞辰:《郑笺多本韩诗考》,见《毛诗传笺通释》卷 1,北京:中华书局,1989 年,第 20～23 页。

　　⑥ (清)王先谦:《诗三家义集疏》卷 3 上,北京:中华书局,1987 年,第 207 页。

颂·闵予小子序》："嗣王朝于庙也。"《毛诗笺》："嗣王者,谓成王也。除武王之丧,将始即政,朝于庙也。"《汉书·匡衡传》:"《诗》曰:'念我皇祖,陟降廷止。'言成王常思祖考之业,而鬼神祐助其治也。"郑玄释"嗣王"为成王,同于匡衡。匡衡学《齐诗》,可见郑玄此从《齐诗》。据日本学者大川节尚统计,郑玄《毛诗笺》采《齐诗》说四十六条,采《鲁诗》说九十四条,采《韩诗》说八十二条,采杂说八十八条,共三百零九条。①

从以上分析可以看出,到了东汉中后期,《诗》学走向博通,学者多由通一家之说转变为通多家之说,说《诗》融今古文诸家于一体,成为时尚,马融、郑玄便是当时通家最著名的代表。

三、说《诗》方法新变

早期《诗》依附于乐,用于仪,故其文本义不受重视。到了春秋时期,随着外交用《诗》的盛行,《诗》义逐渐受到人们重视。到了战国时期,出现了专门的《诗》学著作,上博简《孔子诗论》便是今存代表。《孔子诗论》往往以一字概括《诗》篇主旨,说《诗》时重感情,重教化。成书于战国后期至秦汉之际的《毛诗序》和《毛诗传》构建了一定的说《诗》体系,如美刺说《诗》,标兴说《诗》,以史说《诗》,以教化说《诗》等。《齐诗》好以五行灾异说《诗》,《韩诗外传》好以《诗》证事等。东汉前期说《诗》方法多承于西汉,到了中后期,说《诗》方法产生了一些新变。

（一）引经传说《诗》

自从汉武帝独尊儒术之后,儒家五经成为永恒的真理,解经之传亦获得了很高的政治地位。正因如此,自汉武帝以降,君主诏令、大臣奏疏以及文章著述,无不大量引经传为据。引经传风气对注疏也产生了不少影响。《白虎通》论义理时,大量引经传为证。如卷一"妇人无爵"条:"故夫尊于朝,妻荣于室,随夫之行。故《礼·郊特牲》曰:'妇人无爵,坐以夫之齿。'《礼》曰:'生无爵,死无谥。'《春秋》录夫人皆有谥,何以知夫人非爵也?《论语》曰:'邦君之妻,君称之为夫人,国人称之曰君夫人。'即令是爵,君称之与国人称之不当异也。"②许慎《五经异义》亦大量引经传为证。如《五经异义》卷上"祭天有无尸"条:"《公羊》说祭祀无尸。《左氏》说,晋祀夏郊,以董

---

① 转引自刘毓庆、郭万金《从文学到经学——先秦两汉诗经学史论》,上海,华东师范大学出版社,2009年,第462页。

② （清）陈立：《白虎通疏证》卷1,北京:中华书局,1994年,第21～22页。

伯为尸。《虞夏传》云:'舜入唐郊,以朱丹为尸。'是祭天有尸也。许慎引《鲁郊祭》曰:'祝延帝尸。'从《左氏》之说。"①

郑玄《毛诗笺》更是大量引经传说《诗》。如《小雅·白驹》:"皎皎白驹,贲然来思。"《毛诗笺》:"愿其来而得见之。《易卦》曰:'山下有火贲。'"再如,《大雅·烝民》:"保兹天子,生仲山甫。"《毛诗笺》:"天安爱此天子宣王,故生樊侯仲山甫,使佐之。言天亦好是懿德也。《书》曰:'天聪明,自我民聪明。'"《毛诗笺》亦多引传说《诗》。如《大雅·民劳》:"戎虽小子,而式弘大。"《毛诗笺》:"《易》曰:'君子出其言善,则千里之外应之,况其迩者乎?出其言不善,则千里之外违之,况其迩者乎?'是以此戒之。"此乃出于《易·系辞上》。《邶风·击鼓序》:"怨州吁也。卫州吁用兵暴乱,使公孙文仲将而平陈与宋,国人怨其勇而无礼也。"《毛诗笺》:《春秋传》曰:"宋殇公之即位也,公子冯出奔郑。郑人欲纳之。及卫州吁立,将修先君之怨于郑,而求宠于诸侯,以和其民。使告于宋曰:'君若伐郑以除君害,君为主,敝邑以赋与陈、蔡从,则卫国之愿也。'宋人许之。于是陈、蔡方睦于卫,故宋公、陈侯、蔡人、卫人伐郑是也。"案:此出于《左传》隐公四年。这样的例子很多。

可见,在引经证义风尚影响之下,引经传证《诗》、说《诗》成为一种新时尚。

(二)以谶纬说《诗》

谶,原本是预言性的谶言;纬,原本是解经之传;二者合流,于是产生了谶纬。② 在汉代,谶纬被视为解经之传,故其自产生以来,便深受儒生重视。由于谶纬具有较高的政治地位与学术权威性,故汉代人注书多引谶纬。何休《春秋公羊传解诂》引谶纬五十余条,③王逸的《楚辞章句》亦多受谶纬影响。④ "毛公解诗,不信神奇,就诗立说,释义平实,与三家诗之采用谶纬、附会为说,形成鲜明的对照。"⑤郑玄《毛诗笺》虽以宗毛为主,但由于受到当时学术时尚的影响,亦多引谶纬为说。

---

① (清)陈寿祺撰,曹建墩校点:《五经异义疏证》卷上,上海:上海古籍出版社,2012年,第14页。
② 关于汉代谶纬内涵可参见拙作《谶纬与汉代文学》第一章《谶纬概说》,北京:中国社会科学出版社,2015年,第13~52页。
③ 详情参见黄复山《〈公羊传注疏〉与谶纬关系探实》,见《东汉谶纬学新探》,台北:学生书局,2000年,第229~253页。
④ 参见拙作《论谶纬对王逸〈楚辞章句〉的影响》,载《中国楚辞学》第二十二辑,北京:学苑出版社,2015年,第277~283页。
⑤ 洪湛侯:《诗经学史》,北京:中华书局,2002年,第181页。

　　郑玄不仅遍注群经,亦遍注群纬。不仅如此,郑玄还比较迷信谶纬,这在《六艺论》中有很好的体现。《六艺论》:"六艺者,图所生也。""《河图》《洛书》,皆天神言语,所以教告王者也。"①《六艺论》中还大量引用谶纬。《六艺论》:"太平瑞图,《图》《书》之出,必龟龙衔负焉。黄帝、尧、舜、周公,是其正也。若禹观河见长人,皋陶于洛见黑公,汤登尧台见黑乌,至武王渡河白鱼跃,文王赤雀止于户,秦穆公白雀集于车,是其变也。"②郑玄相信祥瑞说,多引之以证《诗》。《周颂·思文》:"贻我来牟,帝命率育。无此疆尔界,陈常于时夏。"《毛诗笺》:"武王渡孟津,白鱼跃入于舟,出俟以燎。后五日,火流为乌,五至,以谷俱来……《书》说:'乌以谷俱来,云谷纪后稷之德。'"此乃出于《尚书中候》。《尚书中候》:"太子发以纣存三仁附,即位不称王。渡于孟津中流,受文命,待天谋。白鱼跃入王舟,王俯取,鱼长三尺,赤文有字,题目下名授右。有火自天出于王屋,流为赤乌,五至,以谷俱来。"③郑玄还相信感生说,认为圣王皆是感物而生的。《大雅·大明》:"笃生武王。保右命尔,燮伐大商。"《毛诗笺》:"天降气于大姒,厚生圣子武王,安而助之,又遂命之尔,使协和伐殷之事。协和伐殷之事,谓合位三五也。"今存纬书中虽无周武王感生神话,但有感气生子说法。《诗含神雾》:"扶都见白气贯月,感黑帝生汤。"④郑玄此说当出于纬书无疑。《商颂·玄鸟》:"大命玄鸟,降而生商,宅殷土芒芒。"《毛传》:"汤之祖有娀氏女简狄配高辛氏帝,帝率与之祈于郊禖而生契,故本其为天所命,以玄鸟至而生焉。"《毛诗笺》:"天使鳦下而生商者,谓鳦遗卵,娀氏之女简狄吞之而生契,为尧司徒,有功,封商。尧知其后将兴,又锡其姓焉。自契至汤,八迁始居亳之殷地而受命,国日以广大芒芒然。汤之受命,由契之功,故本其天意。"《大雅·生民》:"履帝武敏歆,攸介攸止。载震载夙,载生载育,时维后稷。"《毛诗笺》:"祀郊禖之时,时则有大神之迹,姜嫄履之,足不能满,履其拇指之处,心体歆歆然。其左右所止住,如有人道感己者也。于是遂有身,而肃戒不复御。后则生子而养长之,名曰弃。舜臣尧而举之,是为后稷。"此类说法显然是受谶纬影响的结果。

---

　　①　(清)严可均辑:《全上古三代秦汉三国六朝文·全后汉文》卷84,北京:中华书局,1958年,第926,927页。

　　②　(清)严可均辑:《全上古三代秦汉三国六朝文·全后汉文》卷84,北京:中华书局,1958年,第927页。

　　③　[日]安居香山、中村璋八辑:《纬书集成》,石家庄:河北人民出版社,1994年,第412页。

　　④　[日]安居香山、中村璋八辑:《纬书集成》,石家庄:河北人民出版社,1994年,第462页。

简而言之,在东汉以谶纬说经的风气影响之下,以谶纬说《诗》成为一种新风尚。

(三)以制度说《诗》

众所周知,《毛传》是现存的最早的汉代《毛诗》注本。《毛传》重在字词训诂,故其解说较为简洁,但亦有一些较为冗长的以制度说《诗》的片断。如《邶风·静女》:"静女其娈,贻我彤管。"《毛传》:"古者,后夫人必有女史彤管之法,史不记过,其罪杀之。后妃群妾以礼御于君所,女史书其日月,授之以环以进退之。生子曰辰,则以金环退之。当御者以银环进之,著于左手。既御,著于右手。事无大小,记以成法。"《毛传》对后妃、群妾侍寝制度作了详细记载。又如《大雅·瞻卬》:"如贾三倍,君子是识。妇无公事,休其蚕织。"《毛传》:"古者天子为藉千亩,冕而朱纮,躬秉耒。诸侯为藉百亩,冕而青纮,躬秉耒。以事天地、山川、社稷、先古,敬之至也。天子、诸侯必有公桑、蚕室,近川而为之。筑宫仞有三尺,棘墙而外闭之。及大昕之朝,君皮弁素积,卜三宫之夫人、世妇之吉者,使入蚕于蚕室,奉种浴于川,桑于公桑,风戾以食之。岁既单矣,世妇卒蚕,奉茧以示于君,遂献茧于夫人。夫人曰:'此所以为君服与?'遂副袆而受之,少牢以礼之。及良日,后夫人缫,三盆手,遂布于三宫夫人、世妇之吉者,使缫,遂朱绿之,玄黄之,以为黼黻文章。服既成矣,君服之以祀先王先公,敬之至也。"这样的例子不是很多。东汉时期,随着古文经学的兴起,以制度说经成为一种时尚。贾逵注《周礼》多论其制度。《周礼·天官·司裘》:"设其鹄。"《周礼贾氏解诂》:"四尺曰正,正五重,鹄在其内而方二尺。"[①]《周礼·夏官·司勋》:"掌六乡赏地之法。"《周礼贾氏解诂》:"六乡之地在远郊五十里内,五十里外置六遂。"[②]马融尤亦如此。《尚书·尧典》:"日中星鸟,以殷仲春。"《尚书马氏传》云:"古制刻漏,昼夜百刻,日中宵中,则昼夜各五十。"[③]《尚书·尧典》:"以亲九族。"《尚书马氏传》云:"上自高祖,下至玄孙,凡九族。"[④]马融

---

①　(汉)贾逵:《周礼贾氏解诂》,见(清)马国翰辑:《玉函山房辑佚书》,见《续修四库全书》第1201册,上海:上海古籍出版社,2002年,第507页。

②　(汉)贾逵:《周礼贾氏解诂》,见(清)马国翰辑:《玉函山房辑佚书》,见《续修四库全书》第1201册,上海:上海古籍出版社,2002年,第508页。

③　(汉)马融:《尚书马氏注》,见(清)马国翰辑:《玉函山房辑佚书》,见《续修四库全书》第1201册,上海:上海古籍出版社,2002年,第146页。

④　(汉)马融:《尚书马氏注》,见(清)马国翰辑:《玉函山房辑佚书》,见《续修四库全书》第1201册,上海:上海古籍出版社,2002年,第145页。

亦以制度说《诗》。如《邶风·绿衣》:"绿兮衣兮。"《毛氏马氏注》:"展衣色赤。"①因马氏《毛诗注》仅存佚文十余条,故难窥原貌。

众所周知,郑玄精于礼学,并且其先注三《礼》,后撰《毛诗笺》。《毛传》开以制度说《诗》之先河,再加上郑玄精于"三礼",对古时各种典籍制度熟如指掌,故其常以制度说《诗》,尤其长于以礼制说《诗》。如《邶风·绿衣》:"绿兮衣兮,绿衣黄里。"《毛传》:"兴也。绿,间色。黄,正色。"郑玄读"绿"为"褖"。《毛诗笺》:"'褖兮衣兮'者,言褖衣自有礼制也。诸侯夫人祭服之下,鞠衣为上,展衣次之,褖衣次之。次之者,众妾亦以贵贱之等服之。鞠衣黄,展衣白,褖衣黑,皆以素纱为里。今褖衣反以黄为里,非其礼制也,故以喻妾上僭。"《毛传》仅仅言衣服颜色之异,而郑玄则从祭服的等级制度方面对此非礼之举作了解说。再如《小雅·湛露》:"厌厌夜饮,不醉无归。"《毛传》:"厌厌,安也。夜饮,燕私也。宗子将有事,则族人皆侍。不醉而出,是不亲也。醉而不出,是渫宗也。"《毛传》对"不醉不归"作了简单解说。郑玄作了进一步发挥。《毛诗笺》:"天子燕诸侯之礼亡,此假宗子与族人燕为说尔。族人犹群臣也,其醉不出,不醉而出,犹诸侯之仪也。饮酒至夜,犹云'不醉无归',此天子于诸侯之仪。燕饮之礼,宵则两阶及庭门皆设大烛焉。"《湛露序》云:"天子燕诸侯也。"郑玄则就天子燕诸侯"不醉不归"之礼作了更为细致的解说。再如《齐风·猗嗟》:"四矢反兮,以御乱兮。"《毛传》:"四矢,乘矢。"《毛诗笺》:"礼,射三而止。每射四矢,皆得其故处,此之谓复。射必四矢者,象其能御四方之乱也。"郑玄从射礼角度对"复""四矢"等作了更深入的解说。这样的例子不少。除了礼制之外,郑玄还常常详细解说《诗》所言或所体现的制度。如《鄘风·定之方中》:"騋牝三千。"《毛传》:"马七尺以上曰騋。騋马与牝马也。"《毛诗笺》:"国马之制,天子十有二,闲马六种,三千四百五十六匹。邦国六,闲马四种,千二百九十六匹。卫之先君兼邶、鄘而有之,而马数过礼制。今文公灭而复兴,徙而能富,马有三千,虽非礼制,国人美之。"郑玄从制度的角度对诗中所言"騋牝三千"作了解说。再如《小雅·斯干》:"筑室百堵,西南其户。"《毛传》:"西乡户,南乡户也。"《毛诗笺》:"百堵,百堵一时起也。天子之寝有左右房。'西其户'者,异于一房者之室户也。又云'南其户'者,宗庙及路寝,制如明堂,每室四户,是室一南户尔。"郑玄对天子寝宫制度作了详细说明。再如《小

---

① (汉)马融:《毛诗马氏注》,见(清)马国翰辑:《玉函山房辑佚书》,见《续修四库全书》第1201册,上海:上海古籍出版社,2002年,第295页。

雅·甫田》:"倬彼甫田,岁取十千。"《毛传》:"倬,明貌。甫田,谓天下田也。十千,言多也。"《毛诗笺》:"明乎彼太古之时,以丈夫税田也。岁取十千,于井田之法,则一成之数也。九夫为井,井税一夫,其田百亩。井十为通,通税十夫,其田千亩。通十为成,成方十里,成税百夫,其田万亩。欲见其数,从井、通起,故言十千。上地谷亩一钟。"郑玄对古代田税制度作了详细解说。这样的例子还有不少。

总而言之,随着时代的变迁以及学术的发展,到了东汉中后期,说《诗》方法更为多元,出现了一些新的说《诗》方法,如以经传说《诗》、以谶纬说《诗》等。

四、说《诗》向情感回归

《诗经》充满了情感,战国时期的《孔子诗论》便好以情感说《诗》。《孔子诗论》共 29 简,涉及《诗经》中作品 53 篇。其中,"情"字出现了 6 次,除第二十二简"洵有情"是引用《诗经》原诗句之外,其他 5 处,皆是作者用之说《诗》的。《孔子诗论》中"志"字出现了 5 次。此处,《孔子诗论》中使用了大量情感词来说《诗》,涉及的情感词有"思""怼""乐""忧""喜""爱""怨"等。《孔子诗论》有 16 支简以"情""爱""喜""怨"等情感词说《诗》,占总数 29 支简半数以上。可见,以性情说《诗》的确是《孔子诗论》说《诗》的一大特色。《毛诗序》亦多以情感说《诗》。《周南·卷耳序》:"朝夕思念,至于忧勤也。"《王风·黍离序》:"周大夫……悯周室之颠覆,彷徨不忍去。"《毛传》重在字词训诂,其中亦不乏言《诗》情者。《召南·草虫》:"未见君子,我心伤悲。"《毛传》:"嫁女之家,不息火三日,思相离也。"《邶风·静女》:"爱而不见,搔首踟蹰。"《毛传》:"言志往而行止。"此生动地揭示了男子犹豫不决的心理。《鄘风·载驰》:"既不我嘉,不能旋反。"《毛传》:"不能旋反我思也。"这样的例子还有不少。

郑玄亦常在《笺》中点明《诗》的情感,以情说《诗》是《毛诗笺》的一大特征。有时,《毛诗》仅对人物言行作较为客观的描述,《毛诗笺》往往点明其所表达的情感。如《周南·卷耳》:"采采卷耳,不盈顷筐。"《毛传》:"忧者之兴也……顷筐,畚属,易盈之器也。"《毛诗笺》:"器之易盈而不盈者,志在辅佐君子,忧思深也。"郑玄进一步指出"易盈之器"而不盈的原因在于"忧思深也"。《邶风·燕燕》:"之子于归,远送于野。"《毛序》认为此诗为"卫庄姜送归妾也"。《毛诗笺》:"妇人之礼,送迎不出门。今我送是子乃至于野者,舒己愤,尽己情。"郑玄袭用《毛序》送归妾之说,并进而指明"远送于野"所隐含的情感。《唐风·葛生》:"夏之日,冬之夜。"《毛传》:"言长也。"《毛诗笺》:"思者于昼夜之长时尤甚,故极之以尽情。"郑玄指出,《诗》中以夏日、冬夜之长来表达情深。这样的例子颇有不少。

有时,《诗》句表达的情感是比较外露的,郑玄作注时则往往指明其更深层的情感意蕴。如《邶风·雄雉》:"瞻彼日月,悠悠我思。"《毛诗笺》:"视日月之行,迭往迭来。今君子独久行役而不来,使我心悠悠然思之。女怨之辞。"郑玄先解说诗句表达的思念之情,进而指出诗句表达的更深层次的感情是"怨"。《齐风·鸡鸣》:"虫飞薨薨,甘与子同梦。"《毛传》:"古之夫人配其君子,亦不忘其敬。"《毛诗笺》:"虫飞薨薨,东方且明之时,我犹乐与子卧而同梦。言亲爱之无已。"《毛传》以夫妇之"敬"释之,郑玄不仅指出女子之"乐",而且进一步指出此"乐"乃出于"亲爱之无已"。

有时,《诗》句情感表达已经颇为真露、浓烈,郑玄作注时往往对这些感情作更为生动的渲染和描摹,从而使《诗》更具打动人心的魅力。如《鄘风·伯兮》:"愿言思伯,甘心首疾。"《毛诗笺》:"我念思伯,心不能已,如人心嗜欲所贪口味,不能绝也。我忧思以生首疾。"在此,郑玄并非简单地解说诗句意思,而是反复渲染其中的思念之情。《郑风·出其东门》:"缟衣綦巾,聊乐我员。"《毛传》:"愿室家得相乐也。"《毛诗笺》:"缟衣綦巾,所为作者之妻服也。时亦弃之,迫兵革之难,不能相畜,心不忍绝,故言且留乐我员。此思保其室家,穷困不得有其妻,而以衣巾言之,恩不忍斥之。"在此郑玄反复渲染被迫弃妻和思妻之情。《小雅·四牡》:"岂不怀归?是用作歌,将母来谂。"《毛诗笺》:"谂,告也。君劳使臣,述序其情。女曰:'我岂不思归乎?'诚思归也。故作此诗之歌,以养父母之志,来告于君也。人之思,恒思亲者,再言将母,亦其情也。"在此,郑玄并非对《诗》句意思作简单解说,而是将女性的话语作了活灵活现的描绘,进而再强调思亲乃人之常情也。《小雅·杕杜》:"日月阳止,女心伤止,征夫遑止。"《毛诗笺》:"十月为阳。遑,暇也。妇人思望其君子,阳月之时,已忧伤矣,征夫如今已闲暇且归也,而尚不得归,故序其男女之情以说之。阳月而思望之者,以初时云'岁亦莫止'。"郑玄对妇人思念之情作了极其生动的渲染。

除了点明《诗》句的情感之外,郑玄还常在作注时对《毛诗》篇章所表之情、表情之技法等作些解说。如,《周南·卷耳》:"陟彼高冈,我马玄黄。我姑酌彼兕觥,维以不永伤。"《毛诗笺》云:"此章为意不尽,申殷勤也。"《周南·卷耳》："陟彼砠矣,我马瘏矣,我仆痡矣,云何吁矣。"《毛诗笺》："此章言臣既勤劳于外,仆马皆病,而今云何乎,其亦忧矣。深闵之辞。"《周南·樛木》："南有樛木,葛藟荒之。乐只君子,福履将之。"《毛诗笺》："此章申殷勤之意。"《小雅·采薇》："昔我往矣,杨柳依依。今我来思,雨雪霏霏。"《毛诗笺》："我来戍止,而谓始反时也。上三章言戍役,次二章言将率之行,故此章重序其往反之时,极言其苦以说之。"郑玄明确指出此章表达了行役者内心无比苦楚之情。

诗歌乃作者表达情感的结果,《诗经》原本具有丰富的情感,作注者不可能无视其中丰富的情感。另外,郑玄历经十余年党锢之祸和多年颠沛流离之苦后,心中自然充满了忧怨愁思。二者结合,使得郑玄《毛诗笺》颇重视《诗》中之情,常以情说《诗》。

综上所述,随着时代的变迁和学术的发展,《诗》学到了东汉中后期出现了一些新变。《毛诗》虽逐渐成为主流,但三家《诗》的一些可观之处亦多被学者采入《毛诗》说之中。由于受到东汉学术的影响,东汉说《诗》方法更为多元,出现了一些新的说《诗》方法,如以经传说《诗》、谶纬说《诗》等。随着儒学礼教的衰微,士人关怀逐渐向小我回归,在重情风尚的影响下,说《诗》亦逐渐向情感回归。郑玄可谓汉末《诗》学代表,这些在其著作《毛诗笺》中都有不少表现。东汉中后期《诗》学发展新变,对三国时期的王肃说《诗》产生了不少影响。

第三节　荆州学派与经学新变

189 年董卓入京,开启了汉末长数十年的战乱与动荡。汉献帝初平元年(190 年),刘表被任命为荆州刺史,自此,刘表执掌荆州政权近二十年。因荆州远离战乱,故士人多避乱于此。由于深受儒教的影响,在统治荆州期间,刘表广纳贤才,致力于儒家教化。于是此时荆州人才汇集,并逐渐形成一个学术流派——荆州学派。作为一个具有浓郁多元色彩的学术流派,荆州学派对汉末学术、文化以及三国政治等均产生了较大的影响。不仅如此,荆州学派对汉末及魏晋经学的发展也产生了深远的影响。

一、经学著述

刘表(142年—208年),①少知名,号为"八顾",受禁于党锢。党禁解,为大将军何进掾,迁北军中候。初平元年(190年),荆州刺史王睿为长沙太守孙坚攻杀,诏书以刘表为荆州刺史。此时,江南宗贼大盛,下属郡守多各自为政。到任之后,刘表致力于荆州内乱的治理。对于地方宗贼"招诱有方,威怀兼洽,其奸猾宿贼更为效用,万里肃清,大小咸悦而服之"(《后汉书·刘表传》)。先后平长沙太守张羡等叛乱,"于是开土遂广,南接五领,北据汉川,地方数千里,带甲十余万"(《后汉书·刘表传》),成为当时独霸一方的军事集团。

北方大乱时,众多学者避乱于荆州,或依于刘表,或授学于乡里。刘表礼贤下士,崇尚儒教,"关西、兖、豫学士归者盖有千数,表安慰赈赡,皆得资全"(《后汉书·刘表传》)。建安五年(200年),②刘表"遂起立学校,博求儒术,綦毋闿、宋忠等撰立《五经》章句,谓之《后定》"(《后汉书·刘表传》)。王粲《英雄记》亦云:"州界群寇既尽,表乃开立学官,博求儒士,使綦毋闿、宋忠等撰《五经章句》,谓之《后定》。"③《刘镇南碑》对刘表兴儒学有更为详尽的记载:"武功既亢,广开雍泮,设俎豆,陈罍彝,亲行乡射,跻彼公堂,笃志好学,吏子弟受禄之徒,盖以千计。洪生巨儒,朝夕讲诲,闿闿如也。虽洙泗之间,学者所集,方之蔑如也。深愍末学远本离质,乃令诸儒改定五经章句,删刬浮辞,芟除烦重,赞之者用力少,而探微知机者多。又求遗书,写还新者,留其故本,于是古典坟集,充满州间。"④王粲《荆州文学记官志》对当时儒学兴盛作了记载:"夫文学也者,人伦之守,大教之本也。乃命五业从事宋衷所作文学,延朋徒焉……耆德故老綦毋闿等负书荷器,自远而至

---

① 据无名氏《刘镇南碑》记载,刘表卒于建安十三年(208年),年六十七岁。以此推之,刘表当生于汉顺帝汉安元年(142年)。《刘镇南碑》,见(清)严可均辑:《全上古三代秦汉三国六朝文·全三国文》卷56,北京:中华书局,1958年,第1362页。

② 《后汉书·刘表传》对刘表平定张羡叛乱记载较简:"(建安)三年(198年),长沙太守张羡率零陵、桂阳三郡畔表,表遣兵攻围,破羡,平之。"《三国志·魏书·刘表传》:"长沙太守张羡叛表,表围之,连年不下。羡病死,长沙复立其子怿,表遂攻并怿,南收零、桂,北据汉川。"刘表围张羡"连年不下",而立学校在平定张羡叛乱之后,故《资治通鉴》将刘表立学校系于建安五年(200年),可信,故本书从之。

③ 《三国志·魏书·刘表传》注引。(晋)陈寿撰,(南朝·宋)裴松之注:《三国志·魏书·刘表传》卷6,北京:中华书局,1959年,第212页。

④ (清)严可均辑:《全上古三代秦汉三国六朝文·全三国文》卷56,北京:中华书局,1958年,第1362页。

者三百有余人……遂训六经,讲礼物,谐八音,协律吕,修纪历,理刑法,六路咸秩,百氏备矣……《诗》主言志,诂训周书,摛风裁兴,藻词谲喻,温柔在诵,最称衰矣……此圣文殊致,表里之异体者也。"①荆州原本是远离北方战乱的一片净土,加上刺史刘表对儒学的大力倡导,于是荆州学术盛行一时,从而形成颇具特色的荆州学派。建安十三年(208年),曹操领兵南下,刘表病亡,其子刘琮降曹操,荆州学派也随之消亡,荆州学派的学者四散入魏、蜀、吴三国。

荆州学派既是一个学术学派,也是一个经学流派,为数不多的经师们致力于经学著述与经学传授。

1. 刘表

荆州刺史刘表本人便是当时荆州具有一定影响和成就的儒家学者。刘表早年接受了较好的经学教育。《后汉书·王畅传》:"同郡刘表时年十七,从畅受学。"谢承《后汉书》亦云:"表受学于同郡王畅。"②《三国志》和《后汉书》刘表本传皆未载其经学著述,幸后世目录著作略载一二。《经典释文序录》:"刘表《章句》五卷。"注云:"《中经簿录》云注《易》十卷。《七录》云九卷,《录》一卷。"③《隋书·经籍志》:"《周易》五卷。汉荆州牧刘表章句。"可见,刘表《周易章句》原有十卷,至隋唐时仅存五卷。此书早佚,今有马国翰、黄奭等多种辑佚本。《隋书·经籍志》:"《汉荆州刺史刘表新定礼》一卷。"④此书早佚,今有马国翰、黄奭辑佚本。刘表经学著述远不止此。马国翰辑《周易刘氏章句序》云:"由此观之,(刘)表于《尚书》《诗》《礼》《春秋》,并有撰述,以故名高八方,为海内所称,今悉湮沦,良为可惜。"⑤马氏所言甚是。除经学著作外,刘表还有他类著述。如据《旧唐书·经籍志》和《新唐书·艺文志》记载,刘表著有《荆州星占》二卷等。

① (清)严可均辑:《全上古三代秦汉三国六朝文·全后汉文》卷91,北京:中华书局,1958年,第965页。

② 《三国志·魏书·刘表传》注引。(晋)陈寿撰,(南朝·宋)裴松之注:《三国志·魏书·刘表传》卷6,北京:中华书局,1959年,第211页。

③ 吴承仕:《经典释文序录疏证》,北京:中华书局,1984年,第39页。

④ 姚振宗《后汉书艺文志》作"刘表《丧服后定》一卷"。马国翰云:"《后汉书》表本传云:'遂起学校,博求儒术,綦毋闿、宋衷等撰立五经章句,谓之《后定》。'《隋书·经籍志》有《汉荆州刺史刘表新定礼》一卷,《新定》即是《后定》,题小异耳。"马氏所言甚是。(清)马国翰:《新定礼序》,见(清)马国翰辑:《玉函山房辑佚书》,见《续修四库全书》第1201册,上海:上海古籍出版社,2002年,第591页。

⑤ (清)马国翰辑:《玉函山房辑佚书》,见《续修四库全书》第1200册,上海:上海古籍出版社,2002年,第575页。

刘表仅仅是荆州学派的推动者,荆州学派的代表人物是宋衷和司马徽等。

2. 宋衷

宋衷(?—219年),亦作宋忠。①《经典释文序录》:"(宋衷)字仲子,南阳章陵人,后汉荆州五等②从事。"③《隋书·经籍志》:"梁有汉荆州五业从事宋忠注《周易》十卷,亡。"可见,"五等"乃"五业"之误。④ 惠栋云:"五业,五经也。"⑤宋衷不知何时投奔刘表。刘表立学校,宋衷是重要儒师,删定五经,便出于其手。刘琮降曹,遣宋衷告知刘备,差点为刘备所杀。《三国志·蜀书·刘备传》注引孔衍《汉魏春秋》详记此事。荆州平定后,宋衷归顺曹操。建安二十四年(219年),因魏讽事件牵连,被杀。⑥

宋衷是荆州学派的核心人物,其参与了当时儒经校订工作。《后汉书·刘表传》:"遂起立学校,博求儒术,綦毋闿、宋忠等撰立《五经》章句,谓之《后定》。"王粲《英雄记》亦云:"表乃开立学官,博求儒士,使綦毋闿、宋忠等撰《五经章句》,谓之《后定》。"⑦不仅如此,宋衷经学著述甚丰,门徒甚众。《隋书·经籍志》:"梁有汉荆州五业从事宋忠注《周易》十卷,亡。"《经典释文序录》:"宋衷《(易)注》九卷。"注云:"《七志》《七录》云十卷。"⑧《旧唐书·经籍志》和《新唐书·艺文志》均有宋衷注《易》十卷。⑨《三国志·吴书·虞翻传》注引《虞翻别传》:虞翻上书评论注《易》之家曰:"北海郑玄,南阳宋忠,虽各立注,忠小差玄而皆未得其门,难以示世。"⑩唐人李鼎祚撰《周易集解》引录四十五条,其中既有《经》注,也有《传》注。其书早佚,今有马国翰、黄奭等多种辑佚本。除了《易》注之外,宋衷还遍注群纬,宋衷曾注

---

① 后人避晋惠帝司马衷之名而改"衷"为"忠"。

② 李梅训认为"等"乃"业(业)"之误。此说可信。参见李梅训《谶纬文献史略》,山东大学文史哲研究院博士学位论文,2003年,第39页。

③ 吴承仕:《经典释文序录疏证》,北京:中华书局,1984年,第39页。

④ 吴承仕:《经典释文序录疏证》,北京:中华书局,1984年,第39页。

⑤ 转引自卢弼《三国志集解·王肃传》卷13,北京:中华书局,1982年,第384页。

⑥ 详情参见《三国志·蜀书·尹默传》注引《魏略》。

⑦ 《三国志·魏书·刘表传》注引。(晋)陈寿撰,(南朝·宋)裴松之注:《三国志·魏书·刘表传》卷6,北京:中华书局,1959年,第212页。

⑧ 吴承仕:《经典释文序录疏证》,北京:中华书局,1984年,第39页。

⑨ 《旧唐书·经籍志》作"宋衷",《新唐书·艺文志》作"宋忠"。

⑩ (晋)陈寿撰,(南朝·宋)裴松之注:《三国志·吴书·虞翻传》卷57,北京:中华书局,1959年,第1322页。

《春秋纬》《易纬》《孝经纬》《乐纬》《论语纬》《尚书中侯》等纬书多种。① 此外,宋衷还注有《世本》四卷,《扬子法言》十三卷,《扬子太玄经》九卷等。

3. 綦毋闿

綦毋闿,正史无传,其生平不可考。王粲《荆州文学记官志》:"耆德故老綦毋闿等负书荷器,自远而至者三百有余人。"②可见,刘表立学官,綦毋闿受征而至。据王粲《英雄记》及《后汉书·刘表传》记载,刘表立学官,"使綦毋闿、宋忠等撰立《五经》章句,谓之《后定》"。可见,綦毋闿参与了荆州《五经》章句的编撰工作。綦毋闿文章、著述只字不存,故其经学成就不可考。

4. 王粲

除了宋衷之外,当时身仕荆州的另一重要学者便是王粲。王粲(177年-217年),王畅之孙。汉献帝初平四年(193年),王粲离开长安,避乱荆州,依附刘表,③时仅十七岁。④ 至曹操平荆州后北归,王粲居荆州达十六年。王粲虽以文学著称,但不乏经学著作。《颜氏家训·勉学》:"吾初入邺,与博陵崔文彦交游,尝说《王粲集》中难郑玄《尚书》事。崔转为诸儒道之,始将发口,悬见排蹙,云:'文集只有诗赋铭诔,岂当论经书事乎?且先儒之中,未闻有王粲也。'崔笑而退,竟不以《粲集》示之。'"⑤《隋书·经籍志》:"《尚书释问》四卷,魏侍中王粲撰。"《新唐书·艺文志》:"《注释问》四卷,王粲问,田琼、韩益正。"可见,《颜氏家训》所言可信。王粲居荆州期间,经学颇兴,有大儒綦毋闿、宋衷等编撰《五经》章句。在此风气影响之下,王粲作《尚书释问》是非常可能的。王粲依刘表时年仅十七岁,至建安十三年(208年)北归时,亦不过三十二岁。王粲年轻,且以文章见长,故其虽于经学有所研究,但可能未曾任教于学官,故未有从其受业者的记载。

---

① 详情参见李梅训《谶纬文献史略》,山东大学文史哲研究院博士学位论文,2003年,第40~41页。

② (清)严可均辑:《全上古三代秦汉三国六朝文·全三国文》卷91,北京:中华书局,1958年,第965页。

③ 王粲依附于刘表,一方面荆州远离战乱,另一方面当缘于刘表为其祖王畅之门生。

④ 《三国志·魏书·王粲传》:"年十七岁,司徒辟,诏除黄门侍郎,以西京扰乱,皆不就。乃之荆州依刘表。"俞绍初《建安七子年谱》认为《王粲传》中"十七"为"十六"之误,即王粲于初平三年(192年)南下依刘表。俞绍初:《建安七子年谱》,见《建安七子集》,北京:中华书局,2005年,第377~378页。此说可再作商榷,本书依《三国志·王粲传》。

⑤ 王利器:《颜氏家训集解》卷3,北京:中华书局,1993年,第183~184页。

5. 司马徽

荆州学派的另一重要人物便是司马徽。司马徽（？—208年），字德操，正史无传。《世说新语·言语》第9条记庞统访司马徽一事。①《世说新语》本条注引《司马徽别传》，对其生平事迹作了不少记载。司马徽居荆州多年，却不为刘表所用。"荆州破，为曹操所得，操欲大用，会其病死。"②司马徽长于人物品鉴，诸葛亮、庞统等人得其品鉴而名显。宋衷、綦毋闿等，皆授业于学官，而司马徽则否，"当时荆州官学为学术重心，徽在局外，非核心人物可知"③。司马徽可谓当时私学的代表人物。司马徽经学，今不可考，但从其受业者不少，如尹默、李仁以及向朗、刘廙等，皆从其受业。

刘表执政荆州时期，有不少学者避乱于荆州，他们或仕或隐，对荆州学术发展作出了一定的贡献。《后汉书·儒林列传·颍容传》："初平中，避乱荆州，聚徒千余人。刘表以为武陵太守，不肯起。著《春秋左氏条例》五万余言。"此书早佚，有马国翰、王谟辑佚本。避乱荆州的还有裴潜、杜袭、赵俨、繁钦、到洽、杜夔、司马芝等。《三国志·魏书·裴潜传》："避乱荆州，刘表待以宾礼。"《三国志·魏书·杜袭传》："袭避乱荆州，刘表待以宾礼。同郡繁钦数见奇于表。"《三国志·魏书·赵俨传》："避乱荆州，与杜袭、繁钦通财共计，合为一家。"《三国志·魏书·和洽传》："荆州刘表无他远志，爱人乐土，土地险阻，山夷民弱，易依倚也。"遂与亲旧俱南从表，表以上客待之。《三国志·魏书·方技传·杜夔传》："州郡司徒礼辟，以世乱奔荆州。"《三国志·魏书·司马芝传》："少为书生，避乱荆州。"赵岐晚年亦"遂留荆州"（《后汉书·赵岐传》）。此外客于荆州的还有傅巽、士孙萌等。《三国志·魏书·刘表传》："东曹掾傅巽等说（刘）琮归太祖（曹操）。"《三辅决录》："士孙萌字文始，少有才学，年十五能属文。初，董卓之诛也，萌父瑞知王允必败，京师不可居，乃命萌将家属至荆州依刘表。"④仕于荆州的则有伊籍、李严等。《三国志·蜀书·伊籍传》："少依邑人镇南将军刘表。"《三国志·蜀书·李严传》："少为郡职吏，以才干称。荆州牧刘表使历诸郡县。"刘表手下蒯越、韩嵩、邓羲、刘先等人，皆为一代俊杰。这些学者的汇聚显然对荆州学术的发展起着一定的促进作用。

---

① 此亦见于《三国志·蜀书·庞统传》，但较《世说新语》简略。
② 余嘉锡：《世说新语笺疏》上卷上，上海：上海古籍出版社，1993年，第67页。
③ 程元敏：《季汉荆州经学》（上），载《汉学研究》，第4卷第1期（1986年6月），第232页。
④ （汉）赵岐：《三辅决录》，西安：三秦出版社，2006年，第63页。

二、学术传承

远离战乱,刘表对儒学的重视等,导致大量学者汇聚于荆州,使得荆州成为当时重要的学术重心之一,大量学子求学于荆州。

1. 尹默

《三国志·蜀书·尹默传》:"益部多贵今文而不崇章句,(尹)默知其不博,乃远游荆州,从司马德操、宋仲子等受古学。皆通诸经史,又专精于《左氏春秋》,自刘歆《条例》,郑众、贾逵父子、陈元、服虔注说,咸略诵述,不复按本。"尹默后仕于刘备,为仆射,以《左氏传》授太子刘禅。

2. 李仁

《三国志·蜀书·李譔传》:"父仁,字德贤,与同县尹默俱游荆州,从司马徽、宋忠等学。譔具传其业,又从默讲论义理,五经、诸子,无不该览……著古文《易》《尚书》《毛诗》、三《礼》《左氏传》《太玄指归》,皆依准贾、马,异于郑玄。与王氏殊隔,初不见其所述,而意归多同。"李仁先仕于州郡,后为仆射、中散大夫等。

3. 向朗

《三国志·蜀书·向朗传》注引《襄阳记》:"朗少师事司马德操,与徐元直、韩德高、庞士元皆亲善。"①向朗先依刘表,刘表卒后归刘备,任巴西太守、步兵校尉等。

4. 刘廙

《三国志·魏书·刘廙传》:刘廙曾到荆州师司马徽。"年十岁,戏于讲堂上,颍川司马德操抚其头曰:'孺子,孺子,黄中通理,宁自知不?'"据本传,刘廙卒于黄初二年(221年),年42岁,以此推之,当生于汉灵帝光和三年(180年)。其十岁时(189年),学于司马徽,时刘表尚未入荆州。刘廙后仕于曹操,五官将文学、黄门侍郎等。

5. 潘濬

《三国志·吴书·潘濬传》:"弱冠从宋仲子受学。年未三十,荆州刘表辟为部江夏从事。"潘濬先仕刘表,表卒,为刘备治中从事,留守荆州。孙权并荆州,仕孙权,任奋威将军、少府、太常等。

---

① (晋)陈寿撰,(南朝·宋)裴松之注:《三国志·蜀书·向朗传》卷41,北京:中华书局,1959年,第1010页。

6. 王肃

《三国志·魏书·王肃传》:"年十八,从宋衷读《太玄》,而更为之解。"据《王肃传》,王肃生于汉献帝兴平元二年(195年),可见其于汉献帝建安十七年(212年)从宋衷受学。如上所说,宋衷于建安十三年(208年)北上仕于曹操。可见,王肃乃宋衷于北方任职时的弟子。虽除了《太玄》之外,王肃经学亦当受到宋衷影响。

另外,庞统可能曾从司马徽受学。《三国志·蜀书·庞统传》:"少时朴钝,未有识者。颍川司马徽清雅有知人鉴,统弱冠往见徽,徽采桑于树上,坐统在树下,共语自昼至夜。徽甚异之,称统当为南州士之冠冕,由是渐显。"

从以上分析可以看出,当时从荆州宋衷、司马徽等人受业者甚众。这些学者后来分散四方,归于魏、蜀、吴三国,入魏者有刘廙等,归蜀者有尹默、李仁、李譔、向朗等,归吴者有潘濬等,他们对当时各国的学术发展均作出了一定的贡献。

三、经学新变

由于荆州远离北方,加上刘表时期正处于天下大乱之际,荆州学派经学风尚与两汉经学风尚既有相同之处,亦有不少相异之处。

(一)崇尚古文经学

汉代经学有今文经学和古文经学之分。大体而言,有汉一朝今文经因立于学官而较为盛行,而古文经往往与入仕无缘,故学者往往作为爱好而兼习,如刘歆、郑众、贾逵、马融等。汉末郑玄,虽崇尚古文,但亦不废今文,注经往往兼采今文和古文。

刘表平定内部叛乱之后,建安五年(200年)便立学官。《后汉书·刘表传》:"遂起立学校,博求儒术,綦毋闿、宋忠等撰立《五经》章句,谓之《后定》。"王粲《英雄记》亦云:"州界群寇既尽,表乃开立学官,博求儒士,使綦毋闿、宋忠等撰《五经章句》,谓之《后定》。"[①]在传承过程中,经学流派众多,书写、训诂、解说颇有差异。为了统一《五经》书写与经义,熹平石经应运而生。《后汉书·蔡邕传》:"邕以经籍去圣久远,文字多谬,俗儒穿凿,疑误后学。熹平四年,乃与五官中郎将堂溪典、光禄大夫杨赐、谏议大夫马日

---

① 《三国志·魏书·刘表传》注引。(晋)陈寿撰,(南朝·宋)裴松之注:《三国志·魏书·刘表传》卷6,北京:中华书局,1959年,第212页。

碑、议郎张驯、韩说、太史令单飏等,奏求正定《六经》文字。灵帝许之,邕乃自书丹于碑,使工镌刻立于太学门外。于是后儒晚学,咸取正焉。及碑始立,其观视及摹写者,车乘日千余两,填塞街陌。"熹平石经对于统一《五经》的书写显然起到了相当的推动作用。荆州刘表"后定"显然是相对于熹平石经而言的,不过是对汉末官学经学章句再次修订罢了。程元敏云:"荆州经学教本,承灵帝以下之旧,大抵既就朝廷博士所用经学章句加以改编。"①程氏所言甚是。

自东汉以来,古文经学逐渐盛行,著名经学大师皆兼修古文经。由于荆州远离北方文化中心,传统思想禁锢较少,因此,虽官学教以今文经学,但是许多儒师往往颇好古学,私下往往以古文经学授学。刘表早年受学于王畅,其所习当为今文无疑。刘表著有《周易章句》,考之今存佚文,学者多认为刘表所作为古文本。②《史记·齐太公世家》索隐引宋忠《世本》注云:"(齐)哀公荒淫田猎,国史作《还》诗以刺之。"③《毛诗大序》:"国史明乎得失之迹,伤人伦之废,哀刑政之苛,吟咏性情。"可见,宋忠所习《诗》为古文《毛诗》无疑。宋衷治《春秋》从《左传》。《史记集解》和《史记索隐》引宋衷《世本》注引《左传》各 1 条。《史记·殷本纪》:"子相土立。"《集解》:宋衷曰:"相土就契,封于商。《春秋左氏传》曰'阏伯居商丘,相土因之'。"④《史记·楚世家》:"其长一曰昆吾。"《索隐》:《系本》云:"其一曰樊,是为昆吾。"宋衷曰:"昆吾,国名。已姓所出。《左传》曰:'卫侯梦见披发登昆吾之观。'"⑤可见宋衷习古文经《左氏春秋》。蜀人尹默和李仁皆不辞辛苦来荆州从宋衷、司马徽习古文。《三国志·蜀书·尹默传》:"益部多贵今文而不崇章句,(尹)默知其不博,乃远游荆州,从司马德操、宋仲子等受古学。皆通诸经史,又专精于《左氏春秋》。"《三国志·蜀书·李谡传》:"父仁,字德贤,与同县尹默俱游荆州,从司马徽、宋忠等学。谡具传其业,又从(尹)默讲论义理,五经、诸子,无不该览……著古文《易》《尚书》《毛诗》、三《礼》《左

---

① 程元敏:《季汉荆州经学》(上),载《汉学研究》,第 4 卷第 1 期(1986 年 6 月),第 226 页。

② 程元敏:《季汉荆州经学》(上),载《汉学研究》,第 4 卷第 1 期(1986 年 6 月),第 217 页。

③ (汉)司马迁撰,(南朝·宋)裴骃集解、(唐)司马贞索隐、(唐)张守节正义:《史记·齐太公世家》卷 32,北京:中华书局,1959 年,第 1481 页。

④ (汉)司马迁撰,(南朝·宋)裴骃集解、(唐)司马贞索隐、(唐)张守节正义:《史记·殷本纪》卷 3,北京:中华书局,1959 年,第 92 页。

⑤ (汉)司马迁撰,(南朝·宋)裴骃集解、(唐)司马贞索隐、(唐)张守节正义:《史记·楚世家》卷 40,北京:中华书局,1959 年,第 1690 页。

氏传》、《太玄指归》。"可见,宋衷和而司马徽皆以古文经授学。《后汉书·儒林列传·颖容传》:"初平中,避乱荆州,聚徒千余人。刘表以为武陵太守,不肯起。著《春秋左氏条例》五万余言。"可见,颖容亦授古文经学。

由此可见,刘表掌政时期,荆州官学所授虽为今文学,但古文学很盛行,宋衷、司马徽等皆好以古文授学。

(二)注经崇尚简练

自汉武帝独尊儒术以来,在利禄的引导下,《五经》章句越发繁琐,至哀、平之际,达到极致,以至"一经说至百余万言"(《汉书·儒林传赞》)。物极必反,到东汉时期,章句删减之风盛行。王莽时将《五经》章句皆减省为二十万言。光武帝诏令钟兴"定《春秋》章句,去其复重,以授皇太子"(《后汉书·儒林列传·钟兴传》)。伏恭嫌其父所传《齐诗》章句繁多,"乃省减浮辞,定为二十万言"(《后汉书·儒林列传·伏恭传》)。"初,(桓)荣受朱普学章句四十万言,浮辞繁长,多过其实。及荣入授显宗,减为二十三万言。(桓)郁复删省定成十二万言。"(《后汉书·桓郁传》)张霸"以樊鯈删《严氏春秋》犹多繁辞,乃减定为二十万言,更名《张氏学》"(《后汉书·张霸传》)。"初,《牟氏章句》浮辞繁多,有四十五万余言,(张)奂减为九万言"(《后汉书·张奂传》)。汉末郑玄遍注群经,删减章句,不过是东汉删减章句风气的继承。

刘表平定内乱之后,便着力于推广儒教。刘表"遂起立学校,博求儒术,綦毋闿、宋忠等撰立《五经》章句,谓之《后定》"(《后汉书·刘表传》)。《刘镇南碑》:"深愍末学远本离质,乃令诸儒改定五经章句,删划浮辞,芟除烦重,赞之者用力少,而探微知机者多。"[1]"后定者,改定汉官学章句之书,为荆州学教本,要在删繁。"[2]刘表有感于东汉官学《五经》章句过于繁琐,于是令綦毋闿、宋衷等人对《五经》章句作了删减。可见,荆州学派继承了东汉以来章句简化之风。

荆州学派经注尚简还表现在刘表、宋衷等人经注之中。刘表《周易章句》今存三十余条,考之这些佚文便可发现,刘表《易》注皆较为简略,往往不过数字,多亦不过十余字。如《易·咸卦》:"憧憧往来。"刘表注:"意未定

---

① (清)严可均辑:《全上古三代秦汉三国六朝文·全三国文》卷56,北京:中华书局,1958年,第1362页。

② 程元敏:《季汉荆州经学》(下),载《汉学研究》,第5卷第1期(1986年6月),第248页。

也。"①《易·颐卦》:"象曰:山下有雷颐。"刘表注:"山止于上,雷止于下,颐之象也。"②皆简洁明晰。故程元敏称其"简要不繁"③,徐芹庭称其"简明易知,有本有原"④。《隋书·经籍志》著录刘表《新定礼》一卷,《通典》引刘表《丧服后定》。马国翰认为《丧服后定》与《新定礼》是一本书,"新定即后定,题小异耳……此书浑以礼名,其实专明丧服也"⑤。从《玉函山房辑佚书》收录的六条佚文来看,都是关于服丧的具体规定,的确表现出简约明了的新学风。如"既除丧,有来吊者,以缟冠深衣于墓受之,毕事反吉"。再如,"父亡未殡而祖亡,承祖嫡者不敢服祖重,为不忍变于父在"。⑥可见,刘表经注皆比较简洁明了。宋衷是荆州学派重要学者之一,其著述甚多。宋衷《易注》早亡,仅有辑佚本存世。马国翰《玉函山房辑佚书》辑有宋衷《易注》四十余条。如《易·乾卦》:"象曰:天行健。"宋衷注:"昼夜不懈,以健详其名。余卦当名,不假于详矣。"又如,《易·需卦》:"象曰:云上于天,需。"宋衷注:"云上于天,须时而降也。"⑦可见,宋衷《周易注》亦较为简洁。

由此可见,荆州经学一改汉代章句学繁琐之风气,崇尚简洁,不管是用于学官的"后定"《五经》,还是学者经注,皆体现出简练明晰的特点。

汉末郑玄遍注群经,对繁琐的经文章句再作删减。《后汉书·郑玄传论》曰:"郑玄括囊大典,网罗众家,删裁繁诬,刊改漏失,自是学者略知所归。"郑氏经注较为简明,注文一般是经文的两倍左右。⑧因郑玄略早于荆州学派,故不少学者认为荆州学派多受郑玄学风影响。如余英时先生云:"故继郑氏经学简化运动而起者,复有汉末刘表所倡导之荆州学派。"⑨其

---

① (汉)刘表:《周易刘氏章句》,见(清)马国翰辑:《玉函山房辑佚书》,见《续修四库全书》第1200册,上海:上海古籍出版社,2002年,第577页。

② (汉)刘表:《周易刘氏章句》,见(清)马国翰辑:《玉函山房辑佚书》,见《续修四库全书》第1200册,上海:上海古籍出版社,2002年,第576页。

③ 程元敏:《季汉荆州经学》(上),载《汉学研究》,第4卷第1期(1986年6月),第217页。

④ 徐芹庭:《易经源流——中国易经学史》(上),北京:中国书店出版社,2008年,第373页。

⑤ (清)马国翰:《新定礼序》,见(清)马国翰辑:《玉函山房辑佚书》,见《续修四库全书》第1201册,上海:上海古籍出版社,2002年,第591页。

⑥ (汉)刘表:《新定礼》,见(清)马国翰辑:《玉函山房辑佚书》,见《续修四库全书》第1201册,上海:上海古籍出版社,2002年,第592页。

⑦ (汉)宋衷:《周易宋氏注》,见(清)马国翰辑:《玉函山房辑佚书》,见《续修四库全书》第1200册,上海:上海古籍出版社,2002年,第578,579页。

⑧ 具体数据参见程元敏:《季汉荆州经学》(下),载《汉学研究》,第5卷第1期(1987年6月),第258~259页。

⑨ 余英时:《汉晋之际士之新自觉与新思潮》,见《士与中国文化》,上海:上海人民出版社,2003年,第305页。

实不然。郑玄早年游学于四方多年,后遭党锢隐居乡间十余年(171年①—184年)。在此期间,郑玄遍注群经。党锢之后,郑玄未仕,主要活动于北方。因受战乱等影响,在当时郑玄的学术影响主要在北方。《后汉书·郑玄传》:"齐鲁间宗之。"《旧唐书·元行冲传》:王粲亦称:"伊、洛已东,淮、汉之北,(郑氏)一人而已,莫不宗焉。"刘表亦遭党锢,党锢解,刘表出仕,不久诏为荆州刺史。可见刘表经学并未受到郑玄影响。宋衷,南阳人,南阳隶属于荆州。刘表立学官,耆德故老綦毋闿负书荷器而至,表明綦毋闿为荆州人士。司马徽颍川人,较早居于荆州。② 王粲于献帝初平四年(193年)便离开长安至荆州依附刘表。可见,荆州学派的几位核心人物或为本土士人,或较早居于荆州,故他们的学术均未受到郑玄经学影响。

(三)崇尚义理之学

除此之外,荆州经学崇尚义理之学。《刘镇南碑》:"深愍末学远本离质,乃令诸儒改定五经章句,删刬浮辞,芟除烦重,赞之者用力少,而探微知机者多。"③"探微知机"表明"后定"《五经》章句重于义理之探求。惜"后定"《五经》今不存,故不可考究。重义理在刘表、宋衷等人的学术著述之中有着较好的表现。刘表曾作《周易章句》,今存佚文三十余。细读这些佚文便可发现,刘表《易》注重义理而略象数。如,《易·谦卦》:象曰:"地中有山,谦。"刘表注:"地中有山,以高下下,故曰谦。谦之为道,降己升人。山本地上,今居地中,亦降体之义,故为谦象也。"④再如,《易·坎卦》:"习坎:有孚,维心亨;行有尚。"刘表注:"水流不休故曰习。坎,除也,陷也。"⑤可见刘表《易注》重于字词和义理解说。

宋衷一生著述甚丰,最为重要的是《周易注》和《太玄注》。陆绩《述玄》:"夫《玄》之大义,撰著之谓。而仲子(宋衷)失其旨归,休咎之占,靡所

---

① 王利器认为郑玄遭党祸始于灵帝建宁四年(171年)。参见王利器《郑康成年谱》,济南:齐鲁书社,1983年,第73页。此说可信,本书从之。

② 《三国志·蜀书·庞统传》注引《襄阳记》:"(庞德)年十八岁,使往见德操。"据《三国志·蜀书·庞统传》记载,庞统卒于建安十九年(214年),年三十六岁。以此推之,其当生于汉灵帝光和二年(179年),至建安元年(196年)年十八岁。司马徽当早于此时便居于荆州。

③ (清)严可均辑:《全上古三代秦汉三国六朝文·全三国文》卷56,北京:中华书局,1958年,第1362页。

④ (汉)刘表:《周易刘氏章句》,见(清)马国翰辑:《玉函山房辑佚书》,见《续修四库全书》第1200册,上海:上海古籍出版社,2002年,第576页。

⑤ (汉)刘表:《周易刘氏章句》,见(清)马国翰辑:《玉函山房辑佚书》,见《续修四库全书》第1200册,上海:上海古籍出版社,2002年,第577页。

取定,虽得文间义说,大义乖矣。"①宋衷说《太玄》重"文间义说",也就是重义理阐发。这亦表现在《周易注》中。《易·乾卦》:象曰:"用九,天德不可为首也。"宋衷注:"'用九',六位皆九,故曰'见群龙'。纯阳,则'天德'也。万物之始,莫能先之,'不可为首'。先之者凶,随之者吉,故曰'无首吉'。"②再如,《易·乾卦》:《文言》"闲邪存其诚"。宋衷注曰:"闲,防也,防其邪而存诚焉。二在非其位,故以'闲邪'言之。能处中和,故以'存诚'言之。"③可见,宋衷亦重于义理阐释,而略于象数解说。

荆州学派重义理亦表现于授学之中。《三国志·蜀书·尹默传》:"(尹默)远游荆州,从司马德操、宋仲子等受古学,皆通诸经史,又专精于《左氏春秋》,自刘歆《条例》,郑众、贾逵父子、陈元、服虔注说,咸略诵述,不复按本。"可见尹默说经重义理阐释,而不墨守章句之学。《三国志·蜀书·李譔传》:"父仁,字德贤,与同县尹默俱游荆州,从司马徽、宋忠等学。譔具传其业,又从默讲论义理,五经、诸子,无不该览……著古文《易》、《尚书》、《毛诗》、三《礼》、《左氏传》、《太玄指归》,皆依准贾、马,异于郑玄。与王氏殊隔,初不见其所述,而意归多同。"李譔先受业于其父,后又从尹默"讲论义理"。其父李仁和尹默皆受业于荆州学派司马徽和宋衷,故其重义理当沿袭了荆州学派的传统。王肃曾受业于宋衷,二人学术同源,故虽"殊隔"而"意归多同"。

总而言之,以刘表、宋衷为代表的荆州学派一方面继承了东汉经学的一些传统,如重古文经学,说经崇简洁明晰等;另一方面又开启了学术发展的新方向,如重视义理学等。正如有学者言:"汉末荆州学派的兴起,结束了两汉旧学垄断的局面,开辟了魏晋新学发展的道路。"④王肃早年受业于宋衷,故其学说必然多受荆州学派影响。荆州学派重要代表王粲曾难郑玄,王肃驳郑当与荆州学派影响有关。⑤

---

① （清)严可均辑:《全上古三代秦汉三国六朝文·全三国文》卷68,北京:中华书局,1958年,第1324页。

② （汉)宋衷:《周易宋氏注》,见(清)马国翰辑:《玉函山房辑佚书》,见《续修四库全书》第1200册,上海:上海古籍出版社,2002年,第578页。

③ （汉)宋衷:《周易宋氏注》,见(清)马国翰辑:《玉函山房辑佚书》,见《续修四库全书》第1200册,上海:上海古籍出版社,2002年,第578页。

④ 鲁锦寰:《汉末荆州学派与三国政治》,载《中州学刊》,1982年第4期,第109～110页。

⑤ 刘运好认为:"从本质上看,王肃基本上还是恪守荆州学派的古文经学而激烈地反对郑学。"刘运好:《魏晋经学与诗学》(上编魏晋经学论),北京:中华书局,2018年,第145页。此说颇有道理。

第二章　王肃《诗》学渊源

汉代《诗》学较为盛行,出现了《齐》《鲁》《韩》《毛》等多家,并且各家名师辈出。直到汉末,由于郑玄注《诗》宗毛,此后《毛诗》兴盛,而其他诸家《诗》渐衰。博学多才的王肃在《诗》学方面,对前贤《诗》学继承颇多,并在继承的基础上形成了自己的特色与体系。

第一节　王肃与《毛传》、三家《诗》

秦朝焚禁诗书,导致五经流传出现断裂。到了西汉初,五经多赖业师口耳相传得以流传。因业师所传不同,导致经有多家。汉代《诗》有四家:齐、鲁、韩、毛。申公,鲁人,受《诗》于浮丘伯,作诂训,是为《鲁诗》。辕固,齐人,治《诗》。景帝时为博士,所传为《齐诗》。韩婴,燕人,文帝时为博士。作《诗》内外传数万言,其所传为《韩诗》。此三家《诗》为今文经,皆立学官。毛公,赵人,治《诗》,为河间献王博士,所传为《毛诗》。毛公所传为古文经,未得立学官。

关于《毛诗》传承,典籍多有所记载。郑玄《六艺论》云:"河间献王好学,其博士毛公善说《诗》,献王号之曰《毛诗》。"①郑玄《毛诗谱》云:"鲁人大毛公为《诂训传》于其家,河间献王得而献之,以小毛公为博士。"②陆玑《毛诗草木鸟兽虫鱼疏》云:"毛亨作《诂训传》,以授赵国毛苌。"③《经典释文序录》引徐整云:"(大)毛公为《诗故训传》于家,以授赵人小毛公。小毛公为河间献王博士,以不在汉朝,故不列于学。"④可见,毛亨作《毛诗诂训传》,简称《毛传》。《毛传》是《毛诗》现存最早的注释本,其训诂接近古义,

---

① (清)严可均辑:《全上古三代秦汉三国六朝文·全后汉文》卷84,北京:中华书局,1958年,第928页。

② 《四库全书总目》卷十五"毛诗正义"引。(清)永瑢等:《四库全书总目》卷15,北京:中华书局,1965年,第119页。

③ (三国)陆玑:《毛诗草木鸟兽虫鱼疏》,见《景印文渊阁四库全书》第70册,台北:台湾商务印书馆,1986年,第21页。

④ 吴承仕:《经典释文序录疏证》,北京:中华书局,1984年,第87页。

对《诗》学和古文字学，都有重要的价值。后世学者习《毛诗》多宗以《毛传》，如郑众、贾逵、马融等。王肃注《诗》宗《毛》，亦多受《毛传》影响。

考之今存王肃《毛诗注》条目便可发现，王肃注有不少全同于《毛传》。

(1)汎彼柏舟，亦汎其流。(《邶风·柏舟》)

《毛传》："汎，汎流貌。"《经典释文》(后简称《释文》)："本或作'汎汎流貌'者，此从王肃注加。"

(2)不我能慉。(《邶风·谷风》)

《毛传》："慉，养也。"《释文》："(慉)王肃养也。"

(3)龙盾之合。(《秦风·小戎》)

《毛传》："合，合而载之。"王肃云："合而载之，以为车蔽也。"(《毛诗正义》，后简称《正义》)

(4)所谓伊人，在水一方。(《秦风·蒹葭》)

《毛传》："伊，维也。一方难至矣。"王肃云："维得人之道，乃在水之一方，一方难至矣。水以喻礼乐，能用礼，则至于道也。"(《正义》)
可见，王肃释"伊"和"一方"全同于《毛传》。
王肃有些释义，虽与《毛传》不尽全同，但二者意思相同。

(1)惄如调饥。(《周南·汝坟》)

《毛传》："惄，饥意也。"王氏(肃)曰："饥而又饥，饥之甚也。"①
可见，王肃从《毛传》，将"惄"释为"饥"。

(2)硕大无朋。(《唐风·椒聊》)

《毛传》："朋，比也。"《释文》："(比)王肃、孙毓申毛，必履反，谓无比例也。"

---

① (宋)李樗、黄櫄：《毛诗李黄集解》卷2，见《景印文渊阁四库全书》第71册，台北：台湾商务印书馆，1986年，第59页。

　　可见,王肃从《毛传》,将"朋"释为"比",并对"比"作了进一步解说。

　　不仅如此,《孔子家语注》(《孔子家语》后简称《家语》)释《诗》亦多有同于《毛传》者。

　　(1)《诗》曰:"战战兢兢,如临深渊,如履薄冰。"(《家语·观周》)

　　此出《小雅·小旻》。《毛传》:"战战,恐也。兢兢,戒也。恐坠也,恐陷也。"王肃注:"战战,恐也;兢兢,戒也。恐坠也,恐陷也。"①

　　(2)孔子说之以《诗》曰:"媚兹一人,应侯慎德。"(《家语·弟子行》)

　　此源出《大雅·下武》。《毛传》:"一人,天子也。应,当。侯,维也。"王肃注:"一人,天子也。应,当也。侯,惟也。"

　　(3)孔子和之以文,说之以《诗》曰:"受小拱大拱,而为下国骏庞,荷天子之龙。"(《家语·弟子行》)

　　此源出《商颂·长发》。《毛传》:"共,法。骏,大。庞,厚。龙,和也。"王肃注:"拱,法也。骏,大也。庞,厚也。龙,和也。"

　　从以上分析可以看出,不论是《毛诗注》,还是《孔子家语注》,王肃释《诗》多从《毛传》,可见,王肃《诗》学多受《毛传》影响。

　　西汉时期,三家《诗》立于学官而较为盛行,习者甚众。而《毛诗》仅作为兼学而私下流传。到了东汉之后,随着古文经学兴起,《毛诗》亦逐渐得到流传。东汉郑众和贾逵传《毛诗》,马融作《毛诗传》,汉末经学大师郑玄作《毛诗笺》,自此《毛诗》盛行于世,而三家《诗》逐渐失传。《经典释文序录》云:"《齐诗》久亡,《鲁诗》不过江东,《韩诗》虽在,人无传者。"②《隋书·经籍志》云:"《齐诗》,魏代已亡,《鲁诗》亡于西晋,《韩诗》虽存,无传之者。"三家《诗》颇有些可取之处,故郑玄《毛诗笺》便对三家《诗》多有采纳。郑玄《六艺论》云:"注《诗》宗毛为主,毛义若隐略,则更表明。如有不同,即下已

---

　　① (三国)王肃注:《孔子家语》卷3,上海:上海古籍出版社,1990年,第30页。本书所引《孔子家语注》皆据此本,后不再一一注明。

　　② 吴承仕:《经典释文序录疏证》,北京:中华书局,1984年,第90页。

意,使可识别也。"①张舜徽云:"郑氏先治三家,后治毛《诗》,尝取此数家之义,反复推寻,彼此互勘,取长益短。故其为《毛传》作《笺》,凡与毛立异者,亦多本三家之说以补苴之。"②对此学者多有所论述。③《三国志·魏书·王肃传》注引《魏略》云:"(鱼)豢因从问《诗》,(隗)禧说齐、韩、鲁、毛四家义,不复执文,有如讽诵。"④可见,至魏时,三家《诗》依然传于世。王肃注《诗》学亦多受三家《诗》影响。

王肃《毛诗注》从三家《诗》者不少。

(1)沦胥以铺。(《小雅·雨无正》)

《释文》:"(铺)王云病也。""铺"字,《毛传》无注。郑玄《毛诗笺》:"铺,遍也。"《韩诗》作"痡"……"痡",病也。⑤ 可见王肃释义从《韩诗》。

(2)松桷有梴,旅楹有闲。(《商颂·殷武》)

王肃云:"桷楹以松柏为之,言无雕镂也。陈列其楹。有闲大貌。"(《正义》)"闲"字,《毛传》无注。《韩》说曰:"闲,大也,谓闲然大也。"⑥可见,王肃释义从《韩诗》。

(3)觏尔新昏,以慰我心。(《小雅·车舝》)

《释文》:"(慰)王申为怨恨之义。"王肃云:"新昏谓褒姒也。大夫不遇贤女,而后徒见褒姒谗巧嫉妒,故其心怨恨。"(《正义》)《毛传》:"慰,安也。"⑦郑玄《毛诗笺》作"慰除"解,同于《毛传》"安慰"。《释文》:《韩诗》作

---

① (清)严可均辑:《全上古三代秦汉三国六朝文·全后汉文》卷84,北京:中华书局,1958年,第928页。
② 张舜徽:《郑学丛著》,武汉:华中师范大学出版社,2005年,第35页。
③ 详情可参见李世萍《郑玄〈毛诗笺〉研究》第三章第一节《郑玄笺注〈毛诗〉的原则》,北京:知识产权出版社,2010年,第128~143页。
④ (晋)陈寿撰,(南朝·宋)裴松之注:《三国志·魏书·王肃传》卷13,北京:中华书局,1959年,第422页。
⑤ (清)王先谦:《诗三家义集疏》卷17,北京:中华书局,1987年,第683页。
⑥ (清)王先谦:《诗三家义集疏》卷28,北京:中华书局,1987年,第1120页。
⑦ 孙毓载《毛传》云:"慰,怨也。"《毛诗正义》已指出孙说之误,"遍检今本,皆为慰安"。马瑞辰《毛诗传笺通释》指出,王肃释义"非《毛传》之旧"。简博贤亦持此说,并对王肃篡改为"慰怨"说作了批判。详情参见简博贤《今存三国两晋经学遗籍考》,台北:三民书局,1986年,第254~255页。

"以慍我心""慍，恚也"。王肃"本《韩》说，故从怨恨之义"①。可见，王肃释义多《韩诗》。

（4）昭假迟迟，上帝是祗。（《商颂·长发》）

《释文》："王肃训假为至，格，是王音也。""假"字，《毛传》无注。郑玄《毛诗笺》："假，暇。"《齐》说曰："假，至也。"②可见，王肃释义从《齐诗》。

《孔子家语注》释《诗》三十余条，亦有不少从三家《诗》者。

（1）孔子曰："由，《诗》不云乎：'有美一人，清扬宛兮。邂逅相遇，适我愿兮。'"（《家语·致思》）

此源出《郑风·野有蔓草》，《毛诗》："清扬婉兮。"王肃注云："宛然，美也。"《韩诗》云："青扬宛兮。"③可见，王肃从《韩诗》。

（2）孔子说之以《诗》曰："媚兹一人，应侯慎德。"（《家语·弟子行》）

此源出《大雅·下武》，《毛诗》："应侯顺德。"王肃注云："言颜渊之德足以媚爱天子，当于其心唯慎德。"王先谦云："鲁'顺'作'慎'。"④可见，释义王肃从《鲁诗》。

（3）孔子和之以文，说之以《诗》曰："受小拱大拱，而为下国骏庞，荷天子之龙。"（《家语·弟子行》）

此源出《商颂·长发》，《毛诗》："受大共小共。"王肃注云："拱，法也。"王先谦云："鲁'共'作'珙'，或作'拱'。"⑤可见，王肃从《鲁诗》。

（4）其在《诗》曰："……四国于蕃，四方于宣。"（《家语·问玉》）

<hr>

① 简博贤：《今存三国两晋经学遗籍考》，台北：三民书局，1986年，第255页。
② （清）王先谦：《诗三家义集疏》卷28，北京：中华书局，1987年，第1109页。
③ （清）王先谦：《诗三家义集疏》卷5，北京：中华书局，1987年，第370页。
④ （清）王先谦：《诗三家义集疏》卷21，北京：中华书局，1987年，第867页。
⑤ （清）王先谦：《诗三家义集疏》卷28，北京：中华书局，1987年，第1111页。

此源出《大雅·崧高》,《毛诗》:"四国于蕃。"王肃注云:"言能藩屏四国,宣王德化于天下也。"王先谦:"韩'蕃'作'藩'。"①可见,王肃释义从《韩诗》。

(5)《诗》曰:"……式遏寇虐,惨不畏明。"(《家语·正论解》)

此源出《大雅·民劳》,《毛诗》:"憯不畏明。"王肃注云:"惨,曾也。"王先谦云:"鲁'憯'亦作'惨',齐、韩作'晋'。"②可见,工肃从《鲁诗》。

从以上分析可以看出,王肃《诗》学多受三家《诗》影响。皮锡瑞认为:"王肃之学,亦兼通今古文……故其驳郑,或以今文说驳郑之古文,或以古文说驳郑之今文。"③此说不可信,但由此亦可看出,王肃亦精于三家《诗》。

第二节　王肃与贾逵、许慎、马融《诗》学

《三国志》王肃本传未记载王肃《诗》学渊源,细考其学术源流,便可发现王肃《诗》学多受贾逵、许慎、马融等人影响。

(一)贾逵

贾逵(30年－101年),字景伯,扶风平陵人。其父贾徽从谢曼卿学《毛诗》。贾逵幼从父受学,博通众经。章帝时,"逵数为帝言《古文尚书》与经传《尔雅》诂训相应,诏令撰《欧阳》《大小夏侯尚书古文》异同。逵集为三卷,帝善之。复令撰《齐》《鲁》《韩诗》与《毛氏》异同"(《后汉书·贾逵传》)。贾逵一生著述甚丰,"逵所著经传义诂及论难百余万言,又作诗、颂、诔、书、连珠、酒令凡九篇,学者宗之,后世称为通儒"(《后汉书·贾逵传》)。

贾氏所撰《诗异同》早佚,今不可考。④《隋书·经籍志》:"梁有《毛诗杂议难》十卷,汉侍中贾逵撰,亡。"《旧唐书·经籍志》:"《毛诗杂义难》十卷。"《新唐书·艺文志》:"《(毛诗)杂义难》十卷。"两《唐书》皆未著录撰者。姚振宗《后汉艺文志》云:"本传:'逵所著经传义诂及论难百余万言',此即

---

① (清)王先谦:《诗三家义集疏》卷23,北京:中华书局,1987年,第959页。
② (清)王先谦:《诗三家义集疏》卷22,北京:中华书局,1987年,第909页。
③ (清)皮锡瑞著,周予同注:《经学历史》,中华书局2004年版,第106页。
④ 朱彝尊、侯康、顾櫰三、曾朴等学者认为贾逵所撰四家诗之异同,即《隋志》之《毛诗杂义难》。刘毓庆对此提出异议,认为"《义难》者当即本传所言之'经传义诂及论难',《诗异同》当别是一书"。刘毓庆:《历代诗经著述考》(先秦—元代),北京:中华书局,2002年,第56页。刘氏说较为可信,本书从之。

论难之一也。"①贾逵《诗异同》早佚，唯有《说文解字》中保存了一条佚文。许慎《说文解字》引贾逵经说十余次，其中亦有说《诗》者。《说文解字·木部》"檽"字下云："贾侍中说，檽，即椅木，可作琴。"②马宗霍注云："许于椅下不言材中为琴，而于檽下引贾说言之，余疑三家诗椅或作檽，故侍中以可作琴说之耳。其说或即在侍中所撰三家诗与《毛诗》异同中。"③此说颇有些道理。

《隋书·经籍志》："郑众、贾逵、马融，并作《毛诗传》。"可见贾逵曾作《毛诗传》。《隋志》虽言及贾逵作《毛诗传》，但并未著录此书。后世学者编撰的《后汉艺文志》多著录此书，如侯康《补后汉书艺文志》、姚振宗《后汉艺文志》等④。侯康《补后汉书艺文志》云："《风俗通·祀典篇》引贾逵说灵星之义，当是《丝衣篇》注解。"⑤《风俗通义·祀典》"灵星"条云："左中郎将贾逵说：'以为龙第三有天田星。灵者，神也，故祀以报功。'"⑥侯氏此说是否可信，难以考证。但此说广为后世学者转述。王仁俊《玉函山房辑佚书续编》辑有《毛诗贾氏义》一卷，但仅有序，其序大意同于上引侯康之语，而无正文。⑦学者认为，"唯但有序而未引《风俗通义》之文，盖王氏（仁俊）书为稿本，未写定也"。⑧此说大体可信。

《三国志·魏书·王肃传》："初，肃善贾、马之学，而不好郑氏，采会同异，为《尚书》《诗》《论语》《三礼》《左氏》解，及撰定父朗所作《易传》，皆列于学官。"可见，王肃多受贾逵经学影响。如上所说，贾逵曾作《毛诗传》，可见，王肃《诗》学当受其影响。《毛诗正义·大雅·文王》疏云："刘歆作《三统历》，考上世帝王，以为文王受命九年而崩。班固作《汉书·律历志》，载其说。于是贾逵、马融、王肃、韦昭、皇甫谧悉皆同之。"可见，王肃《诗》学颇

①　（清）姚振宗：《后汉艺文志》，见《续修四库全书》第 914 册，上海：上海古籍出版社，2002年，第 206 页。

②　（汉）许慎：《说文解字》卷 6 上，北京：中华书局，1963 年，第 119 页。

③　马宗霍：《说文解字引通人说考》，北京：科学出版社，1959 年，第 144 页。

④　（清）姚振宗：《后汉艺文志》，见《续修四库全书》第 914 册，上海：上海古籍出版社，2002年，第 206 页。

⑤　（清）侯康：《补后汉书艺文志》，见《丛书集成初编》第 2 册，北京：中华书局，1985 年，第 10 页。

⑥　吴树平：《风俗通义校释》，天津：天津古籍出版社，1980 年，第 300 页。

⑦　（清）王仁俊辑：《玉函山房辑佚书续编》，见王仁俊辑：《玉函山房辑佚书续编三种》，上海：上海古籍出版社，1989 年，第 29 页。

⑧　孙启治、陈建华编撰：《中国古佚书辑本目录解题》，上海：上海古籍出版社，2009 年，第 27 页。

受贾逵影响。①

（二）许慎

许慎，字叔重，汝南召陵人。少博学经籍，颇得马融推崇。许慎博通众经，时人为之语曰："《五经》无双许叔重"（《后汉书·儒林列传·许慎传》）。许慎撰有《五经异义》和《说文解字》等著作。许慎未有《诗》学著作存世，其《诗》学理论主要表现于《五经异义》和《说文解字》引《诗》之中。

《隋书·经籍志》："《五经异义》十卷。后汉太尉祭酒许慎撰。"后郑玄曾作《驳五经异义》。后世学者将二书合为一编。《旧唐书·经籍志》："《五经异义》十卷，许慎撰，郑玄驳。"《新唐书·艺文志》："许慎《五经异义》十卷，郑玄驳。"《四库全书总目》"驳五经异义"条云："郑氏所驳之文，即附见于许氏原书之内，非别为一书，故史志所载亦互有详略。"②此书早佚，《五经异义》后世辑佚本有多种。有《四库全书本》辑本，朱彝尊《经义考》辑本，王谟《汉魏遗书钞》辑有《五经异义》二卷，许慎撰，郑玄驳。黄奭《黄氏逸书考·高密遗书》辑有《驳五经异义》一卷。清代陈寿祺撰《五经异义疏证》三卷，皮锡瑞撰《驳五经异义疏证》十卷。皮锡瑞"评陈（寿祺）疏有漏略、习非、阔疏、炫博四失，爰据袁辑为底本，参互钩稽，其疏证间采陈疏及孔广林诸家说，成《疏证》十卷，集诸本之长"③。

陈寿祺《五经异义疏证》辑得一百余条，其中涉及《诗》者共 14 条。从这些条目可以看出，许慎主要从《毛诗》。

（1）《异义》："今《诗》韩、鲁说，驺虞，天子掌鸟兽官。古《毛诗》说，驺虞，义兽，白虎黑文，食自死之肉，不食生物，人君有至信之德则应之。《周南》终《麟趾》，《召南》终《驺虞》，俱称嗟叹之，是麟与驺虞皆兽名。谨按：古《山海经》、《邹子书》云'驺虞，兽'，说与《毛诗》同。"（《周礼·钟师》疏引）④

（2）《异义》："《公羊》说，乐《万》舞，以鸿羽，取其劲轻，一举千里。《诗》毛说《万》以翟羽。《韩诗》说以夷狄大鸟羽。谨案：《诗》

---

① 《三国志·魏书·三少帝纪》：博士庾峻对曰："先儒所执，各有乖异，臣不足以定之。然《洪范》称'三人占，从二人之言'。贾、马及肃皆以为'顺考古道'。以《洪范》言之，肃义为长。"王肃《尚书》注同于贾逵、马融，足见王肃经学多受贾、马二人影响。

② （清）永瑢等：《四库全书总目》卷 33，北京：中华书局，1965 年，第 269 页。

③ 孙启治、陈建华编撰：《中国古佚书辑本目录解题》，上海：上海古籍出版社，2009 年，第 84 页。

④ （清）陈寿祺，曹建墩校点：《五经异义疏证》卷下，上海：上海古籍出版社，2013 年，第 223 页。

云'右手秉翟'，《尔雅》说'翟，鸟名，雉属也'，知翟，羽舞也。"(《毛诗正义·简兮》引)①

黄永武云："从《毛诗》。"②
许慎虽宗《毛诗》，但时常引以他说。如：

郑《驳异义》云："《诗》云：'呦呦鹿鸣，食野之苹。'言君有酒食，欲与群臣嘉宾宴乐之，如鹿得苹草，以为美食，呦呦然鸣相呼，以款诚之意尽于此耳。"(《毛诗正义·鹿鸣》引)③

黄永武云："(许氏)与《诗序》及《毛传》正同。今抉索许旨，亦不当有异，盖许君兼引异说，未有定论，故郑驳异以申其意耳。"④
许慎亦有从三家《诗》者。如：

(1)许氏《异义》引此诗曰"有母之尸饔"，谓陈饔以祭。恐养不及亲。(《毛诗正义·祈父》引)⑤

黄永武云："此盖三家之义。"⑥

(2)《异义》："《今论语》说郑国之为俗，有溱、洧之水。男女聚会，讴歌相感，故云郑声淫。《左氏》说'烦手淫声'，谓之郑声者，言烦手踯躅之声，使淫过矣。谨案：《郑诗》二十一篇，说妇人者十九，故郑声淫也。"《礼记正义·乐记》："郑驳无，从许义。"《正义》又曰："今案《郑诗》说妇人者惟九篇，《异义》云十九者，误也。无'十'字也。"(又见《初学记·乐部上》)⑦

黄永武云："其论郑声，从鲁论说，谓为男女聚会，相诱悦怿之歌声，不

---

① (清)陈寿祺，曹建墩校点：《五经异义疏证》卷下，上海：上海古籍出版社，2013年，第163页。
② 黄永武：《许慎之经学》，台北：台湾中华书局，1972年，第212页。
③ (清)陈寿祺，曹建墩校点：《五经异义疏证》卷中，上海：上海古籍出版社，2013年，第137页。
④ 黄永武：《许慎之经学》，台北：台湾中华书局，1972年，第209页。
⑤ (清)陈寿祺，曹建墩校点：《五经异义疏证》卷上，上海：上海古籍出版社，2013年，第76页。
⑥ 黄永武：《许慎之经学》，台北：台湾中华书局，1972年，第210页。
⑦ (清)陈寿祺，曹建墩校点：《五经异义疏证》卷下，上海：上海古籍出版社，2013年，第162～163页。

取左氏烦手淫声踯躅之义。"①

　　许慎所撰《说文解字注》一书释义时大量引用《诗》句,据学者统计,《说文解字》共引《诗经》四百四十一条。② 郑冲《上书进说文》:"臣父故太尉南阁祭酒慎,本从贾逵受古学。"③如上所说,贾逵父贾徽从谢曼卿学《毛诗》,贾逵自幼从父受学。许慎从贾逵受古学,可见许慎所习之《诗》为《毛诗》。④《说文解字序》云:"其称《易》孟氏、《书》孔氏、《诗》毛氏、《礼》《周官》《春秋左氏》《论语》《孝经》皆古文也。"⑤段玉裁注云:"毛氏者,许学《诗》之宗也。"⑥《说文解字》有直接引自《毛诗》者。如《说文解字》"奰"下云:"壮大也……一曰迫也,读若《易》虙羲氏,《诗》曰不醉而怒谓之奰。"⑦《诗经·大雅·荡》:"内奰于中国。"《毛传》:"奰,怒也。不醉而怒曰奰。"可见,许慎所引源出《毛传》。《说文解字》释义从《毛诗》者甚多。如《说文解字》:"茑,寄生也。从艸鸟声。诗曰:'茑与女萝。'"⑧《诗经·小雅·頍弁》:"茑与女萝。"《毛传》:"茑,寄生也。"《说文解字》:"坻,小渚也。《诗》曰:'宛在水中坻。'"⑨《诗经·秦风·蒹葭》:"宛在水中坻。"《毛传》:"坻,小渚也。"虽则如此,"许君《诗》虽宗毛,然其引《诗》则不废三家"⑩。如《说文解字》:"墫,舞也。从士,尊声。《诗》曰:'墫墫舞我。'"⑪《诗经·小雅·伐木》:"蹲蹲舞我。"《毛传》:"蹲蹲,舞貌。"王先谦云:"鲁蹲作墫,说曰:坎坎、墫墫,喜也。"⑫可见《说文》字从《鲁诗》。

　　《说文解字》:"荠,蒺藜也。从艸,齐声。诗曰:墙有荠。"⑬《诗经·鄘

---

　　① 黄永武:《许慎之经学》,台北:台湾中华书局,1972年,第205～206页。

　　② 刘立志:《汉代〈诗经〉学史论》,北京:中华书局,2007年,第126页。

　　③ (清)严可均辑:《全上古三代秦汉三国六朝文·全后汉文》卷49,北京:中华书局,1958年,第742页。

　　④ 清人唐晏将许慎列为毛诗派学人。(清)唐晏:《两汉三国学案》卷6,北京:中华书局,1986年,第302页。

　　⑤ (清)严可均辑:《全上古三代秦汉三国六朝文·全后汉文》卷49,北京:中华书局,1958年,第741页。

　　⑥ (清)段玉裁:《说文解字注》卷15上,上海:上海古籍出版社,1981年,第765页。

　　⑦ (汉)许慎:《说文解字》卷15上,北京:中华书局,1963年,第215页。

　　⑧ (汉)许慎:《说文解字》卷1下,北京:中华书局,1963年,第19页。

　　⑨ (汉)许慎:《说文解字》卷13下,北京:中华书局,1963年,第288页。

　　⑩ 马宗霍:《说文解字注引经考》,北京:中华书局,2012年,第263页。

　　⑪ (汉)许慎:《说文解字》卷1下,北京:中华书局,1963年,第14页。

　　⑫ (清)王先谦:《诗三家义集疏》卷14,北京:中华书局,1987年,第574页。

　　⑬ (汉)许慎:《说文解字》卷1下,北京:中华书局,1963年,第19页。

风·墙有茨》："墙有茨。"《毛传》："茨，蒺藜也。"王先谦云："齐、韩茨作茦。"①可见《说文》从《齐诗》和《韩诗》。再如，《说文解字》："萱，令人忘忧艸也。从艸，宣声。诗曰：安得萱草。或从煖，或从宣。"②《诗经·卫风·伯兮》："焉得谖草。"《毛传》："谖草，令人忘忧。"王先谦云："鲁说曰：蔜、谖，忘也。韩谖亦作藼。韩说曰：藼草，忘忧也。"③《毛诗》作"谖"，《鲁诗》作"蔜"，《韩诗》作"藼"，《说文》所引作"萱"，可见当为《齐诗》。这样的例子还有不少。④

　　由此可见，"许书虽诗称《毛》氏，而实亦兼采三家，其取舍之道，则以本字本义为依归者也"。⑤

　　以上对许慎《诗》学作了概说，从上分析可以看出，许慎虽未有《诗》学专著，但《五经异义》和《说文解字》中涉及《诗》者甚多。这些资料都是研究东汉《诗》学的重要资料。"许慎于四家诗学，综合融通，古今互用，阐经立论，不为凿空之言，对于东汉后期学术风气的转变与《诗经》学的发展作出了重要贡献。"⑥

（三）马融

　　马融（79 年－166 年），扶风茂陵人。马融博学多采，遍注群经。曾先后"著《三传异同说》。注《孝经》《论语》《诗》《易》《三礼》《尚书》《列女传》《老子》《淮南子》《离骚》"（《后汉书·马融传》）。《后汉书·儒林列传》："中兴后，郑众、贾逵传《毛诗》，后马融作《毛诗传》，郑玄作《毛诗笺》。"可见，马融曾作《毛诗传》。

　　《隋书·经籍志》："梁有《毛诗》十卷，马融注。亡。"《经典释文序录》："《毛诗》马融注十卷。无下袟。"⑦可见，陆氏尚见及其残卷。《唐志》以下不复著录，是残卷亦亡。黄奭《黄氏逸书考》辑有《毛诗马融注》一卷十三条。马国翰《玉函山房辑佚书》辑有《毛诗马氏注》一卷十二条。二者互有

①　（清）王先谦：《诗三家义集疏》卷 3 中，北京：中华书局，1987 年，第 220 页。
②　（汉）许慎：《说文解字》卷 1 下，北京：中华书局，1963 年，第 16 页。
③　（清）王先谦：《诗三家义集疏》卷 3 下，北京：中华书局，1987 年，第 308 页。
④　黄永武：《许慎之经学》，台北：台湾中华书局，1972 年，第 232～368 页。
⑤　黄永武：《许慎之经学》，台北：台湾中华书局，1972 年，第 357 页。
⑥　刘立志：《汉代〈诗经〉学史论》，北京：中华书局，2007 年，第 135 页。
⑦　吴承仕：《经典释文序录疏证》，北京：中华书局，1984 年，第 91 页。

异同,可互补参看。① 除去重复,二书所辑共计 15 条。另外,臧庸《问经堂丛书》辑有《毛诗马王征》四卷。但"是书采马注仅八节,不及马国翰、黄奭所辑为备"②。

侯康《补后汉书艺文志》曰:"马虽治《毛诗》,而不株守毛义。如'南有樛木',同《韩诗》作'朻';《广成颂》'诗咏圃草'与《韩诗》'东有圃草'合;'旐旟掺其如林',与《说文》引《诗》'其旝如林'合。然此犹或毛氏异文,无大差互。惟《庞参传》载融上书,以《出车》诗'赫赫南仲'为宣王时,则与班固《匈奴传》引《诗》合,而与《毛传》大乖。或行文偶参用三家说,而《诗传》固仍宗毛乎?"③侯氏所言甚是。

《三国志·魏书·王肃传》:"初,肃善贾、马之学,而不好郑氏,采会同异,为《尚书》《诗》《论语》《三礼》《左氏》解,及撰定父朗所作《易传》,皆列于学官。"可见,王肃经学颇受马融经学影响。马融《毛诗传》虽仅存十余条,但将马融《毛诗传》与王肃《毛诗注》相比较,便可发现二者相通之处颇不少。《毛诗正义》常将马融与王肃并提。如《大雅·文王序》:"文王,文王受命作周也。"《毛诗正义·大雅·文王》云:"刘歆作《三统历》,考上世帝王,以为文王受命九年而崩。班固作《汉书·律历志》,载其说。于是贾逵、马融、王肃、韦昭、皇甫谧悉皆同之。"

王肃释义亦与马融有不少相同之处。

(1)不忮不求,何用不臧。(《邶风·雄雉》)

《论语·子罕》:子曰:"是道也,何足以臧?"马融曰:"臧,善也。尚复有美于是者,何足以为善也。"④《小雅·十月之交》:"曰予不臧。"《释文》云:"(戕)王本作臧。臧,善也。"王肃释"臧"同于马融。

(2)觏尔新昏,以慰我心。(《小雅·车舝》)

---

① 黄奭、马国翰皆据《释文》采得十余节,黄氏辑本缺《释文》引《大叔于田》"抑释掤忌"一节及郦道元《水经注》引一节,马氏辑本缺《论语集释》《论语义疏》及《后汉书》本传所引凡四节,其余无大异。参见孙启治、陈建华编撰《中国古佚书辑本目录解题》,上海:上海古籍出版社,2009 年,第 27 页。另外,有 1 条黄书合为一条,而马书分为两条。

② 孙启治、陈建华编撰《中国古佚书辑本目录解题》,上海:上海古籍出版社,2009 年,第 28 页。

③ (清)侯康《补后汉书艺文志》,见《丛书集成初编》第 2 册,北京:中华书局,1985 年,第 10 页。

④ (三国)何晏、(南朝·梁)皇侃义疏《论语集解义疏》卷 5,见《景印文渊阁四库全书》第195 册,台北:台湾商务印书馆,1986 年,第 423 页。

《释文》:"韩诗作'以愠我心'。愠,恚也。本或作慰,安也。是马融义。"《孔子家语·七十二弟子解》:孔子曰:《诗》云:'靓尔新昏,以慰我心。'"王肃注云:"慰,安。"可见,王肃释义与马融同。

(3)《后汉书·马融传》:"是以《蟋蟀》《山枢》之人,并刺国君,讽以太康驰驱之节。"

《唐风·蟋蟀序》:"刺晋僖公也。俭不中礼,故作是诗以闵之,欲其及时以礼自虞乐也。"《唐风·山有枢序》:"刺晋昭公也。不能修道以正其国,有财不能用,有钟鼓不能以自乐,有朝廷不能洒扫,政荒民散,将以危亡,四邻谋取其国家而不知,国人作诗以刺之也。"《唐风·蟋蟀》:"职思其居。"王肃云:"其居,主思以礼乐自居也。其外,言思无越于礼乐也。其忧,言荒则忧也。"(《正义》)可见,马融本于《毛诗序》,王肃之意与马融大体同。

(4)彼发有的。(《小雅·宾之初筵》)

《正义》:"《周礼》郑众、马融《注》皆云:'十尺曰侯,四尺曰鹄,二尺曰正,四寸曰质。'……王肃亦云:'二尺曰正,四寸曰质。'……此肃意唯改质为六寸,其余同郑、马也。"

王肃甚至直接全引马融观点为论说论据。如《大雅·生民》:"厥初生民,时维姜嫄。"《正义》云:"王肃引马融曰:'帝喾有四妃,上妃姜嫄生后稷,次妃简狄生契,次妃陈锋生帝尧,次妃娵訾生帝挚。挚最长,次尧,次契。下妃三人皆已生子,上妃姜嫄未有子,故禋祀求子。上帝大安其祭祀而与之子。任身之月,帝喾崩,挚即位而崩,帝尧即位。帝喾崩后十月,而后稷生,盖遗腹子也。虽为天所安,然寡居而生子,为众所疑,不可申说。姜嫄知后稷之神奇,必不可害,故欲弃之,以著其神,因以自明。尧亦知其然,故听姜嫄弃之。'肃以融言为然。"

另外,《大雅·文王序》云:"文王受命作周也。"《毛诗正义·大雅·文王》疏云:"刘歆作《三统历》,考上世帝王,以为文王受命九年而崩。班固作《汉书·律历志》,载其说。于是贾逵、马融、王肃、韦昭、皇甫谧皆悉同之。……其伏生、司马迁以为,文王受命七年而崩。"王肃说同于马融,当是受马融学说影响的结果。

从以上分析可以看出,马融《毛诗传》是王肃《诗》学源头之一,王肃《诗》学多受其影响。

第三节　王肃与郑玄《毛诗笺》

郑玄(127年－200年),字康成,北海高密人。郑玄早年从东郡张恭祖受《韩诗》,后又从马融习古文学。郑玄一生勤于学术,遍注群经。《后汉书·郑玄传》:"凡玄所注《周易》《尚书》《毛诗》《仪礼》《礼记》《论语》《孝经》《尚书大传》《中候》《乾象历》,又著《天文七政论》《鲁礼禘祫义》《六艺论》《毛诗谱》《驳许慎五经异义》《答临孝存周礼难》,凡百余万言。"可见,郑玄《诗》学著作主要有《毛诗笺》和《毛诗谱》,另外,《六艺论》中亦有少许涉及《诗经》者。

郑玄遍注群经对汉代经学的发展产生了很大的影响。《后汉书·郑玄传论》:"郑玄括囊大典,网罗众家,删裁繁诬,刊改漏失,自是学者略知所归。"皮锡瑞《经学历史》云:"郑君徒党遍天下,即经学论,可谓小统一时代。"①王肃《孔子家语序》云:"郑氏学行五十载矣,自肃成童始志于学,而学郑氏学矣。"可见,王肃自幼习郑氏学。后王肃觉得郑氏学颇"义理不安违错者多,是以夺而易之"(《孔子家语序》)。王肃《毛诗注》早佚,从今存佚文来看,王肃注释虽与郑玄多有异,但也有不少同于或近于郑玄者。② 大体情况如下。

1. 从《毛传》,释字词义相同

郑玄和王肃皆宗《毛传》,故二者往往因同于《毛传》而相同。

(1)葛之覃之,施于中谷。(《周南·葛覃》)

《毛传》:"覃,延也。"郑《笺》:"葛者,妇人之所有事也,此因葛之性以兴焉。兴者,葛延蔓于谷中,喻女在父母之家,形体浸浸日长大也。"王肃云:"葛生于此,延蔓于彼,犹女之当外成也。"(《正义》)可见,对于"覃"义,郑、王皆从《毛传》,故二人解说大体相同。

(2)履我即兮。(《齐风·东方之日》)

---

① (清)皮锡瑞著,周予同注:《经学历史》,北京:中华书局,2004年,第103页。
② 史应勇在《郑玄通学及郑王之争研究》一书第十章《现存郑玄、王肃经注比勘六种》中将二人《周易注》《尚书注》《毛诗注》《丧服经传注》《礼记注》《论语注》六种进行比勘。就《毛诗注》而言,史氏罗列了二百二十来条,约有四十余条,郑、王注释大同小异。

《毛传》:"履,礼也。"郑《笺》:"在我室者,以礼来,我则就之,与之去也。言今者之子,不以礼来也。"王肃云:"言古婚姻之正礼,刺今之淫奔。"(《正义》)可见,郑、王皆从《毛传》释"履"为"礼",故二人解说大体相同。

(3)予室翘翘,风雨所漂摇,予维音哓哓。(《豳风·鸱鸮》)

《毛传》:"翘翘,危也。哓哓,惧也。"郑《笺》:"巢之翘翘而危,以其所托枝条弱也,以喻我子孙不肖,故使我家道危也。风雨喻成王也。音哓哓然恐惧,告诉之意。"王肃云:"言尽力劳病,以成攻坚之巢,而为风雨所漂摇,则鸣音哓哓而惧。以言我周累世积德,以成笃固之国,而为凶人所振荡,则己亦哓哓而惧。"(《正义》)可见,郑、王对"翘翘"和"哓哓"释义皆同于《毛传》。

(4)奄有九有。(《商颂·玄鸟》)

《毛传》:"九有,九州也。"郑《笺》:"方命其君,谓遍告诸侯也。汤有是德,故覆有九州,为之王也。"王肃云:"同有九州之贡赋也。"(《正义》)可见,郑、王从《毛传》,释"九有"为九州。

2.从词本义,释义相同

(1)仓庚于飞,熠熠其羽。(《豳风·东山》)

"熠熠",《毛传》无注。《说文》:"熠,盛光也。"[①]郑《笺》:"熠熠其羽,羽鲜明也。"王肃云:"仓庚羽翼鲜明。"(《正义》)可见,郑、王从其本义,故释"熠熠"义相同。

(2)我觏之子,笾豆有践。(《豳风·伐柯》)

对于"觏"《毛传》无注。《说文》:"觏,遇见也。"[②]郑《笺》:"觏,见也。"王肃云:"我所见之子,能以礼治国。"(《正义》)可见,王肃释依其本义,释"觏"亦为"见",故与郑玄同。

(3)未堪家多难,予又集于蓼。(《周颂·小毖》)

---

① (汉)许慎:《说文解字》卷10上,北京:中华书局,1963年,第209页。
② (汉)许慎:《说文解字》卷8下,北京:中华书局,1963年,第178页。

郑《笺》："未任统理我国家众难成之事,谓使周公居摄时也。我又会于辛苦,遇三监及淮夷之难也。"王肃云："非徒多难而已,又多辛苦。是说将来之事,对'多难'为文。蓼,辛苦之菜,故云'又集于蓼',言辛苦也。"(《正义》)《说文》："蓼,辛菜蔷虞也。"①郑、王皆从"蓼"本义,进而释为"辛苦"。

3. 从《诗》意,说引申义相同

有时,郑、王二人释字义虽不相同,但讲解《诗》句引申义时却大体相同。

(1)敝笱在梁,其鱼鲂鳏。(《齐风·敝笱》)

《毛传》："鳏,大鱼。"郑《笺》："鳏,鱼子也。鲂也,鳏也,鱼之易制者,然而敝败之笱不能制。兴者,喻鲁桓微弱,不能防闲文姜,终其初时之婉顺。"王肃言："鲁桓公不能制文姜,若敝笱之不能制大鱼也。"(《正义》)虽然郑、王释"鳏"不同,但对于这两句诗的引申义解说却大体相同。

(2)山有苞栎,隰有六驳。(《秦风·晨风》)

《毛传》："栎,木也。驳如马,倨牙,食虎豹。"郑《笺》："山之栎,隰之驳,皆其所宜有也。以言贤者亦国家所宜有之。"王肃云："言六,据所见而言也。②倨牙者,盖谓其牙倨曲也。言山有木,隰有兽,喻国君宜有贤也。"(《正义》)可见,郑、王二人对这两句诗的引申义理解大体相同。

(3)王于兴师,修我戈矛。(《秦风·无衣》)

《毛传》："天下有道,则礼乐征伐自天子出。"郑《笺》："君不与我同欲,而于王兴师,则云:修我戈矛,与子同仇,往伐之。刺其好攻战。"王肃云："疾其好攻战,不由王命,故思王兴师是也。"(《正义》)虽然郑、王二人对于《诗》句意理解虽略有差异,但对其引申义的理解相同,都认为是讽刺好战之意。

4. 从《诗》本义,解说相同

(1)於昭于天,皇以间之。(《周颂·桓》)

---

① (汉)许慎:《说文解字》卷1下,北京:中华书局,1963年,第16页。
② 王质《诗总闻》仅引"言六"句。

《毛传》:"间,代也。"郑《笺》:"於明乎曰天也,纣为天下之君,但由为恶,天以武王代之。"王肃云:"於乎！周道乃昭见于天,故用美道代殷定天下。"(《正义》)二者从《毛传》,皆认为是周代殷也。

(2)於皇时周,陟其高山。(《周颂·般》)

郑《笺》:"於乎美哉！君是周邦,而巡守其所至,则登其高山而祭之,望秩于山川。"王肃云:"美矣,是周道已成,天下无违。四面巡岳,升祭其高山。"(《正义》)郑、王二人释义大体相同。

(3)於穆不已。(《周颂·维天之命》)

郑《笺》:"命犹道也。天之道,於乎美哉！动而不止,行而不已。"《正义》:"王肃述毛,亦为'不已',与郑同也。"

(4)顾予烝尝,汤孙之将。(《商颂·烈祖》)

郑《笺》:"此祭中宗,诸侯来助之。所言'汤孙之将'者,中宗之享此祭,由汤之功,故本言之。"王肃云:"祭中宗而引汤者,本工业之所起也。"(《正义》)

此外,郑、王或所据原本相同,故二人解说相同。如,

三事大夫。(《小雅·雨无正》)

《毛传》于"三事"无注。郑《笺》:"王流在外,三公及诸侯随王而行者,皆无君臣之礼,不肯晨夜朝暮省王也。"《正义》:"王肃以三事为三公,大夫谓其属。"可见,郑、王皆释"三事"为"三公"。

《孔子家语注》释《诗》亦多有与郑《笺》相同者。如,《始诛》:《诗》曰:"天子是毗,俾民不迷。"(《小雅·节南山》)王肃注:"毗,辅也。"郑《笺》:"毗,辅也。"可见,王肃释"毗"与郑玄同。这样的例子还有不少(详见后文)。

中编　本体论

第三章　王肃《诗》学著述杂考

王肃是继汉末郑玄之后的又一位经学大师。郑玄结束了汉代今古文之纷争,使得经学得以小一统,而王肃则在继承的基础之上,将经学引向新的发展方向。由于各种原因,王肃经学著述大多亡佚,虽则如此,依然不可抹煞其在经学史上的重要地位。下面以《诗》学为中心,对王肃《诗》学作较为全面而深入的研究,以还原和展示这位经学大师的昔日风貌。

第一节　王肃《诗》学著述考

王肃一生勤于著述,著作甚丰,多达三十余种,就《诗》学而言,王肃著述达五种之多。惜这些著作皆早亡佚,仅有辑佚本存世。现对王肃《诗》学著述作一简单考辨。

1.《毛诗王氏注》

《隋书·经籍志》:"《毛诗》二十卷,王肃注。"《经典释文序录》:"王肃《毛诗》注二十卷。"《旧唐书·经籍志》:"《毛诗》二十卷,王肃注。"《新唐书·艺文志》:"王肃《毛诗》注二十卷。"孔颖达主编的《毛诗正义》引录王肃《毛诗注》二百六十余条,陆德明《经典释文》引王肃《毛诗注》八十余条。可见至唐时此书依然流传于世。宋代欧阳修《诗本义》卷二云:"《击鼓》五章自'爰居'而下三章,王肃以为卫人从军者与其室家诀别之辞,而毛氏无说。郑氏以为军中士伍相约誓之言。今以义考之,当时王肃之说为是,则郑于此诗一篇之失大半矣。"[1]李樗、黄櫄《毛诗李黄集解》卷二释《周南·汝坟》:"王氏曰:'饥而又饥,饥之甚也。'"[2]这些皆不见于今本《毛诗正义》和《经典释文》,故知其当引自原书无疑。由此可知,至宋时王肃《毛诗注》依然存世。但官修国家藏书书目《崇文总目》以及元人所修《宋史·艺文

---

① (宋)欧阳修:《诗本义》卷2,见《景印文渊阁四库全书》第70册,台北:台湾商务印书馆,1986年,第194页。

② (宋)李樗、黄櫄:《毛诗李黄集解》卷2,见《景印文渊阁四库全书》第71册,台北:台湾商务印书馆,1986年,第59页。

志》对王肃《毛诗注》皆无著录。可见,此书在宋代便已流传不广,至南宋之时便逐渐亡佚。

到了清代,随着辑佚学的兴起,王肃《毛诗注》出现了多种辑佚本。马国翰《玉函山房辑佚书》辑有《毛诗王氏注》四卷315条。黄奭《黄氏逸书考》辑有《毛诗王肃注》一卷326条。①《隋书·经籍志》:"梁有《毛诗》二十卷,郑玄、王肃合注。亡。"马国翰辑本《毛诗王氏注序》云:"《隋志》注:'梁有《毛诗》二十卷,郑玄、王肃合注。'盖魏晋人取肃注次郑笺后,以便观览,非肃别有注也。"②马氏所言甚是。虽则如此,后世学者亦有将王肃《诗》注与其他人《诗》注合编者。清人臧庸《问经堂丛书》辑有《毛诗马王征》四卷。"是书兼采马融、王肃注,并录王基、孙毓说……是书采马注仅八节,不及马国翰、黄奭所辑为备。至采其余诸家佚说,大抵亦未出马、黄所辑之外。又是书所采皆不注出处,盖不外乎《释文》《正义》,故略之。"③

2.《毛诗义驳》

《隋书·经籍志》:"《毛诗义驳》八卷,王肃撰。"《旧唐书·经籍志》:"《毛诗杂义驳》八卷,王肃撰。"《新唐书·艺文志》:"(王肃)又《(毛诗)杂义驳》八卷。"刘毓庆云:"此当是杂论郑氏之非,非系统论述,故两《唐志》作'杂义驳'。"④刘氏所言甚是。马国翰辑本《毛诗义驳序》云:"肃注《毛诗》,以郑笺有不合于毛者,因复为此书,曰义驳者,驳郑氏义也。"⑤马氏所言甚是。刘毓庆云:"所谓'杂义驳'者,当就郑氏拉杂而非驳之。"⑥由此可见,《毛诗义驳》可能是王肃驳斥郑玄《毛诗笺》的资料汇编,因其条理不甚明了,故曰"杂义驳"。

《毛诗正义》引《毛诗义驳》十余条。可见,至唐代此书尚存。但到了南宋之后,既不见征引,亦不见著录,可见此书亡于南宋时。《毛诗义驳》现仅

---

① 黄奭《汉学堂丛书》亦收有《毛诗王肃注》。《汉学堂丛书》收佚书226种,而《黄氏逸书考》实乃《汉学堂丛书》的增订本,收佚书285种,较前者多出59种。凡前者所收录皆可见于后者,故本书引述皆以《黄氏逸书考》为据。黄氏将王肃《诗》说全部辑入《诗注》,而马氏则将《奏议》《义驳》《问难》单独辑出,故黄氏条目多于马氏。

② (清)马国翰辑:《玉函山房辑佚书》,见《续修四库全书》第1201册,上海:上海古籍出版社,2002年,第298页。

③ 孙启治、陈建华编撰:《中国古佚书辑本目录解题》,上海:上海古籍出版社,2009年,第28页。

④ 刘毓庆:《历代诗经著述考》(先秦—元代),北京:中华书局,2002年,第67页。

⑤ (清)马国翰辑:《玉函山房辑佚书》,见《续修四库全书》第1201册,上海:上海古籍出版社,2002年,第324页。

⑥ 刘毓庆:《历代诗经著述考》(先秦—元代),北京:中华书局,2002年,第68页。

有清代马国翰《玉函山房辑佚书》辑佚本,马国翰从《毛诗正义》中辑得 12
条,合为一卷。①

3.《毛诗问难》

《隋书·经籍志》:"有《毛诗问难》二卷,王肃撰。"《旧唐书·经籍志》:
"《毛诗问难》二卷。王肃撰。"《新唐书·艺文志》:"(王肃)《问难》二卷。"马
国翰辑本《毛诗问难序》云:"此之《问难》,大抵亦申毛以难郑也。"②刘毓庆
云:"所谓'问难'者,当是责难郑氏以申毛说。"③难,发难,问也。西汉东方
朔有《答客难》一文。经注"难"体前代有之。《隋书·经籍志》:"梁有《毛诗
杂义难》十卷,汉侍中贾逵撰,亡。"《三国志·魏书·王基传》:"散骑常侍王
肃著诸经传解及论定朝仪,改易郑玄旧说,而基据持玄义,常与抗衡。"据
此,笔者认为《毛诗问难》很可能是王肃对王基发问作出的回应。

《毛诗正义》对《毛诗问难》有所引用,但自南宋之后,《宋书·艺文志》
等不见著录,亦不见《诗》注诸书征引,可见此书亡于南宋时。《毛诗奏事》
现仅有马国翰《玉函山房辑佚书》辑佚本,马国翰从《毛诗正义》中辑得 7
条,合为一卷。

4.《毛诗奏事》

《隋书·经籍志》:"《毛诗奏事》一卷,王肃撰。"马国翰辑《毛诗奏事序》
云:"肃有《毛诗义驳》专攻郑氏。此则取郑氏之违失,条奏于朝,故题《奏
事》也……肃必欲尽废郑说,驳之不已,复陈诸奏。"④刘毓庆云:"所谓'奏
事'者,当属条列上奏其事,以闻于朝廷,以求得到官方支援。"⑤可见,《毛
诗奏事》可能是王肃为《毛诗注》争立于学官而编撰的上献给朝廷的奏疏。

《毛诗正义》对《毛诗奏事》引用了数条。可见,至唐代此书尚存。但自
宋代之后,既不见征引,亦不见著录,可见此书亡于唐代之后。《毛诗奏事》
现仅有马国翰《玉函山房辑佚书》辑佚本,马国翰从《毛诗正义》中辑得 4
条,合为一卷。

---

① 王肃撰有《尚书》驳议之类的著作。《隋书·经籍志》:"《尚书驳议》五卷,王肃撰。"《旧唐
书·经籍志》:"《尚书释驳》五卷,王肃撰。"

② (清)马国翰辑:《玉函山房辑佚书》,见《续修四库全书》第 1201 册,上海:上海古籍出版
社,2002 年,第 328 页。

③ 刘毓庆:《历代诗经著述考》(先秦—元代),北京:中华书局,2002 年,第 68 页。

④ (清)马国翰辑:《玉函山房辑佚书》,见《续修四库全书》第 1201 册,上海:上海古籍出版
社,2002 年,第 327 页。

⑤ 刘毓庆:《历代诗经著述考》(先秦—元代),北京:中华书局,2002 年,第 68 页。

5.《毛诗音》

姚振宗《三国艺文志》："王肃《毛诗音》。"①《隋书·经籍志》："梁有《毛诗音》十六卷，徐邈等撰。亡。"《旧唐书·经籍志》："《毛诗诸家音》十五卷，郑玄等撰。"《新唐书·艺文志》："郑玄等《诸家音》十五卷。"《经典释文序录》："为《诗音》者九人：郑玄、徐邈、蔡氏、孔氏、阮侃、王肃、江惇、干宝、李轨。"②因此，学者认为"王肃《诗音》当在《隋志》及两《唐志》所载诸家音之中"③。《毛诗音》可能是王肃注释《毛诗》读音的著作。④后为了便于阅读，人们将诸家《诗音》合为一书。据上引《经典释文序录》，王肃等人《毛诗音》至唐代依然存世。自宋代之后，上述《诸家音》不见著录，此书当亡于南宋之时。

据上引《经典释文序录》，陆德明显然阅过王肃《毛诗音》，为何《经典释文》不见征引呢？其实，《经典释文》已经征引了不少王肃《毛诗音》，但因为未注明，故后世学者辑佚王肃《毛诗注》时，将这些条目都收入其中，故无从辑佚《毛诗音》条目了。正因如此，王肃《诗》学著述，唯《毛诗音》不见辑佚本存世。虽则如此，学者罗列王肃《诗》学著作时多将《毛诗音》罗列其中。余萧客《古经解钩沉·录》："王肃《毛诗注》二十卷，《毛诗义驳》八卷，《杂义驳》，《毛诗问难》二卷，《毛诗音》。"⑤刘汝霖《汉晋学术编年》著录王肃著述时亦列有《毛诗音》。⑥

《毛诗音》明显存在于陆德明《经典释文·毛诗音义》之中，故笔者将《毛诗音义》中王肃注音条目辑出，合为一编《毛诗音》(52 条)。

---

① 《续修四库全书》第 914 册，上海：上海古籍出版社，2002 年，第 435 页。

② 吴承仕：《经典释文序录疏证》，北京：中华书局，1984 年，第 93 页。

③ 刘毓庆：《历代诗经著述考》(先秦—元代)，北京：中华书局，2002 年，第 69 页。

④ 虽然有学者怀疑郑玄是否作《毛诗音》，但大多学者认为王肃曾作《毛诗音》。《经典释文序录》著录高贵乡公《春秋左氏音》三卷，现存音义 2 条。参见黄坤尧《经典释文与魏晋六朝经学》，见杨晋龙、刘柏宏主编：《魏晋南北朝经学国际研讨会论文集》(下)，台北："中央"研究院中国文哲研究所，2016 年，第 795 页。高贵乡公尚能作音义之书，同时代而年长于高贵乡公的经学大师王肃自然能作音义之书。潘重规认为王肃驳郑音而有《诗音》之作，"其后王肃起与郑抗，郑学王学，树帜相争，既有王申毛之义，故又有王氏申毛之音"。潘重规：《王重民题敦煌卷子徐邈毛诗音考》，《敦煌诗经卷子研究论文集》，香港：新亚研究所，1970 年，第 52 页。此说可再作商榷。郑玄是否作《毛诗音》在此不论。王肃撰《毛诗注》并非有意识与郑玄争胜，而是欲补郑学之失。《毛诗音》或为王肃《毛诗注》的"副产品"，故亦当非为驳郑而作。

⑤ (清)余萧客：《古经解钩沉》卷 1 上，见《景印文渊阁四库全书》第 194 册，台北：台湾商务印书馆，1986 年，第 365 页。

⑥ 刘汝霖：《王肃著述表》，见《汉晋学术编年》卷 7，上海：华东师范大学出版社，2010 年，第 539～541 页。

6.《孔子家语注》

《汉书·艺文志》:"《孔子家语》二十七卷。"颜师古注:"非今所有《家语》。"《隋书·经籍志》:"《孔子家语》二十一卷,王肃解。"此后《旧唐书》《新唐书》《宋史》《崇文总目》等,皆著录《孔子家语》十卷。今本亦十卷。可见,《孔子家语》当有不少亡佚。① 今本《孔子家语》十卷,四十四篇。

以前不少学者认为《孔子家语》和《孔丛子》皆为王肃伪造。随着相关简牍文献的出土,学者们多认为,《孔子家语》为先秦两汉旧书,非王肃所伪造。②

王肃曾注《孔子家语》,今存。《孔子家语注》引《诗》五十余条,王肃作注 40 条,这些注释是研究王肃《诗》学的重要资料。

7.《圣证论》

《三国志·魏书·王肃传》:"肃集《圣证论》以讥短(郑)玄。"《隋书·经籍志》:"《圣证论》十二卷,王肃撰。"《旧唐书·经籍志》:"《圣证论》十一卷。"《新唐书·艺文志》:"王肃《圣证论》十一卷。"宋代之后不见著录,可见此书亡于宋代。

据《三国志·王肃传》记载,《圣证论》当为王肃一人独撰。不久马昭挑起争议,于是双方展开正式辩论。《旧唐书·元行冲传》:"子雍规玄数十百件,守郑学者,时有中郎马昭,上书以为肃缪。诏王学之辈,占答以闻。又遣博士张融案经论诘。融登召集,分别推处,理之是非,具《圣证论》。王肃酬对,疲于岁时。"据《旧唐书·元行冲传》,马昭、张融等人的论说皆载于《圣证论》。故有学者认为,双方辩论及张融评说都汇入王肃《圣证论》之中,"实际上是形成了以王肃原始的《圣证论》为基本构成,同时又汇集了辩论双方的观点的一部书"③,增加于王肃相应条目之下。马国翰辑《圣证论序》云:"《圣证论》一卷,魏王肃撰,晋马昭驳,孔晁答,张融评……《(元)行

---

① 如《通典》卷六十九博士田琼引《家语》"绝嗣而后他人,于理为非",《礼记·祭法》疏引《家语》"六宗",《毛诗正义·大雅·皇矣》疏云:"其奏云:《家语》引此(维彼四国,爰究爰度)诗,乃云:'纣政失其道,而执万乘之势,四方诸侯固犹从之谋度于非道,天所恶焉'"等,这些皆不见于今本《家语》。有学者认为《孔子家语》"亡失泰半",似不可信。参见邹纯敏《郑玄王肃〈诗经〉学比较研究》,台北:花木兰文化出版社,2009 年,第 11 页。

② 详情参见李学勤《竹书〈家语〉与汉魏孔氏家学》,载《孔子研究》,1987 年第 2 期,第 60～64 页;杨朝明:《代前言:〈孔子家语〉的成书与可靠性研究》,见杨朝明、宋立林主编《孔子家语通解》,济南:齐鲁书社,2013 年,第 1～43 页;刘巍:《〈孔子家语〉公案探源》,北京:社会科学文献出版社,2014 年,第 27～198 页。

③ 程浩:《王肃〈圣证论〉体例及论说考》,载《古籍整理研究学刊》,2013 年第 2 期,第 13 页。

冲传》称王学之辈以诸引马昭、张融,多参孔晁说,党于王则晁固王学辈之首选也……采辑四十余答,依经编次为卷。张融核定郑、王之臧否,称郑注'泉深广博,两汉四百余年未有伟于玄者,然二郊之际殊天之祀,此玄误也。其如皇天祖所自出之帝,亦玄虑之失也。'可谓此编之定评已。"①

《三国志·王肃传》未载《圣证论》成书时间。《圣证论》既然是王肃驳郑的产物,故其编撰应在王肃撰经注之时,故亦当撰于其为散骑常侍之时。

《圣证论》今有多种辑佚本存世。王谟《汉魏遗书钞》辑有《圣证论》一卷 21 条。马国翰《玉函山房辑佚书》辑有《圣证论》一卷 35 条。② 马氏将王肃论、马昭驳、孔晁答以及张融评汇为一编,显然不合乎《三国志》所集"肃集"以及《隋志》所言"王肃撰"。马氏所辑可能并非王肃原书,但颇有助于了解魏晋时期的郑王之争。皮锡瑞《师伏堂丛书》有《圣证论补评》。③皮氏以马氏辑本为基础,每条前先列有对应经文(马书有,但不全),再列以《圣证论》原文,同一条中往往将王肃之说并为一处,对马氏漏辑的"孔晁曰""张融评"等作了补充,对马氏误录者加以删除,最以皮氏以"补评曰"的形式,对每条作了详细的考辨。皮氏拥郑倾向明显,故多驳王而为郑辩护。其中亦不乏新见,如对"伴奂"的解说等。王谟辑本是以条目的形式汇编的,其中并无涉及《诗》的条目。马国翰辑本涉及《诗》义者共十条,但这些都可见于王肃的《毛诗注》《毛诗义驳》《毛诗奏事》等,故在后文中将不作专门论述。

8.《王子正论》

《隋书·经籍志》:"《王子正论》十卷,王肃撰。"《新唐书·艺文志》:"王肃《政论》十卷。"至宋代以后,不见著录,可见其亡于宋后。马国翰从《三国志》《晋书》《通典》《太平御览》中辑得王肃论礼文字 25 条,④合为一卷。马国翰《王子正论序》:"其说于礼制加详,多所驳纠,盖在当日,欲与郑氏角

---

① (清)马国翰:《圣证论序》,见(清)马国翰辑:《玉函山房辑佚书》,见《续修四库全书》第1203 册,上海:上海古籍出版社,2002 年,第 312 页。

② 马国翰《圣证论序》云"采辑四十余条",实则 35 条。

③ 有光绪二十五年(1899 年)《师伏堂丛书》本,不易得。近有陈殿、王强主编《师伏堂丛书》(影印本),南京:凤凰出版社,2014 年;吴仰湘编:《皮锡瑞全集》第 5 册,北京:中华书局,2016 年。本书主要据光绪二十五年(1899 年)《师伏堂丛书》影印本。该书分为上下卷,未标有页码。笔者将皮氏本与马氏本作了逐条对比,皮氏本仅得 34 条,删除马书第 21 条。皮锡瑞认为"《(魏书)礼志》所引,盖约举两家之言耳,以为《圣证论》,无明文,今删去"。

④ 这些片断大多被严可均收入《全三国文》"王肃"卷中。

胜,拔帜自成一队,抗颜高论,亦足名家矣。"①这些文字虽无直接涉及《诗经》者,但对于理解《诗经》中的礼制不无参考之用,故亦纳入本书研究对象之列。

《王子正论》主要以论礼制为主,其中部分作于明帝时,部分作于为太常时。王肃两为太常,其为太常时间约在正始六年(245 年)至嘉平五年(253 年)。嘉平五年,王肃迁为河南尹,两年后迁中领军。《王子正论》是王肃论礼文章汇集,故当作于其为太常后期,即嘉平三年(251 年)左右。

此外,《隋书·经籍志》:"梁有《毛诗》二十卷,郑玄、王肃合注。"马国翰《毛诗王氏注序》云:"盖魏晋人取肃注次郑笺后,以便观览,非肃别有注也。"②马氏所言甚是。此合注本唐代之后不见著录,当亡于唐代。

第二节　王肃《诗》学著述成书时间考

《三国志·魏书·王肃传》重在其政治事迹记载,故对其各类著作编撰时间均无记载。对于王肃《诗》学著述写作时间,学者鲜有论及。戴维认为《毛诗注》是王肃早年之作,而《毛诗义驳》《毛诗奏事》和《毛诗问难》三种乃其晚年之作。③ 此类说法过于笼统,且多有不合理之处。

《三国志·魏书·王基传》:"擢为中书侍郎。明帝盛修宫室,百姓劳瘁,基上疏曰……散骑常侍王肃著诸经传解及论定朝仪,改易郑玄旧说,而基据持玄义,常与抗衡。迁平安太守,公事去官。大将军曹爽请为从事中郎,出为安丰太守。"据《王肃传》记载,王肃于明帝太和三年(229 年)为散骑常侍。《三国志·魏书·王肃传》:"后肃以常侍领秘书监,兼崇文观祭酒。"可见王肃后来虽有些兼职,但散骑常侍之职一直未变,直至正始元年(240 年)出为广平太守。④ 据《三国志·魏书·王基传》,王基驳王肃在其上疏谏明帝修宫室之后。《三国志·魏书·明帝纪》:"是时(青龙三年,235 年)大治洛阳宫,起昭阳、太极殿,筑总章观。百姓失农时,直臣杨阜、高堂

---

① (清)马国翰:《王子正论序》,见(清)马国翰辑:《玉函山房辑佚书》,见《续修四库全书》第 1204 册,上海:上海古籍出版社,2002 年,第 147 页。

② (清)马国翰辑:《玉函山房辑佚书》,见《续修四库全书》第 1201 册,上海:上海古籍出版社,2002 年,第 298 页。

③ 戴维:《诗经研究史》,长沙:湖南教育出版社,2001 年,第 182 页。

④ 魏明帝对王肃一直比较器重,故明帝一朝,王肃多次上疏进谏。曹芳继位,曹爽掌权,曹爽不好王肃,故将其外放为广平太守。

隆等各数切谏,虽不能听,常优容之。"可见王基驳王肃当在青龙三年(235年)之后。在任散骑常侍期间,王肃参与了众多礼仪论定。如太和六年(232年)有侯国相是否为国王服斩衰议,禘祫议;青龙二年(234年)有汉献帝谥号之议,王侯在丧袭爵议;青龙五年(237年)有祀圆丘方泽宜宫县乐八佾舞议,司徒丧服议等。这些正合于王基所言"论定朝仪"。据此,王肃《毛诗注》等著述当完成于青龙四年(236年)至景初三年(239年)期间。① 马国翰认为王肃注《毛诗》后,"以郑笺有不合于毛者,因复为此书"②。此说颇有道理。王肃可能撰《毛诗注》后,深觉不尽意,于是将自己不同于郑玄《诗》说者汇为一编,即《毛诗义驳》,以明郑氏之误。因此其形成时间当在《毛诗注》成书之后不久,故亦当作于其任散骑常侍期间。另外,《毛诗音》乃《毛诗注》相辅相成之作,故亦当作于此时。如上所说,《毛诗问难》很可能是王肃对王基发问作出的回应。故《毛诗问难》当作于此间,其略晚于《毛诗注》等。

如上所说,《毛诗奏事》是王肃为《毛诗注》争立于学官而编撰的上献给朝廷的奏疏。据《三国志》记载,王朗《易传》于正始六年(245)立于学官。王肃意欲将其所注《毛诗注》立于学官,故作《毛诗奏事》,上献给皇帝,以陈己见。故《毛诗奏事》当作于正始七年(246年),时曹芳已通《诗》。孔颖达《毛诗正义·大雅·皇矣》:其《奏》云:"《家语》引此诗,乃云:'纣政失其道而执万乘之势,四方诸侯固犹从之谋度于非道,天所恶焉。'"此表明《毛诗奏事》作于《孔子家语注》之后。

从以上分析可以看出,《毛诗注》《毛诗音》《毛诗义驳》成书较早,而《毛诗问难》略晚于前三者,前三者皆当成于王肃为散骑常侍期间,即青龙四年(236年)至景初三年(239年)。而《毛诗奏事》成书较晚,当作于正始七年(246年)。

毛晋仿北宋本王肃《孔子家语序》:

> 郑氏学行五十载矣。自肃成童,始志于学,而学郑氏学矣。……而予从猛得斯论,以明相与孔氏之无违也。斯皆圣人实事之论,而恐其将绝,故特为解,以贻好事之君子。③

---

① 明帝于景初三年(239年)正月崩,曹芳继位,故王肃外放当在此后不久。

② (清)马国翰:《毛诗义驳序》,见(清)马国翰辑:《玉函山房辑佚书》,见《续修四库全书》第1201册,上海:上海古籍出版社,2002年,第324页。

③ (三国)王肃:《孔子家语序》,上海:上海古籍出版社,1990年,第1页。

王肃得到《孔子家语》之后，"恐其将绝"，于是为之作注，以扩大其传播范围与影响。据《后汉书·郑玄传》载，郑玄卒于汉献帝建安五年（200年）六月。刘汝霖等学者认为"郑氏学行"始于郑玄卒后。于是刘氏以郑玄卒年向下推五十年，认为王肃《孔子家语注》作于齐王曹芳嘉平二年（250年）。①《圣证论》多次引用《孔子家语》，王肃不可能晚至其卒前数年方得到《孔子家语》一书。

据《后汉书·郑玄传》，郑玄游学十余年后，于汉桓帝延熹九年（166年）辞别马融归乡里，②躬耕教授，生徒多达百千人。本年十二月，第一次党锢之祸起，不久郑玄亦遭禁锢。③ 于是郑玄杜门不出，被禁锢十四年。直至灵帝中平元年（184年）三月，党锢解，郑玄方再次开门授业，"弟子河内赵商等自远方至者数千"（《后汉书·郑玄传》）。党禁之前，郑玄虽然授学数年，生徒也不少，但经过十余年的中断，故其早年的影响是有限的。④党禁解除之后，郑玄授业数十年，生徒数千，其遍注群经，融古今之学、众家之学于一体，使得学者略知所归。现可考知的有姓名的郑玄弟子及再传弟子三十余人，⑤如崔琰、王经、国渊、任嘏、宋均等，皆一时名流。可见，郑学的流行始于党禁之后。故笔者认为，王肃所谓"郑氏学行"当从第二次党禁解除时（184年）算起，至魏明帝青龙元年（233年），正好五十年。故王肃于本年得到《孔子家语》一书，且《孔子家语注》亦当作于本年。

第三节 王肃经学立于学官时间考

魏晋时期，王肃经学被立于学官。《三国志·魏书·王肃传》："初，肃善贾、马之学，而不好郑氏，采会同异，为《尚书》《诗》《论语》《三礼》《左传》解，及撰定父朗所作《易传》，皆立于学官。"对于王肃经学立于学官时间，史书无载，学者们意见不一。许道勋、徐洪业的《中国经学史》一书认为在嘉平六年（254年）王肃为太常总领五经博士之时。⑥ 郝虹的《魏晋儒学新论》

---

① 刘汝霖：《汉晋学术编年》卷7，上海：华东师范大学出版社，2010年，第530页。
② 王利器：《郑康成年谱》，济南：齐鲁书社，1983年，第55页。
③ 王利器认为郑玄遭党祸始于建宁四年（171年）。参见王利器《郑康成年谱》，济南：齐鲁书社，1983年，第73页。
④ 王利器《郑康成年谱·弟子》所录弟子三十余人，无一不是后期弟子，可资旁证。
⑤ 王利器：《郑康成年谱·弟子》，济南：齐鲁书社，1983年，第271～311页。
⑥ 许道勋、徐洪业：《中国经学史》，上海：上海人民出版社，2006年，第143页。

一书认为王学立于学官的时间为嘉平初年(249 年),此时司马氏当权且王肃为太常。[①] 此类说法不尽可信。为太常时,王肃岂能用特权将自己所注五经立于学官呢? 就怕别人指责或笑话吗? 这显然不合于常理。程苏东认为王学之立不得晚于正始六年(245 年),[②]亦可再作商榷。

史书对于王学立于学官具体时间虽无载,但依然有一些线索可寻。《三国志》明确记载了王肃《易》学立于学官的具体时间。《三国志·魏书·三少帝纪》:"(齐王正始)六年……十二月辛亥,诏故司徒王朗所作《易传》,令学者得以课试。"《三国志·魏书·王肃传》:"及撰定父朗所作《易传》。"可见,《易传》虽为其父王朗所作,但经过王肃修订。此时上距王朗卒已有十八之久了,故王氏《易》立,当与王朗没有多少关联。齐王曹芳年仅十岁继位,由大将军曹爽和太尉司马懿辅政。继位之后,曹芳努力学习经学,正始二年(241 年)帝初通《论语》,正始五年(244 年)讲《尚书》经通。正始六年(245 年),王朗《易》学立于学官。正始七年(246 年)十二月讲《礼记》通。于见,王朗《易》学立于学官当与曹芳重视经学有关。

王朗《易》学于正始六年(245 年)立于学官,王肃其他经注立于学官当在此后。

《三国志·魏书·三少帝纪·高贵乡公纪》:

> (甘露元年四月)丙辰,帝幸太学,问诸儒曰……俊对曰:"郑玄合象、象于经者,欲使学者寻省易了也。"……讲《易》毕,复命讲《尚书》。帝问曰:"郑玄云:'稽古同天,言尧同于天也。'王肃云'尧顺考古道而行之'。二义不同,何者为是?"博士庾峻对曰:"先儒所执,各有乖异,臣不足以定之。然则《洪范》称'三人占,从二人之言'。贾、马及肃皆以为'顺考古道'。以《洪范》言之,肃义为长。"……帝又问曰:"……今王肃云'尧意不能明鲦,是以试用'。如此,圣人之明有所未尽邪?"……于是复命讲《礼记》。帝问曰……

王国维云:"又《高贵乡公纪》载'其幸太学之问,所问之《易》,则郑玄注也;

---

①　郝虹:《魏晋儒学新论:以王肃和"王学"为讨论的中心》,北京:中国社会科学出版社,2011年,第 233～234 页。

②　程苏东:《郑王与曹马:再论王肃之学的兴起》,载《哲学门》第三十四辑,北京:北京大学出版社,2016 年,第 111 页。

所讲之《书》,则马融、郑玄、王肃之注也;所讲之《礼》,则《小戴记》,盖亦郑玄、王肃注也.'是魏时学官所立诸经,已为贾、马、郑、王之学。"①王国维先生所言甚是。可见,至高贵乡公甘露元年(256 年)之前,王肃所注诸经,如《书》《礼》等皆已立于学官。

据《三国志·魏书·三少帝纪》记载,曹芳正始元年(240 年)七月的诏书中已引用《易》,表明其已通《易》。后其先通《书》,再通《礼》。曹髦甘露元年幸太学时,问五经的次序也是《易》《书》《礼》。可见,当时士人习五经,当依今文排序《易》《书》《诗》《礼》《春秋》次序。② 古人习经,往往一两年通一经,曹芳习经亦是如此。正始五年(244 年)通《书》,正始七年(246 年)通《礼》,期间可能通《诗》。以此推之,其当于正始八年(247 年)通《春秋》。曹芳习五经,觉王肃之注颇有可取,故先后将王肃所注五经立于学官。因此,当于正始九年(248 年),王肃所注五经皆已先后立于学官。

嘉平元年(249 年)正月,司马懿发动高平陵政变之后,曹氏与司马氏间矛盾突然爆发,于此之后数年间,曹芳对司马懿姻亲王肃(王肃女嫁司马懿次子司马昭)亦当有所"敬而远之",故不可能将其所注诸经立于学官。从司马氏而言,高平陵政变之后的十余年里,其着力于打击曹氏势力,尚不会顾及文化建设,故不可能以其政治力量将王肃经学立于学官。

故可推断,王肃所注诸经当于正始七年(246 年)至正始八年(247 年)间先后立于学官。因此,王肃《毛诗注》亦当于此两三年间立于学官。

后世学者多将王肃所注诸经立于学官归于政治力量的支持。皮锡瑞云:"肃以晋武帝为其外孙,其学行于晋初。《尚书》《诗》《论语》《三礼》《左氏》解及撰定父朗所作《易传》,皆立学官。"③如上所述,王肃所注五经当于高平陵政变(249 年)之前皆立于学官。《三国志》记载,高贵乡公甘露元年(256 年)幸太学时,便与博士论及王肃之《易》学。高平陵政变下距晋武帝称帝尚有十六年之久,且高平陵政变之前,魏国政权完全掌握在曹氏手中,司马氏基本无多少实权。可见,此类说法显然颠倒前后次序,全不合于历史事实。④

---

①　王国维:《魏石经考三》,见《观堂集林》,石家庄:河北教育出版社,2001 年,第 599 页。

②　《汉书·艺文志》等皆依此次序排列。

③　(清)皮锡瑞著,周予同注:《经学历史》,北京:中华书局,2004 年,第 109 页。

④　程苏东云:"至晚到魏明帝时期,王肃之学已取得了相当重要的地位……足见其学之兴,不可完全归于司马氏的秉政。"程苏东:《郑王与曹马:再论王肃之学的兴起》,载《哲学门》第三十四辑,北京:北京大学出版社,2016 年,第 127 页。

曹髦幸太学,质问五经表明,当时《书》有贾逵、马融、郑玄、王肃四家,而《礼》则有郑玄、王肃两家。汉代五经博士皆为今文家。汉末以来,今文经学衰微,古文经学兴起,故贾逵、马融、郑玄等古文经学大师经注皆立于学官,亦不足为怪。立王肃经学于学官,并非以王肃经学全面取代郑玄之学,而是于郑玄、贾逵、马融诸家之外再增一家。一些学者不解于此,误认为立王肃经学,便是以王肃经学全面取代郑玄经学。以至有"王肃出而郑学亦衰"①之说,显然不确。② 这自然加深了宗郑学者对王肃的反感,甚至仇视,于是很自然地将学术与政治扯在一起,以此来攻击王肃。贾、马、郑之学立于学官,是经学发展的自然结果,王朗《易》学立于学官亦是如此(时王朗已卒),为何王肃之学的增立,一定需借助外在政治力量的推动呢? 高平陵政变之前,司马氏尚自危难保,又如何谋立王肃经学呢?

王肃曾注《孝经》,《隋书·经籍志》:"《孝经》一卷,王肃解。"《经典释文序录》《新唐书》《旧唐书》对此均有所记载。

邢昺《孝经注疏序》:"王肃《孝经传》首有司马宣王奉诏令诸儒注述《孝经》,以肃说为长。"故学者认为"王学之兴确与司马氏之推毂有关"。③ 虽然不能轻易怀疑此说的可信性,但此说亦有些不合情理之处。曹芳即位时,时为太尉的司马懿年已六十二,不久便迁为太傅。如果曹芳要抬举王肃《孝经注》,显然不需要劳驾地位尊贵且年寿已高的太傅来传诏,只需要太常或其他官员即可。如果司马懿要抬举王肃《孝经注》,又何必要自己亲自出面呢?

汉文帝时,曾置《论语》《孝经》博士(赵岐《孟子题辞》),汉武帝罢黜百家,专立五经,《论语》《孝经》不再置博士,并无所谓立于学官之说。《论语》和《孝经》虽不立于学官,但被视为学经之基础,故"受经与不受经者皆诵习之"。④ 可见,诏令注《孝经》从王肃说,与王学立于学官,并无多少关联,不可混同。

《三国志》载,高贵乡公幸太学时,对《易》《书》《礼》三经的解说提出了不少质疑,以致博士不能解。《易》学博士淳于俊对曰:"古义弘深,圣问奥远,非臣所能详尽。"《书》学博士庾峻对曰:"非臣愚见所能逮及。"这几位经

---

① (清)皮锡瑞著,周予同注:《经学历史》,北京:中华书局,2004 年,第 105 页。

② 邹纯敏:《郑玄王肃〈诗经〉学比较研究》,台北:花木兰文化出版社,2009 年,第 33 页。

③ 程苏东:《郑王与曹马:再论王肃之学的兴起》,载《哲学门》第三十四辑,北京:北京大学出版社,2016 年,第 112 页。

④ 王国维:《汉魏博士考》,见《观堂集林》,石家庄:河北教育出版社,2001 年,第 107 页。

学博士无以对时,并没有搬出"诏令从王"之类的理由,以搪塞曹髦之问,而是自认无知无学。可见此前并无五经注解从王肃说之类的诏令。因此,王肃经注立于官学,显然是其经注受到曹芳赏识的结果,而不是诏令强从的结果。

曹髦幸太学时,博士庾峻论《尚书》时将马融、郑玄、王肃并提。此表明,将王肃注经立于学官,是于诸家之外再增立王学一家,并非以王肃经注全面取代郑玄经注。一些学者不明于此,以为王肃驳郑是为了争立学官,是为了以王学全面取代郑学,实是一种误解。

简而言之,王肃经学于正始七年(246 年)至正始八年(247 年)间先后立于学官。王肃经学增立于学官,实乃魏时经学发展之自然结果,与司马氏之间并无多少关系,也非君主诏令之结果。

第四章 《孔子家语注》注《诗》

王肃《孔子家语序》云其从孔子二十二世孙孔猛家获得《孔子家语》一书。后世学者对王肃此语颇多怀疑,并多认为《孔子家语》一书乃王肃伪造。近期,由于《儒家者言》等简牍文献的出土,学者多认为《孔子家语》并非王肃伪造,而是孔氏家学的产物。① 由于真伪难辨,《孔子家语》一直不为学者所重视,王肃注释亦较少受到研究者关注。《孔子家语》一书真伪姑且不论,而王肃注释却是真实可信、不容置疑的。这些注释真实地反映了王肃的学识与思想,是研究王肃学术思想与学术成就的重要资料。正如学者所言:"对于研究王肃经学而言,《孔子家语》王肃注也是一条必不可少的途径。"②不无遗憾的是,王肃《孔子家语》注释的文献价值至今少有学者关注。下面就《孔子家语》引《诗》王肃注等相关问题作较为全面的研究。

第一节 《孔子家语注》的《诗》学价值

据笔者统计,《孔子家语》③(后简称《家语》)共引《诗》54 条④,其中有一条先后重复 3 次,⑤实为 52 条(含逸《诗》1 条),王肃作注 40 条(含注逸《诗》1 条)。另外,《家语》注释中保存王肃引《诗》6 条,其中 1 条是对《家语》引《诗》的补充,其余 5 条为王肃注独立引《诗》。对于这 5 条引《诗》,王肃对其中的 2 条作了解说。《毛诗正义》保存王肃《孔子家语注》(后简称《家语注》)释《诗》逸文 1 条。这样王肃《家语注》释《诗》条目共计 43 条。

---

① 李学勤:《竹书〈家语〉与汉魏孔氏家学》,载《孔子研究》,1987 年第 2 期,第 60～64 页;杨朝明:《代前言:〈孔子家语〉的成书与可靠性研究》,见杨朝明、宋立林主编:《孔子家语通解》,济南:齐鲁书社,2013 年,第 1～43 页;刘巍:《〈孔子家语〉公案探源》,北京:社会科学文献出版社,2014 年,第 27～198 页。

② 华喆:《礼是郑学:汉唐间经典诠释变迁史论稿》,北京:生活·读书·新知三联书店,2018 年,第 212 页。

③ 《孔子家语》有多种版本,其内容略有不同。本书以上海古籍出版社 1990 年影印明覆宋刊本为据。

④ 凡一次引同一首《诗》算作 1 条,凡前后连续引用两首不同的《诗》,则算作 2 条。

⑤ "岂弟君子,民之父母"前后共引 3 次,仅第 1 次引用时王肃作注,后 2 次均未作注。

这些《诗》注无疑是研究王肃《诗》学的重要资料。

（一）保存《逸诗》及《诗》异文

《孔子家语》一书保存了少许《逸诗》和《诗》异文。今本《家语》保存《逸诗》1条。《六本》：孔子曰："《诗》云：'皇皇上天，其命不忒。天之以善，必报其德。'祸亦如之。"王肃注："此《逸诗》也。"可见在王肃时代，这几句《诗》便不见于当时通行的《诗经》之中了。

汉代《诗》有齐、鲁、韩、毛多家，郑玄为《毛诗》作注之后，《毛诗》盛行于世。王肃自幼习郑学，其所习《诗》亦是《毛诗》。为《家语》作注时，王肃不仅对《家语》原文进行注释，还对其所引经典加以注释。将《家语》引《诗》以及王肃注释与今本《毛诗》对照，便可发现二者文字颇有差异。

　　（1）明明天子，令问不已。（《问玉》①引《大雅·江汉》）

《家语》诸本皆作"问"，今本《诗经》《礼记》《韩诗外传》皆作"闻"。

　　（2）有美一人，清扬宛兮。（《致思》引《郑风·野有蔓草》）

《家语注》："宛然，美也。""宛"，今本《诗经》作"婉"。据王先谦等学者研究，《韩诗》作"宛"。②

　　（3）殆天之未阴雨，彻彼桑土，绸缪牖户。（《好生》引《豳风·鸱鸮》）

《家语注》："殆，及也。""殆"，今本《诗经》作"迨"。

　　（4）媚兹一人，应侯慎德。（《弟子行》引《大雅·下武》）。

《家语注》："言颜渊之德足以媚爱天子，当于其心惟慎德。""慎"，今本《诗经》作"顺"。

　　（5）受小拱大拱，而为下国骏庞。荷天子之龙。（《弟子行》引《商颂·长发》）

---

① 为了节省篇幅，本章所引《孔子家语》皆直接标明篇名。

② （清）王先谦：《诗三家义集疏》卷5，北京：中华书局，1987年，第370页。

《家语注》："拱，法也。""拱"，今本《诗经》作"共"，据学者研究，《鲁诗》"共"作"珙"或"拱"。①

(6)不戁不悚。(《弟子行》引《商颂·长发》)

《家语注》："戁，恐。悚，惧。"《毛传》："戁，恐。竦，惧也。"今本《诗经》："不戁不竦。"今本不同，不知何据。

(7)丧乱蔑资，曾不惠我师。(《辩政》引《大雅·板》)

《家语注》："夫为亡乱之政，重赋厚敛，民无资财，曾莫肯爱我众。""不"，今本《诗经》作"莫"。

(8)乱离瘼矣，奚其适归？(《辩政》引《小雅·四月》)

"奚"，今本《诗经》作"爰"。郑《笺》："爰，曰也。"

王肃为之作注，这表明王肃所见《家语》传本原文当是如此。这些差异，有的可能是因形近而传抄所致。如《问玉》引《大雅·江汉》："明明天子，令问不已。""问"，今本《诗经》作"闻"。《辩政》引《小雅·四月》："乱离瘼矣，奚其适归？""奚"，今本《诗经》作"爰"。有些差异或出于通假字。如《好生》引《豳风·鸱鸮》："殆天之未阴雨，彻彼桑土，绸缪牖户。""殆"，今本《诗经》作"迨"。《弟子行》引《商颂·长发》："不戁不悚。""悚"，今本《诗经》作"竦"。有的当与所见版本不同有关。如《辩政》引《大雅·板》："丧乱蔑资，曾不惠我师。""不"，今本《诗经》作"莫"。《家语注》："夫为亡乱之政，重赋厚敛，民无资财，曾莫肯爱我众。"可见，王肃亦作"莫"解。因此，今本《家语》作"不"，可能亦是传抄篡改所致，当与所据版本不同有关。

考之王先谦等学者关于今文三家《诗》的研究成果，便可发现《家语》引《诗》有的同于《齐》《鲁》《韩》三家《诗》，《家语》所引当为今文三家《诗》。如《致思》引《郑风·野有蔓草》："有美一人，清扬宛兮。""宛"，今本《诗经》作"婉"，而《韩诗》作"宛"。②《弟子行》引《大雅·下武》"媚兹一人，应侯慎德"。"慎"，今本《诗经》作"顺"，而《鲁诗》作"慎"。③《弟子行》引《商颂·

① （清）王先谦：《诗三家义集疏》卷28，北京：中华书局，1987年，第1111页。
② （清）王先谦：《诗三家义集疏》卷5，北京：中华书局，1987年，第370页。
③ （清）王先谦：《诗三家义集疏》卷21，北京：中华书局，1987年，第867页。

长发》:"受小拱大拱,而为下国骏庞。荷天子之龙。""拱",今本《诗经》作"共",而《鲁诗》作"珙"或"拱"。①

值得注意的是,《问玉》引《大雅·江汉》:"矢其文德,协此四国。"王肃注:"《毛诗》:'矢其文德。'矢,陈。协,和。"今本《诗经》:"矢其文德,洽此四国。"《礼记·孔子闲居》和《春秋繁露·竹林》引《诗》皆作:"弛其文德,协此四国。"董仲舒所习为《齐诗》。可见,《毛诗》作"矢"而《齐诗》作"弛",《齐诗》作"协"而《毛诗》作"洽"。王肃特注明《毛诗》作"矢其文德",表明其所见其他《诗》家不是如此。

从以上分析可以看出,《家语》引《诗》不仅保存了少许《逸诗》,而且保存一些《诗》异文,这些对研究《毛诗》以及《齐》《鲁》《韩》三家《诗》说提供了有价值的参考资料。《家语》引所《逸诗》和《诗》异文也可证明,《孔子家语》一书非王肃所伪造,《孔子定语》一书可能确如王肃所说,源于孔氏家族。

(二)保存大量王肃《诗》注

王肃有感于郑玄经注"义理不安违错者多",于是遍注群经,以"夺而易之"②。王肃曾为《毛诗》作注(即《毛诗王氏注》),此书早佚,后世学者对此书进行了辑佚。马国翰《玉函山房辑佚书》辑得 315 条,黄奭《黄氏逸书考》辑得 326 条③。马书未将《家语注》纳入辑佚对象,而黄书亦是如此,但黄书却将王肃《家语》注释中所引《诗》"秋以为期"条辑入。马、黄等人不将《家语注》作为辑佚对象是有一定道理的,也是无可非议的。但后世学者研究王肃《诗》学时往往仅以马、黄等人辑本为据,而不参考《家语注》似不尽合理。④ 如上所说,《家语注》保存了王肃《诗》注 40 条,这些足以补充各家《毛诗王氏注》辑本之缺失,是研究王肃《诗》学不可忽视的重要资料。

王肃《家语注》中保存《诗》注共 40 条(含注逸《诗》1 条),其中有 3 条见于今本《毛诗正义》,在这三条引文中,有一条为《家语注》逸文。《毛诗正

---

① (清)王先谦:《诗三家义集疏》卷 28,北京:中华书局,1987 年,第 1111 页。

② (三国)王肃:《孔子家语序》,见(三国)王肃注:《孔子家语》,上海:上海古籍出版社,1990年,第 1 页。

③ 黄书作《毛诗王肃注》。二书各有优劣,黄书对马书遗漏作了不少补充,但亦有一些条目马书有而黄书无。另外,有少许条目,马书拼合为一条,而黄书则分辑为两条。

④ 李振兴《王肃之经学》第三章《王肃之诗经学》从王肃《孔子家语注》中辑出《诗》注 29 条,康义勇《王肃之诗经学》一文从《孔子家语注》中辑得王肃《诗》注 20 条,但依然有不少遗漏。李振兴:《王肃之经学》,上海:华东师范大学出版社,2012 年,第 317～566 页;康义勇:《王肃之诗经学》,台湾师范大学国文研究所硕士学位论文 1973 年,收入《国立"台湾师范大学文学研究所集刊》第18 号(1973 年),第 513～644 页。

义·大雅·皇矣》:"故王肃云:'彼四方之国,乃往从之谋,往从之居。'其《奏》云:'《家语》引此诗乃云:纣政失其道而执万乘之势,四方诸侯固犹从之谋度于非道,天所恶焉。'"此语不见于今本《孔子家语注》,当为《家语注》佚文。

《毛诗正义》所引另外两条引文与今本《家语注》大体相同,仅字词略有差异。

(1)《豳诗》曰:"殆天之未阴雨,彻彼桑土,绸缪牖户。今汝下民,或敢侮余。"(《好生》)

王肃注:"殆,及也。彻,剥也。桑土,桑根也。鸱鸮天未雨,剥取桑根,以缠绵其牖户,喻我国家积累之功,乃难成之苦者也。今者,周公时,言我先王致此大功至艰,而下民敢侵侮我周道,谓管蔡之属不可不遏绝之,以存周室者也。"

《毛诗正义》:"王肃云:'鸱鸮及天之未阴雨,剥取彼桑根,以缠绵其户牖,以兴周室积累之艰苦也。'……王肃下经注云:'今者,今周公时。言先王致此大功至艰难,而其下民敢侵侮我周道,谓管、蔡之属不可不遏绝,以全周室。'"

(2)谓天盖高,不敢不局,谓地盖厚,不敢不蹐。(《贤君》)

王肃注:"此《正月》六章之辞也。局,曲也。言天至高,己不敢不曲身危行,恐上干忌讳也。蹐,累足也。言地至厚,己不敢不累足,恐陷累在位之罗网。"

《毛诗正义》:"王述之曰:'言天高,己不敢不曲身危行,恐上触忌讳也。地厚,己不敢不累足,惧陷于在位之罗网也。'"

《毛诗正义》引王肃《诗》说仅此二条见于《家语注》。从以上比较可以看出,二者几乎全同。《毛诗王氏注》仅存后世辑佚本,因此无法确定《毛诗正义》是引自《家语注》还引自《毛诗王氏注》。如上所说,《毛诗正义》引了《家语注》逸文1条,而此两条引文几乎全同于《家语注》。因此,此二条引自《家语注》的可能性比较大。

《家语注》中王肃引《诗》5条,其中自作解说者2条。

(1)成汤恭而以恕,是以日跻。(《弟子行》)

王肃注:陟,升也。……《诗》曰:"汤降不迟,圣敬日陟。"言汤疾行下人之道,其圣敬之德日升闻也。(《弟子行》)

案:此出于《商颂·长发》。王肃引《诗》后并对《诗》句作了解说,以证《家语》之言。

(2)冰泮而农桑起,婚礼而杀于此。(《本命解》)
王肃注:泮,散也。正月农事起,蚕者采桑,婚礼始杀,言未正也。至二月农事始起,会男女之无夫家者,奔者期尽此月故也。《诗》云:"士如归妻,迨冰未泮。"言如欲使妻归,当及冰未泮散之盛时也。(《本命解》)

案:此出于《邶风·匏有苦叶》。对于婚期,郑、王二人意见不一。郑玄认为在春季,而王肃认为在秋季。《家语》认为婚礼断于春月。王肃引《诗》,并作解说,以正《家语》之论。考之各类史料,王肃之说更为可信。

除上述5条之外,另外37条《诗》注不见于其他书引用,而仅见于《家语注》。这些均是研究王肃《诗》学的重要资料。

(三)《家语注》引《诗》与称《诗》
此外,《孔子家语》王肃注中还常引《诗》为据。

(1)王肃注:"《诗》曰:'白圭之玷,尚可磨也。斯言之玷,不可为也。'"(《弟子行》)

(2)王肃注:"《诗》曰:'汤降不迟,圣敬日陟。'言汤疾行下人之道,其圣敬之德日升闻也。"(《弟子行》)

(3)王肃注:"季秋霜降,嫁娶者始于此。《诗》云'将子无怒,秋以为期'也……至二月农事起,会男女无夫家者,奔者期尽此月故也。《诗》云'士如归妻,迨冰未泮',言如欲使妻归,当及冰未泮之盛时也。"(《本命解》)

(4)王肃注:"妇人以自专无闻外之威仪,《诗》云:'无非无仪,酒食是议。'"(《本命解》)

(5)王肃注:"《毛诗》:'矢其文德。'矢,陈。协,和。"(《问玉》)

(6)王肃注:"思王之法度,如金玉纯美。《诗》云:'追琢其章,金玉其相。'"(《正论解》)

除了引《诗》之外，王肃注中亦有称《诗》。

(1)孔子曰："吾于《甘棠》，见宗庙之敬甚矣。"(《好生》)

王肃注："邵伯听讼于甘棠，爱其树，作《甘棠》之诗也。"

(2)《鄘①诗》曰："执辔如组，两骖如舞。"孔子曰："为此诗者，其知政乎？夫为组者，总纰于此，成文于彼。言其动于近，行于远也。执此法以御民，岂不化乎。《竿旄》之忠告，至矣哉！"(《好生》)

王肃注："骖之以服和调节中。""《竿旄》之诗者，乐乎善道告人。取喻于素丝良马如组纰之义。"

(3)王肃注："《清庙》所以颂文王之德也。"(《论礼》)

(4)王肃注："(《礼》)记曰：'主人献之。于义不得为宾也。'下句'笙入三终，主又献之'，是也。歌《鹿鸣》《四牡》《皇皇者华》三篇终，主人乃献之，是也……吹《南陔》《白华》《华黍》三篇终，主人乃献之……乃歌《鱼丽》，笙《由庚》，歌《南有嘉鱼》，笙《崇丘》，歌《南山有台》，笙《由仪》者也……合笙声，同其音，歌《周南》《召南》三篇也。"(《观乡射》)

(5)王肃注："学者谓南郊与圆丘异，若是则《诗》《易》《尚书》谓不圆丘也，又不通。"(《郊问》)

这些往往是研究王肃《诗》学思想不可忽视的材料。

第二节 《孔子家语注》注《诗》内容及思想

以上对《孔子家语注》中保存的四十余条《诗》注的文献价值作了简单概说，下面对这些《诗》注的内容及思想作一简单论说。

(一)《家语注》中《诗》注内容

《孔子家语注》中《诗》注条目达四十余条，虽说数量并不是很多，但涉及多方面的内容。

---

① "鄘"即"邶"。

1. 字词解说

王肃给《孔子家语》作注,其主要内容是对字词作些解说。其对《孔子家语》所引《诗》的注释亦是如此。故字词解说,是《家语注》中《诗》注的主要内容。如:

(1)不戁不竦、敷奏其勇。(《弟子行》引《商颂·长发》)

王肃注:"戁,恐。竦,惧。敷,陈。奏,荐。"

(2)民之多辟,无自立辟。(《子路初见》引《大雅·板》)

王肃注:"辟,邪辟。"

(3)温恭朝夕,执事有恪。(《困誓》引《商颂·那》)

王肃注:"(恪)敬也。"

(4)蔽芾甘棠,勿翦勿伐;邵伯所憩。(《庙制》引《召南·甘棠》)

王肃注:"蔽芾,小貌。甘棠,杜也。憩,席也。"

(5)觏尔新昏,以慰我心。(《七十二弟子解》引《小雅·车牵》)

王肃注:"慰,安。"

(6)有觉德行,四国顺之。(《正论解》引《大雅·抑》)

王肃注:"觉,直。"

(7)乐只君子,邦家之基。(《正论解》引《小雅·南山有台》)

王肃注:"(基)本也。"
仅释字词义者不是很多,仅以上数条而已。

2. 先释字词义,再释《诗》句意思

《孔子家语注》释《诗》更多的是先释所引《诗》句的字词义,再串讲《诗》句意思。这样的情况占绝大多数,现举数例如下。

(1)天子是毗，俾民不迷。(《始诛》引《小雅·节南山》)

王肃注:"毗，辅也;俾，使也。言师尹当毗辅天子，使民不迷。"

(2)式夷式已，无小人殆。(《弟子行》引《小雅·节南山》)

王肃注:"式，用。夷，平也。言用平则已也。殆，危也，无以小人至于危也。"

(3)谓天盖高，不敢不局，谓地盖厚，不敢不蹐。(《贤君》引《小雅·正月》)

王肃注:"此《正月》六章之辞也。局，曲也。言天至高，己不敢不曲身危行，恐上干忌讳也。蹐，累足也，言地至厚，己不敢不累足，恐陷累在位之罗网。"

(4)丧乱蔑资，曾不惠我师。(《辩政》引《大雅·板》)

王肃注:"蔑，无也。资，财也。师，众也。夫为亡乱之政，重赋厚敛，民无资财，曾莫肯爱我众。"

(5)诒厥孙谋，以燕翼子。(《正论解》引《大雅·文王有声》)

王肃注:"诒，遗也。燕，安也。翼，敬也。言遗其子孙嘉谋，学安敬之道也。"

有时《孔子家语》连引数句《诗》，王肃作注时则逐句加以注释、解说。

(1)帝命不违，至于汤齐。汤降不迟，圣敬日跻。昭假迟迟，上帝是祇，帝命式九围。(《论礼》引《商颂·长发》)

王肃注:"(第一、二句注)至汤与天心齐。(第三、四句注)不迟，言疾。跻，升也。汤疾行下人之道，其圣敬之德，日升闻也。(第五、六句注)汤之威德，昭明遍至，化行宽舒，迟迟然，故上帝敬其德。(第七句注)九围，九州也。天命用于九州，谓以为天下王。"

(2)毋纵诡随，以谨无良。式遏寇虐，惨不畏明。(《正论解》引《大雅·民劳》)

王肃注:"(第一句注)诡人,随人,遗人小恶者也。(第二句注)谨以小惩之也。(第三、四句注)惨,曾也。当用遏止为寇虐之人也。曾不畏天之明道者,言威也。"

(3)柔远能迩,以定我王。(《正论解》引《大雅•民劳》)

王肃注:"(第一句注)言能者,能安近。(第二句注)以定安王位也。"

(4)不竞不绿,不刚不柔,布政优优,百禄是道。(《正论解》引《商颂•长发》)

王肃注:"(第一、二句注)不竞不绿,中和。(第三、四句注)优优,和。道,聚。"

3.《诗》句意义申发

有时王肃并不仅仅停留在字词和句意解说上,而是进一步阐释《诗》句的深层意义等。

(1)殆天之未阴雨,彻彼桑土,绸缪牖户。今汝下民,或敢侮余。(《好生》引《幽风•鸱鸮》)

王肃注:"殆,及也。彻,剥也。桑土,桑根也。鸱鸮天未雨,剥取桑根,以缠绵其牖户,喻我国家积累之功,乃难成之若此也。今者,周公时,言我先王致此大功至艰,而下民敢侵侮我周道,谓管蔡之属,不可不遏绝之,以存周室者也。"郑《笺》:"(前三句)绸缪犹缠绵也。此鸱鸮自说作巢至苦如是,以喻诸臣之先臣,亦及文、武未定天下,积日累功,以固定此官位与土地。(后两句)我至苦矣,今女我巢下之民,宁有敢侮慢欲毁之者乎?意欲恚怒之,以喻诸臣之先臣固定此官位、土地,亦不欲见其绝夺。"郑玄将"今汝下民,或敢侮余"理解为侮慢欲毁先王。王肃认为此《诗》为周公所作,故将"余"理解为周公本人,而将"下民"理解为管叔、蔡叔之属。王肃解说显然更为通畅,更为合理。

(2)夙夜基命宥密。(《论礼》引《周颂•昊天有成命》)

王肃注:"夙夜,恭也。基,始也。命,信也。宥,宽也。密,宁也。言以行与民信,五教在宽,民以安宁,故谓之无声之乐也。""夙夜"本为早晚之义,而王肃解释为"恭也",说的是引申义。在对字词作了解说之后,王肃对整句之义作了引申解说,并认为以德施教乃"无声之乐也"。

(3)永言配命,自求多福。(《正论解》引《大雅·文王》)

王肃注:"言,我。《文王》之诗,我长配天命而行庶国,亦当求多福。人多福,忠也。"王肃对"永言配命,自求多福"句意作了串讲之后,又作补充说明"人多福,忠也",以强调为民造福亦是忠的表现之一。

(4)孔子说之以《诗》曰:"媚兹一人,应侯慎德。"(《弟子行》引《大雅·下武》)

王肃注:"言颜渊之德足以媚爱天子,当于其心惟慎德。"王肃在释字词之后,再结合《孔子家语》上下语境,认为此语是孔子用来赞颂颜渊的,故结合颜渊作了更详尽的解说。

(5)刑于寡妻,至于兄弟,以御于家邦。(《困誓》引《大雅·思齐》)

王肃注:"刑,法也。寡,适也。御,正也。文王以正法接其寡妻,至于同姓兄弟,以正治天下之国家者矣。"王肃认为《思齐》乃咏文王之诗,故释《诗》句义时结合文王之事加以解说。

有时,王肃还会对《孔子家语》所引《诗句》出处加以补充说明。如《贤君》:"孔子读《诗》,于《正月》六章,惕焉如惧,曰:'彼不达之君子,岂不殆哉。'"王肃注:"此《正月》六章之辞也。"再如《六本》:"孔子曰:'皇皇上天,其命不忒。天之以善,必报其德。'"王肃注:"此逸《诗》也。"

(二)《家语注》中《诗》注思想

《家语注》一方面要对所引《诗》句字词及句意作解说,另一方面在解说中又显现出王肃本人的思想观点。

1. 重德行

儒家历来重德行,王肃《家语注》中亦表现出浓郁的重德行思想。

(1)孔子曰:"天无私覆,地无私载,日月无私照。"其在《诗》曰:"帝命不违,至于汤齐。汤降不迟,圣敬日跻。昭假迟迟,上帝是祇,帝命式于九围。"是汤之德也。(《论礼》)

此出于《商颂·长发》。《毛传》："至汤，与天心齐。不迟，言疾也。跻，升也。九围，九州也。"郑《笺》："帝命不违者，天之所以命契之事，世世行之，其德浸大，至于汤而当天心。降，下。假，暇。祗，敬。式，用也。汤之下士尊贤甚疾，其圣敬之德日进。然而以其德聪明宽暇天下之人迟迟然。言急于己而缓于人，天用是故爱敬之也。天于是又命之，使用事于天下。言王之也。"王肃注："至汤与天心齐。不迟，言疾。跻，升也。汤疾行下人之道，其圣敬之德，日升闻也。汤之威德，昭明遍至，化行宽舒，迟迟然，故上帝敬其德。九围，九州也。天命用于九州，谓以为天下王。"王肃释字词虽全同于《毛传》，但释"汤之德"时，王肃作了大量发挥，以强调德行的重要性。

(2)孔子曰："……是故天地之教，与圣人相参。其在《诗》曰：'嵩高维岳，峻极于天。维岳降神，生甫及申。惟申及甫，惟周之翰。四国于蕃，四方于宣。'此文、武之德。"(《问玉》)

此出于《大雅·崧高》。《毛传》："崧，高貌。山大而高曰崧。岳，四岳也。东岳岱，南岳衡，西岳华，北岳恒。尧之时，姜氏为四伯，掌四岳之祀，述诸侯之职。于周则有甫、有申、有齐、有许也。骏，大。极，至也。岳降神灵和气，以生申甫之大功。翰，干也。"郑《笺》："降，下也。四岳，卿士之官，掌四时者也，因主方岳巡守之事。在尧时，姜姓为之，德当岳神之意，而福兴其子孙，历虞、夏、商，世有国土。周之甫也、申也、齐也、许也，皆其苗胄。申，申伯也。甫，甫侯也。皆以贤知，入为周之桢干之臣。四国有难，则往捍御之，为之蕃屏。四方恩泽不至，则往宣畅之。甫侯相穆王，训夏赎刑，美此俱出四岳，故连言之。"王肃注："岳降神灵和气，生申、甫之大功也。翰，干。美其宗族世有大功于周。甫侯相穆王，制详刑；申伯佐宣王，成德教。言能藩屏四国，宣王德化于天下。"王肃释字词多从《毛传》，但串讲句意时，王肃多重德教，主张德化天下。

(3)孔子曰："……故曰'政在悦近而来远'。此三者所以为政殊矣。《诗》云：'丧乱蔑资，曾不惠我师。'此伤奢侈不节以为乱者也。"(《辨政》)

此出于《大雅·板》。《毛传》："蔑，无。资，财也。"郑《笺》："其遭丧祸，又素以赋敛空虚，无财货以共其事。穷困如此，又曾不肯惠施以赒赡众民，言无恩也。"王肃注:"蔑,无也。资,财也。师,众也。夫为亡乱之政,重赋厚敛,民无资财,曾莫肯爱我众。"王肃释字词全从《毛传》,在释句意时,王肃对暴政重赋厚敛作了大力批判。

2. 重天命

自先秦以来,儒家天命思想盛行,汉代尤其如此。王肃《家语注》中亦多表现出重天命思想。

> (1)孔子闻之,曰:"善哉! ……宽猛相济,政是以和。《诗》曰……'毋纵诡随,以谨无良。式遏寇虐,惨不畏明。'"(《正论解》)

此出于《大雅·民劳》。《毛传》:"诡随,诡人之善,随人之恶者。以谨无良,慎小以惩大也。憯,曾也。"郑《笺》:"谨,犹慎也。良,善。式,用。遏,止也。王为政,无听于诡人之善,不肯行而随人之恶者,以此救慎无善之人,又用此止为寇虐,曾不畏敬明白之刑罚者。疾时有之。"王肃注:"诡人,随人,遗人小恶者也。谨以小惩之也。惨,曾也。当用遏止为寇虐之人也。曾不畏天之明道者,言威也。"《毛传》和郑《笺》皆重在为政扬善惩恶。而王肃则引入天命思想,"曾不畏天之明道者,言威也"。

> (2)《大雅·皇矣》:"维彼四国,爰究爰度。"

《毛传》:"彼,彼有道也。四国,四方也。究,谋。度,居也。"郑《笺》:"四国,谓密也,阮也,徂也,共也。度亦谋也。殷、崇之君,其行暴乱,不得于天心。密、阮、徂、共之君,于是又助之谋,言同于恶也。"《正义》:"王肃云:'彼四方之国,乃往从之谋,往从之居。'其《奏》云:《家语》引此诗,乃云:'纣政失其道而执万乘之势,四方诸侯固犹从之谋度于非道,天所恶焉。'"[①]《毛传》和郑《笺》仅仅从四国从殷叛乱角度加以解说,而王肃则引入天命思想,认为四国"谋度于非道,天所恶焉"。

另外,"上帝是祗,帝命式九围"(《观乡射》引《商颂·长发》),王肃注:"故上帝敬其德……天命用于九州,谓以为天下王。"此亦表现出强烈的天命思想。

---

① 此乃《孔子家语》佚文。张涛:《孔子家语注译》附录二《家语佚文》收录此条。张涛:《孔子家语注译》,西安:三秦出版社,1998 年,第 529 页。

3. 维护正统

自汉代以来，正统思想得到很大发展，并受到世人普遍重视。这一思想在王肃《家语注》中有不少表现。

> 孔子谓子路曰："……《豳诗》曰：'殆天之未阴雨，彻彼桑土，绸缪牖户。今汝下民，或敢侮余。'"孔子曰："能治国之如此，虽欲侮之，岂可得乎？周自后稷，积行累功，以有爵土，公刘重之以仁。乃至太王亶甫，敦以德让，其树根置本，备豫远矣。"（《好生》）

此出于《豳风·鸱鸮》。《毛诗序》："《鸱鸮》，周公救乱也。成王未知周公之志，公乃为诗以遗王，名之曰《鸱鸮》焉。"《毛传》："迨，及。彻，剥也。桑土，桑根也。"郑《笺》："(前三句)绸缪犹缠绵也。此鸱鸮自说作巢至苦如是，以喻诸臣之先臣，亦及文、武未定天下，积日累功，以固定此官位与土地。(后两句)我至苦矣，今女我巢下之民，宁有敢侮慢欲毁之者乎？意欲恚怒之，以喻诸臣之先臣固定此官位、土地，亦不欲见其绝夺。"王肃注："殆，及也。彻，剥也。桑土，桑根也。鸱鸮天未雨，剥取桑根，以缠绵其牖户，喻我国家积累之功，乃难成之若此也。今者，周公时，言我先王致此大功至艰，而下民敢侵侮我周道，谓管蔡之属，不可不遏绝之，以存周室者也。"可见，王肃释字词从《毛传》。但对于《诗》作语境解说，却不像郑《笺》和《家语》，仅仅停留在对周朝历代君王功业的肯定，而是将"下民"理解为"管、蔡"，"管蔡之属，不可不遏绝之，以存周室者也"。王肃坚决反对管、蔡之乱，以拥护周朝正统地位。

4. 结合《家语》语境作解说

王肃给《家语注》引《诗》作注时，有时并不重《诗》字词义解说，而重在结合上下文语境揭示所引《诗》句的语境义。

> (1)孔子说之以《诗》曰："《大雅·下武》：'媚兹一人，应侯慎德。'"（《弟子行》）

此出于《大雅·下武》。《毛传》："一人，天子也。应，当也。侯，惟也。"王肃注："一人，天子也。应，当也。侯，惟也。言颜渊之德足以媚爱天子，当于其心惟慎德。"《家语》中，子贡回答文子的问话，引孔子之语以赞颂颜渊之德行。而作注时，王肃特此点明"言颜渊之德"。

(2)孔子曰:"'夙夜基命宥密',无声之乐也。"(《论礼》)

此出于《周颂·昊天有成命》。《毛传》:"基,始。命,信。宥,宽。密,宁也。"王肃注:"夙夜,恭也。基,始也。命,信也。宥,宽也。密,宁也。言以行与民信,五教在宽,民以安宁,故谓之无声之乐也。"王肃先依《毛传》对字词作了训诂,后就孔子所言"无声之乐"作了解说。

第三节　《孔子家语注》注《诗》特征

以上对《孔子家语注》中王肃《诗注》的内容及其表现出来的思想作了简要论说。如上所说,王肃申毛反郑,曾著有《毛诗注》。通过比勘,便可发现《家语注》释《诗》与《毛传》、郑《诗笺》以及王肃本人的《毛诗注》不尽相同。

(一)王肃申《毛传》,但不全同于《毛传》

如上所说,王肃申毛,对《毛传》多从之。这一特点在《家语注》中注《诗》条目中亦表现得较为明显。无论是注释字词,还是串讲句意,《家语注》释《诗》同于《毛传》者很多。

1.同于《毛传》

王肃幼习《毛诗》,故《家语注》释《诗》同于《毛传》者甚多,现略举数例如下。

(1)殆天之未阴雨,彻彼桑土,绸缪牖户。今汝下民,或敢侮余。(《好生》引《豳风·鸱鸮》)

《毛传》:"迨,及。彻,剥也。桑土,桑根也。"王肃注:"殆,及也。彻,剥也。桑土,桑根也。"

(2)战战兢兢,如临深渊,如履薄冰。(《观周》引《小雅·小旻》)

《毛传》:"战战,恐也。兢兢,戒也。恐坠也。恐陷也。"王肃注:"战战,恐也;兢兢,戒也。恐坠也。恐陷也。"

(3)媚兹一人,应侯慎德。(《弟子行》引《大雅·下武》)

《毛传》:"一人,天也子。应,当。侯,维也。"王肃注:"一人,天子也。应,当也。侯,惟也。"

这样的例子极多,就不再列举了。有时王肃注与《毛传》略有个别字词差异,但大意相同。如,

(1)有美一人,清扬宛兮,邂逅相遇,适我愿兮。(《致思》引《郑风·野有蔓草》)

《毛传》:"清扬,眉目之间婉然美也。邂逅,不期而会,适其时愿。"王肃注:"清扬,眉目之间也,宛然,美也。幽期而会,令愿也。"

(2)《郮①诗》曰:"执辔如组(《邶风·简兮》)","两骖如舞(《郑风·大叔于田》)"。(《好生》引)

《毛传》:"骖之与服,和谐中节。"王肃注:"骖之以服,和调中节。"

(3)毋纵诡随,以谨无良。式遏寇虐,惨不畏明。(《正论解》引《大雅·民劳》)

《毛传》:"诡随,诡人之善,随人之恶者。以谨无良,慎小以惩大也。憯,曾也。"王肃注:"(第一句)诡人,随人,遗人小恶者也。(第二句)谨以小惩之也。(第三、四句)惨,曾也。"王肃对"诡随"解释与《毛传》虽略有字词差异,但大意相同。

这样的例子还有一些。

2. 异于《毛传》

虽然王肃申毛,但《孔子家语注》释《诗》时有异于《毛传》者。

(1)天子是毗,俾民不迷。(《始诛》引《小雅·节南山》)

《毛传》:"毗,厚也。"王肃注:"毗,辅也。"

(2)民之多辟,无自立辟。(《子路初见》引《大雅·板》)

《毛传》:"辟,法也。"王肃注:"辟,邪辟。"

---

① "郮"即"邶"。

（3）刑于寡妻，至于兄弟，以御于家邦。（《困誓》引《大雅·思齐》）

《毛传》："刑，法也。寡妻，嫡妻也。御，迎也。"王肃注："刑，法也。寡，适也。御，正也。"

（4）发彼有的，以祈尔爵。（《观乡射》引《小雅·宾之初筵》）

《毛传》："的，质也。"王肃注："的，实也。"

（5）矢其文德，协此四国。（《问玉》引《大雅·江汉》）

《毛传》："矢，施也。"王肃注："《毛诗》：'矢其文德。'矢，陈。"
不仅如此，二者对《诗》句叙述对象的理解亦时有差异。

（1）明发不寐，有怀二人。（《哀公问政》引《小雅·小宛》）

《毛传》认为"二人"则指文王、武王。① 王肃注："假此诗以喻文王。二人，谓父母也。"《家语注》迥异于《毛传》。

（2）子贡对曰："夫能夙兴夜寐，讽诵崇礼，行不贰过，称言不苟，是颜回之行也。"孔子说之以《诗》曰："媚兹一人，应侯慎德。"（《弟子行》）

这两句源出《大雅·下武》。王肃注："一人，天子也。应，当也。侯，惟也。言颜渊之德足以媚爱天子，当于其心惟慎德。"对"一人""应""侯"的解释，王肃全同于《毛传》。《毛传》认为此是赞颂武王之诗，在《家语》中，孔子引之以称赞颜渊。王肃注释时，并没有继承《毛传》说法，而是继承《家语》文本说法，认为此二句《诗》是赞颂颜渊品行的。

《孔子家语》引《诗》多有"断章取义"之习，再加上王肃作注时要考虑《家语》引《诗》的上下语境，故不免有一些异于《毛传》者。

（二）《家语注》释《诗》与郑玄《毛诗笺》互有异同

王肃早年习郑玄《毛诗》，难免受其影响，这在《家语注》中便有体现。学者多认为，王肃遍注群经，颇有与郑玄"唱对戏"的意味。将郑玄《毛诗

---

① 《毛诗正义》疏云："毛以为……追念在昔之先人文王、武王也。"

笺》与《毛诗王氏注》佚文进行比较便可发现,二者异多同少,这显然与王肃
《毛诗注》一书早佚,仅有少许佚文存世有关。将王肃《家语注》释《诗》与郑
玄《毛诗笺》进行比较便可发现,二者互有异同。

1. 同于郑玄《毛诗笺》

王肃幼习郑学,故《孔子家语注》释《诗》有不少同于郑玄《毛诗笺》者。

(1)天子是毗,俾民不迷。(《始诛》引《小雅·节南山》)

郑《笺》:"毗,辅也。"王肃注:"毗,辅也。"

(2)匪其止共,惟王之邛。(《辩政》引《小雅·巧言》)

郑《笺》:"邛,病也。"王肃注:"邛,病也。"

有时,郑玄虽未对某些字单独作句,但通过其对《诗》句意的串讲可知
其释义与王肃同。如,

(1)民之多辟,无自立辟。(《子路初见》引《大雅·板》)

郑《笺》:"民之行多为邪辟者,乃女君臣之过,无自谓所建为法也。"王
肃注:"辟,邪辟。"案:郑玄虽未单独为"辟"作注,但是通过释句意可知其将
"辟"释为"邪辟",与王肃同。①

(2)温恭朝夕,执事有恪。(《困誓》引《商颂·那》)

郑《笺》:"其礼仪温温然恭敬,执事荐馔则又敬也。"王肃注:"(恪)敬
也。"案:郑玄虽未作"恪"作注释,但通过其释句意可知其将"恪"释为"敬",
与王肃同。

(3)孝子不匮,永锡尔类。(《困誓》引《大雅·既醉》)

郑《笺》:"孝子之行,非有竭极之时,长以与女之族类,谓广之以教道天
下也。"王肃注:"匮,竭也。"可见郑玄亦释"匮"为"竭",与王肃同。

(4)昼尔于茅,宵尔索绹。亟其乘屋,其始播百谷。(《困誓》
引《豳风·七月》)

---

① 《毛传》:"辟,法也。"可见此条王肃从郑《笺》,而异于《毛传》。

郑《笺》："女当昼日往取茅归，夜作绞索，以待时用。"王肃注："绹，绞也。"可见郑玄亦将"绹"释为"绞"。

(5)乐只君子，邦家之基。(《正论解》引《小雅·南山有台》)

郑《笺》："人君既得贤者，置之于位，又尊敬以礼乐乐之，则能为国家之本，得寿考之福。"王肃注："(基)本也。"可见郑玄亦将"基"释为"本"，同于王肃注。

《家语注》释《诗》同于郑玄《毛诗笺》，可能缘于二者皆源于《毛传》。如《商颂·那》："温恭朝夕，执事有恪。"(《困誓》引)《毛传》："恪，敬也"。《大雅·既醉》："孝子不匮，永锡尔类。"(《困誓》引)《毛传》："匮，竭。"《幽风·七月》："昼尔于茅，宵尔索绹。"(《困誓》引)《毛传》："绹，绞也。"《小雅·南山有台》："乐只君子，邦家之基。"(《正论解》引)《毛传》："基，本也。"因郑玄、王肃释义皆同于《毛传》，故郑玄、王肃释义同。

2. 异于郑玄《毛诗笺》

《家语注》释《诗》异于郑《笺》者更多。

(1)受小拱大拱，而为下国骏庞，荷天子之龙。(《弟子行》引《商颂·长发》)

《毛传》："共，法。"郑《笺》："共，执也。"王肃注："拱，法也。"[1]王肃从《毛传》，故与郑《笺》异。

(2)式夷式已，无小人殆。(《弟子行》引《小雅·节南山》)

《毛传》："用平则己，无以小人之言至于危殆也。"郑《笺》："殆，近也。"王肃注："殆，危也，无以小人至于危也。"王肃从《毛传》，不同于郑《笺》。

(3)孝子不匮，永锡尔类。(《困誓》引《大雅·既醉》)

《毛传》："类，善也。"郑《笺》："孝子之行，非有竭极之时，长以与女之族类，谓广之以教道天下也。"王肃注："类，善也。"郑玄将"类"释为"族类"。可见，王肃从《毛传》。

----

① "拱"，《毛诗》作"共"。因《孔子家语》原文作"拱"，故王肃从之，但释义从《毛传》。

（4）刑于寡妻，至于兄弟，以御于家邦。（《困誓》引《大雅·思齐》）

郑《笺》："寡妻，寡有之妻，言贤也。御，治也。"王肃注："寡，适也。御，正也。"王肃释"寡"同于《毛传》，而郑玄释为"寡有"，显然受后世"寡人"之说影响，不合于《诗》本义。《毛传》释"御"为"迎"，与郑、王皆不同。

（5）诒厥孙谋，以燕翼子。（《正论解》引《大雅·文王有声》）

郑《笺》："孙，顺也。"王肃注："言遗其子孙嘉谋，学安敬之道也。"郑玄将"孙"释为"逊"，而王肃将"孙"作"子孙"解，二者不同。"孙"字，《毛传》无说，显然是作常用义子孙解，故王肃从之。

（6）民亦劳止，汔可小康。惠此中国，以绥四方。（《正论解》引《大雅·民劳》）

《毛传》："汔，危也。"郑《笺》："汔，幾也。"王肃注："汔，危也。"王肃从《毛传》，与郑玄异。

《家语注》释《诗》句义亦多有不同于郑《笺》者。

（1）殆天之未阴雨，彻彼桑土，绸缪牖户。今汝下民，或敢侮余。（《好生》引《豳风·鸱鸮》）

郑《笺》："（前三句）绸缪犹缠绵也。此鸱鸮自说作巢至苦如是，以喻诸臣之先臣，亦及文、武未定天下，积日累功，以固定此官位与土地。（后两句）我至苦矣，今女我巢下之民，宁有敢侮慢欲毁之者乎？意欲恚怒之，以喻诸臣之先臣固定此官位土地，亦不欲见其绝夺。"王肃注："桑土，桑根也。鸱鸮天未雨，剥取桑根，以缠绵其牖户，喻我国家积累之功，乃难成之若此也。今者，周公时，言我先王致此大功至艰，而下民敢侵侮我周道，谓管蔡之属，不可不遏绝之，以存周室者也。"
案：郑玄将"下民"理解为"诸臣"，而王肃则将"下民"理解为"管蔡之属"，二者不同。据史书记载，成王时，管、蔡散布流言，攻击周公。据《毛序》，《鸱鸮》为周公遗成王诗，据此"下民"当指管、蔡之属更合实情，王肃之说是也。

(2)媚兹一人,应侯慎德。(《弟子行》引《大雅·下武》)

郑《笺》:"可爱乎武王,能当此顺德。谓能成其祖考之功也。"王肃注:"言颜渊之德足以媚爱天子,当于其心惟慎德。"案:郑玄从《诗经》语境加以解释,而王肃则依《孔子家语》上下文语境加以解说,故二者不同。

(3)谓天盖高,不敢不局,谓地盖厚,不敢不蹐。(《贤君》引《小雅·正月》)

郑《笺》:"局、蹐者,天高而有雷霆,地厚而有陷沦也。此民疾苦王政,上下皆可畏怖之言也。维民号呼而发此言,皆有道理。所以至然者,非徒苟妄为诬辞。"王肃注:"此《正月》六章之辞也。局,曲也。言天至高,己不敢不曲身危行,恐上干忌讳也。蹐,累足也,言地至厚,己不敢不累足,恐陷累在位之罗网。"案:郑玄主要从民疾苦与王政角度来解说的,而王肃则从个体角度来解说的,故二者不同。

据笔者统计,王肃《家语注》释《诗》可与郑《笺》进行对比的共三十余条,二者释义相同者和相异者几乎各占一半,二者比例差距不大。因此,有学者认为,"《家语》王肃注与郑学之间的关系颇为微妙,与其说王肃利用了《家语》来反对郑玄,不妨说王肃借助《家语》来修正郑玄经说"。① 此言甚是。

(三)《家语注》释《诗》与《毛诗王氏注》互有异同

王肃先后作《家语注》和《毛诗王氏注》②。通过比较便可发现,《家语注》释《诗》与《毛诗王氏注》互有异同。

1. 同于《毛诗王氏注》

《家语注》释《诗》有些同于王肃《毛诗王氏注》。如,

(1)殆天之未阴雨,彻彼桑土,绸缪牖户。今汝下民,或敢侮余。"(《好生》引《豳风·鸱鸮》)

王肃注:"鸱鸮天未雨,剥取桑根,以缠绵其牖户,喻我国家积累之功,

---

① 华喆:《礼是郑学:汉唐间经典诠释变迁史论稿》,北京:生活·读书·新知三联书店,2018年,第215页。

② 马国翰辑本(见《玉函山房辑佚书》)作《毛诗王氏注》,黄奭辑本(见《黄氏逸书考》)作《毛诗王肃注》。本书从马氏命名。

乃难成之若此也。今者,周公时,言我先王致此大功至艰,而下民敢侵侮我周道,谓管蔡之属,不可不遏绝之,以存周室者也。"《正义》:"王肃云:'鸱鸮及天之未阴雨,剥取彼桑根,以缠绵其户牖,以兴周室积累之艰苦也。'王肃下经注云:'今者,今周公时。言我先王致此大功至艰难,而其下民敢侵侮我周道,谓管蔡之属不可不遏绝之,以全周室。'"可见《家语注》与《毛诗注》虽有少许字词差异,但二者意思全同。

(2)诒厥孙谋,以燕翼子。(《正论解》引《大雅·文王有声》)

王肃注:"言遗其子孙嘉谋,学安敬之道也。"《家语注》中王肃虽未对"孙"出注,但通过句意串讲可知王肃将"孙"释为"子孙"。《释文》:"(孙)王申毛如字。"可见,二者释义相同。

(3)维彼四国,爰究爰度。(《大雅·皇矣》)

《正义》:"故王肃云:'彼四方之国,乃往从之谋,往从之居。'其《奏》云:《家语》引此诗,乃云:'纣政失其道而执万乘之势,四方诸侯固犹从之谋度于非道,天所恶焉。'"[1]此段前半为王肃《毛诗注》,后半所引为王肃《家语注》片断。[2] 可见,王肃《毛诗注》与《家语注》大意相同。

2. 异于《毛诗王氏注》

《家语注》释《诗》亦有不同于王肃《毛诗注》者。如,

(1)天子是毗,俾民不迷。(《始诛》引《小雅·节南山》)

王肃注:"毗,辅也。"《释文》:"(毗)王作埤,埤,厚也。"《经典释文》所引当出王肃《毛诗注》。可见二者不仅书写不同,而且释义亦不相同。王肃释义不同,可能与二书文字之异有关。

(2)觏尔新昏,以慰我心。(《七十二弟子》引《小雅·车舝》)

王肃注:"慰,安。"《释文》:"(慰)王申为怨恨之义。"《正义》:"王肃云:'新昏谓褒姒也。大夫不遇贤女,而后徒见褒姒谗巧嫉妒,故其心怨恨。'"

---

[1]　此是《家语》佚文,不见于今本《家语》。
[2]　此乃《孔子家语》佚文。张涛:《孔子家语注译》附录二《家语佚文》收录此条。张涛:《孔子家语注译》,西安:三秦出版社,1998年,第529页。

可见《家语注》与王肃《毛诗注》不同。如前所说,王肃释"慰"为"怨恨"乃是从《韩诗》说,故二者不同。

《家语注》重在对《家语》文本进行注释,因《家语》多引《诗》为论说依据,故王肃对其所引《诗》句亦加以注释。《家语注》释《诗》往往要考虑到上下文语境。这一体制决定了《家语注》中注《诗》与专门性的《毛诗注》著作不同。这导致《家语注》释诗往往与《毛诗王氏注》时有不同。正基于此类原因,学者多不将这些条目辑入《毛诗王氏注》之中,是有一定道理的,但研究王肃《诗》学不可忽视这些《诗》注的价值。

总之,《家语》及王肃注中不仅保存了少许《逸诗》和一些《诗》异文,更重要的是保存了大量的王肃《诗》注,这些为研究汉魏各家《诗经》文本、流传情况以及王肃《诗经》学等提供了重要的参考资料。

第五章　王肃《毛诗注》

王肃自幼学郑氏学，后有感于郑氏学有不少错误，于是对儒经皆重新加以注释。就《诗经》而言，王肃除了作《毛诗王氏注》①（后简称《毛诗注》）之外，另撰有《毛诗义驳》《毛诗问难》《毛诗奏事》《毛诗音》等。后几种显然是《毛诗注》的"副产品"，与《毛诗注》有着密切的关系。对于《毛诗义驳》等，下章将作专门探讨，在此仅对《毛诗注》内容、思想、特征等作一较为全面的考察。

第一节　《毛诗注》注释内容

王肃《毛诗注》早佚，今仅残存佚文三百余条，这些条目主要辑自《毛诗正义》和《经典释文》等。从今存佚文来看，王肃《毛诗注》注释内容广泛，涉及《毛诗》《毛诗序》《毛诗传》等诸多方面。

一、释《毛诗序》与《毛诗传》

王肃好贾、马之学，其《诗》亦从贾、马传《毛诗》。王肃宗毛倾向显明，在《毛诗注》中，他不仅多从《毛诗序》《毛诗传》之说，而且还常对《毛诗序》《毛诗传》作些解说。

（一）说《毛诗序》

秦汉之际毛亨传《毛诗》，并为之作传，即《毛诗诂训传》，简称《毛诗传》。《毛诗传》于每首诗前作一短小说解说全诗主旨的小序，即《毛诗序》。《毛诗序》和《毛诗传》历来是习《毛诗》者的重要依据。王肃宗毛，自然多依《毛诗序》和《毛诗传》。在《毛诗注》中，王肃还常对《毛诗序》作些解说或补充说明。

（1）车邻，美秦仲也。秦仲始大，有车马礼乐侍御之好焉。
（《秦风·车邻序》）

---

① 马国翰辑本称《毛诗王氏注》，黄奭辑本称《毛诗王肃注》，此从马氏命名。

王肃云:"秦为附庸,世处西戎。秦仲修德,为宣王大夫,遂诛西戎,是以始大。"(《正义》)王肃对《毛序》中"秦仲始大"作了较详细解说。

(2)斯干,宣王考室也。(《小雅·斯干序》)

王肃云:"宣王修先祖宫室,俭而得礼。"(《正义》)王肃对《毛序》所言"宣王考室"作了补充说明。

这样例子还有不少,如《摽有梅》《小戎》《常棣》《六月》《十月之交》《巷伯》《文王》《闵予小子》《长发》等。

(二)释《毛诗传》

《毛诗注》本为释《诗》,但王肃释《诗》多从《毛诗传》,故有时会对《毛诗传》作些补充说明。

(1)硕大无朋。(《唐风·椒聊》)

《毛传》:"朋,比也。"《释文》:"(比)王肃、孙毓申毛,必履反,谓无比例也。"案:《传》释"朋"为比,而王肃并没释"朋",而是对《毛传》所言"比"作了补充说明。

(2)既顺乃宣。(《大雅·公刘》)

《毛传》云:"宣,遍也。"王肃云:"遍,谓庐井。"(《正义》)案:《毛传》释"宣"为"遍",而王肃对《毛传》所言"遍"作了补充说明。

(3)哙哙其正,哕哕其冥。(《小雅·斯干》)

《毛传》:"正,长也。冥,幼也。"《释文》:"(长)王丁丈反。(幼)王如字。"案:《毛传》释"正"为"长",释"冥"为"幼"。王肃则对"长"和"幼"读音作了注释。

这样的例子还有不少。如"见,王如字,言可见"(《释文》),释《毛传》"揭,见根貌"(《大雅·荡》);"大王,王之尊称也"(《正义》),释《毛传》"汾,大也"(《大雅·韩奕》)。

二、释《诗》

王肃《毛诗注》释《毛诗序》和《毛传》比重极少,其绝大部分内容还是对

《毛诗》本身作些解释和说明。王肃《毛诗注》释《诗》主要表现在以下几个方面。

(一)注字音

王肃《毛诗注》常对《诗》中某些字的读音加以注释。这类在《经典释文·毛诗音义》中保存得较多。

(1)勿士行枚。(《豳风·东山》)

《释文》:"(行)王户刚反。"

(2)命不易哉。(《周颂·敬之》)

《释文》:"(易)王以豉反。"
有时,除了反切之外,王肃还用直音法注音。如,

(1)於荐广牡。(《周颂·雍》)

《释文》:"(於)王音乌。"

(2)於绎思。(《周颂·赉》)

《释文》:"王於音乌。"
《毛诗注》亦多用"如字"来释读音。

(1)莫肯下遗,式居娄骄。(《小雅·角弓》)

《释文》:"遗,王申毛如字。"

(2)葛屦五两。(《齐风·南山》)

《释文》:"(两)王肃如字。"
王肃《毛诗注》单纯注音的较少,多是注音与释义相结合。

(1)百两御之。(《召南·鹊巢》)

《释文》:"(御)王肃鲁鱼反,侍也。"

(2)乘马在厩。(《小雅·鸳鸯》)

《释文》："(乘)王、徐绳登反,四马也。"

　　(3)铺敦淮濆。(《大雅·常武》)

《释文》："敦,王申毛如字,厚也。"

　　(4)好是稼穑,力民代食。(《大雅·桑柔》)

《释文》："家,王申毛音驾,谓耕稼也。"
这样的例子不少,就不一一枚举了。
(二)释字词义
释字义乃王肃《毛诗注》主要内容之一。

　　(1)籧篨不鲜。(《邶风·新台》)

《释文》："(鲜)王少也。"

　　(2)驷介旁旁。(《郑风·清人》)

《释文》："(旁旁)王云彊也。"

　　(3)夜未央。(《小雅·庭燎》)

王肃云："央,旦。未央,夜半。"(《正义》)
这样的例子很多。有时释词并非解义,乃明确文中所指特定对象。

　　(1)啸歌伤怀,念彼硕人。(《小雅·白华》)

王肃云："硕人,谓申后也。"(《正义》)

　　(2)外大国是疆,幅陨既长。(《商颂·长发》)

王肃云："外,诸夏大国也。京师为内,诸夏为外。"(《正义》)
(三)考名物
有时,《毛诗注》还会对一些名物作些考证、诠释。

　　(1)椒聊之实,蕃衍盈升。(《唐风·椒聊》)

《释文》:案:《唐风·椒聊》……王注云:"椒,芬芳之物。"

(2)越以鬷迈。(《陈风·东门之枌》)

王肃云:"鬷数,绩麻之缕也。"(《正义》)

(3)以薅荼蓼。(《周颂·良耜》)

王肃云:"荼,陆草,蓼,水草。"(《正义》)
有时,王肃还会对一些专有名词作解说。

(1)笃公刘。(《大雅·公刘》)

《释文》:"公,号;刘,名也。"(《公刘》篇名下)

(2)桧(国名)

王肃云:"周武王封之祝融之后,于济河颍之间为桧子。"(《释文》"桧"
名下)

（四）串讲句意
串讲《诗》句意思,亦是王肃《毛诗注》的主要内容之一。

(1)惄如调饥。(《周南·汝坟》)

王氏(肃)曰:"饥而又饥,饥之甚也。"①

(2)遄臻于卫,不瑕有害。(《邶风·泉水》)

王肃云:"言愿疾至于卫,不远礼义之害。"(《正义》)

(3)彤管有炜,说怿女美。(《邶风·静女》)

王肃云:"嘉彤管之炜炜然,喜乐其成女美也。"(《正义》)
有时,往往先释字词,再串讲句意。

---

① （宋)李樗、黄櫄:《毛诗李黄集解》卷 2,见《景印文渊阁四库全书》第 71 册,台北:台湾商务印书馆,1986 年,第 59 页。

(1)不惩其心,覆怨其正。(《小雅·节南山》)

王(肃)述之曰:"覆,犹背也。师尹不定其心,邪僻妄行,故下民皆怨其长。"(《正义》)

(2)既齐既稷,既匡既敕。(《小雅·楚茨》)

《释文》:"齐,王申毛如字,整齐也。"王肃云:"执事已整齐,已极疾,已诚正,已固慎也。"(《正义》)

这样的例子还有不少。有时,王肃并非简单串讲句意,而是解说《诗》句之手法。

(1)匪适株林,从夏南。(《陈风·株林》)

王肃云:"言非欲适株林,从夏南之母。反覆言之,疾之也。"(《正义》)案:释完句意后,王肃特对《诗》反复言之作了说明,"疾之也"。

(2)正大夫离居,莫知我勚。(《小雅·雨无正》)

王(肃)述之曰:"长官大夫,我之贤友。奔走窜伏,与我离居。我劳病,莫之知也。故下章思之,欲迁还于王都。"(《正义》)串讲完句意后,王肃还补充说明了这几句在《诗》中的作用。这几句是讲前因,故后有欲迁还王都之想。

(五)补释《诗》创作背景

有时,王肃并非释字词义和句思,而是对《诗》创作背景作些说明。如,

(1)鲂鱼赪尾,王室如毁。(《周南·汝坟》)

王肃云:"当纣之时,大夫行役。"(《正义》)王肃对诗作背景作了解说,认为诗作写的是殷时,大夫行役之事。

(2)岁取十千。(《小雅·甫田》)

王肃云:"太平之时,天下皆丰,故不系之于夫井,不限之于斗斛。要言多取田亩之收而已。"(《正义》)王肃认为诗说的是太平时的情况,最后再落实到《诗》句意,多取田亩之收。

(3)帝作邦作对,自大伯王季。(《大雅·皇矣》)

王肃曰:"太伯见王季之生文王,知其天命之必在王季,故去而适吴。大王没而不返,而后国传于王季,周道大兴。"(《正义》)王肃对"自太伯、王季"作了大量补充说明,因太伯让位于王季,故王季之子文王得以兴起。

(六)阐释篇章之旨

有时,王肃还对《诗》篇章之旨作些解说。如,

(1)于以奠之,宗室牖下。谁其尸之,有齐季女。(《召南·采蘋》)

王肃以为此篇所陈,皆是大夫妻助夫氏之祭,采蘋藻以为菹,设之于奥。奥即牖下。①(《正义》)王肃对《采蘋》一章的主旨作了解说。

(2)爰居爰处。(《邶风·击鼓》)

《击鼓》五章自"爰居"而下三章,王肃以为卫人从军者与其室家诀别之辞。②

(3)闵予小子,嗣王朝于庙也。(《周颂·闵予小子序》)

王肃以此篇为周公致政,成王嗣位,始朝于庙之乐歌。(《正义》)
这样的例子还有一些。

(七)说礼仪

有时,王肃还会对《诗》作背后的礼仪制度作些补充说明。

(1)摽有梅,男女及时也。(《召南·摽有梅序》)

王肃述毛曰:"前贤有言,丈夫二十不敢不有室,女子十五不敢不事人。"(《正义》)"《摽有梅》之诗,殷纣暴乱,娶失其盛时之年,习乱思治,故美

---

① 李振兴云:"案《黄氏逸书考》无'奥即牖下'句,《玉函山房辑佚书辑》录如是,后审《正义》,亦如是。"李振兴:《王肃之经学》,上海:华东师范大学出版社,2012年,第325页。
② (宋)欧阳修:《诗本义》卷2,见《景印文渊阁四库全书》第70册,台北:台湾商务印书馆,1986年,第194页。

文王能使男女得及其时。"(《周官疏》)①王肃从礼制角度对"男女及时"作了解说。

(2)良马五之。(《鄘风·干旄》)

王肃云:"古有一辕之车驾三马则五辔,其大夫皆一辕车。夏后氏驾两,谓之丽。殷人益一骈,谓之骖。周人又益之一骈,谓之驷。本从一骖而来,亦谓之骖,经言骖,则三马之名。"(《正义》)

(3)彼发有的。(《小雅·宾之初筵》)

王肃云:"二尺曰正,四寸曰质。《尔②雅》云:射张皮谓之侯。侯中者谓之鹄。鹄中者谓之正。正方二尺也。正中谓之执,方六寸也。执则质也。旧云方四寸,今云方六寸,《尔雅》说之甚明,宜从之。"(《正义》)

从以上分析可以看出,王肃《毛诗注》释《诗》涉及《诗》的诸多方面。可惜王肃《毛诗注》早佚,以至无法窥见其原始面貌。

第二节　《毛诗注》诗论

王肃《毛诗注》早佚,仅有辑佚本,收录佚文三百余条。这些佚文可能是原书的十分之一,③从现存佚文显然难以还原《毛诗注》原貌。虽仅如此,从这些佚文依然可以窥见王肃的一些诗学思想。

一、诗乐论

对于《诗经》的形成时间,学者们虽意见不一,但《诗经》最终定型于先

---

① (清)黄奭辑:《毛诗王肃注》,见《黄氏逸书考》,见《续修四库全书》第1207册,上海:上海古籍出版社,2002年,第143页。

② 阮元云:"'尔'当作'小',此在《孔丛子·小雅·广物》。"(清)阮元校刻:《十三经注疏》,北京:中华书局,1980年,第488页。阮氏说是也。

③ 据车行健统计,《毛诗笺》共二千四百十三个笺注段落。参见车行健《释经以立论——汉代毛郑诗经经解的思想探索》,台北:里仁书局,2011年,第132~133页。郑氏笺注段落是以《诗》句来划分的。而每一笺注段落少则一条注释,多则三四条注释,故可推断郑玄注释条目总数当在四千左右。以此比况,王肃《诗》注条目亦当有三千余。

秦是不争事实。① 因经秦代禁焚及战乱,五经传承出现了断裂。西汉时传《诗》者有多家,②其中《齐》《鲁》《韩》《毛》四家最为著名。《毛诗》因传于毛公而得名。《毛诗故训传》(一般简称《毛传》)是目前所见较为完整的最早《诗经》注本。《毛诗故训传》的每首《诗》前皆有一序(六首有目无篇的笙诗亦有),此即为《毛诗序》,简称《毛序》。《毛序》有《大序》和《小序》之分,一般认为《关雎》前的长序为《大序》,每首《诗》前面的短序为《小序》。③ 对于《毛序》作者,历来学者说法不一。④ 郑玄认为《毛序》由子夏和毛公所作。梁代沈重云:"案郑《诗谱》意,《大序》是子夏作,《小序》是子夏、毛公合作,卜商意有不尽,毛更足成之。"⑤王肃对于《诗序》作者亦表达了自己的看法。《孔子家语·七十二弟子》王肃注:"子夏所序《诗》,今之《毛诗》是也。"可见,王肃认为《毛序》皆为子夏所作。汉魏人尚古,多认为《诗经》为孔子所编,子夏作序乃当时流行说法,王肃持此说,亦不足为怪。

先秦时期诗、乐、舞不分。早期《诗》篇的创作以及应用都与乐、舞有着密切的关联。⑥ 对于礼仪用《诗》,三《礼》中有不少记载。先秦时有房中乐。⑦ 在三《礼》注中,郑玄对房中乐发表了不少见解,后为孔颖达等学者所沿用。在《毛诗注》等中,王肃对房中乐也作了些论说。郑玄《毛诗谱·周南召南谱》:"或谓之房中之乐者,后妃夫人侍御于其君子,女史歌之,以节义序故耳。"对于房中乐的具体篇目,郑玄未作说明。王肃云:"自《关雎》至《芣苢》,后妃房中之乐。"(《正义》)"房中之乐,弦歌《周南》《召南》而不用钟磬之节。"(陈阳《乐书》卷一百一十三)王肃认为《周南》前八篇为夫人房中之乐,并认为房中乐演奏时仅用弦歌,而不用金石之器(钟、磬)伴奏。王

<hr>

① 安大简《诗经》是目前所见最早《诗经》写本,其大体形成于战国中后期。参见黄德宽、徐在国主编《安徽大学藏战国竹简(一)·前言》,上海:中西书局,2019 年,第 1 页。

② 学者认为阜阳汉简《诗经》和东汉铜镜《诗经》等,皆在四家《诗》之外。参见刘毓庆、郭万金《从文学到经学——先秦两汉诗经学史论》,上海:华东师范大学出版社,2009 年,第 192～200 页。

③ 一般认为《关雎》前的序是由《大序》和《小序》构成的,至于《大序》和《小序》如何划分,学者们意见亦不一。详情参见洪湛侯《诗经学史》,北京:中华书局,2002 年,第 156～157 页。《小序》往往第一句点明主旨,后再作具体说明。有学者将具体说明的部分称为《续序》。参见刘毓庆、郭万金《从文学到经学——先秦两汉诗经学史论》,上海:华东师范大学出版社,2009 年,第 157 页。

④ 关于《毛诗序》作者有十余种说法,详情可参见冯浩菲《历代诗经研究述评》,北京:中华书局,2003 年,第 152～155 页;以及洪湛侯《诗经学史》,北京:中华书局,2002 年,第 157～161 页等。

⑤ (唐)陆德明撰,黄焯汇校《经典释文汇校》卷 1,北京:中华书局,2006 年,第 119 页。

⑥ 王秀臣《三礼用诗考论》对此有较好论述。王秀臣:《三礼用诗考论》,北京:中国社会科学出版社,2007 年。

⑦ 详情参见拙作《周代房中乐考辨》,载《中国音乐学》,2020 年第 1 期,第 75～81 页。

肃此说得到孔颖达等人认同。《毛诗正义》:"肃以此八篇皆述后妃身事,故为后妃之乐。然则夫人房中之乐,当用《鹊巢》《采蘩》。郑无所说,义亦或然。"

房中乐是正乐,属乐教之范畴,故学者多加以肯定。对于淫乐,学者多加以反对。《论语·卫灵公》:"郑声淫。"《论语·阳货》:"恶郑声之乱雅乐也。"《礼记·乐记》:"郑音好滥淫志,宋音燕女溺志,卫音趋数烦志,齐音敖辟乔志。此四者,皆淫于色而害于德,是以祭祀弗用也。"王肃亦是如此。

《小雅·鼓钟》:"鼓钟将将,淮水汤汤。"《毛传》认为幽王奏淫乐:"幽王用乐,不与德比,会诸侯于淮上,鼓其淫乐,以示诸侯,贤者为之忧伤。"郑玄未对"淫乐"作解说,而王肃对此作了详细解说。王肃云:"凡作乐而非所,则谓之淫。淫,过也。幽王既用乐不与德比,又鼓之于淮上,所谓过也。桑间濮上,亡国之音,非徒过而已。"(《正义》)王肃以德来衡量音乐,认为"淫乐"过于其德,多为亡国之音。王肃此说甚是。黄焯《诗疏平议》:"然则淫乐之解,当以王肃为是。"①

对于《诗》的礼仪之用,王肃亦作了不少说明。王肃《家语·论礼》注:"《清庙》,所以颂文王之德也。"王肃云:"当文公时,贤臣季孙行父请于周,而令史克作《颂》四篇以祀。"(《正义》)

从以上分析可以看出,王肃在《毛诗注》中对《诗序》作者、《诗》的礼仪之用等,发表不少颇有见解的看法。

二、比兴论

虽然《诗》中多运用比兴手法,但探讨比兴则是较晚的事。《毛诗序》将比兴列为诗之六义:"故诗有六艺焉:一曰风,二曰赋,三曰比,四曰兴,五曰雅,六曰颂。"《毛传》并未对比兴作具体说明。孔安国、郑众、郑玄等对比兴作了不少论说。孔安国《论语注》:"兴,引譬连类。"《毛诗正义·毛诗序》疏引:郑司农云:"比者,比方于物。诸言如者,皆比辞也。""司农又云:兴者,托事于物。则兴者起也,取譬引类,起发己心,诗文诸举草木鸟兽以见意者,皆兴辞也。"《周礼·春官·大师》郑玄注:"比,见今之失,不敢斥言,取比类以言之。兴,见今之美,嫌于媚谀,取善事以喻劝之。"《周礼·天官·司裘》郑玄注:"若诗之兴,谓象似而作之。"可见,汉代人认为"比"为"比方"

---

① 黄焯:《诗疏平议》,上海:上海古籍出版社,1985 年,第 371 页。

"比类"，而"兴"为"取譬引类""取事喻之"。①《文心雕龙·比兴》："比者，附也；兴者，起也。"附者，比附也。因比是以此物比彼物，而兴则是比喻、象征，故"比显而兴隐"（《文心雕龙·比兴》）。《毛诗正义·毛诗序》疏："比显而兴隐……《毛传》特言兴也，为其理隐故也。"

说《诗》标"兴"始于《毛诗传》，"毛公述传，独标兴体"（《文心雕龙·比兴》）。《毛诗传》共标兴116处。对于《毛传》所言的"兴"，郑玄往往以"喻"释之。"《郑笺》解释'兴'的一个程式化的表达方式，就是：'兴者，喻'云云。"②《毛传》标兴，王肃亦多作解说，王肃《毛诗注》说兴具有以下特点。

1. 多以"兴"来说兴

对于《毛传》"兴"，郑玄多以"喻"来作解说，而王肃则多直接以"兴"来作解说。

　　（1）岂日无衣，与子同袍。（《秦风·无衣》）

王肃云："岂谓子无衣乎？乐有是袍，与子为朋友，同共弊之。以兴上与百姓同欲，则百姓乐致其死，如朋友乐同衣袍也。"（《正义》）案：王肃直接用"兴"将诗句中"朋友同袍"解释为君上与百姓同欲。

　　（2）迨天之未阴雨，彻彼桑土，绸缪牖户。（《豳风·鸱鸮》）

王肃云："鸱鸮及天之未阴雨，剥取彼桑根，以缠绵其户牖，以兴周室积累之艰苦也。"（《正义》）

　　（3）九罭之鱼，鳟鲂。（《豳风·九罭》）

王肃云："以兴下土小国，不宜久留圣人。"（《正义》）

　　（4）常棣之花，鄂不韡韡。（《小雅·常棣》）

王（肃）述之曰："不韡韡，言韡韡也。以兴兄弟能内睦外御则强盛，而有光耀，若常棣之华发也。"（《正义》）

---

　　①　刘毓庆云："在汉代人的观念中，诗歌中之兴，一定是有比喻、象征意义的。没有喻义，不能称兴。"参见刘毓庆、郭万金《从文学到经学——先秦两汉诗经学史论》，上海：华东师范大学出版社，2009 年，第 436 页。此说是非常有道理的。

　　②　刘毓庆、郭万金：《从文学到经学——先秦两汉诗经学史论》，上海：华东师范大学出版社，2009 年，第 434 页。

这样的例子还有不少,就不一一枚举了。

2. 时以"犹""喻""若"等说兴

与郑玄模式化的以"喻"释"兴"不同,王肃释"兴"方法多元,除了直接用"兴"之外,王肃还常用"犹""喻""若"等解说兴。

(1)葛之覃之,施于中谷。(《周南·葛覃》)

王肃云:"葛生于此,延蔓于彼,犹女之当外成也。"(《正义》)

(2)山有苞栎,隰有六驳。(《秦风·晨风》)

王肃云:"言山有木,隰有兽,喻国君宜有贤也。"(《正义》)

(3)伐柯如何,匪斧不克。(《豳风·伐柯》)

王肃云:"能执治国之斧柄,其唯周公乎?是喻周公能执礼也。"(《正义》)

(4)敝笱在梁,其鱼鲂鳏。(《齐风·敝笱》)

王肃云:"言鲁桓公不能制文姜,若敝笱之不能制大鱼也。"(《正义》)

有时,王肃甚至不用任何字眼,而是直接解说兴义。

(1)野有蔓草,零露漙兮。(《郑风·野有蔓草》)

王肃云:"草之所以延蔓,被盛露也。民之所以能蕃息,蒙君泽也。"(《正义》)

(2)觱沸槛泉,言采其芹。(《小雅·采菽》)

王肃云:"泉水有芹,而人得采焉。王者有道,而诸侯法焉。"(《正义》)

这类情况不是很多。

3. 多依《毛传》说"兴",更合乎情理

王肃释兴,多依《毛传》,且更近情理。

(1)葛之覃之,施于中谷。(《周南·葛覃》)

《毛传》:"兴也。"郑《笺》:"此因葛之性以兴焉。兴者,葛延蔓于谷中,喻女在父母之家,形体浸浸日长大也。"王肃云:"葛生于此,延蔓于彼,犹女之当外成也。"(《正义》)郑玄认为"葛施于中谷"象征"女形体日长大",而王肃则认为比喻女当外嫁。王肃此说可信。黄焯《诗疏平议》云:"笺义近迂。王肃申毛之说较胜。"①

(2)白华菅兮,白茅束兮。(《小雅·白华》)

《毛传》:"兴也。"郑《笺》:"兴者,喻王取于申,申后礼仪备,任妃后之事。而更纳褒姒,褒姒为孽,将至灭国。"王肃云:"白茅束白华,以兴夫妇之道,宜以端成洁白相申束,然后成室家也。"(《正义》)《白华序》云:"《白华》,周人刺幽后也。"众所周知,此幽后指的是幽王宠后褒姒。郑玄直接将首句解释为申后,不甚合理。而王肃将"白茅束白华"解释为男女成室家。《毛诗正义》:"毛以为,言人刈白华,已沤以为菅,又取白茅缠束之兮,是二者以洁白相束而成用。兴妇人有德,已纳以为妻兮,又用礼道申束之兮,是二者以恩礼相与而成嘉礼者,即端成洁白之谓。"可见,王肃的解释更为合理,故《正义》从之以释《毛传》。

(3)追琢其章,金玉其相。(《大雅·棫朴》)

郑《笺》:"追琢玉使成文章。喻文王为政,先以心研精,合于礼义,然后施之。万民视而观之,其好而乐之,如睹金玉然。言其政可乐也。"王肃云:"以兴文王圣德,其文如雕琢矣,其质如金玉矣。"(《正义》)郑玄将"金玉"释为文王"政得其宜,民爱之甚"(《正义》)。而王肃则将"金玉"释为文王圣德,并从"文"与"质"两个方面加以解说。相较而言,王肃说更为合理。

这样的例子还有一些。

从以上分析可以看出,王肃释比兴形式更为灵活多样,且其论说多更为合情合理。

三、诗教论

在西周时期,《诗》依附于礼,是礼仪的辅助物。到了春秋时期,外交赋诗,《诗》成为行人交流媒介。春秋以降,《诗》成为论说依据,诸子著作多引《诗》为证。孔子将五经作为教材以授生徒,于是《诗》逐渐成为教化工具,

---

① 黄焯:《诗疏平议》,上海:上海古籍出版社,1985年,第14页。

即诗教。孔子倡导学《诗》以修身养德。《论语·阳货》:"《诗》可以兴,可以观,可以群,可以怨。迩之事父,远之事君,多识于鸟兽草木之名。"《论语·阳货》:"人而不为《周南》《召南》,其犹正墙面而立也与?"《礼记·经解》:"其为人也温柔敦厚,《诗》教也。"后来儒家学者多发扬其说。《荀子·乐论》:"故制《雅》《颂》之声以道之,使其声足以乐而不流,使其文足以辨而不谋。"《毛诗序》云:"故正得失,动天地,感鬼神,莫近于诗。先王以是经夫妇,成孝敬,厚人伦,美教化,移风俗。""《诗大序》铺陈的体系,成为宣扬'诗教'的基础。"①众多《小序》及《诗》篇解说之中,无不渗透着浓郁的诗教思想。② 到了东汉末期,虽然儒学走向衰微,但诗教思想却深深扎根于儒者思想之中,郑玄《毛诗笺》《诗谱》等,亦多重诗教。

　　到了三国时期,思想较为保守的王肃亦颇重诗教。《家语·论礼》:"不能《诗》,于礼谬。"王肃注:"《诗》以言礼。"王肃认为《诗》多言礼,学《诗》可以知礼。《家语·论礼》引《周颂·昊天有成命》:"夙夜基命宥密。"王肃注:"夙夜,恭也。基,始也。命,信也。宥,宽也。密,宁也。言以行与民信,五教在宽,民以安宁,故谓之无声之乐也。"郑《笺》:"早夜始,顺天命,不敢解倦,行宽仁安静之政以定天下。"可见,郑玄重在解说句意,但王肃则否。"五教",五常之教,即父义、母慈、兄友、弟恭、子孝。王肃先对这句《诗》逐字注释,后在再串讲句意时渗入教化之说,努力借释《诗》来宣扬儒家教化。

　　《家语·好生》注:"《竿旄》之诗者,乐乎善道告人。"对此《诗》的教化之功作了肯定。再如,《毛诗正义·周南·关雎序》疏引王肃注:"哀窈窕之不得,思贤才之良质,无伤善之心焉。若苟慕其色,则善心伤也。"(《正义》)王肃将思窈窕淑女释为思贤才,主张不慕色,不伤善心。

　　《卫风·考槃》:"考槃在涧,硕人之宽。"王肃注:"美君子执德弘信道笃也。歌所以咏志,长以道,自誓不敢过差。"(《正义》)在对君子的赞颂之中宣扬美德。《秦风·蒹葭》:"所谓伊人,在水一方。"王肃注:"维得人之道,乃在水之一方。一方难至矣。水以喻礼乐,能用礼,则至于道也。"(《正义》)王肃认为得贤人之道在于礼乐。这些都表明,王肃在《毛诗注》中时常借机宣扬诗乐教化,以传播诗教之用。

　　以上借助今存的佚文,对王肃的诗学思想作了简单勾勒,虽不甚完整,

---

① 洪湛侯:《诗经学史》,北京:中华书局,2002 年,第 167 页。
② 《毛诗序》中规范女性的礼教思想,可参见拙作《汉代女性礼教研究》第四章第一节《〈毛诗序〉及〈韩诗外传〉女性礼教思想》,济南:齐鲁书社,2013 年,第 59~72 页。

但亦可窥见其思想一角,有助于人们对王肃思想的认知与理解。

第三节　《毛诗注》思想

王肃《毛诗注》早佚,今仅存佚文三百余条,从这些佚文条目可以看出,王肃《毛诗注》除了注释字词句之外,还含有丰富的思想性。

（一）君德臣贤

王肃倡导君德,认为君主应当有德行,故对有德行的君主多加赞颂。

(1)车邻,美秦仲也。秦仲始大,有车马礼乐侍御之好焉。(《秦风·车邻序》)

王肃云:"秦为附庸,世处西戎。秦仲修德,为宣王大夫,遂诛西戎,是以始大。"(《正义》)秦仲修德,故能诛西戎,秦国始壮大。

(2)於昭于天,皇以间之。(《周颂·桓》)

王肃云:"于乎!周道乃昭见于天,故用美道代殷,定天下。"(《正义》)王肃认为,周能取代殷是因为周有道。

《毛诗注》并认为有德方可为天下王。

(1)陈锡哉周,侯文王孙子。文王孙子,本支百世。(《大雅·文王》)

王肃云:"文王能布陈大利,以赐予人,故能载行周道,致有天下。维文王孙子受而行之,美其福及子孙。言文王之功德,其大宗与支子相承百世之道。"(《正义》)周文王能广布其德,故能有天下,且子孙相承百世。

(2)帝迁明德,串夷载路。(《大雅·皇矣》)

王肃曰:"天以周家善于治国,徙就文王明德,以其世世习于常道,故得居是大位也。"(《正义》)

对无德君主则大加批判。

(1)上帝耆之。(《大雅·皇矣》)

王肃云:"恶桀、纣之不德也。"(《正义》)

(2)民之无辜,并其臣仆。(《小雅·正月》)

王肃云:"今之王者,好陷入人,罪无辜,下至于臣仆,言用刑趣重。"(《正义》)

(3)匪适株林,从夏南。(《陈风·株林》)

王肃云:"言非欲适株林,从夏南之母。反覆言之,疾之也。"(《正义》)同时,王肃认为国当有贤臣。

(1)(山有苞栎,)隰有六驳。(《秦风·晨风》)

王肃云:"言山有木,隰有兽,喻国君宜有贤也。"(《正义》)

(2)凤皇于飞,翙翙其羽,亦集爰止。(《大雅·卷阿》)

王肃云:"凤皇虽亦高飞傅天,而亦集于所宜止。故集止以亦傅天,亦集止。今能致灵鸟之瑞者,以多士也。欲其常以求贤用吉士为务也。"(《正义》)

对贤臣多加赞颂。

(1)殖殖其庭,有觉其楹。哙哙其正,哕哕其冥。(《小雅·斯干》)

王肃云:"宣王之臣,长者宽博哙哙然,少者闲习哕哕然。夫其所与翔于平正之庭,列于高大之楹,皆少长让德有礼之士,所以安也。"(《正义》)

(2)殷士肤敏。(《大雅·文王》)

王肃云:"殷士有美德,言见时之疾,知早来服周也。"(《正义》)赞颂德君贤臣同时,则对奸佞之人大加批判。

(1)巷伯,刺幽王也。寺人伤于谗,故作是诗也。(《小雅·巷伯序》)

王肃云:"人主之于群臣,贵者亲近,贱者疏远。主宫内者皆奄人,奄人

之中,此官最近人主,故谓之巷伯也。"(《正义》)

(2)其何能淑,载胥及溺。(《大雅·桑柔》)

王肃以为:如今之政,其何能善? 但君臣相陷溺而已。(《正义》)

(二)礼义教化

自汉代以来,在儒家思想的影响之下,历来儒者皆重礼义,并且推崇教化。这些思想在王肃《毛诗注》中亦有所表现。

王肃《毛诗注》多宣扬儒家礼义,"礼节""礼义""修礼""有礼"等字词广泛见于《诗》注之中。

(1)以介我稷黍,以谷我士女。(《小雅·甫田》)

王肃云:"大得我稷黍,以善我男女,言仓廪实而知礼节也。"(《正义》)

(2)遄臻于卫,不瑕有害。(《邶风·泉水》)

王肃云:"言愿疾至于卫,不远礼义之害。"(《正义》)

(3)伐柯伐柯,其则不远。(《豳风·伐柯》)

王肃注:"言有礼君子,恕施而行,所以治人则不远。"(《正义》)

(4)伐柯如何,匪斧不克。(《豳风·伐柯》)

王肃云:"能执治国之斧柄,其唯周公乎? 是喻周公能执礼也。"(《正义》)

(5)武人东征,不皇朝矣。(《小雅·渐渐之石》)

王肃云:"武人,王之武臣征役者。言皆劳病,东行征伐东国,以困病,不暇修礼而相朝。"(《正义》)

(6)我观之子,笾豆有践。(《豳风·伐柯》)

王肃云:"我所见之子,能以礼治国。践,行列之貌;笾豆,行礼之物也。"(《正义》)

同时,王肃《毛诗注》对非礼多加批判指责。

(1)既曰归止，曷又怀止。(《齐风·南山》)

王肃云："文姜既嫁于鲁，适人矣，何为复思与之会而淫乎?"(《正义》)

(2)鼓钟将将，淮水汤汤。(《小雅·鼓钟》)

王肃云："凡作乐而非所，则谓之淫。淫，过也。幽王既用乐不与德比，又鼓之于淮上，所谓过也。桑间濮上，亡国之音，非徒过而已。"(《正义》)

(3)大侯既抗，弓矢斯张。(《小雅·宾之初筵》)

王肃述毛云："幽王饮酒无度，故言燕礼之义。"(《正义》)
另外，王肃《毛诗注》还有大量儒家教化思想。

(1)日之方中，在前上处。(《邶风·简兮》)

王肃云："教国子弟以日中为期，欲其遍至。"(《正义》)

(2)来嫁于周，曰嫔于京。(《大雅·大明》)

王肃云："唯尽其妇道于大国耳。"(《正义》)

(三)乐道忘忧
在个体情操方面，王肃主张乐道忘忧。

(1)考槃在涧，硕人之宽。独寐寤言，永矢弗谖。考槃在阿，硕人之薖。独寐寤歌，永矢弗过。(《卫风·考槃》)

王肃之说皆述《毛传》，其注云："穷处山涧之间，而能成其乐者，以大人宽博之德，故虽在山涧，独寐而觉，独言先王之道，长自誓不敢忘也。美君子执德弘信道笃也。歌所以咏志，长以道，自誓不敢过差。"(《正义》)

(2)职思其居。(《唐风·蟋蟀》)

王肃云："其居，主思以礼乐自居也。其外，言思无越于礼乐也。其忧，言荒则忧也。"(《正义》)

(3)泌之洋洋，可以乐饥。(《陈风·衡门》)

王肃云：“洋洋泌水，可以乐道忘饥。巍巍南面，可以乐治忘乱。”(《正义》)

（四）礼法宗周

在政治思想方面，王肃非常强调礼法思想。

> 绿兮衣兮，绿衣黄里。(《邶风·绿衣》)

王肃云：“夫人正嫡而幽微，妾不正而尊显。”(《正义》)在此，王肃很重视嫡妾之尊卑。

对于有周一朝，王肃认为天命在周。

> （1）今女下民，或敢侮予。(《豳风·鸱鸮》)

王肃下经注云：“今者，今周公时。言先王致此大功至艰，而其下民敢侵侮我周道，谓管蔡之属，不可不遏绝之，以全周室。”(《正义》)

> （2）予室翘翘，风雨所漂摇，予维音哓哓。(《豳风·鸱鸮》)

王肃云：“言尽力劳病，以成攻坚之巢，而为风雨所漂摇，则鸣音哓哓然而惧。以言我周累世积德，以成笃固之国，而为凶人所振荡，则己亦哓哓而惧。”(《正义》)

（五）男女室家

王肃主张男有室，女有归，男女及时。

> （1）葛之覃之，施于中谷。(《周南·葛覃》)

王肃云：“葛生于此，延蔓于彼，犹女之当外成也。”(《正义》)

> （2）摽有梅，男女及时也。(《召南·摽有梅序》)

王肃述毛曰：“前贤有言，丈夫二十，不敢不有室；女子十五，不敢不事人。”(《正义》)

> （3）白华菅兮，白茅束兮。(《小雅·白华》)

王肃云：“白茅束白华，以兴夫妇之道，宜以端成洁白相申束，然后成室家也。”(《正义》)

同时对于夫妻之情亦非常重视。

(1)爰居爰处。(《邶风·击鼓》)

《击鼓》五章自"爰居"而下三章,王肃以为卫人从军者与其室家诀别之辞。①

(2)死生契阔,与子成说。执子之手,与子偕老。(《邶风·击鼓》)

王肃云:"言国人室家之志,欲相与从生死,契阔勤苦而不相离,相与成男女之数,相扶持俱老。"(《正义》)

此外,王肃还很重视家人之间的亲情。

(1)常棣之花,鄂不韡韡。(《小雅·常棣》)

王(肃)述之曰:"不韡韡,言韡韡也。以兴兄弟能内睦外御,则强盛而有光耀,若常棣之华发也。"(《正义》)

(2)其军三单,度其隰原②,彻田为粮。(《大雅·公刘》)

王肃云:"三单相袭,止居则妇女在内,老弱次之,强壮在外,言自有备也。彻,治也。居其民众于隰与原,治其田畴以为粮。"(《正义》)

从以上分析可以看出,王肃《毛诗注》表现出浓郁的儒家思想,少染玄学气息,王肃可谓是一位忠实的儒学传人。

第四节　《毛诗注》说《诗》方法

以上对王肃《毛诗注》中的思想作了些解说。与郑玄等人《诗》注相比,王肃《毛诗注》特征明显。

(一)依毛(《毛传》《毛序》)说《诗》

如上所说,王肃宗毛,故王肃说《诗》常以《毛》说为据。王肃释《毛序》

---

① (宋)欧阳修:《诗本义》卷 2,见《景印文渊阁四库全书》第 70 册,台北:台湾商务印书馆,1986 年,第 194 页。

② 马国翰辑本此句脱"度其隰原"四字。

多从之。

（1）车邻，美秦仲也。秦仲始大，有车马礼乐侍御之好焉。（《秦风·车邻序》）

王肃云："秦为附庸，世处西戎。秦仲修德为宣王大夫，遂诛西戎，是以始大。"（《正义》）

（2）闵予小子，嗣王朝于庙也。（《周颂·闵予小子序》）

郑《笺》："嗣王者，谓成王也。除武王之丧，将始即政，朝于庙也。"王肃以此篇为周公致政，成王嗣位，始朝于庙之乐歌。（《正义》）

（3）六月，宣王北伐也。（《小雅·六月序》）

王肃云："宣王亲伐猃狁，出镐京而还。使吉甫迫伐追逐，乃至于太原。"（《正义》）

王肃释字词、句意、篇旨等亦多从《毛传》。

（1）不我能慉。（《邶风·谷风》）

《毛传》："慉，养也。"《释文》："（慉）王肃养也。"

（2）彤管有炜，说怿女美。（《邶风·静女》）

《毛传》："炜，赤也。彤管以赤心正人也。"郑《笺》："说怿"当作"说释"。赤管炜炜然，女史以之说释妃妾之德，美之。王肃云："嘉彤管之炜炜然，喜乐其成女美也。"（《正义》）

（3）硕大无朋。（《唐风·椒聊》）

《毛传》："朋，比也。"郑《笺》："之子，是子也。谓桓叔也。硕，谓壮貌佼好也。大，谓德美广博也。无朋，平均不朋党。"《释文》："（比）王肃、孙毓申毛必履反，谓无比例也。"

（二）美刺说《诗》

《毛传》确立了美刺说《诗》之方法，王肃说《诗》亦多采用此法。

无封靡于尔邦,维王其崇之。念兹戎功,继序其皇之。(《周颂·烈文》)

王肃云:"武王得天下,因殷诸侯无大累于其国者就立之。序,继也。思继续先人之大功而美之。"(《正义》)

王肃用"美"字虽较少,但许多地方作者赞美倾向非常明显,显然亦是以"美"说《诗》。

(1)女心伤悲,殆及公子同归。(《豳风·七月》)

王肃云:"豳君既修其政,又亲使公子躬率其民,同时归也。"(《正义》)

(2)斯干,宣王考室也。(《小雅·斯干序》)

王肃云:"宣王修先祖宫室,俭而得礼。"(《正义》)

(3)裸将于京。(《大雅·文王》)

王肃云:"殷士自殷,以其美德来归周助祭,行灌鬯之礼也。"(《正义》)

(4)惠于宗公,神罔时怨,神罔时恫。(《大雅·思齐》)

王肃云:"文王之德,能上顺祖宗,安宁百神,无失其道,无所怨痛。"(《正义》)

除了"美"之外,王肃还大量用"刺"来说《诗》。

(1)东方之日兮。(《齐风·东方之日》)

王肃云:"言人君之明盛,刺今时之昏暗。"(《正义》)

(2)伐柯,美周公也。周大夫刺朝廷之不知也。(《豳风·伐柯序》)

王肃以为,既作《东山》,又追作此诗以刺王。(《正义》)

(3)节彼南山,有实其猗。赫赫师尹,不平谓何?(《小雅·节南山》)

王肃云:"南山高峻而有实之使平均者,以其草木之长茂也。师尹尊显而有益之使平均者,以用众士之智能。刺今专已,不肯用人,以至于不平也。"(《正义》)

(4)十月之交,大夫刺幽王也。(《小雅·十月之交序》)

王肃、皇甫谧以为四篇正刺幽王。(《正义》)
有时虽未有"刺"字,但其批判的意味很明显,亦可视为"刺"。

(1)王于兴师,修我戈矛。(《秦风·无衣》)

王肃云:"疾其好攻战,不由王命,故思王兴师是也。"(《正义》)

(2)既曰归止,曷又怀止。(《齐风·南山》)

王肃云:"文姜既嫁于鲁,适人矣,何为复思与之会而淫乎?"(《正义》)

(3)敝笱在梁,其鱼鲂鳏。(《齐风·敝笱》)

王肃言:"鲁桓公不能制文姜,若敝笱之不能制大鱼也。"(《正义》)

(4)洽比其邻,昏姻孔云。(《小雅·正月》)

王肃云:"言王但以和比其邻近左右与昏姻亲友而已,不能亲亲以及远。"(《正义》)

(三)人情说《诗》

(1)彤管有炜,说怿女美。(《邶风·静女》)

《毛传》:"炜,赤也。彤管以赤心正人也。"郑《笺》:"'说怿'当作'说释'。赤管炜炜然,女史以之说释妃妾之德,美之。"王肃云:"嘉彤管之炜炜然,喜乐其成女美也。"(《正义》)郑玄将"怿"通为"释",从而将"说怿女美"理解为"女史说释妃妾之德"。此既牵强,且说教气息过于强烈。《说文解字》:"怿,说也。"①古时"说"与"悦"常互通,故"怿"即"悦也"。王肃从本义,"喜乐其成女美",显然更为合情合理。

———————

① (汉)许慎:《说文解字》卷10下,北京:中华书局,1963年,第224页。

（2）桑之落矣，其黄而陨。自我徂尔，三岁食贫。淇水汤汤，
渐车帷裳。（《卫风·氓》）

《毛传》："陨，堕也。汤汤，水盛貌。帷裳，妇人之车也。"郑《笺》："桑之
落矣，谓其时季秋也。复关以此时车来迎己。徂，往也。我自是往之女家。
女家乏谷食已三岁贫矣。言此者，明己之悔，不以女今贫故也。帷裳，童容
也。我乃渡深水，至渐车童容，犹冒此难而往，又明己专心于女。"王肃曰：
"言其色黄而陨坠也。妇人不慎其行，至于色衰无以自托，我往之汝家，从
华落色衰以来，三岁食贫矣。贫者乏食，饥而不充，喻不得志也。"（《正义》）
郑玄将桑叶落简单地理解为时间，显然不合适。《诗》上文云"以尔车来，以
贿我迁"，可见初时所乘为男子之车，此处所言"帷裳"显然是女子被遗弃时
所乘之车，而郑玄将"淇水汤汤，渐车帷裳"理解为女子初来时的车，以说明
其"专心"，显然是误读。王肃将桑叶黄作比兴理解，以桑叶黄落，比喻女子
年老色衰，显然更合乎情理。"三岁"，多岁也，指长时间。王肃将"三岁食
贫"理解为出嫁之后过穷日子，喻为不得志，亦可。

（3）岁取十千。（《小雅·甫田》）

《毛传》："十千，言多也。"郑《笺》："岁取十千，于井田之法，则一成之数
也。九夫为井，井税一夫，其田百亩。井十为通，通税十夫，其田千亩。通
十为成，成方十里，成税百夫，其田成亩。欲见其数，从井、通起，故言十千。
上地谷亩一钟。"王肃云："太平之时，天下皆丰，故不系之于夫井，不限之于
斗斛。要言多取田亩之收而已。"（《正义》）《毛传》认为"十千"是多的意思。
郑玄却对"十千"作生硬理解，并从制度角度对"十千"是多少加以解说，显
然呆板无诗味。而王肃却云不系之于夫井，丰年多取，更具有人情味。

（4）其军三单，度其隰原，彻田为粮。（《大雅·公刘》）

《毛传》："三单，相袭也。彻，治也。"郑《笺》："邰，后稷上公之封。大国
之制三军，以其余卒为羡。今公刘迁于豳，民始从之，丁夫适满三军之数。
单者，无羡卒也。度其隰与原田之多少，彻之使出税以为国用。什一而税
谓之彻。鲁哀公曰：'二，吾犹不足，如之何其彻也？'"王肃云："三单相袭，
止居则妇女在内，老弱次之，强壮在外，言自有备也。彻，治也。居其民众
于隰与原，治其田畴以为粮。"（《正义》）郑玄从制度角度，将"三单"理解为

三军无羡。将"彻"理解为什一而税。而王肃从《毛传》,将三单理解为男女老少相袭而居,将"彻"理解为治田畴为粮。这显然更合乎公刘初迁至豳时的情况,也使得公刘治国更具人情味。

(四)理性说《诗》

两汉时期,神学化儒学和谶纬神学盛行,生活于此时代的郑玄亦难免受其影响,故郑玄《毛诗笺》往往多具神学色彩和天命气息。而生活于儒学衰微和个体意识觉醒的三国时代的王肃,则少受此类思想影响,因此王肃往往以理性说《诗》。

(1)厥初生民,时维姜嫄。生民如何?克禋克祀,以弗无子。履帝武敏歆,攸介攸止。载震载夙,时维后稷……以赫厥灵。上帝不宁,不康禋祀,居然生子。(《大雅·生民》)

郑《笺》:"姜姓者,炎帝之后,有女名嫄。当尧之时,为高辛氏之世妃。本后稷之初生,故谓之生民……祀郊禖之时,时则有大神之迹,姜嫄履之,足不能满。履其拇指之处,心体歆歆然。其左右所止住,如有人道感己者也。于是遂有身,而肃戒不复御。后则生子而养之长之,名曰弃。舜臣尧而举之,是为后稷……姜嫄以赫然显著之征,其有神灵审矣。此乃天帝之气也,心犹不安之。又不安徒以禋祀,而无人道,居默然自生子,惧时人不信也。"王肃引马融曰:"帝喾有四妃,上妃姜嫄生后稷,次妃简狄生契,次妃陈锋生帝尧,次妃娵訾生帝挚。挚最长,次尧,次契。下妃三人皆已生子,上妃姜嫄未有子,故禋祀求子。上帝大安其祭祀而与之子。任身之月,帝喾崩,挚即位而崩,帝尧即位。帝喾崩后十月而后稷生,盖遗腹子也。虽为天所安,然寡居而生子,为众所疑,不可申说。姜嫄知后稷之神奇,必不可害,故欲弃之,以著其神,因以自明。尧亦知其然,故听姜嫄弃之。肃以融言为然。"(《正义》)其《奏》云:"稷、契之兴,自以积德累功于民事,不以大迹与燕卵也。且不夫而育,乃载籍之所以为妖,宗周之所丧灭……故以为遗腹子,姜嫄避嫌而弃之。"(《正义》)感生说是远古时期人们知母而不知父时代的产物,其说充满神话色彩,显然不可信。然而郑玄从《诗》,认为后稷是其母姜嫄感巨人足拇而感生。其实在郑玄之前马融对此感生已提出了质疑,而王肃继承了马融之说,对郑玄信从的感生说提出了异议。马融和王肃之说显然充满了理性精神,更为可信。

(2)不自为政,卒劳百姓。(《小雅·节南山》)

郑《笺》："卒,终也。昊天不自出政教,则终穷苦百姓。欲使昊天出图书,有所授命,民乃得安。"王肃以为:"礼,人臣不显谏。谏犹不显,况欲使天更授命? 诗皆献之于君,以为箴规。包藏祸心,臣子大罪,况公言之乎?"(《正义》)郑玄信从谶纬神学,认为天不出图书,导致民不得安。对此王肃作了批判:"谏犹不显,况欲使天更授命?"王肃反对天出图书说,并认为百姓不安的原因在于"政不由王出"。王肃之说,显然更具有理性色彩。

(3)帝谓文王,无然畔援,无然歆羡,诞先登于岸。(《大雅·皇矣》)

《毛传》:"无是畔道,无是援取,无是贪羡。岸,高位也。"郑《笺》:"畔援,犹拔扈也。诞,大。登,成。岸,讼也。天语文王曰:女无是跋扈者,妄出兵也。无如是贪羡者,侵人土地也。欲广大德美者,当先平狱讼,正曲直也。"王肃、孙毓皆以帝谓文王者,诗人言天谓文王有此德,非天教语文王以此事也。若天为此辞,谁所传道?(《正义》)郑玄认为"帝谓文王"是天帝对文王言语,而王肃等则将此理解为诗人之语,"诗人言天谓文王有此德",显然将此理解为一种文学表现手法,而非事实,并对郑玄之说提出了质疑,"若天为此辞,谁所传道"? 显然,王肃以一种理性精神对郑玄非理性的解读提出了质疑。

从以上可以看出,王肃《毛诗注》说《诗》虽对传统《诗》学多有所继承,如依毛说《诗》、美刺说《诗》等,但也表现出了一系列新特征,如人情说《诗》,理性说《诗》,体现了王肃与时俱进的情怀。

第五节 《毛诗注》说《诗》特征

自东汉以来,《毛诗》逐渐受到学者们重视,马融等皆曾注《毛诗》。汉代经学大师郑玄遍注群经,融今古文学于一体,使得经学获得小统一。汉代《诗》学著作较多,《毛诗传》①和郑玄《毛诗笺》是其中的杰出代表。标兴、以史证诗、以诗说礼等,是《毛诗传》说《诗》重要特点。宗古兼今、以礼证诗、以情说诗等,是《毛诗笺》说《诗》的重要特点。到了三国时期,随着儒

---

① 对于《毛诗传》的作者和成书时间,学界意见不一。一般认为《毛诗传》为西汉初毛亨(大毛公)所作。参见洪湛侯《诗经学史》,北京:中华书局,2002年,第178页。

学的衰微和玄学的兴起，人们治经方法发生了不少变化。在继承的基础之上，王肃《毛诗注》呈现出自己的新特征。

（一）实证有据

汉代今文经学重在论义理，故多为玄虚，而古文经学重史实，故多重考证。这在郑玄等人的经著中有不少表现。王肃注《诗》，欲救郑学之失。为了让自己观点真实可信，王肃颇重考据，力求从古文献中寻找可信证据。

（1）采采芣苢。（《周南·芣苢》）

王肃引《周书·王会》云："芣苢如李，出于西戎。"（《正义》）《释文》："《山海经》及《周书·王会》皆云：'芣苢，木也，实似李，食之宜子，出于西戎。'卫氏传及许慎并同此。王肃亦同。"王肃曾引《周书》来注释"芣苢"。王基对此作了驳斥："《王会》所记杂物奇兽，皆四夷远国，各赍土地异物以为贡贽，非周南妇人所得采。是芣苢为马舄之草，非西戎之木也。"一般认为王基所言甚是，王肃误信古书。虽则如此，其引古书为证的做法是值得肯定的。

（2）鸱鸮鸱鸮，既取我子，无毁我室。（《豳风·鸱鸮》）

郑《笺》："时周公竟武王之丧，欲摄政成周道，致太平之功。管叔、蔡叔等流言云：'公将不利于孺子'。成王不知其意，而多罪其属党。兴者，喻此诸臣乃世臣之子孙，其父祖以勤劳有此官位土地，今若诛杀之，无绝其位，夺其土地。王意欲诮公，此之由然。"（《正义》）王肃云："案经、传内外，周公之党具存，成王无所诛杀，横造此言，其非一也。设有所诛，不救其无罪之死，而请其官位、土地，缓其大而急其细，其非二也。设已有诛，不得云无罪，其非三也。"（《正义》）郑玄认为成王曾多罪周公属党。此说遭到了王肃的强烈反驳，王肃提出三条理由，第一条便是"经传内外"无载。可见，王肃对文献记载的重视了。

（3）牺尊将将。（《鲁颂·閟宫》）

《释文》："（牺）王许宜反，尊名也。"王肃云："将将，盛美也。大和中，鲁郡于地中得齐大夫子尾送女器，有牺尊，以牺牛为尊，然则象尊，尊为象形也。"（《正义》）除了解说之处，王肃还引出土文物来证明自己观点。容庚、张维持的《殷周青铜器通论》一书中载有殷周时期各种青铜尊图片，从这些图片可以看出,凡以鸟兽命名之尊,皆作鸟兽之形,如鸮尊、象尊、羊尊、虎尊等。① 这些出土实物都证明了王肃的观点是正确的。简博贤云:"王肃首肇以出土器物,证经纠谬之始;仅此一端,可以不朽矣。"②此说或有过当,亦不无道理。

从以上数例可以看出,王肃驳郑并非仅仅停留于义理论辩层面,而是颇重实证,力求有理有据。

(二)简洁精练

毛亨所作《毛传》往往精练简洁。在汉代,由于受到今文经学繁琐说经风气的影响,五经章句越发繁琐,以至"一经说至百余万言"(《汉书·儒林传赞》),说数字至万言,如"秦近君能说《尧典》,篇目两字之说,至十余万言,但说'曰若稽古',三万言"③。到了东汉时期,由于受到古文经学说经风尚的影响,今文经学有简化的倾向。④ 郑玄经注虽较此前经说已有较大幅度精减,但依然有繁琐之嫌,"玄质于辞训,通人颇讥其繁"(《后汉书·郑玄传》)。郑玄为东汉之人,其经注如此,可以理解,自不必过责。而王肃则走得更远。

会稽名贤王充认为"凡天下之事,不可增损"(《论衡·语增》),于是以所谓的"真实"来衡量所有的文本,反对文学虚构,反对夸饰、想象等文学手法。王充的这些主张使得其著作追求平易质朴的文风,反对夸张、修饰等修饰手法等。这一文风在其著作《论衡》之中有很好的表现。王朗在会稽任职时,曾得《论衡》一书,王肃学术多受家学影响。此是王肃受王充影响的最为直接的途径。蔡邕入吴得《论衡》一书,后赠书于王粲,王粲因此而得《论衡》。《论衡》流传于荆州,宋衷亦当阅读过此书。王肃曾受业于宋衷,故宋衷是王肃接受王充影响的另一途径。⑤ 如上所说,荆州学派经学风气崇尚简洁,王肃曾受业荆州学派代表人物宋衷,故其学术必然会受到荆州学派影响。由于多受这些因素影响,故王肃经注往往精炼简洁。

---

① 容庚、张维持:《殷周青铜器通论》,北京:科学出版社,1958年,插图136~150。
② 简博贤:《今存三国两晋经学遗籍考》,台北:三民书局,1986年,第236页。
③ (汉)桓谭:《新论》,上海:上海人民出版社,1977年,第35页。
④ 参见拙作《论汉代今古文之争对汉代今文经学的影响》,载《宝鸡文理学院学报》,2004年第6期,第11~15页。
⑤ 参见拙作《论王充对王肃经学的影响》,载《宁波大学学报》,2013年第1期,第61~65页。

（1）绿兮衣兮，绿衣黄里。（《邶风·绿衣》）

《毛传》："兴也。绿，间色。黄，正色。"郑《笺》："褖兮衣兮者，言褖衣自有礼制也。诸侯夫人祭服之下，鞠衣为上，展衣次之，褖衣次之。次之者，众妾亦以贵贱之等服。鞠衣黄，展衣白，褖衣黑，皆以素纱为里。今褖衣反以黄为里，非其礼制也，故以喻妾上僣。"王肃云："夫人正嫡而幽微，妾不正而尊显。"（《正义》）郑玄以制度说诗，先将"绿"释为"褖"，然后对"褖衣"制度作了大量解说，最后得出"非其礼制"，以"喻妾上僣"。而王肃则用短短的一句话对夫人与妾衣着不合礼制作了准确的概说。与郑玄注相比，王肃注既说清了《诗》旨，又简洁而准确。

（2）是用作歌，将母来谂。（《小雅·四牡》）

《毛传》："谂，念也。父兼尊亲之道。母至亲而尊不至。"郑《笺》："谂，告也。君劳使臣，述序其情。女曰：'我岂不思归乎？诚思归也。故作此诗之歌，以养父母之志，来告于君也。'人之思，恒思亲者，再言将母，亦其情也。"王（肃）述曰："是用作歌以劳汝，乃来念养母也。"（《正义》）《毛传》从父母尊亲角度对"念母"作了解说，而郑玄亦如此。而王肃则直接称"念其养母"。

（3）斯干，宣王考室也。（《小雅·斯干序》）

郑《笺》："考，成也。德行国富，人民殷众而皆佼好，骨肉和亲。宣王于是筑宫庙群寝，既成而衅之，歌《斯干》之诗以落之。此之谓成室。宗庙成，则又祭祀先祖。"（《正义》）王肃云："宣王修先祖宫室，俭而得礼。"（《正义》）郑玄对"成室"作了详细的论述，而王肃则仅言"修先祖宫室，俭而得礼"，所表达意思相同，却更为简洁。

（4）以往烝尝。或剥或亨，或肆或将。（《小雅·楚茨》）

《毛传》："亨，饪之也。肆，陈。将，齐也。或陈于牙，或齐其肉。"郑《笺》："冬祭曰烝，秋祭曰尝。祭祀之礼，各有其事。有解剥其皮者，有煮熟之者，有肆其骨体于俎者，或奉持而进之者。"王肃云："举盛言也。"（《正文》）《毛传》对诸多字词义作了解说。郑玄则从制度角度对《诗》句意思作了更为全面的解说。而王肃则作了最精炼的概括"举盛言也",意思是说,《诗》句所言并非实事,而是作了夸大的描述。王肃所言不仅简单,而且更合于文学作品实情。正如学者所言:"王氏注经,以简明切要见称,是以后儒颇采其说。"①

王肃《毛诗注》早佚。从现存佚文来看,由于受到王充、荆州学派等影响,王肃注《诗》往往较郑玄更为简洁明了。

(三)质朴平和

一谈到王肃,人们便不由联想到郑王之争,认为王肃是有意识挑战郑学的好辩者。细读王肃经著之后,便可发现,事实并非如此。王肃虽然驳郑,但往往据理而辩,并不强词夺理,更不进行人身攻击。这与后来的王基驳王肃以及西晋时郑王之争形成鲜明的对照。

(1)帝谓文王,无然畔援,无然歆羡,诞先登于岸。(《大雅·皇矣》)

《毛传》:"无是畔道,无是援取,无是贪婪。岸,高位也。"郑《笺》:"畔援,犹拔扈也。诞,大。登,成。岸,讼也。天语文王曰:女无如是跋扈者,妄出兵也。无如是贪羡者,侵人土地也。欲广大德美者,当先平狱讼,正曲直也。"(《正义》)王肃、孙毓皆以帝谓文王者,诗人言天谓文王有此德,非天教语文王以此事也。若天为此辞,谁所传道?(《正义》)受到汉代谶纬神学的影响,郑玄将"天谓文王"中的"天"理解为"天帝"。而生活于三国时代的王肃则完全摆脱了谶纬神学的影响,故将"天谓文王"理解为诗人之语。并且对郑说反驳道:"若天为此辞,谁所传道?"从王肃此话中仿佛可以看到王充天命论的影响。②

(2)岁取十千。(《小雅·甫田》)

《毛传》:"十千,言多也。"郑《笺》:"岁取十千,于井田之法,则一成之数也。九夫为井,井税一夫,其田百亩。井十为通,通税十夫,其田千亩。通十为成,成方十里,成税百夫,其田成亩。欲见其数,从井、通起,故言十千。

---

① 李振兴:《王肃之经学》,见王静芝等:《经学研究论集》,台北:黎明文化事业公司,1981年,第163页。

② 参见拙作《论王充对王肃经学的影响》,载《宁波大学学报》,2013年第1期,第61~65页。

上地谷亩一钟。"王肃云："太平之时,天下皆丰,故不系之于夫井,不限之于斗斛。要言多取田亩之收而已。"(《正义》)郑玄执于制度,依井田之法,认为"岁取十千"指一成之数。王肃则从《毛传》,认为"十千"是虚指,意为多。在此王肃并没有对郑玄进行驳斥,而是依据情理提出自己的看法。

(3)大禘也。(《商颂·长发序》)

郑《笺》:"大禘,郊祭天也。《礼记》曰:'王者禘其祖之所自出,以其祖配之。'是谓也。"《释文》:"王云殷祭也。"王肃以为大禘为殷祭,谓禘祭宗庙,非祭天也。(《正义》)郑玄认为"大禘"是郊祀祭天之作。王肃则否之,认为是殷人禘祭宗庙之作。《礼记·祭法》:"殷人禘喾而郊冥。"《礼记·大传》:"王者禘其祖之所自出,以其祖配之。"可见,王肃说较为可信。在此王肃并未对郑玄之说加以批判,而是另提出自己的看法。

王肃著《毛诗注》,意欲救郑学之失。一方面,他对郑玄之说作了大量继承,另一方面又对郑玄之误作了大量纠正。其注经目的在于救失,而非争胜,故其文辞往往较为心平气和、质实古素。

从现存佚文来看,王肃《毛诗注》往往重实证,力求有理有据,其注文精炼简洁,直接明了,语气平和质实,有如娓娓而谈,而丝毫无争胜斗气之态。

第六节　《毛诗注》价值与缺失

如前所说,王肃经学的出现是经学发展的结果。郑玄是汉代经学的集大成者,王肃则是魏晋经学的集大成者;郑玄遍注群经众纬,融古今学于一体,开创经学"小统一时代"[1];王肃遍注群经,将道家思想融入经注,引导经学发展新方向。对于王肃经学对经学发展的贡献,学者多有论说。"王肃所以出诡曲的异说……由此对于说经启示自由讨究的余地,实后来经学上伟大的功绩。"[2]"王肃的经学,从阶段上看,它是处于东汉训诂之学向魏晋玄学的过渡,是一种过渡形态的经学。"[3]"他在经学衰微的时代,引进了道家思想,把儒家的名教与道家的无为相互融合,建立了一种新的思想体系的雏

①　(清)皮锡瑞著,周予同注:《经学历史》,北京:中华书局,2004年,第103页。
②　[日]本田成之著:《中国经学史》,孙俍工译,上海:上海古籍出版社2001年,第174~175页。
③　章权才:《魏晋南北朝隋唐经学史》,广州:广东人民出版社,1996年,第61页。

形。"①"王弼则把王肃经学中潜在的革新冲动,引向经学的明显变革,并由此创造出一种新思想体系。"②这类评价实不为过分。由于各种原因,晚清以来对王肃批判之声不断,如皮锡瑞称之为"经学之大蠹"③,一些学者从政治立场、造伪等方面对王肃进行大肆攻击。这类说法实为不公。④

"魏代影响最大的《毛诗》学者自然是王肃。"⑤王肃曾著有《毛诗注》《毛诗义驳》《毛诗问难》《毛诗奏事》《毛诗音》等《诗经》学著作 5 种,其中《毛诗注》是其《诗经》学代表作。在此以《毛诗注》为中心,⑥考察王肃《诗经》学的成败得失。

一、《毛诗注》价值与贡献

王肃《毛诗注》早佚,今仅存佚文三百余条,主要保存于《毛诗正义》和《经典释文》之中。考察这些佚文,可以窥见王肃《诗》学的价值与贡献。

(一)申毛与存毛,扩大《毛诗》影响

郑玄早年习《韩诗》,后习《毛诗》,作《毛诗笺》。《六艺论》云:"注《诗》宗毛为主,毛义若隐略,则更表明;如有不同,即下己意,使可识别也。"⑦郑玄注《毛诗》好改字。据陈奂《郑氏笺考征》,郑玄改字多达一百二十余条。⑧ 与郑玄不同,王肃注《诗》多严守《毛传》。"王肃注毛诗,则多依毛传,鲜有擅改者,此为其与郑玄毛诗笺最大之不同。"⑨如《周南·关雎》:"左右采之。"《毛传》无注,显然作本义解。郑玄破读为"佐佑",作"助"解,而王肃"如字",从《毛传》。再如《小雅·甫田》:"馌彼南亩,田畯至喜。""喜",《毛传》无注,显然作本义解。郑玄将"喜"读为"饎",意为"酒食",王肃从《毛传》,释为"喜乐"。现在看来,郑玄之说显然不可信,《毛传》和王肃

---

① 张岂之主编:《中国儒学思想史》,西安:陕西人民出版社,1990 年,第 265 页。

② 李中华:《中国儒学史》(魏晋南北朝卷),北京:北京大学出版社,2011 年,第 392 页。

③ (清)皮锡瑞著,周予同注:《经学历史》,北京:中华书局,2004 年,第 109 页。

④ 王肃与司马氏关系,前文已作考辨:随着《儒家者言》等文献的出土,学者多不再认为《孔子家语》《孔丛子》等书为王肃所伪造。可见这类说法不可信。

⑤ 洪湛侯:《诗经学史》,北京:中华书局,2002 年,第 219 页。

⑥ 黄奭对王肃《诗》说佚文不作区分,皆辑入《毛诗王肃注》。

⑦ (清)严可均辑:《全上古三代秦汉三国六朝文·全后汉文》卷 84,北京:中华书局,1958 年,第 928 页。

⑧ (清)陈奂:《郑氏笺考征》,见(清)陈奂撰,滕志贤整理:《诗毛氏传疏》,南京:凤凰出版社,2019 年,第 1061～1085 页。

⑨ 汪惠敏:《王肃学述》,见《三国时代之经学研究》,台北:汉京文化事业有限公司,1981 年,第 247 页。

说更为合理。这类例子还有不少。正因如此,孔颖达作《毛诗正义》时常引王肃说申毛。"郑笺《毛诗》而时参三家旧说,故传笺互异者多。《正义》于毛、郑皆分释之。凡毛之所略而不可以郑通之者,即取王注,以为传意,间有申非其旨而什得六七。"①王肃严守《毛传》,一方面,在一定程度了消解了郑玄说的影响,扩大了《毛传》的影响;另一方面,维护了《毛诗》的纯粹性,使得《毛传》少受三家《诗》等的影响,"子雍述毛,故凡笺之所改,必据毛与夺。毛氏古义篡乱于三家,而蠚然可征者,子雍翼传之功也"。②另外,王肃《毛诗注》保存了大量的《毛传》旧说,使后世读者得以窥见《毛传》原貌。总之,王肃申毛、存毛之功不可没。

(二)驳郑,完善《毛诗》解说

郑玄在继承前贤成果的基础之上作《毛诗笺》,完善《毛诗》解说,扩大《毛诗》影响,可谓《毛诗》功臣。但由于各种原因,《毛诗笺》有一些不甚完善之处,如混用三家《诗》,以礼制说诗,迷信谶纬等。正因如此,汉魏时不时出现指摘郑玄之声。三国时经学大师王肃遍注群经,对郑玄经注不完善之处多有所修正。就《诗经》而言,王肃《毛诗注》不仅严守《毛传》,还对郑玄《毛诗笺》不合理之处加以修正。王肃注《诗》驳郑,颇有不少可取之处。如《邶风·击鼓》:"死生契阔,与子成说,执子之手,与子偕老。"郑玄认为是"军中士伍相约誓之言",而王肃则认为是军士与家人之约,"言国人室家之志,欲相与从生死契阔勤苦而不相离,相与成男女之数,相扶持俱老"。(《正义》)《郑风·女曰鸡鸣》有"与子偕老",《卫风·氓》有"与尔偕老",可见"与子偕老"是男女表达爱情的套语,今语"百头偕老"便源于此。"今以义考之当时,王肃之说为是,则郑于此诗一篇之失大半矣。"③王肃之说显然更合于《诗经》实情。再如,《豳风·鸱鸮》:"鸱鸮鸱鸮,既取我子,无毁我室。"郑《笺》:"时周公竟武王之丧,欲摄政成周道,致太平之功。管叔、蔡叔等流言云'公将不利于孺子'。成王不知其意,而多罪其属党。"王肃云:"案经、传内外,周公之党具存,成王无所诛杀。横造此言,其非一也。设有所诛,不救其无罪之死,而请其官位、土地,缓其大而急其细,其非二也。设已有诛,不得云无罪,其非三也。"(《正义》)从现存史籍记载来看,周公摄政

① (清)马国翰:《毛诗王氏注序》,见(清)马国翰辑:《玉函山房辑佚书》,见《续修四库全书》第1201册,上海:上海古籍出版社,2002年,第298页。
② 简博贤:《今存三国两晋经学遗籍考》,台北:三民书局,1986年,第249页。
③ (宋)欧阳修:《诗本义》卷2,见《景印文渊阁四库全书》第70册,台北:台湾商务印书馆,1986年,第194页。

时,权力很大,《尚书》中多载周公、召公教导成王之语,成王不可能多罪周公之党。王肃之说显然更合于历史实情。这样的例子还有不少。真理越辩越明。王肃对郑玄《诗笺》不合理之说进行纠正,实有助于完善《毛诗》解说,促进《诗经》学发展,"实后来经学上伟大的功绩"①。

(三)推动说《诗》新风尚

《毛序》多以史说《诗》,《毛传》多以史证《诗》。郑玄学识渊博,精于三《礼》,故其好以礼说《诗》。"郑君专于礼学,故多以礼说《诗》。"②"郑学长于礼,以礼训《诗》,是案迹而议性情也。"③而王肃则多以人情说《诗》。如《小雅·甫田》:"岁取十千。"郑《笺》说以繁琐井田制,而王肃则以人情说之:"太平之时,天下皆丰,故不系之于夫井,不限之于斗斛。要言多取田亩之收而已。"(《正义》)王肃以人情说诗,"从而达到一种诗的意境和得到一种普遍性认识"。④ 郑玄迷信谶纬,《诗笺》多天人合一、感生之说;而王肃则不信谶纬,少言天命,多具理性色彩,如对《大雅·生民》中后稷的出生,郑玄以感生解之,而王肃则认为后稷是帝喾的遗腹子。王肃曾以实物证《诗》。《鲁颂·閟宫》:"牺尊将将。"王肃云:"大和中,鲁郡于地中得齐大夫子尾送女器,有牺尊,以牺牛为尊。然则象尊,尊为象形也。"(《正义》)"王肃首肇以出土器物,证经纠谬之始:仅此一端,可以不朽矣。"⑤王肃《毛诗注》抛弃繁琐的考证,精炼简洁,影响深远,宋人《诗注》多类之。如果说王肃说礼重在应用,那么王肃说《诗》则重在人情。王肃的这些说《诗》方法,与汉人说《诗》渐行渐远,有力地推动了《诗经》学向着新的方向发展。

总之,王肃申毛、驳郑维护了《毛诗》纯正性,完善了《毛诗》学,扩大了《毛诗》影响,其说《诗》方法引导着《诗经》学发展方向,有力地推动了《诗经》学发展。

二、《毛诗注》缺失与不足

以上对王肃《毛诗》学的价值与贡献作了论述。如同郑玄一样,王肃《诗》学亦有一些缺陷与不足。

---

① [日]本田成之著:《中国经学史》,孙俍工译,上海:上海古籍出版社,2001年,第175页。
② (清)陈澧:《东塾读书记》,北京:生活·读书·新知三联书店,1998年,第109页。
③ (宋)王应麟著,翁元圻等注,栾保群等校点:《困学纪闻》卷3,上海:上海古籍出版社,2008年,第338页。
④ 李中华:《中国儒学史》(魏晋南北朝卷),北京:北京大学出版社,2011年,第379~380页。
⑤ 简博贤:《今存三国两晋经学遗籍考》,台北:三民书局,1986年,第236页。

其一，王肃没有形成自己的说《诗》规范与《诗》说体系。《毛传》以史证诗，美刺结合，从而形成较为完整的诗教体系。郑玄以礼说《诗》，纳《诗》入礼，从而形成庞大的诗礼一体的《诗》学体系。从现存佚文来看，王肃并没有形成自己的说《诗》规范和《诗》说体系，他所做的不过是对郑玄《诗》说不完善之处进行修补、改进。正因如此，王肃的《毛诗注》无法取代郑玄的《毛诗笺》。现存敦煌卷子便是很好的证明。现存敦煌《诗经》卷子共 50 号，"这 50 号写卷，23 号为《毛诗郑笺》，接近总数的一半"。① 这也是刘焯、刘炫注《诗》，以及孔颖达《毛诗正义》皆以《毛诗笺》为底本的原因吧！

其二，从说《诗》方法和风格来看，王肃《诗》学更多的是发展，而不是原创。王肃经学，多脱胎于贾、马，王肃《诗》学对贾、马、郑等继承颇多。王肃《毛诗注》，从方法上来看，人情说《诗》、理性说《诗》、精炼简洁等是其特色。《毛传》和《诗笺》便有不少揭示《诗》情之处，只不过王肃《毛诗注》中以情说诗所占比重更多些。西汉末期以来，便有删减章句之风，入东汉后，此风更盛。郑玄经注，较前人更为简洁，汉末荆州学派注经亦追求简洁，王肃只不过比前人走得更远些罢了。学者认为，王肃经学是"对原有传统经学的修正、调整，以适应现存社会需要"②。此语亦可用于王肃《诗》学。

其三，从微观上看，王肃《毛诗注》亦有一些不足之处。王肃虽严守《毛传》，但亦有少量采用三家《诗》者。如，《大雅·雨无正》："沦胥以铺。"王肃从《韩诗》，释"铺"为"病"。《商颂·长发》："昭假迟迟。"王肃从《齐诗》，释"假"为"至"。王肃释《诗》亦有牵强者。如《豳风·七月》："女心伤悲，殆及公子同归。"《七月》先言"采蘩祁祁"，故知"归"当指采蘩女回来。而郑玄将"归"理解为"嫁"，显然不可信。王肃将"归"解为民与豳公同归，显然亦不可信从。王肃释《诗》时有不如郑玄者。如《豳风·伐柯序》："伐柯，美周公也。周大夫刺朝廷之不知也。"郑玄依《毛序》，认为是刺朝廷群臣，而王肃认为是"朝廷斥成王"。史籍无朝廷群臣斥成王之说，而《金縢》有成王群臣不迎周公之说。相较而言，郑玄说更合乎历史实情。当然，也可能王肃《毛诗注》原貌与从今存佚文所窥测到的并不一致。

总而言之，不可抹煞王肃《毛诗注》的价值与贡献，亦不可无视其缺失与不足。

---

① 许建平：《敦煌〈诗经〉与中古经学》，见《敦煌经学文献论稿》，杭州：浙江大学出版社，2016年，第 181 页。

② 李中华：《中国儒学史》（魏晋南北朝卷），北京：北京大学出版社，2011 年，第 384 页。

第六章　王肃其他《诗》著

除了《毛诗注》之外,王肃还著有《诗》学著作多种,《毛诗义驳》《毛诗问难》《毛诗奏事》《毛诗音》等。因这些著作早佚,故学者较少论及,在此对王肃其他《诗》学著作作一简单论说。

第一节　《毛诗义驳》《毛诗问难》《毛诗奏事》

如上所说,为散骑常侍十年间,王肃曾先著《毛诗注》和《毛诗音》,后又著《毛诗义驳》,对郑玄《诗》说进行全面修订。《隋书》和《旧唐书》《新唐书》皆有著录:"《毛诗义驳》八卷,王肃撰。"可见此书唐时尚存。孔颖达主编的《毛诗正义》对《毛诗义驳》多有引录。惜此书早佚,今有马国翰辑本。马氏所辑王肃《毛诗义驳》收录12条。马氏将《毛诗正义》所引王氏辩驳郑氏意味较浓的片断归入《义驳》,虽然做法不尽完善,但亦大体可信。

（1）退食自公。（《召南·羔羊》）

郑《笺》:"退食,谓减膳也。自,从也。从于公,谓正直顺于事也。"《正义》曰:"减膳食者,大夫常膳,日特豚,朔月少牢。今为节俭减之也。王肃曰:'自减膳食,圣人有逼下之讥。'……所以得减膳食者,以《序》云节俭,明其减于常礼,《经》言退食,是减膳可知。"《羔羊序》云"在位皆节俭正直"。对于"退食",《毛传》未注。郑玄以为是"减膳"。在此,王肃并没有对"退食"进行解释,而是对郑玄"减膳"说作了驳斥,认为减膳"有逼下之讥"。可见此条为王肃《毛诗义驳》片断。《正义》从郑,故对王肃此说作了辩驳,以拥护郑说。

（2）充耳以素乎而。（《齐风·著》）

《毛传》:"素,象瑱。"郑《笺》:"我视君子,则以素为充耳。谓所以悬瑱者,或名为纮,织之,人君五色,臣则三色而已。此言素者,目所先见而云。"王肃曰:"王后织玄纮。天子之纮,一玄而已,何云具五色乎"?（《正义》)郑玄以为悬瑱,又名纨,人君五色,臣则三色。但又认为《诗》中言"素"是"目所先见"的结果。《诗》中似无以"目先所见"来言物之色者。郑玄解说前后相互矛盾,故王肃驳之。王肃亦认为"悬瑱"是"纨",但其从《毛传》,认为"纨"仅为素色,故对郑玄五色、三色说加以驳斥,"一玄而已,何云具五色乎"?《正义》虽拥郑,但亦认为王肃之说有一定道理,"义或当然"。

(3)鸱鸮鸱鸮,既取我子,无毁我室。(《豳风·鸱鸮》)

郑《笺》:"时周公竟武王之丧,欲摄政成周,致太平之功。管叔、蔡叔等流言云公将不利于孺子。成王不知其意,而多罪其属党。兴者,喻此诸臣乃世臣之子孙,其父祖以勤劳有此官位、土地,今者诛杀之,无绝其位,夺其土地。王意欲诮公,此之由然。"王氏曰:"案经、传内外周公之党具存,成王无所诛杀。横造此言,其非一也。设有所诛,不救其无罪之死,而请其官位土地,缓其大而急其细,其非二也。设已有诛,不得云无罪,其非三也。"(《正义》)《毛序》认为"成王未知周公之志",于是周公作《鸱鸮》诗以遗王。郑玄解释比兴义时,认为成王不知周公之意,于是多罪周公之党。对此王肃提出了三条理由加以辩驳。毛氏所言甚是。从现存史籍记载来看,周公摄政时,权力很大,成王不可能"罪其属党"。《正义》牵强解说,以拥郑,显然不可信。

(4)左右奉璋。(《大雅·棫朴》)

《毛传》:"半圭曰璋。"郑《笺》:"璋,璋瓒也。祭祀之礼,王裸以圭瓒,诸臣助之亚裸,以璋瓒。"王肃曰:"本有圭瓒者,以圭为柄,谓之圭瓒。未有名璋瓒为璋者。"《毛传》认为"半圭为璋",而郑玄认为璋即璋瓒也。王肃加以驳之,认为"未有名璋瓒为璋者"。《正义》以为王肃误,举数例证明"璋是璋瓒"。《三礼辞典》亦认为璋即为璋瓒。[1] 黄焯《诗疏平议》:"王基驳王肃……其说当也。"[2]可见,郑说是也,王说可能误。

(5)帝谓文王,无然畔援,无然歆羡,诞先登于岸。(《大雅·皇矣》)

---

① 钱玄、钱兴奇:《三礼辞典》,南京:江苏古籍出版社,1998年,第1064页。
② 黄焯:《诗疏平议》,上海:上海古籍出版社,1985年,第464页。

郑《笺》："天语文王曰：女无如是跋扈者，妄出兵也。无如是贪羡者，侵人土地也。欲广大德美者，当先平狱讼，正曲直也。"王肃、孙毓皆以帝谓文王者，诗人言天谓文王有此德，非天教语文王以此事也。若天为此辞，谁所传道？(《正义》)郑玄信奉天命说，将"帝"释为天帝，认为《诗》说的是天帝教导文王。而王肃更重理性，认为"帝谓文王"指的是文王，认为《诗》是赞美文王有德行，并反驳郑玄云"若天为此辞，谁所传道？"可见，汉末郑玄深受谶纬天命论影响，而王肃则更具理性色彩。

(6)侵阮徂共。(《大雅·皇矣》)

《毛传》："徂，往也。"郑《笺》："阮也，徂也，共也，三国犯周而文王伐之。"王氏曰："无阮、徂、共三国。"(《正义》)郑玄将"徂"释为国名。王肃从《毛传》，认为"徂"是"往"的意思，并非国名。后孔晁、孙毓、张融对此也作了大量辩论。张融云："《鲁诗》之义，以阮、徂、共皆为国名。是则出于旧说，非郑之创造。"(《正义》)"徂"为国名，不见于先秦典籍，故王肃说较为可信。

从以上数例可以看出，王肃《毛诗义驳》具有以下特点：其一，其主要是驳斥郑玄不可信的观点，往往是就事论事，客观论述，并不涉及人身攻击；其二，王肃重事实，尚实证，显示出更为明显的实证倾向，故其说往往有理有据，平实可信；其三，王肃完全摆脱了汉代谶纬神学的影响，故能更为理性地解《诗》。简博贤云："今观其(《毛诗义驳》)佚文，大抵平实有据，非徒逞臆之争也。"[1]简氏所言，颇有些道理。

王肃《毛诗注》和《毛诗义驳》流传开后，遭到了郑派人物的反击，王基便是其中重要代表。王基作《毛诗驳》，对王肃说进行反驳。于是王肃作《毛诗问难》予以回应。《毛诗问难》早佚，今有马国翰辑本。马氏辑本收录王肃《毛诗问难》7条。[2] 其中仅有一条明言"难云"。

大夫不均，我从事独贤。(《小雅·北山》)

《毛传》："贤，劳也。"郑《笺》："王不均大夫之使，而专以我有贤才之故，

---

① 简博贤：《今存三国两晋经学遗籍考》，台北：三民书局，1986年，第221页。
② 马国翰《毛诗问难序》云7条，实际仅6条，最后一条包含郑《笺》和王肃《问难》，马氏可能将其计作2条。

独使我从事于役。自苦之辞。"王肃《难》云："王以己有贤才之故,而自苦自怨,非大臣之节,斯不然矣。"(《正义》)《毛传》释"贤"为劳。郑玄则将"贤"释为"贤才",进而释《诗》云"专以我有贤才之故,独使我从事于役",进而又补充说这是贤才"自苦之辞"。郑玄此说显然不合于《诗》本义。王肃从《毛传》,对郑说作了驳斥,认为"贤才"不得自苦自怨。王肃所说可信,《正义》从之,"非王实知其贤也"(《正义》)。

其他5条反驳意味浓郁,亦当是王肃回答郑派学者问难之辞。

(1)薄汙我私,薄浣我衣。(《周南·葛覃》)

《毛传》:"污,烦也。私,燕服也。妇人有副袆盛饰,以朝事舅姑,接见于宗庙,进见于君子。其余则私也。"郑《笺》:"烦,烦挼之,用功深。浣,谓濯之耳。衣,谓袆衣以下,至褖衣。"王肃述毛,合之云烦挼、浣濯其私衣是也。言"私,燕服",谓六服之外常著之服,则有污垢,故须浣。公服则无垢污矣。(《正义》)《毛传》虽未释"浣",但其将"私"与"衣"作了认真区分,"毛公以公服不浣,唯浣私衣,故一事分为二句"(《正义》)。而郑玄释"浣"为"濯",认为私与衣二者皆要洗。王肃将"污"和"浣"都释为"洗濯",从《毛传》,认为"私衣"要洗,而"公衣"则否。王肃此处从《传》驳郑,似不尽合理。黄焯《诗疏平议》:"笺以近迂,王肃申毛之说较胜。"[1]

(2)《豳风》

郑玄《诗谱·豳谱》:"后成王迎而反之,摄政致太平。其出入也,一德不回,纯似于公刘、大王之所为。大师大述其志,主意于豳公之事,故别其诗以为豳国《变风》焉。"王肃之意以为,周公以公刘、太王能忧念民事,成此王业。今管、蔡流言,将绝王室,故陈豳公之德,言已摄政之意。必是摄政元年作此《七月》。《左传》季札见歌《豳》曰:"其周公之不乎!"则至东居乃作也。居东二年,既得管、蔡,乃作《鸱鸮》。三年而归,大夫美之,而作《东山》也。大夫既美周公来归,喜见天下平定,又追恶四国之破毁礼义,追刺成王之不迎周公,作《破斧》《伐柯》《九罭》也。(《正义》)郑玄《诗谱》认为《豳风》各篇作于成王迎周公之后。王肃则否,认为《七月》乃始东居之作,《鸱鸮》作于居东二年、得管蔡之后,《东山》作于三年周公归来之后。《破

① 黄焯:《诗疏平议》,上海:上海古籍出版社,1985年,第14页。

斧》《伐柯》《九罭》则又在其后。可见，王肃认为《豳风》诸篇是依创作时间先后排序的。郑玄之说虽不可信，但王肃之说亦不尽可信。

(3)《豳风·狼跋》

"是(王)肃意以……《狼跋》美周公，远则四国流言，近则成王不知，进退有难而不失其圣。当是三年归后，天下太平，然后美其不失其圣耳。最在后作，故以为终。"(《正义》)王肃认为《狼跋》是《豳风》的最后一篇。王肃此说不尽可信。《正义》："此则王肃义耳，未知《传》意必然以否？"

从以上数例可以看出，王肃先著《毛诗义驳》，辩驳郑玄之误。当然王肃之说并非懈不可击，故在王基等人问难之下，王肃勉强自辩，但往往不甚有力，故《正义》从之者少。

如前所说，王肃《诗》于246年至247年间立于学官，《毛诗奏事》当是其欲立其《诗》注而上献的奏章。《毛诗奏事》早佚，今有马国翰辑本，收录王肃《毛诗奏事》4条。这4条都辑自《毛诗正义》，每条前皆有"奏云"二字，故可信从。其中有一条引《孔子家语》驳郑。

维彼四国，爰究爰度。(《大雅·皇矣》)

《毛传》："四国，四方也。究，谋。度，居也。"郑《笺》："四国，谓密也，阮也，徂也，共也。度亦谋也。殷崇之君，其行暴乱，不得于天心，密、阮、徂、共之君，于是又助之谋，言同于恶也。"故王肃云："彼四方之国，乃往从之谋，往从之居。"其《奏》云："《家语》引此诗乃云：'纣故失其道，而据万乘之势，四方诸侯固犹从之，谋度于非道，天所恶焉。'"(《正义》)《毛传》释"四国"为四方，郑玄释"四国"为四国：密、阮、徂、共。王肃引《孔子家语》，以证"四国"为四方之意。《正义》从王肃说。

另外3条则直接驳郑玄说。

(1)大侯既抗，弓矢斯张。(《小雅·宾之初筵》)

《毛传》："大侯，君侯也。抗，举也。有燕射之礼。"郑《笺》："《周礼·梓人》'张皮侯而栖鹄'。天子诸侯之射皆张三侯，故君侯谓之大侯。大侯张，而弓矢亦张节也。将祭而射，谓之大射。下章言'烝衎烈祖'，其非祭与。"王肃述毛云："幽王饮酒无度，故言燕礼之义。其《奏》云：燕乐之义得，则能进乐其先祖，犹《孝经》说大夫士之行曰：'然后能守其宗庙而保其祭祀。'非唯祭之日然后能保而行之。以此,故言烝衎非实祭也。"(《正义》)《毛传》认为是燕射之礼,而郑玄则认为是大射。王肃从《毛传》,认为是燕礼,并对燕礼作了较多解说。《正义》认为"《笺》义为长"。

(2)履帝武敏歆,攸介攸止,载震载夙,载生载育,时维后稷。(《大雅·生民》)

《毛传》:"履,践也。帝,高辛氏之帝也。武,迹。敏,疾也。从于帝而见于天,将事齐敏也。歆,飨。介,大。攸止,福禄所止也。"郑《笺》:"帝,上帝也。敏,拇也。介,左右也。夙之言肃也。祀郊禖之时,时则有大神之迹,姜嫄履之,足不能满,履其拇指之处,心体歆然。其左右所止住,如有人道感己者也。于是遂有身,而肃戒不复御。后则生子而养长之,名曰弃。"其(王肃)《奏》云:"稷,契之兴,自以积德累功于民事,不以大迹与燕卵也。且不夫而育,乃载籍之所以为妖。宗周之所丧灭……以为遗腹子,姜嫄避嫌而弃之。"(《正义》)《毛传》释"帝"为帝喾,而郑玄则释为"天帝",并以感生说解释后稷之生。而王肃从《毛传》,反对感生说,认为后稷是"遗腹子"。汉代谶纬中多感生说,这些多为后世人编造的结果,郑玄从谶纬感生说是受到时代思潮影响的结果,而王肃弃之,亦是合情合理。

(3)伴奂尔游矣。(《大雅·卷阿》)

《毛传》:"伴奂,广大有文章也。"郑《笺》:"伴奂,自纵弛之意也。"王肃《奏》云:"周公著书,名曰《无逸》,而云自纵弛也,不亦违理哉!"(《正义》)《毛传》释"伴奂"为"广大而有文章",①而郑玄则释为"自纵弛"之意。陈启源《毛诗稽古编》云:"(伴奂)如郑解,则与'优游'意复,不如《毛》以'伴'为'广大','奂'为'文章'之当。"②王肃驳之,认为周公作《无逸》,不可能"自纵弛"。若仅释字义,《毛传》可从。王肃以史证郑玄之误,大体可信。

从以上分析可以看出,《毛诗奏事》是上献给皇帝请立《诗注》的奏疏,故其较为谨慎,努力做到有理有据。正因如此,其论说大多可信可从,并非出于意气之争。

---

① 皮锡瑞认为:"'伴奂''优游'皆叠韵字连文为义,不当分'伴'为一义,'奂'为一义。"(清)皮锡瑞:《圣证论补评》,光绪二十五年(1899年)皮氏刊本。皮氏之说较为新颖,惜无以为证。

② (清)陈启源:《毛诗稽古编》卷20,见《景印文渊阁四库全书》第85册,台北:台湾商务印书馆,1986年,第621页。

可见，王肃驳郑多出于学理，欲补救郑学之失，并无与郑氏一较高下之意图，故其驳郑往往有理有据，多为可信。

第二节　《毛诗音》

如上所说，王肃曾作《毛诗音》。陆德明《经典释文序录》："为《诗》音者九人，郑玄、徐邈、蔡氏、孔氏、阮侃、王肃、江惇、干宝、李轨。"①《经典释文》引王肃、徐邈等人音注较多，故马国翰从中辑出徐邈《毛诗徐氏音》一卷。遗憾的是马氏将王肃音注全部辑入《毛氏王氏注》，故未辑王肃《毛诗音》。② 笔者依马氏之法，将《经典释文》中所有王肃音注全部辑出，合为一编王肃《毛诗音》，共得 52 条 54 字。③ 将这些条目与《毛传》、郑玄等注音作比较，便可发现王肃《毛诗音》具有以下特点。

1. 多"申毛"

据笔者统计，王肃注音多"申毛"，共达 11 条（12 字）。这些条目或"申毛"，或"申毛如字"。

> （1）硕大无朋。（《唐风·椒聊》）

《毛傅》："朋，比也。"《释文》："（比）王肃、孙毓申毛必履反，谓无比例也。"

> （2）其将来施。（《王风·丘中有麻》）

《释文》："（将）王申毛如字。"
另有 2 条，虽未有"申毛"字眼，但王肃注音同于《毛传》。

> （1）彤管有炜，说怿女美。（《邶风·静女》）

---

① 吴承仕：《经典释文序录疏证》，北京：中华书局，1984 年，第 93 页。
② 黄坤尧认为《经典释文》录存王肃"《毛诗注》《诗音》95 条"。参见黄坤尧《经典释文与魏晋六朝经学》，见杨晋龙、刘柏宏主编：《魏晋南北朝经学国际研讨会论文集》（上），台北："中央"研究院中国文哲研究所，2016 年，第 788 页。可见，黄坤尧认为《经典释文》中录有王肃《毛诗音》，只不过未将二者作区分。
③ 《经典释文》先注音后释义条目，则将注音单独辑出，列为 1 条。有些合在一起的，如"左右""说怿"则计作 1 条 2 字。

《释文》："(说怿)毛、王上音悦,下音亦。"

(2)戎车孔博。(《鲁颂·泮水》)

《释文》："(博)徐云毛如字。王同,大也。"
以上共计 13 条 15 字,约占总数四分之一。

2. 多"如字"

王肃注音多"如字"。据笔者统计,王肃注音"如字"者多达 19 条。这些条目或"申毛如字",或"如字"。

(1)左右采之。(《周南·关雎》)

《释文》："(左右)王申毛如字。"

(2)葛屦五两。(《齐风·南山》)

《释文》："(两)王肃如字。"

另外,上引"戎车孔博"条,"毛如字,王同"亦可算作 1 条。这样总计达 20 条。学者指出《经典释文》中"如字"指的是常用音。① 相反,在《毛诗音》这 52 条中,郑玄"如字"仅 5 条。由此可见,郑玄注音好用破读,而王肃则多用本读,多从常用音。

3. 异郑者甚多

据笔者统计,王肃注音多异于郑玄,这 52 条中,同时引郑、王二人注音者共 34 条,其中,王肃异于郑玄者 33 条。

(1)谷旦于差。(《陈风·东门之枌》)

《释文》："差,郑初佳反,择也。王音嗟。"

(2)田畯至喜。(《豳风·七月》)

《释文》："喜,王申毛如字。郑作饎,尺志反。"
王肃注音同于郑玄者仅 1 条。

---

① 王月婷认为"如字不是本音,但是常用音""如字即本音,也是常用音"。王婷:《〈经典释文〉异读音义规律研究》,北京:中国社会科学出版社,2014 年,第 31,33 页。

既昭假尔。(《周颂·噫嘻》)

《释文》:"(假)郑、王并音格,至也。"

当然,有一些条目仅引王肃说或郑玄说,故无法比较。另外,有时王肃同于郑玄,故《经典释文》不加以重复收录。从可作比较条目来看,郑、王注音确有不少差异。

4.《毛诗音义》注音从王肃者多

《经典释文·条例》云:"若典籍常用,会理合时,便即遵承,标之于首。其音堪互用,义可并行,或字存多音,众家别读,苟有所取,靡不毕书,各题氏姓,以相甄识。义乖于经,亦不悉记。"[①]也就是说,标于首者是常用而合理的读音。从统计来看,《毛诗音义》注音从王肃者多达 24 条。这些条目或独列王氏注音,或将王氏注音列于首,其他注音附于后。

(1)硕大无朋。(《唐风·椒聊》)

《毛传》:"朋,比也。"《释文》:"(比)王肃、孙毓申毛必履反。"

(2)哕哕其冥。(《小雅·斯干》)

《毛传》:"冥,幼也。"《释文》:"(幼)王如字。"

(3)饮酒温克。(《小雅·小宛》)

《释文》:"(克)王如字,柔也。郑于运反,蕴藉也。"

从上分析以可以看出,王肃注音多从"典籍常用",多"会理合时",与郑玄好破读、改字等大相径庭。

从上以分析可以看出,王肃《毛诗音》注音多从《毛传》,多从本读,而较少作破读,因此与郑玄相异者多。陆德明《毛诗音义》收录《毛诗》音读十余家,其中从王肃者多,表明王肃《毛诗音》还是比较有学术水准的,并非平庸之作。

---

①   吴承仕:《经典释文序录疏证》,北京:中华书局,1984 年,第 6 页。

第七章 《诗》学郑王之争

东汉末郑玄遍注群经,融今古文经学于一体,致使学者"略知所归"(《后汉书·郑玄传论》)。郑学盛行于世,其徒党遍于天下。数十年之后,有感郑玄"上下义理不安违错者多"(王肃《孔子家语序》),王肃于是遍注群经,对郑学多有所驳斥。郑氏党徒则对王氏予以反击,二派相争,于是形成学术上著名的郑王之争。对于郑王之争,学者论述甚详,故不作重复。①在此仅就《诗》学郑王之争作一详细考察。

第一节 汉魏驳郑之风尚

学术在争辩中发展。先秦诸子百家争鸣,使得学术繁荣一时。汉代经学亦充满了争辩,最著名的莫过于今古文之争。另外,今文经学内部发生多次辩论,如汉宣帝时公羊学与穀梁学之争,章帝时后仓礼学与小戴礼学之争等。东汉末的郑玄亦好论辩。许慎作《五经异义》,而郑玄作《驳五经异义》。汉末何休作《公羊墨守》《左氏膏肓》《穀梁废疾》,而郑玄与之相对,作《发墨守》《箴膏肓》《起废疾》。

郑玄遍注群经,调和今古文经学,使得经学得以小统一,学者略知所归。但经过数十年的发展,郑玄经注的一些问题逐渐暴露出来,于是人们开始对郑玄经注进行批判。早在郑玄在世时,便有学者对其有所非议。孔融(153年—208年)《与诸卿书》:"郑康成多臆说。人见其名学,有所出也。证案大较,要在五经四部书,如非此文,近为妄矣。若子所执,以为郊天鼓必当麒麟之皮也,写《孝经》本当曾子家策乎?"②宋衷(? —219年)注《易》,与郑玄注颇有出入。《三国志·吴书·虞翻传》注引《虞翻别传》:(虞翻奏

---

① 简博贤:《今存三国两晋经学遗籍考》,台北:三民书局,1986年,第179~278页。
② 有学者对此语有所质疑。孙诒让《周礼正义》:"疑汉季有此妄说,抑或文举未窥郑学,假设此以献嘲,要郑诸经注,实无是义,不可诬也。"(清)孙诒让:《周礼正义》卷5,北京:中华书局,1987年,第178页。钱大昕《十驾斋养新录》:"予谓此非孔文举之言,殆魏、晋以后习王肃学者伪托耳。"(清)钱大昕:《十驾斋养新录》卷16,上海:上海书店出版社,2011年,第328页。此类说法多出臆测,不可信从。

曰：）"若乃北海郑玄，南阳宋忠，虽各立（《易》）注，忠小差玄而皆未得其门，难以示世。"①汉末邴原虽与郑玄同乡，但与郑玄颇多异说。《通典》卷六十七："后汉献帝皇后父、屯骑校尉不其亭侯伏完朝贺公庭，完拜如众臣。及皇后在离官，后拜如子礼。三公八座议……郑玄议曰……丞相征事邴原驳曰……"②

汉末著名诗人王粲（177年—217年）对郑学便有所质疑。《颜氏家训》云《王粲集》中有难郑玄《尚书》事。《颜氏家训·勉学》："吾初入邺，与博陵崔文彦交游，尝说《王粲集》中有难郑玄《尚书》事。"王粲著《尚书问》两卷，声称对郑玄《尚书注》有所疑。《旧唐书·元行冲传》："（王粲）因求其（郑玄）学，得《尚书注》，退而思之，以尽其意，意皆尽矣。所疑之者，犹未喻焉。凡有两卷，列于其集。"《新唐书·儒学列传·元行冲传》："王粲曰：'世称伊、洛以东，淮、汉以北，康成一人而已。'咸言先儒多阙，郑氏道备。（王）粲窃嗟怪，因求所学，得《尚书注》，退思其意，意皆尽，所疑犹未谕焉，凡有二篇。"

三国时期虞翻、李谲、蒋济等人对郑学经注亦有所质疑。虞翻奏郑玄解《尚书》违失事目："玄所注五经，违义尤甚者百六十七事，不可不正。行乎学校，传乎将来，臣窃耻之。"③又《三国志·蜀书·虞翻传》引《虞翻别传》：

> 故征士北海郑玄所注《尚书》，以《顾命》康王执瑁，古"月"似"同"，从误作"同"，既不觉定，复训为杯，谓之酒杯。成王疾困凭几，洮颒为濯，以为浣衣成事，"洮"字虚更作"濯"，以从其非。又古大篆"卯"字读当为"柳"，古"柳""卯"同定，而以为昧；"分北三苗"，"北"古"别"字，又训北，言北犹别也。若此之类，诚可怪也。《玉人》职曰：天子执瑁以朝诸侯，谓之酒杯；天子颒面，谓之浣衣；古篆"卯"字，反以为昧。甚违不知盖阙之义。于此数事，误莫大焉，宜命学官定此三事。④

蜀中李谲与王肃未曾面谋，其依贾、马驳郑，其说多与王肃不谋而合。

---

①　（晋）陈寿撰，（南朝·宋）裴松之注：《三国志·吴书·虞翻传》卷57，北京：中华书局，1959年，第1322页。

②　（唐）杜佑撰，王文锦等点校：《通典》卷67，北京：中华书局，1988年，第1859～1861页。

③　（晋）陈寿撰，（南朝·宋）裴松之著：《三国志·吴书·虞翻传》卷57，北京：中华书局，1959年，第1323页。

④　（晋）陈寿撰，（南朝·宋）裴松之注：《三国志·吴书·虞翻传》卷57，北京：中华书局，1959年，第1323页。

《三国志·蜀书·李𫟃传》:"著古文《易》《尚书》《毛诗》《三礼》《左氏传》《太玄指归》,皆依准贾、马,异于郑玄。与王氏殊隔,初不见其所述,而意归多同。"《三国志·魏书·蒋济传》注云:(蒋)济又难:郑玄注《祭法》云:"有虞以上尚德,禘郊祖宗,配用有德,自夏已下,稍用其姓氏。"济曰:"夫虬龙神于獭,獭自祭其先,不祭虬龙也。骐麟白虎仁于豺,豺自祭其先,不祭骐虎也。如玄之说,有虞已上,豺獭之不若邪?臣以为祭法所云,见疑学者久矣,郑玄不考正其违而就通其义。"济豺獭之譬,虽似俳谐,然其义旨,有可求焉。①

《三国志·魏书·三少帝纪》记载曹髦幸太学时问经注之事,对郑玄注《易》合象、象辞似有指责之意。

> 帝幸太学……帝又问曰:"孔子作象、象,郑玄作注,虽圣贤不同,其所释经义一也。今象、象不与经文相连,而注连之,何也?"(淳于)俊对曰:"郑玄合象、象于经者,欲使学者寻省易了也。"帝曰:"若郑玄合之,于学诚便,则孔子曷不合以了学者乎?"俊对曰:"孔子恐其与文王相乱,是以不合,此圣人以不合为谦。"帝曰:"若圣人以不合为谦,则郑玄何独不谦邪?"

对于《尚书》释义之异,博士庾峻认为当从王肃。

> 帝问曰:"郑玄云'稽古同天,言尧同于天也。'王肃云'尧顺考古道而行之'。二义不同,何者为是?"博士庾峻对曰:"先儒所执,各有乖异,臣不足以定之。然《洪范》称'三人占,从二人之言'。贾、马及肃皆以为'顺考古道'。以《洪范》言之,肃义为长。"

这些表明,到了汉末、三国时期,随着郑玄经注的缺失逐渐暴露,人们对郑学的批判之声渐起,并且成为一种学术风尚。②"(郑)玄遍注诸经,偶有疏漏,亦在情理之中,后人驳之,乃学术发展之必然,未可轻言意气使然。"③

从以上可以看出,汉末以来,随着郑玄经学广泛传播,其缺陷亦不断引

---

①　(晋)陈寿撰,(南朝·宋)裴松之著:《三国志·魏书·蒋济传》卷14,北京:中华书局,1959年,第456页。

②　据《三国志·吴书·程秉传》记载,程秉曾撰《尚书驳》。该书可能不是驳郑的,此亦可见当时风气的盛行。

③　刘运好:《魏晋经学与诗学》(上编魏晋经学论),北京:中华书局,2018年,第151页。

起学者们关注,批评之声日高,为后来王肃驳郑起着一定的导引作用。"这些质疑声音的不断积累,使得反郑玄的潮流终于在曹魏末年以'郑王之争'的形式全面展开,从而把魏晋时期的经典诠释推进到一个新的阶段。"①

第二节　王肃驳郑玄《毛诗笺》

王肃自幼所习为郑学,但觉郑注多误,乃注经驳之。《三国志·魏书·王肃传》:"初,肃善贾、马之学,而不好郑氏,采会同异,为《尚书》《诗》《论语》《三礼》《左传》解,及撰定父朗所作《易传》,皆立于学官。"王肃《孔子家语序》:"郑氏学行五十载矣,自肃成童,始志于学,而学郑氏学矣。然寻文责实,考其上下,义理不安违错者多,是以夺而易之。然世未明其款情,而谓其苟驳其前师,以见异于前人。乃慨然而叹曰:'予岂好难哉?予不得已也。圣人之门,方壅不通,孔氏之路,枳棘充焉,岂得不开而辟之哉?若无由之者,亦非予之罪也。是以撰经礼,申明其义,及朝论制度,皆居所见而言。'"扬雄《法言·吾子》云:"古者杨、墨塞路,孟子辞而辟之,廓如也。后之塞路者有矣,窃自比于孟子。"扬雄以当世孟子自居,竭力弘扬原始儒学精神,力辟"塞路者"。王肃颇继承了扬雄为学术而辩的精神。

一、王肃与郑玄《诗》学异相

王肃驳郑玄主要是批评其"违错者",以"申明其义"。这在其《诗》学系列著作中得到很好的体现。

郑玄作《毛诗笺》,对贾逵、马融等人《诗》学有所继承,亦有所批判。数十年后,王肃作《毛诗注》,对郑玄《毛诗笺》有所继承,亦多有所批判。如上所说,王肃《毛诗注》以及《孔子家语》释《诗》与《毛诗笺》有不少条目意思相同或大意相近。不仅如此,王肃《毛诗注》与郑玄《毛诗笺》都很好地继承了传统《诗》学精神,二者在《诗》学思想方面亦有不少相通之处,如重美刺,善说兴意,重礼乐,重贤能等。② 从残存佚文来看,王肃与郑玄《诗》学相通者

---

① 华喆:《礼是郑学:汉唐间经典诠释变迁史论稿》,北京:生活·读书·新知三联书店,2018年,第194页。

② 邹纯敏从诂训内容、《诗》学观、思想等三个方面对王肃《诗注》与郑玄《诗笺》之间的共相作了较详细论述。参见邹纯敏《郑玄王肃〈诗经〉学比较研究》第三章《郑玄、王肃〈诗经〉学之共相》,台北:花木兰文化出版社,2009年,第35～52页。

少,相异者多。① 郑、王《诗》学的差异性主要表现在以下几个方面。

（一）字词训诂

郑玄释字好下己意,王肃从多《毛传》,故异。这样的例子颇不少。

(1)惄如调饥。(《周南·汝坟》)

《毛传》:"惄,饥意也。"郑《笺》:"惄,思也。"王氏(肃)曰:"饥而又饥,饥之甚也。"②

(2)不我能慉。(《邶风·谷风》)

《毛传》:"慉,养也。"郑《笺》:"慉,骄也。"《释文》:"(慉)王肃养也。"

(3)可与晤歌。(《陈风·东门之池》)

《毛传》:"晤,遇也。"郑《笺》:"晤犹对也。言淑姬贤女,君子宜与对歌相切化也。"王肃注:"可以与相遇歌乐室家之事。"(《正义》)

郑玄好以假借释义,王肃多从本字。

(1)俟我乎堂兮。(《郑风·丰》)

郑《笺》:"'堂'当为'枨'。"王肃云:"升于堂以俟。"(《正义》)郑玄将"堂"破读为"枨",而王肃依本字。

(2)所谓伊人,在水一方。(《秦风·蒹葭》)

《毛传》:"伊,维也。一方,难至矣。"郑《笺》:"伊当作繄,繄犹是也。"王肃云:"维得人之道,乃在水之一方。一方难至矣。"(《正义》)郑玄将"伊"释为"繄",王肃则否。

(3)田畯至喜。(《豳风·七月》)

郑《笺》:"'喜'读'饎'。饎,酒食也。"《释文》:"(喜)王申毛如字。"

---

① 今所见王肃《毛诗注》佚文多辑自《毛诗正义》,而《毛诗正义》以郑《笺》为底本,王肃《毛诗注》主要作为郑玄《毛诗笺》释义的补充,相同者孔氏往往不录,故今所见二者相同者少,而相异者多。

② (宋)李樗、黄櫄:《毛诗李黄集解》卷2,见《景印文渊阁四库全书》第71册,台北:台湾商务印书馆,1986年,第59页。

（4）人之好我，示我周行。（《小雅·鹿鸣》）

郑《笺》："'示'当作'寘'，置也。"王肃述毛云："好爱我，则示我以至美之道矣。"（《正义》）

（5）铺敦淮渍。（《大雅·常武》）

郑《笺》："'敦'当作'屯'。"《释文》："敦，王申毛如字，厚也。"

郑玄《诗笺》好作新解，王肃《诗注》多从本义。

（1）逝不相好。（《邶风·日月》）

《毛传》："不及我以相好。"郑《笺》："其所以接及我者，不以相好之恩情，甚于己薄也。"《释文》："（好），王、崔申毛如字。"郑玄将"好"活用为动词，而王肃从其本义。

（2）彤管有炜，说怿女美。（《邶风·静女》）

《毛传》："炜，赤也。彤管以赤心正人也。"郑《笺》："'说怿'当作'说释'。赤管炜炜然，女史以之说释妃妾之德，美之。"王肃云："嘉彤管之炜炜然，喜乐其成女美也。"（《正义》）王肃从《毛传》而郑玄释"说怿"为"说释"。

（3）硕大无朋。（《唐风·椒聊》）

《毛传》："朋，比也。"郑《笺》："无朋，平均不朋党。"《释文》："（比）王肃、孙毓申毛，必履反，谓无比例也。"

（二）诗意阐发

解说《诗》句意及《诗》篇意时，郑玄好立新意，王肃多从《毛序》《毛传》。

（1）十月之交，大夫刺幽王也。（《小雅·十月之交序》）

郑《笺》："当为刺厉王。"王肃、皇甫谧以为，四篇正刺幽王。（《正义》）

（2）韩侯取妻，汾王之甥，蹶父之子。（《大雅·韩奕》）

《毛传》："汾，大也。"郑《笺》："汾王，厉王也。"王肃云："大王，王之尊称也。"（《正义》）

(3)女心伤悲,殆及公子同归。(《豳风·七月》)

《毛传》:"春女悲,秋士悲,感其物化也……幽公子躬率其民,同时出,同时归也。"郑《笺》:"春女感阳气而思男,秋士感阴气而思女,是其物化,所以悲也。悲则始有与公子同归之志,欲嫁焉。"王肃云:"幽君既修其政,又亲使公子躬率其民同时归也。"(《正义》)

案:《毛传》:"幽公子躬率其民,同时出,时时归也。"王肃同于《毛传》。《七月》先言"采蘩祁祁",意指春日女子出外采摘野菜,故"归"当指回来。而郑玄将"归"理解为"嫁",因而生出新意,显然不可信。此处"归"当指采蘩女子归来,而《毛传》和王肃将其释为民与幽公同归,显然不可信从。

释《诗》比兴意,郑、王往往不同。

(1)葛之覃之,施于中谷。(《周南·葛覃》)

郑《笺》:"兴者,葛延蔓于谷中,喻女在父母之家,形体浸浸日长大也。"王肃云:"葛生于此,延蔓于彼,犹女之当外成也。"(《正义》)

案:郑、王二人释比兴不同。葛"延于彼",与女"嫁与外"相合,故王肃说更为可信。

(2)九罭之鱼,鳟鲂。(《豳风·九罭》)

郑《笺》:"兴者,喻王欲迎周公之来,当有其礼。"王肃云:"以兴下土小国,不宜久留圣人。"(《正义》)

案:《毛传》:"九罭,緵罟,小鱼之网也。鳟鲂,大鱼也。"小鱼之网不合于大鱼,小国亦不合于圣人。故知王肃说更合理。

(3)鸿飞遵渚。(《豳风·九罭》)

《毛传》:"鸿不宜循渚也。"郑《笺》:"鸿,大鸟也,不宜与凫鹥之属飞而循渚,以喻周公今与凡人处东都之邑,失其所也。"王肃云:"以其周公大圣,有定命之功,不宜久处下土,而不见礼迎。"(《正义》)

案:《毛传》:"鸿不宜循渚也。"与郑玄云周公"失其所"正合。而王肃云"不见礼迎"则无据。

(4)白华菅兮,白茅束兮。(《小雅·白华》)

郑《笺》："兴者,喻王取于申,申后礼仪备,任妃后之事,而更纳褒姒,褒姒为孽,将至灭国。"王肃云："白茅束白华,以兴夫妇之道,宜以端成洁白相申束,然后成室家也。"(《正义》)

案:《毛序》言幽王以姜代妻,以褒姒代申后。《毛传》："白华,野菅也,已沤为菅。"《说文》："沤,久渍也。"白华久渍,以白茅束之;申后色衰,以褒姒代之,二者相合,郑玄所说是也。王肃将"白"释为"洁白""纯洁",显然是后起说法,故其说不可信。

(5)匪鹑匪鸢,翰飞戾天。匪鳣匪鲔,潜逃于渊。(《小雅·四月》)

郑《笺》："言雕鸢之高飞,鲤鲔之处渊,性自然也。非雕鸢能高飞,非鱼鲔能处渊,皆惊骇辟害尔。喻民性安土重迁,今而逃走,亦畏乱政故。"王肃云："以言在位非雕、鸢也,则何贪残骄暴,高飞至天?时贤非鳣、鲔也,何为潜逃以避乱?"(《正义》)

案:《四月》是下层官吏抱怨行役之苦之作,对在位者充满批判之意。王肃所言在位者"贪残骄暴"与诗中批判之气合,而郑玄释义重在"逃走",与诗意不甚合。

有时,对《诗》理解重点不同,导致郑、王解说不尽相同。

(1)采蘋,大夫妻能循法度也。能循法度,则可以承先祖,共祭祀矣。(《召南·采蘋序》)

郑《笺》："女子十年不出,姆教婉娩听从,执麻枲,治丝茧,织组纴绅,学女事,以共衣服。观于祭祀,纳浆、笾豆、菹醢,礼相助奠。十有五而笄,二十而嫁。此言能法度者,今既嫁为大夫妻,能循其为女之时所学所观之事以为法度。"王肃以为此篇所以陈,皆是大夫妻助夫氏之祭,采蘋藻以为菹,设之于奥。奥即牖下。(《正义》)案:郑玄重在阐释"法度"何指,而王肃重在解说助祭,故二者理解有异。

(2)依其在京,侵自阮疆。陟我高冈,无矢我陵,我陵我阿。无饮我泉,我泉我池。(《大雅·皇矣》)

郑《笺》："文王但发其依居京地之众,以往侵阮国之疆。登其山脊而望阮之兵,兵无敢当其陵及阿者,又无敢饮食于其泉及池水者。小出兵而令惊怖如此,此以德攻,不以众也。"王肃云:"密人乃依阻其京陵来,侵自文王阮邑之疆。密人升我高冈,周人皆怒曰:汝无陈于我陵,是乃我文王之陵阿也。泉池非汝之人,勿敢饮食之。"(《正义》)

案:郑玄以为是文王往侵阮,而王肃依《毛传》,认为是阮侵周。文王为圣贤之王,焉有入侵他国之理? 故知王肃之说可信,郑玄误。

(3)伐柯,美周公也。周大夫刺朝廷之不知也。(《豳风·伐柯序》)

郑《笺》:"成王既得雷雨大风之变,欲迎周公,而朝廷群臣犹惑于管、蔡之言,不知周公之圣德,疑于王迎之礼,是以刺之。"王肃云:"朝廷斥成王。"王肃以为既作《东山》,又追作此诗,以刺王。(《正义》)

案:郑玄依《毛序》,认为刺朝廷群臣,而王肃认为刺成王。史籍无朝廷群臣斥成王之说,而《金縢》有成王不迎周公之说。据此,郑玄说较为可信。

(4)无使我心悲兮。(《豳风·九罭》)

郑《笺》:"周公西归,而东都之人心悲,恩德之爱至深也。"王肃云:"公久不归,则我心悲,是大夫作者言己悲也。"(《正义》)

案:郑玄认为是东都人心悲,而王肃认为是朝臣大夫心悲。如上所说,"鸿飞"比喻周公,"渚"喻东土,"公归不复",故东都人心悲。郑玄说较合于诗意。

(三)史实理解

(1)鄘《柏舟》。(《鄘风》,《柏舟》篇名)

《正义》引《释文》:"郑(玄)云:'纣都以南曰鄘。'王(肃)云:'王城以西曰鄘也。'"①

(2)郑玄《邶鄘卫谱》云:"置三监,使管叔、蔡叔、霍叔尹而教之。"

---

① 《经典释文·邶风·柏舟》:"郑云:'邶鄘卫者,殷纣畿内地名,属古冀州。自纣城而北曰邶,南曰鄘,东曰卫……王肃同。'"(唐)陆德明撰,黄焯汇校:《经典释文汇校》卷5,北京:中华书局,2006年,第129页。二者不同,不知何故。

《地理志》云："邶以封纣子武庚；鄘，管叔尹之；卫，蔡叔尹之，以监殷民，谓之三监。"……王肃、服虔皆依《志》为说。（《正义》）案：郑玄以管叔、蔡叔、霍叔为三监。而王肃从《地理志》，以武庚、管叔、蔡叔为三监，二人不同。

（3）啸歌伤怀，念彼硕人。（《小雅·白华》）

郑《笺》："硕，大也。妖大之人，谓褒姒也。申后见黜，褒姒之所为，故忧伤而念之。"王肃云："硕人，谓申后也。"（《正义》）案：二人对"硕人"理解不同。如上所说，《白华》是批判幽王以褒姒代申后之作，申后贤淑，故知硕人当指申后。

（4）文王，文王受命作周也。（《大雅·文王序》）

郑《笺》："受命，受天命而王天下，制立周邦。"王肃云："文王受命九年而崩。"（《正义》）案：关于文王受命时间，历来颇有争议。《毛诗正义·大雅·文王》云："刘歆作《三统历》考上世帝王，以为文王受命云云。班固作《汉书·律历志》，载其说。于是贾逵、马融、王肃、韦昭、皇甫谧悉同之……其伏生、司马迁以为，文王受命七年而崩。"郑玄《尚书·洛诰》注中亦认为文王受命七年。由于对文王受命时间理解差异，导致郑、王二人对众多《诗》篇理解不一，特别是涉及周公之事的《鸱鸮》。如："曰予未有室家。"郑玄认为"我"指的是"先臣"，而王肃认为指的是"周先王"。①

（5）鸱鸮鸱鸮，既取我子，无毁我室。（《豳风·鸱鸮》）

郑《笺》："时周公竟武王之丧，欲摄政成周，致太平之功。管叔、蔡叔等流言云公将不利于孺子。成王不知其意，而多罪其属党。兴者，喻此诸臣乃世臣之子孙，其父祖以勤劳有此官位、土地，今者诛杀之，无绝其位，夺其土地。王意欲诮公，此之由然。"对郑玄所述周公诛管、蔡之事，王氏加以驳斥。王肃云："案《经》、《传》内外，周公之党具存，成王无所诛杀。横造此言，其非一也。设有所诛，不救其无罪之死，而请其官位土地，缓其大而急其细，其非二也。设已有诛，不得云无罪，其非三也。"（《正义》）成王年幼，周公居摄，故《尚书》中多周公、召公教导成王之文，史籍多周公征伐之事。

---

① 邹纯敏：《郑玄王肃〈诗经〉学比较研究》，台北：花木兰文化出版社，2009年，第72～73页。

当时二人地位如此之悬殊,焉有成王罪周公之理。王肃之说可信,郑玄之说多出臆测。

（四）礼制理解

郑玄好以礼制说《诗》,故较为繁琐,而王肃往往简单明了地点明其旨要。

（1）绿兮衣兮,绿衣黄里。（《邶风·绿衣》）

郑《笺》:"褖兮衣兮者,言褖衣自有礼制也。诸侯夫人祭服之下,鞠衣为上,展衣次之,褖衣次之。次之者,众妾亦以贵贱之等服之。鞠衣黄,展衣白,褖衣黑,皆以素纱为里。今褖衣反以黄为里,非其礼制也,故以喻妾上僭。"王肃注:"夫人正嫡而幽微,妾不正而尊显。"（《正义》）

（2）岁取十千。（《小雅·甫田》）

郑《笺》:"岁取十千,于井田之法,则一成之数也。九夫为井,井税一夫,其田百亩。井十为通,通税十夫,其田千亩。通十为成,成方十里,成税百夫,其田成亩。欲见其数,从井、通起,故言十千。上地谷亩一钟。"王肃云:"太平之时,天下皆丰,故不系之于夫井,不限之于斗斛。要言多取田亩之收而已。"（《正义》）

（3）长发,大禘也。（《商颂·长发序》）

郑《笺》:"大禘,郊祭也。《礼记》曰:'王者禘其冢之所自出,以其祖配之'是谓也。"王肃云:"大禘,殷祭,谓禘祭宗庙,非祭天也。"（《正义》）

（4）瑳兮瑳兮。（《鄘风·君子偕老》）

《毛传》:"礼有展衣者,以丹縠为衣。"郑《笺》:"后妃六服之次,展衣宜白。绉绤,绤之蹙蹙者。展衣,夏则里衣绉绤。此以礼见于君及宾客之盛服也。"展衣字误,《礼记》作"襢衣"。《释文》:"后文'瑳兮'王肃注:'好美衣服洁白之貌'。"①

（五）谶纬看法

谶纬是盛行于汉代的社会思想,其依附于经学而获得了崇高的政治地位。② 郑玄不仅精于经学,亦精于纬学。郑玄曾遍注群纬。郑玄常以纬注经,以纬解经。③ 这在其《诗笺》中亦有不少表现。而王肃则相反,极力反对谶纬之学。《孔子家语·五帝》注:"五帝,五行之神,佐生物者。而谶纬皆为之名字,亦为妖怪妄言……而诸说乃谓五精之帝下生王者,其为蔽惑无可言也。"这一差异导致二人对《诗》句解说颇有差异。

（1）厥初生民,时维姜嫄。（《大雅·生民》）

郑《笺》:"厥,其。初,始。时,是也。言周之始祖,其生之者,是姜嫄也。姜姓者,炎帝之后。有女名嫄,当尧之时,为高辛氏之世妃,本后稷之初生,故谓之生民。"王肃引马融曰:"帝喾有四妃,上妃姜嫄生后稷,次妃简狄生契,次妃陈锋生帝尧,次妃娵訾生帝挚。挚最长,次尧,次契。下妃三人皆已生子,上妃姜嫄未有子,故禋祀求子。上帝大安其祭祀,而与之子。任身之月,帝喾崩,挚即位而崩,帝尧即位。帝喾崩后十月,而后稷生,盖遗腹子也。虽为天所安,然寡居而生子,为众所疑,不可申说。姜嫄知后稷之神奇,必不可害,故欲弃之,以著其神,因以自明。尧亦知其然,故听姜嫄弃之。"肃以融言为然。（《正义》）

（2）履帝武敏歆,攸介攸止,载震载夙,载生载育,时维后稷。（《大雅·生民》）

《毛传》:"帝,高辛氏之帝也。武,迹。敏,疾也。从于帝而见于天,将事齐敏也。歆,飨。介,大。攸止,福禄所止也。"郑《笺》云:"帝,上帝也。敏,拇也。介,左右也。夙之言肃也。祀郊禖之时,时则有大神之迹,姜嫄履之,足不能满。履其拇指之处,心体歆然。其左右所止住,如有人道感己

──────────

① 陆氏云:"今检王肃本后不释,不如沈所言也。"（唐）陆德明撰,黄焯汇校:《经典释文汇校》卷5,北京:中华书局,2006 年,第 137 页。马国翰案:"沈,北周人也,或所见王肃本有此注,后人以近复,削之,据补。"（清）马国翰辑:《毛诗王氏注》,见《玉函山房辑佚书》,见《续修四库全书》第1201 册,上海:上海古籍出版社,2002 年,第 300 页。

② 详情参见拙作《谶纬与汉代文学》,北京:中国社会科学出版社,2015 年,第 38～52 页。

③ 吕凯:《郑玄之谶纬学》,台北:台湾商务印书馆,2011 年,第 141～253 页。

者也。于是遂有身,而肃戒不复御。后则生子而养长之,名曰弃。"(《正义》)其(王肃)《奏》云:"稷契之兴,自以积德累功于民事,不以大迹与燕卵也。且不夫而育,乃载籍之所以为妖。宗周之所丧灭。"……故以为遗腹子,姜嫄避嫌而弃之。(《正义》)

案:"郑信谶纬"(《正义》),故对感生之说信而从之,王肃不信谶纬,故以理性解《诗》,二人之说自然不同。

(3)是生后稷,降之百福。黍稷重穋,稙稺菽麦。(《鲁颂·閟宫》)

郑《笺》:"姜嫄用是而生后稷,天神多与之福,以五谷终覆盖天下,使民知稼穑之道。"王肃云:"谓受明哲之性,长于稼穑,是言天授之智慧,为与之福也。"(《正义》)

(4)帝谓文王,无然畔援,无然歆羡,诞先登于岸。(《大雅·皇矣》)

郑《笺》云:"天语文王,女无是跋扈者,妄出兵也。无如是贪羡者,侵人士也。欲广大德美者,当先平狱讼,正曲直也。"王肃、孙毓皆以帝谓文王者,诗人言天谓文王有此德,非天教语文王以此事也。若天为此辞,谁所传道?(《正义》)

从以上分析可以看出,王肃与郑玄《诗》学差异性主要表现在学理方面,即诂训、历史、制度、思想等。这些差异,有的源于所据版本之异,有的源于所据史料之异,有的源于看问题角度之异等。这些问题有的有对错之分,如诂训、历史等;有的则没有对错之分,如思想、情感等,只不过各为一家之言而已。正如学者所言,"王肃与郑玄实际上是各有侧重取舍,我们与其认为郑、王之间是互相取代的关系,倒不如说王肃是在郑注出现之后,意识到郑注的问题所在,于是加以弥补"。①

二、《诗》学王肃驳郑玄平议

以上对郑玄《诗笺》和王肃《诗注》的异相作了较为全面的分析。如上

---

① 华喆:《礼是郑学:汉唐间经典诠释变迁史论稿》,北京:生活·读书·新知三联书店,2018年,第223页。

所说,郑玄(127年—200年)乃东汉后期人,而王肃(195年—256年)为三国时人,二人相隔数十年。王肃曾遍注群注,对当时盛行于世的郑玄经学多加辩驳。就《诗》学而言,王肃曾著《诗》学著述多种,以驳郑玄《诗笺》与《诗谱》观点。看似王肃争名好胜,意欲与郑玄一较高低。其实不然。①

郑玄注经,融今古文于一体,使得学者略知所归,实乃东汉经学发展之趋势。如上所说,随着时代变迁,郑学缺失逐渐暴露,驳郑、纠郑之声渐起,王肃之前有王粲、虞翻,与王肃同时代有李谔、蒋济等人。"经书之说解,自繁琐之字句诂训,进而为简明之义理阐述;自迷信之阴阳、谶纬、神怪,进而平易、合乎人情之事实,乃为汉末、三国以来学术思想变迁之趋势。刘表、宋衷首开先例,提倡所谓之经说简化运动。王肃子雍继之于后,复遍注群经,推波助澜。"②可见,王肃经学的出现,亦是三国经学发展的必然趋势。

再看看王肃《诗》学著作本身。王肃虽著有《毛诗注》《毛诗义驳》《毛诗奏事》《毛诗问难》等。如上所说,《毛诗注》是《诗经》注释之作。王肃有感于郑玄《诗笺》不足,于是重新给《诗经》作注。此书早佚,今存佚文三百余条。从这些佚文来看,王肃《诗注》的确与郑玄异多同少。③从以上列举的众多例子可以看出,王肃驳郑多源出于学理之异,并非意气之言。确如学者所言,"王学实起于对郑学解说经义违错圣人本意之不满,实义理之辨,非意气用事也"④。不仅如此,"今观其(《毛诗义驳》)佚文,大抵平实有据;非徒逞臆之争也"⑤。《毛诗奏事》和《毛诗问难》亦是如此。"王氏特是其所是,而非其所非;不苟异同耳。观其所奏,若'履帝武敏'一节,驳郑之从纬;而奏说平实,情理毕具;是可以取郑而代之也。"⑥因此,学者认为,"肃之异于郑玄者,实非为意气之争,乃经学思想潮流演变而已"⑦。遗憾的是,"民国以前议论者实多,往往归咎于王氏意气之争"⑧。这实乃是对王肃的极大误解。何志华将高诱注释与郑、王经说进行详细比较后指出:"所

---

① 郑玄未注《春秋》,而王肃注有《春秋左氏传》,可见,王肃并非欲与郑玄争胜而遍注群经的。
② 汪惠敏:《三国时代之经学研究》,台北:汉京文化事业有限公司,1981年,第239~240页。
③ 这仅就现存佚文而言,王肃《毛诗注》原貌也可能不是如此。
④ 邹纯敏:《郑玄王肃〈诗经〉学比较研究》,台北:花木兰文化出版社,2009年,第31页。
⑤ 简博贤:《今存三国两晋经学遗籍考》,台北:三民书局,1986年,第221页。
⑥ 简博贤:《今存三国两晋经学遗籍考》,台北:三民书局,1986年,第222页。
⑦ 汪惠敏:《三国时代之经学研究》,台北:汉京文化事业有限公司,1981年,第177页。
⑧ 邹纯敏:《郑玄王肃〈诗经〉学比较研究》,台北:花木兰文化出版社,2009年,第3页。

谓王肃申毛以驳郑者,其实未足称奇,亦非关王肃意气之争。"①不仅如此,王肃驳郑,显然有促于经学之发展,从而使学术越辩越明,"王氏纂笺翼传,厥功实伟矣"②。正如学者所言,"如果我们不把郑王之争看作完全对立的两种学说,而是回到具体的经学文本语境与历史环境中,再来看待郑王两种学说的关系,或许能够对这段历史公案得出更加深刻的认知"③。

不无遗憾的是,后世学者多拥郑而疾王,对王肃驳郑多加指责。"康成夺毛,人多恕论;王肃纂传,则遭斥议。"④甚至许多学者认为王肃为了驳郑而伪造了《孔子家语》《孔丛子》等书。随着出土文献的增多,人们对《孔子家语》《孔丛子》的看法有所转变,大多学者不再认为《孔子家语》是王肃所伪造的。⑤ 造伪书、佞司马氏,使得在众多人的眼里,王肃是经学"大蠹"⑥。皮锡瑞云:"故其驳郑,或以今文说驳郑之古文,或以古文说驳郑之今文。"⑦好似王肃有意与郑玄作对似的。"王肃注《诗》,既欲与郑玄争胜,便极力申述毛旨,以攻击《郑笺》……考王肃对《郑笺》的批评,未免有过当之处。"⑧这些批评显然皆有失准的。对于此类说法,杨晋龙作了很好的辩驳:"将王肃塑造成古今最大的造伪大家:甚至完全不顾王肃学术自有的特色,以及早在司马炎代魏之前即已死亡的事实,刻意营造王肃凭藉姻亲政治势力以反郑玄学术的气氛,以遂行其污蔑王肃人格进而否定其学术价值的唯一目的。"⑨

　① 何志华:《从东汉高诱注解看郑、王之争》,见《经义丛考》,香港:香港中文大学中国文学研究所刘殿爵中国古籍研究中心,2015年,第134页。
　② 简博贤:《今存三国两晋经学遗籍考》,台北:三民书局,1986年,第252页。
　③ 华喆:《礼是郑学:汉唐间经典诠释变迁史论稿》,北京:生活·读书·新知三联书店,2018年,第207页。
　④ 简博贤:《今存三国两晋经学遗籍考》,台北:三民书局,1986年,第255页。
　⑤ 详情参见李学勤《竹简〈家语〉与汉魏孔氏家学》,载《孔子研究》,1987年第2期,第60～64页;杨朝明《代前言:〈孔子家语〉的成书与可靠性研究》,见杨朝明、宋立林主编《孔子家语通解》,济南:齐鲁书社,2013年,第1～43页;刘巍《〈孔子家语〉公案探源》,北京:社会科学文献出版社,2014年,第27～198页。
　⑥ (清)皮锡瑞著,周予同注:《经学历史》,北京:中华书局,2014年,第109页。
　⑦ (清)皮锡瑞著,周予同注:《经学历史》,北京:中华书局,2014年,第106页。
　⑧ 夏传才、董治安主编:《诗经要籍提要》,北京:学苑出版社,2003年,第31页。
　⑨ 杨晋龙:《论〈毛诗正义〉中的王肃经说及其在诗经学上的运用——"宋学时期"的观察》,见杨晋龙、刘柏宏主编《魏晋南北朝经学国际研讨会论文集》(上),台北:"中央"研究院中国文哲研究所,2016年,第299页注释⑦。刘柏宏对皮锡瑞观点的深远影响作了详细考察。详情参见刘柏宏《开创与影响:王肃礼学义理及中古传播历程》第一章第二节《清末及民国的建构历程;以皮氏论述的传播历程为对象》,台北:稻乡出版社,2009年,第49～89页。

南北朝,郑学与王学皆有传于世,人们各取所好。《隋书·经籍志》:"梁有《毛诗》二十卷,郑玄、王肃合注。"人们将郑玄、王肃注合于一书,便于阅读、辨析。可见时人对郑、王二人之说并无厚薄之分。至唐代,《毛诗正义》以郑《笺》为宗,《五经正义》为唐代明经范本,于是郑学兴而王学渐亡。

第三节　三国时期《诗》学郑王之争

如上所说,王肃出于学术的目的,遍注群经,对郑玄之失进行了驳斥。由于郑学在当时影响较大,故王肃驳郑遭到了郑玄后学的坚决反击,于是"郑、王说《诗》意见分歧并未止于其身,乃扩大为学派之间争辩,成为曹魏及西晋初期《诗》学发展上之主脉"①。《四库全书总目》"毛诗正义"条云:"魏王肃作《毛诗注》《毛诗义驳》《毛诗奏事》《毛诗问难》诸书以申毛难郑……王基又作《毛诗驳》以申郑难王……晋孙毓作《毛诗异同评》,复申王说。陈统作《难孙氏毛诗评》,又明郑义……至唐贞观十六年命孔颖达等,因郑《笺》为《正义》,乃论归一定,无复歧途。"②

一、王基《毛诗驳》

三国时期,郑王《诗》学之争主要表现为王基驳王肃。《三国志·魏书·王基传》对王基生平作了较详细的记载。王基(190年－261年),字伯舆,东莱曲城人。少孤,年十七为郡吏。黄初中,察孝廉,除郎中。后为刺史王陵别驾。司徒王朗召之,不遣。《三国志·魏书·王基传》:"(明帝时)大将军司马宣王辟基,未至,擢为中书侍郎……散骑常侍王肃著诸经传解及论定朝仪,改易郑玄旧说,而基据持玄义,常与抗衡。迁安平太守,公事去官。大将军曹爽请为从事中郎,出为安丰太守……(曹)爽伏诛,基尝为爽官属,随例罢。其年为尚书,出为荆州刺史,加扬烈将军,随征南王昶击吴。"有功,赐爵关内侯。后历任镇南将军、征东将军等职。景元二年(261年)卒,年七十二。③ 死后追赠司空。严可均辑《全三国文》收录《赠司空征南将军王基碑》残篇,对其生平事迹有所记载。

---

①　邹纯敏:《郑玄王肃〈诗经〉学比较研究》,台北:花木兰文化出版社,2009年,第3页。
②　(清)永瑢等:《四库全书总目》卷15,北京:中华书局,1965年,第120页。
③　《赠司空征南将军王基碑》:"年七十二,景元二年四月辛丑薨。"(清)严可均辑《全上古三代秦汉三国六朝文·全三国文》卷56,北京:中华书局,1958年,第1364页。据此可知王基生于汉献帝初平元年(190年)。

《后汉书·郑玄传》："其门人山阳郗虑至御史大夫，东莱王基、清河崔琰，著名于世。"《毛诗正义·小雅·六月序》疏云："王基即郑之徒也。"此说显然误。钱大昕等学者已驳之，并认为王肃"是私淑郑学，非亲受业者也"①。所言甚是。② 据《三国志·魏书·王肃传》，王肃于明帝太和三年（229年）为散骑常侍。据《王基传》，王基与王肃论辩在其为大将军曹爽从事中郎之前，而曹爽于景初三年（239年）十二月，明帝临终前任命为大将军。可知，王基驳王肃在此十年间（229年－239年）。《经典释文序录》云："荆州刺史王基驳王肃申郑义。"③此当据王基后来任职而言。

王基撰有著作多种，《诗》学著作仅《毛诗驳》一种。《隋书·经籍志》："《毛诗驳》一卷魏司空王基撰，残缺。梁五卷。又有《毛诗答问驳谱》，合为八卷。"《旧唐书·经籍志》："《毛诗驳》五卷，王伯舆撰。"《新唐书·艺文志》："王基《毛诗驳》五卷。"唐代之后，此书不见著录，可见此书亡于宋代。今有辑佚本两种。马国翰《玉函山房辑佚书》辑有《毛诗驳》一卷（15条），黄奭《黄氏逸书考》辑有《毛诗王基申郑义》一卷（15条），二者无多差异。至于《毛诗答问驳谱》，《隋志》不著撰者，姚振宗《隋书经籍志考证》曰："此似亦王司空书。"④马国翰《毛诗驳序》亦认为其为王基所作。⑤ 此书早佚，亦无辑佚本存世。另外，王基还撰有《东莱耆旧传》一卷，梁有《新书》五卷。马国翰辑有《王基新书》一卷（8条），严可均《全三国文》亦辑有王基佚文8条，与马氏所辑大体相同，唯《荐刘毅文》马氏未收。

《经典释文序录》云："魏太常王肃更述毛非郑，荆州刺史王基驳王肃申郑义。"⑥可见，王基驳王肃具有明显的针对性。对于王基《毛诗驳》，学者们意见不一。侯康《补三国艺文志》举其四例，认为"皆极精当"⑦。马国翰《毛诗义驳序》亦认为"其说依郑驳王，具有根柢"⑧。而简博贤则持相反的

① 卢弼：《三国志集解》卷27，北京：中华书局，1982年，第620页。
② 王利器《郑康成年谱》将王基列为郑玄弟子，似不确。
③ 吴承仕：《经典释文序录疏证》，北京：中华书局，1984年，第87页。
④ （清）姚振宗：《隋书经籍志考证》，见《续修四库全书》第915册，上海：上海古籍出版社，2002年，第49页。
⑤ （清）马国翰辑：《玉函山房辑佚书》，见《续修四库全书》第1201册，上海：上海古籍出版社，2002年，第300页。
⑥ 吴承仕：《经典释文序录疏证》，北京：中华书局，1984年，第87页。
⑦ （清）侯康：《补后汉书艺文志》，见《丛书集成初编》第3册，北京：中华书局，1985年，第8页。
⑧ （清）马国翰辑：《玉函山房辑佚书》，见《续修四库全书》1201册，上海：上海古籍出版社，2002年，第300页。

观点,"王基据郑驳王,偏是而偏非;虽云具有根柢,实乖论学之道也"。①
细加考察,便可发现,此类观点皆有偏颇之嫌。

王基《毛诗驳》仅存佚文 15 条。从仅存佚文来看,王基驳王肃可分为
以下几种情况:

1. 名物训诂

对于一些远古名物,王肃与王基等人说法不一。此种情况共 5 条。

(1)采采芣苢。(《周南·芣苢》)

王肃引《周书·王会》云:"芣苢如李,出于西戎。"(《正义》)王基驳云:
"《王会》所记杂物奇兽,皆四夷远国,各赍土地异物以为贡赞,非周南妇人
所得采。是芣苢为马舄之草,非西戎之木也。"(《正义》)案:王基所说甚是。
但《释文》:"《山海经》及《周书·王会》云:'芣苢木也,实似李,食子宜子,出
于西戎。'卫氏传及许慎并同,王肃亦同。"可见王肃说所出有源,非个人臆
说也。

(2)充耳以素乎而。(《齐风·著》)

郑《笺》:"谓所以悬瑱者也,或名为纮,织之,人君五色,臣则三色而已。
此言素者,目所见而已。"王肃云:"王后织玄紞,天子之紞,一玄而已,何云
具五色乎?"(《正义》)王基理之云:"紞,今之绦,岂有一色之绦? 色不杂不
成为绦。王后织玄紞者,举夫色尊者言之耳。"(《正义》)案:郑玄先言紞有
五色、三色,而后以"目所见而已"来释《诗》句中"素乎",显然是比较牵强
的。王基则先将"紞"释为"今之绦",古今制度有异,显然不尽合适。秦蕙
田《五礼通考》引陈氏《礼书》曰:

> 郑氏以素为素紞,青为青紞,黄为黄紞,人君五色,人臣三色。
> 然《鲁语》:"王后织玄紞,夫人加紘绖,内子为大带,命妇成祭服,
> 列士之加以朝服。"则夫人以至士妻特有加而已。其织玄紞一矣,
> 未闻有五色三色之别也。又紞所以垂充耳,而充耳不在紞;谓紞
> 为充耳非也。《春秋传》曰:"缚之如一瑱。"则缚纩以为瑱,自古然

---

① 简博贤:《今存三国两晋经学遗籍考》,台北:三民书局,1986 年,第 269 页。

也。其制盖皆玄纮以垂之,琼玉以承之,承之诗所谓尚之也。①

陈氏所言甚是。可见,郑玄先释"纮"为"悬瑱",再释为"素",皆为误说。而王基强为之辩,实为牵强之说。简博贤云:"王肃云一玄而已。郑笺人君五色云云,实乖征验矣。"②

(3)左右奉璋。(《大雅·棫朴》)

《毛传》:"半圭曰璋。"郑《笺》:"璋,璋瓒也。祭祀之礼,王祼以圭瓒,诸臣助之亚祼,以璋瓒。"王肃:"本有圭瓒者,以圭为柄,谓之圭瓒。未有名璋瓒为璋者。"《正义》王基驳云:"《郊特牲》曰'灌以圭璋',与此云'奉璋峨峨',皆有明文,故知璋为璋瓒矣。"案:郑玄认为"璋"即"璋瓒"。王肃认为"璋瓒"不可简称为"璋"。王基举数例,力驳王肃说,维护郑说。郑玄、王基是也,王肃误。《正义》:"以璋言之,故知璋是璋瓒。"钱玄、钱兴奇编《三礼辞典》亦云"璋指璋瓒",并举例加以证明。③ 黄焯《诗笺平议》:"王基驳王肃,其说当也。"④

这样的例子还有一些。如,"侵镐及方"(《小雅·六月》),郑玄、王基认为"镐"指北方地名。而王肃则认为"镐"指的是镐京。如,"公刘",王肃认为"公,号也;刘,名也"。王基则认为"公刘,字也"。《正义》从王肃,认为"王肃以公为号,犹可也"。

2.远古制度

至于远古制度,王肃和王基有时理解亦不一。此种情况有2条。

(1)良马五之。(《鄘风·干旄》)

郑《笺》:"五之者,谓五见之也。"王肃云:"古有一辕之车驾三马则五辔,其大夫皆一辕车,夏后氏驾两谓之丽,殷人益一骈谓之骖,周人又益之一骈谓之驷,本从一骖而来,亦谓之骖,经言骖,则三马之名。"(《正义》)王基云:"《商颂》曰:'约軧错衡,八鸾锵锵。'是则殷驾四,而不驾三也。"(《正

---

① (清)秦蕙田:《五礼通考》卷 67,见《景印文渊阁四库全书》第 136 册,台北:台湾商务印书馆,1986 年,第 597 页。

② 简博贤:《今存三国两晋经学遗籍考》,台北:三民书局,1986 年,第 272 页。

③ 钱玄、钱兴奇编:《三礼辞典》,南京:江苏古籍出版社,1998 年,第 1064 页。

④ 黄焯:《诗疏评议》,上海:上海古籍出版社,1985 年,第 464 页。

义》)案:《毛传》云:"骖马五辔。"又《干旄》:"良马六之。"郑《笺》云:"四马六辔。"郑说显然前后不一致。王肃此说为释《传》"五辔"之义也。《说文解字》云:"骖,驾三马也。"①胡承珙《毛诗后笺》:"《左传》'王赐虢公、晋侯马三匹',疑古必有驾三之制,故赐以三马。《宋书·礼志》:'梁惠王以安车驾三送淳于髡。'《论衡·问孔篇》亦有'士乘二马,大夫乘三马'之语。"②可见古有驾三马之事,王肃说并非无据。王基所引,只能说明殷有驾四之行,并不能完全否定驾三之事。

(2)不自为政,卒劳百姓。(《小雅·节南山》)

王肃以为:"礼,人臣不显谏。谏犹不显,况欲天更授命?诗献之于君,以为箴规。包藏祸心,臣子大罪,况公言之乎?"(《正义》)王基理之曰:"臣子不显谏者,谓君父失德尚微,先将顺风喻。若乃暴乱将至危殆,当披露下情,伏死而谏焉。待风议而已哉!是以《西伯戡黎》祖伊奔告于王曰:'天已讫我殷命。'古之贤者切谏如此。幽王无道,将灭京周。百姓怨王,欲天有授命。此文陈下民疾恶怨之言,曲以感寤,此正与祖伊谏同,皆忠臣殷勤之义,何谓非人臣宜言哉!"案:王肃认为臣不显谏,而王基对此作了大力辩驳。二者之异在于对于古代臣子劝谏制度的理解不一,各执一端,似无对错之分。

3.历史事件

《诗经》对于历史事件叙述较为简单,于是导致郑玄、王肃等人的理解不一。此种情况共4条。

(1)鲂鱼赪尾,王室如毁。(《周南·汝坟》)

王肃云:"当纣之时,大夫行役。"(《正义》)王基云:"汝坟之大夫,久而不归。"案:王肃认为此二句诗描述的是大夫行役之苦,而王基有意识驳王肃,认为是大夫"久而不归"之苦。其实,二者区别不大。

(2)六月,宣王北伐也。(《小雅·六月序》)

郑《笺》:"《六月》言周室微而复兴,美宣王之北伐也。"王肃云:"宣王亲

---

① (汉)许慎:《说文解字》卷10上,北京:中华书局,1963年,第200页。
② (清)胡承珙撰,郭全芝点校:《毛诗后笺》卷4,合肥:黄山书社,1999年,第269页。

伐猃狁,出镐京而还。使吉甫迫伐追逐。乃至于太原。"(《正义》)王基云:"《六月》使吉甫,《采芑》命方叔,《江汉》命召公,唯《常武》宣王亲自征耳。"案:"郑以为,独遣吉甫,王不自行。"(《正义》)王肃从《毛传》,认为宣王亲伐。《竹书纪年》多有宣王亲征记载。《六月》一诗明言"王于出征,以匡王国",可见《毛序》及王肃说可信。① 王基维护郑玄说,竭力证明宣王不亲征。

(3)十月之交,大夫刺幽王也。(《小雅·十月之交序》)

郑《笺》:"当为刺厉王。"王肃、皇甫谧以为四篇正刺幽王。(《正义》)王基曰:"以历校之,自共和以来,当幽王世,无周十月夏八月辛卯交会,欲以此会为共和之前。其在共和之前则信矣,而校之则无术。说者或据世以定义,谬矣。"案:王基自云"以历校之",而《正义》否之,"其而校之则无术"。王应麟《困学纪闻》卷三对此作了详细的辩驳:"愚按《正义》谓'校之无术',而《大衍历·日蚀议》云:'虞广以历推之,在幽王六年。'"②阮元《研经室集》亦从此说。简博贤亦认为,"王肃述毛以为幽王世信矣"③。

(4)《常武》,召穆公美宣王也。(《大雅·常武序》)

王肃述毛以为王不亲行。(《正义》)王基述郑,认为此章王自亲行。王既亲行,仍须命元帅以统领六军,故《左传》鄢陵之战,楚王虽自亲行,仍命子反将中军。(《正义》)案:《常武》言"王命卿士……整我六师""命程伯休父……戒我师旅",可见王命卿士出征,并未亲征。

4. 关注点不同而解说不一

有时,王肃与王基关注点不同,故解说不一。此种情况共4条。

(1)鼓钟将将,淮水汤汤。(《小雅·鼓钟》)

《毛传》:"幽王用乐,不与德比,会诸侯于淮上,鼓其淫乐,以示诸侯。贤者为之忧伤。"郑《笺》:"为之忧伤者,嘉乐不野合,牺、象不出门。今乃于淮水之上,作先王之乐,失礼尤甚。"王肃云:"凡作乐而非所,则谓之淫。

---

① 《毛诗正义》宗郑,亦认为"郑说为长"。
② (宋)王应麟撰,翁元圻等注,栾保群等点校:《困学纪闻》卷3,上海:上海古籍出版社,2008年,第370页。
③ 简博贤:《今存三国两晋经学遗籍考》,台北:三民书局,1986年,第272页。

淫,过也。幽王既用乐不与德比,又鼓之于淮上,所谓过也。桑间濮上,亡国之音,非徒过而已。"(《正义》)王基曰:"所谓淫乐者,谓郑、卫桑间濮上之音,师延所作新声之属。"(《正义》)案:郑《笺》和王《注》从不同角度阐释了幽王用乐非礼。《说文解字》:"淫,一曰久雨为淫。"①王肃释"淫"为"过",显然合理。而王基为了驳斥王肃,而将"淫乐"理解为郑、卫之新乐,显然是误解,也不合乎历史事实,幽王之时,何言郑、卫之新乐呢?

(2)曾孙来止,以其妇子,馌彼南亩,田畯至喜。攘其左右,尝
其旨否。(《小雅·甫田》)

郑《笺》:"曾孙,谓成王也。攘读当为饷。馌、饷,馈也。田畯,司啬,今之啬夫也。喜读为馂。馂,酒食也。成王来止,谓出观农事也。亲与后、世子行,使知稼穑之艰难也。为农人之在南亩者,设馈以劝之。司啬至,则又加之以酒食,饷其左右从行者。成王亲为尝其馈之美否。示亲之也。"王肃云:"妇人无阃外之事。又帝王乃躬自食农人,周则力不供,不遍则为惠不普,玄说非也。"(《正义》)王基:"王后必无外事,不当蚕于北郊。"(《正义》)案:对王基之言,《毛诗正义》曲为之说:"王基以亲蚕决之,非无理矣。"其实不然。《周礼·天官·内宰》:"中春,诏后帅外内命妇,始蚕于北郊。"可见,后有蚕于北郊之事。秦蕙《五礼通考》卷一百二十六云:"仲春诏后帅外内命妇,蚕于北郊,以为祭服。此与天子亲耕南郊,以供粢盛同义。"②可见后有蚕于北郊之礼。王基说误。

(3)造舟为梁,不显其光。(《大雅·大明》)

《毛传》:"天子造舟,诸侯维舟,大夫方舟,士特舟。造舟然后可以显其光辉。"郑《笺》:"迎大姒而更为梁者,欲其昭著,示后世敬昏礼也。不明乎其礼之有光辉,美之也。天子造舟,周制也,殷时未有等制。"王肃云:"造舟为梁,然后可显著其光辉,明文王之圣德,于是可以王也。"(《正义》)王基:"自殷以前质略,未有造维方特之差。周公制礼,因文王敬大姒,重初昏,行造舟,遂即制之以为天子礼,著尊卑之差,记以为后世法。"案:王肃维护《毛

---

①　(汉)许慎:《说文解字》卷 11 上,北京:中华书局,1963 年,第 231 页。
②　(清)秦蕙:《五礼通考》卷 126,见《景印文渊阁四库全书》第 137 册,台北:台湾商务印书馆,1986 年,第 1050 页。

传》，认为造舟可显文王之德。而郑玄以制度说《诗》，重在论造舟制度。王基极力维郑说，认为殷代未有造舟制度。

郑玄信谶纬，王肃则否，故常驳之。王基则驳郑以维护郑玄说。

(4)厥初生民，时维姜嫄。生民如何？克禋克祀，以弗无子。履帝武敏歆，攸介攸止，载震载夙，载生载育，时维后稷。(《大雅·生民》)

《毛传》："帝，高辛氏之帝也。武，迹。敏，疾也。从于帝而见于天，将事齐敏也。"郑《笺》："祀郊禖之时，时则有大神之迹，姜嫄履之，足不能满。履其拇指之处，心体歆歆然。其左右所止住，如有人道感己者也。于是遂有身，而肃戒不复御。后则生子而养长之，名曰弃。"王肃引马融曰："帝喾有四妃，上妃姜嫄生后稷，次妃简狄生契，次妃陈锋生帝尧，次妃娵訾生帝挚。挚最长，次尧，次契。下妃三人皆已生子，上妃姜嫄未有子，故禋祀求子。上帝大安其祭祀，而与之子。任身之月，帝喾崩，挚即位而崩，帝尧即位。帝喾崩后十月，而后稷生，盖遗腹子也。虽为天所安，然寡居而生子，为众所疑，不可申说。姜嫄知后稷之神奇，必不可害，故欲弃之，以著其神，因以自明。尧亦知其然，故听姜嫄弃之。"肃以融言为然。(《正义》)王基驳之曰："凡人之有遗体，犹不以为嫌，况于帝喾圣主，姜嫄贤妃，反当嫌于遭丧之月，便犯礼哉！人情不然一也。就如融言，审是帝喾之子。凡圣主贤妃，生子未必圣贤，能为神明所佑。尧有丹朱，舜有商均，文王有管、蔡。姜嫄御于帝喾而有身，何以知其特有神奇而置之于寒冰乎？假令鸟不覆翼，终疑逾甚，则后稷为无父之子，喾有淫昏之妃，姜嫄有污辱之毁，当何以自明哉！本欲避嫌，嫌又甚焉，不然二也。又《世本》云：帝喾卜其四妃之子，皆有天下。若如融言……此适所以有感生之事，非所以为难。肃信二龙实生褒姒，不信天帝能生后稷。是谓上帝但能作妖，不能为嘉祥；长于为恶，短于为善。肃之乖戾，此尤甚焉。"(《正义》)案：感生之说实乃出于远古神话，到了汉代，多不为人所信。而郑玄信从远古神话及谶纬，王肃则驳之。王肃是也。而王基强辩之，实难以让人信服。

其他的，如"十月之交，朔日辛卯，日有食之，亦孔之丑"(《小雅·十月之交》)。郑《笺》："周之十月，夏之八月也。八月朔日，日月交会而食。"王肃以为刺幽王。王基驳王肃，但又云"而校之则无术"。阮元、马瑞辰等学者考证,幽王六年十月辛卯日食。① 可见王肃不误。

由于王肃《诗注》不存,而王基《毛诗驳》亦仅十余条存于《毛诗正义》之中。《毛诗正义》宗郑,当郑说与王肃不一致时,《正义》往往引王基之说进行辩护,所录《毛诗驳》驳王倾向特别明显。从以上分析可以看出,二王之异产生的原因是多方面的,而王基驳王拥郑的倾向极为明显,故其解说多有牵强之处,相较而言,王肃之说往往有据可依,更为平实可信。简博贤云:"王基专擅军功,而疏于学问;是以申驳无当,而从违失据。虽云申郑,实未究笺说也。"②此说颇有几分道理。

从上数条分析可以看出,王肃驳郑多有据可依,往往平实可取。"'申郑驳王'是王基《诗》学的基本出发点。"③王基辩驳王肃,只有少数可取,大多出于强辩,不可信。可见,王基多出于门户之见,对王肃进行驳斥,故其"每多逞臆之见,非能稽考有征也"④,不似王肃平实可信。马国翰云:"门户各争则景侯(王基)为之倡也。"⑤马氏所言甚是。

二、孔晁、马昭、张融

王基驳王肃之后,两派相互争辩不已,于是产生了一次朝廷大辩论。《旧唐书·元行冲传》:"子雍规玄数十百件,守郑学者,时有中郎马昭,上言以为肃缪。诏王学之辈,占答以闻。又谴博士张融案经论诘,融登召集,分别推处,理之是非,具《圣证论》。"⑥因《圣证论》多录孔晁言论,故马国翰《圣证论序》:"党于王,则晁固王学辈之首选也。"⑦《毛诗正义·小雅·六月序》疏云:"孔晁,王肃之徒也。"可见,马说甚是。又《旧唐书·元行冲传》:"王肃改六十八条,张融核之,将定臧否。融称玄注泉深广博,两汉四百余年,未有伟于玄者。"⑧由此可以看出,这次论辩,王学则以孔晁为首,而郑学则有中郎马昭、博士张融等。

① (清)马瑞辰:《毛诗传笺通释》卷20,北京:中华书局,1989年,第611页。
② 简博贤:《今存三国两晋经学遗籍考》,台北:三民书局,1986年,第272页。
③ 刘运好:《魏晋经学与诗学》(上编魏晋经学论),北京:中华书局,2018年,第339页。
④ 简博贤:《今存三国两晋经学遗籍考》,台北:三民书局,1986年,第273页。
⑤ (清)马国翰:《毛诗义驳序》,见(清)马国翰辑:《玉函山房辑佚书》,见《续修四库全书》第1201册,上海:上海古籍出版社,2002年,第324页。
⑥ (后晋)刘昫:《旧唐书》卷102,北京:中华书局,1975年,第3180页。
⑦ (清)马国翰辑:《玉函山房辑佚书》,见《续修四库全书》第1203册,上海:上海古籍出版社,2002年,第312页。
⑧ (后晋)刘昫:《旧唐书》卷102,北京:中华书局,1975年,第3181页。

马昭、张融、孔晁等,《三国志》和《晋书》皆无传,因此他们生平多不可考。《晋书·傅玄传》载晋武帝诏书云:"近者孔晁、綦毋和皆案以轻慢之罪,所以皆原,欲使四海知区区之朝无讳言之忌也。"据《晋武帝纪》和《傅玄传》记载,傅玄上书及武帝作答皆在晋武帝泰始二年(266 年)。又《隋书·经籍志》:"梁有《尚书义问》三卷,郑玄、王肃及晋五经博士孔晁撰""《春秋外传国语》二十卷,晋五经博士孔晁注"。可见,孔晁为魏晋时人。入晋之后曾为五经博士。《隋书·经籍志》:"梁有《当家语》二卷,魏博士张融撰,亡。"可见,张融为魏晋时人,魏时曾为博士,入晋后亦曾为博士。

《隋书·经籍志》:"《圣证论》十二卷,王肃撰。"《旧唐书》和《新唐书》皆有著录。此书早佚。《圣证论》今有多种辑佚本存世。王谟《汉魏遗书钞》辑有《圣证论》一卷(21 条)。马国翰《玉函山房辑佚书》辑有《圣证论》一卷(40 条)。近人皮锡瑞撰有《圣证论补评》,所辑更为完备。从马氏所辑佚文来看,其中内容涉及《诗》《书》《礼记》《孝经》等多种儒经。在此仅就其中涉及《诗》的条目作些考察,以探究马昭、孔晁及张融的《诗》学思想。

马氏所辑《圣证论》署名魏王肃撰,晋马昭驳,孔晁答,张融评。可见此本为晋时郑、王之学争辩的资料汇编。[①] 其中涉及《诗经》的共 10 条,另有一条主要论述男女娶嫁之礼,双方多引《诗》为证,亦当纳入考察之列。考之这 10 条佚文,其中有 8 条见于马氏辑本《毛氏王氏注》,1 条见于马氏辑本《毛诗义驳》,另 1 条是论述《诗》篇之序的,不见于《毛诗注》和《毛诗义驳》等。下面以这 11 条材料为例,对马昭、孔晁、张融等人观点作一番考察。

这 11 条材料涉及以下几方面内容:

1. 礼仪制度

这 11 条中涉及礼仪制度的共 4 条。

(1)良马五之。(《鄘风·干旄》)

《毛传》:"总以素丝而成组也。骖马五辔。"郑《笺》:"以素丝缕缝组于旌旗以为之饰。五之者,亦谓五见之也。"王肃云:"古有一辕之车驾三马则五辔,其大夫皆一辕车。夏后氏驾两谓之丽,殷人益一骒谓之骖,周人又益

之一骓谓之驷。本从一骖而来,亦谓之骖,经言骖,则三马之名。"(《正义》)孔晁:"作者历言三王之法,此似述《传》,非毛旨也。"(《正义》)①

案:王肃说曾遭到王基的有力驳斥(见前文)。王基之说不尽可信,于是孔晁则极力维护王肃说,认为"此似述《传》,非毛旨也"。孔晁所说甚是。其实王肃只有过对《毛传》所言"五辔"作解说,并非说《诗》意。

(2)五日为期,六日不詹。(《小雅·采绿》)

《毛传》:"詹,至也。妇人五日一御。"郑《笺》:"妇人过于时乃怨旷。五日、六日者,五月之日、六月之日也。期至五月而归,今六月犹不归,是以忧思。"王肃云:"五日一御,大夫以下之制。"(《正义》)孔晁曰:"传因以行役过时刺怨旷也,故先序家人之情,而以行役者六日不至,为过期之喻,非止六日。"(《正义》)

案:郑玄先云"过时乃旷怨",显然是对的。但后又将"五日、六日"理解为"五月之日、六月之日",显然是牵强无据的。王肃引大夫御之礼,以说明过时必生怨心也。胡承珙云:"其(王肃)说是也。"②孔晁对王肃观点作了进一步解说,认为五日、六日是虚指,并非实指,显然更合乎生活实情,故更为可信。

(3)大禘也。(《商颂·长发序》)

郑《笺》:"大禘,郊祭天也。"王肃以为大禘为殷祭,谓禘祭宗庙,非祭天也。(《正义·长发③》)马昭云:"《长发》大禘者,宋为殷后,郊祭天以契配。不郊冥者,异于先王,故其《诗》咏契之德。宋无圆丘之礼,唯以郊为大祭。且欲别之于夏禘,故云大禘。"(《正义·长发》)

案:郑玄认为《商颂》是春秋时宋国诗,《礼记·乐记》郑玄注云:"《商》,宋诗也。"故认为大禘是郊祭,而王肃则认为《商颂》是商诗,故认为大禘是殷祭。马昭维护郑说,认为《商颂》是宋诗,故大禘是宋人郊祭之礼。关于《商颂》是殷诗还是宋诗,学界颇有争议。《正义》已指出马昭之误:"此说非也。何则?名曰《商颂》,是商世之颂,非宋人之诗,安得云'宋郊契配'也?"

① 此条马国翰所辑《圣证论》未收。考之上下文,此当为《圣证论》佚文。
② (清)胡承珙撰,郭全芝点校:《毛诗后笺》卷22,合肥:黄山书社,1999年,第1189页。
③ 马国翰原文云此出于《商颂·玄鸟》,显然误。

并指出"马昭虽出郑门,其言非郑意也"。近出文献表示,《商颂》当为商诗,而非宋诗。故郑玄、马昭误,王肃说可信。

(4)男女及时也。(《召南·摽有梅序》)

王肃曰:"吾幼为郑学之时为谬言,寻其义,乃知古人可以于冬。自马氏以来乃因《周官》而有二月……十月而见东方,时可以嫁娶……《家语》曰:'霜降而妇功成,而嫁娶者行焉。冰泮而农业起,昏礼杀于此。'又曰:'冬合男女,春颁爵位。'"孔晁答曰:"《周官》云:'凡娶判妻入室,皆书之。此谓霜降之后,冰泮之时,正以礼婚者也……'"晁曰:"'有女怀春',《毛》云:'春不暇待秋。'"昭又曰:"《夏小正》二月,冠子嫁女娶妻之时……"张融评曰:"《夏小正》曰:二月,绥多士女,交昏于仲春……仲春之月,嫁娶男女之礼,福禄大吉……"

案:关于婚嫁之期,郑玄主张是在春天,而王肃则主张在秋天。双方皆引《诗》及《周礼》等为据。众多资料表明,秋乃男女婚嫁之期。《周礼·地官·媒氏》:"中春之月,令会男女。于是时也,奔者不禁。"此说的是无钱聘娶的百姓,而非士人。

2.历史事实

对于《诗》中涉及的历史事实,郑、王理解不一,亦成为双方争论的焦点。这种情况有 3 条。

(1)鸱鸮鸱鸮,既取我子,无毁我室。(《豳风·鸱鸮》)

郑《笺》:"成王不知其意,而多罪其属党。兴者,喻此诸臣乃世臣之子孙,其父祖以勤劳有此官位、土地,今者诛杀之,无绝其位,夺其土地。"(《正义》)王肃云:"案《经》、《传》内外周公之党具存,成王无所诛杀。横造此言,其非一也。设有所诛,不救其无罪之死,而请其官位土地,缓其大而急其细,其非二也。设已有诛,不得云无罪,其非三也。"(《正义》)马昭云:"公党已诛,请之无及,故但言请子孙土地。"(《正义》)

案:郑玄认为成王多诛周公之党羽,而王肃则极力驳之。马昭则维护郑玄说。先秦文献中多周王称王记载,《尚书》中多周公、召公教导成王的记载。据此,成王一直在周公、召公的监管之下,又怎能、怎敢诛周公党羽呢？郑玄之说不可信，王肃之说可信。①

(2)六月，宣王北伐也。(《小雅·六月序》)

郑《笺》："独遣吉甫，王不自行。"王肃云："宣王亲伐猃狁，出镐京而还。使吉甫迫伐追逐，乃至于太原。"(《正义》)王基云："六月使吉甫，《采芑》命方叔，《江汉》命召公，唯《常武》宣王亲自征耳。"(《正义》)孔晁言："王亲自征耳。《六月》王亲行。《常武》王不亲行，故《常武》曰'王命卿士，南仲太祖，太师皇父'，是非王亲征也。又曰：'王奋厥武''王旅啴啴'，皆统于王师也。又'王曰归师'，将士称王命而归耳，非亲征也。"(《正义》)

案：王基驳王肃出于推断。而孔晁则提出了一些依据来维护王肃之说，颇有些说服力。

(3)侵阮徂共。(《大雅·皇矣》)

王肃云："无阮、徂，共三国。"(《正义》)孔晁云："周有阮、徂、共三国，见于何书？"(《正义》)张融曰："晁岂能具数此时诸侯，而责徂、共非国也？《鲁诗》之义，以阮、徂、共皆为国名。是则出于旧说，非郑之创造。《书传》七年，年说一事，故其言不及阮、徂、共耳。《书传》亦无猃狁，《采薇》称猃狁之难，复文王不伐之乎？郑之所言，非无深趣，皇甫谧勤于考据，亦据而用之。"(《正义》)

案：孔晁全为意气之说，无据。故遭到张融的有力批判。张融虽未能提出直接依据，但提出了一些间接依据，使得其说颇有一定说服力。

3. 理解之异

有时郑玄、王肃理解角度不一，从而产生歧义。此种情况共3条。

(1)以慰我心。(《小雅·车辖》)

郑《笺》："我得见女之新昏如是，则以慰除我心之忧也。"《释文》："(慰)王申为怨恨之意。《韩诗》：'以愠我心。'愠，恚也。本或作'慰'，安也。是马融义，马昭、张融论之详矣。"

案：王肃从《毛传》，郑玄从三家《诗》。马昭、张融作调停之说。

---

① 皮锡瑞采取折中之说，"西汉今文家说无周公避居东都之事。此诗当从《毛传》，不必从郑，王之难郑，亦未得其本"。(清)皮锡瑞：《圣证论补评》卷上，光绪二十五年(1899年)皮氏刊本，第六页左。

（2）伴奂尔游矣。（《大雅·卷阿》）

郑《笺》："伴奂,自纵弛之意也。"王肃云："周道广大而有文章,故君子得以乐易而来游,优游而休息。"（《正义》）孔晁引孔子曰："奂忽其有文章,伴乎其无涯际。"（《正义》）

案:孔晁维护王肃说。

（3）履帝武敏歆,攸介攸止,载震载夙,载生载育,时维后稷。（《大雅·生民》）

郑《笺》："帝,上帝也。敏,拇也。介,左右也。夙之言肃也。祀郊禖之时,时则有大神之迹,姜嫄履之,足不能满。履其拇指之处,心体歆然。其左右所止住,如有人道感己者也。于是遂有身,而肃戒不复御。后则生子而养长之,名曰弃。"（《正义》）

王肃引马融曰："帝喾有四妃,上妃姜嫄生后稷,次妃简狄生契,次妃陈锋生帝尧,次妃娵訾生帝挚。挚最长,次尧,次契。下妃三人皆已生子,上妃姜嫄未有子,故禋祀求子,上帝大安其祭祀,而与之子。任身之月,帝喾崩,挚即位而崩,尧即位。帝喾崩后十月,而后稷生,盖遗腹子也。虽为天所安,然寡居而生子,为众所疑,不可申说;姜嫄之后稷之神奇,必不可信,故欲弃之,以著其神,因以自明,尧亦知其然,故听姜嫄弃之。"肃以融言为然。（《正义》）

对于《大雅·生民》中所记后稷感生,郑玄坚信之,而王肃则竭力驳之。对此,马昭、张融等人亦发表了意见。马昭："稷奇见于既弃之后,未弃之前,用何知焉?"（《正义》）张融云："稷、契年稚于尧,尧不与喾并处帝位,则稷、契焉得为喾子乎? 若使稷、契必喾子,如《史记》是尧之兄弟也。尧有贤弟,七十不用,须舜与之,此不然明矣。《诗》之《雅》《颂》,姜嫄履迹而生,为周始祖;有娀以玄鸟生商,而契为玄王。即如《毛传》《史记》之说,喾为稷、契之父,帝喾圣夫,姜嫄正妃,配合生子,人之常道,则《诗》何故但叹其母,不美其父,而云'赫赫姜嫄,其德不回。上帝是依,是生后稷?'周、鲁何殊,特立姜嫄之庙乎?"（《正义》）

案:郑玄信从感生说,或出于时代影响,可不必多究。王肃驳之,显然更合乎实情。而马昭则强为郑玄辩护,未有依据,可见出于臆说。张融虽作了大段评说,其维护郑玄说倾向非常明显。但其未能提供有力依据,其说多出推理,故亦没有多少说服力。其实,《诗》如何说,是一回事,后世读者如何理解，当又是另一回事。显然，晋时郑、王两派辩论双方皆忽视文学叙述与读者时代的时空差异，因此不免出现无意义之争辩。

另有一条是讨论《诗》篇次序的。

> 《伐柯》《九罭》与《鸱鸮》同年，《东山》之作在《破斧》之后。当于《鸱鸮》之下。次《伐柯》《九罭》《破斧》《东山》，然后终以《狼跋》。今皆颠倒不次者，张融以为简札误编，或者次《诗》不以作之先后。（《正义·豳谱》）

案：张融所说是也。

从以上分析可以看出，王肃与王基之辩论，原本是个人学术之辩。而到了后来，个人学术之争上升为带有浓郁政治色彩的官方辩论。从以上佚文可以看出，辩论双方，无论是马昭、张融，还是孔晁等，都带有较强烈的意气用事气息，于是学术之辩变成了学派间的利益争夺战，这样显然不利于学术自由发展。

三、孙炎等人论辩

除了王基之外，当时驳王肃的还有孙叔然。《三国志·魏书·王肃传》："时乐安孙叔然，受学郑玄之门，人称东州大儒。征为秘书监，不就。肃集《圣证论》以讥短玄，叔然驳而释之。及作《周易》《春秋》例，《毛诗》《礼记》《春秋三传》《国语》《尔雅》诸注，又著书十余篇。"孙炎，字叔然。因与晋武帝同字，故称其字。① 孙炎著述多种。《隋书·经籍志》载："《礼记》三十卷，魏秘书监孙炎注"；"《尔雅》七卷，孙炎注"；"梁有《尔雅音》二卷，孙炎、郭璞撰"。不见其《诗注》，可见早佚。孙氏多种著作有辑佚本存世。黄奭《黄氏逸书考》辑有《尔雅音注》一卷。马国翰《玉函山房辑佚书》辑有《礼记孙氏注》一卷（30 条），《尔雅孙氏注》三卷，《尔雅孙氏音》一卷。王仁俊《玉函山房辑佚书续编》辑有《尔雅孙氏注》一卷（1 条）。孙炎《诗》注早佚，只字不存。《毛诗正义》引其《尔雅注》说《诗》条目达二百五十余条，这些条目颇有助于解《诗》。现列举数条如下，以窥其貌。

(1) 是刈是濩，为絺为绤。（《周南·葛覃》）

---

① 裴松之《三国志·魏书·王肃传》注云："臣松之案叔然与晋武帝同名，故称其字。"（晋）陈寿撰，（南朝·宋）裴松之注：《三国志·魏书·王肃传》卷13，北京：中华书局，1959 年，第 420 页。

《毛传》："濩,煮之也。精曰绤,粗曰绤。"《释训》云："是刈是濩,濩,煮之也。"舍人曰："是刈,刈,刈取之。是濩,煮治之。"孙炎曰："煮葛以为绤绤。以煮之于濩,故曰濩煮,非训濩为煮。"(《正义》)孙炎此条颇有助于释《诗》。

(2)陟彼崔嵬,我马虺隤。(《周南·卷耳》)

《毛传》："虺隤,病也。"《释诂》云："虺隤、玄黄,病也。"孙炎曰："虺隤,马罢不能升高之病。玄黄,马更黄色之病。"(《正义》)

(3)陟彼砠矣,我马瘏矣,我仆痡矣,云何吁矣。(《周南·卷耳》)

《毛传》："瘏,病也。痡亦病也。"《释诂》云："瘏、痡、病也。"孙炎曰:"瘏,人疲不能行之病。痡,马疲不能进之病也。"(《正义》)

(4)赳赳武夫,公侯干城。(《周南·兔罝》)

《毛传》："干,扞也。"郑《笺》："干也,城也,皆以御难也。"孙炎《(尔雅)注》:"干,楯,所以自蔽扞也。"(《正义》)

(5)采采芣苢,薄言袺之。(《周南·芣苢》)

《毛传》："袺,执衽也。"《释器》曰："执衽谓之袺。"孙炎曰:执衣上衽。(《正义》)

(6)其钓维何,维丝伊缗。(《召南·何彼襛矣》)

《毛传》："缗,纶也。"孙炎曰:"皆绳名也。"(《正义》)

侯康《补三国艺文志》:"叔然注今绝无传,其旁见《尔雅》注者,多与《毛传》合,盖毛公本以《雅》训释《诗》者也。"①此说甚是。今观孙炎注,亦有助于释《诗》也。

《隋书·经籍志》:"《毛诗笺传是非》二卷,并魏秘书郎刘璠撰。亡。"姚

---

① (清)侯康:《补三国艺文志》,见《丛书集成初编》第3册,北京:中华书局,1985年,第8页。

振宗《隋书经籍志考》云："刘璠始末未详。"①此书早佚，内容今不可考。刘璠书名"笺传是非"，可见乃是辨析《郑笺》与《毛传》正误的。刘璠辨《笺》是非，与王肃颇为相似。此亦证明，驳《笺》是非，乃三国经学的发展趋势。

除了王肃之外，李谱亦是当时著名驳郑者。《三国志·蜀书·李谱传》："父仁，字德贤，与同县尹默俱游荆州，从司马徽、宋衷等学。谱又从默讲论义理，五经诸子，无不该览……著古文《易》《尚书》《毛诗》、三《礼》《左氏传》《太玄指归》，皆依准贾、马，异于郑玄，与王氏殊隔，初不见其所述，而意归多同。"《华阳国志·先贤士女总赞下》："李谱，字钦仲，(李)仁子也。少受父业，又讲问尹默，自五经、四部，百家诸子，伎艺、算计、卜数、医术、弓弩机械之巧，皆致思焉。为太子中庶子、右中郎将。著《古文周易》《尚书》《毛诗》《三礼》《左氏注解》《太玄指归》，依则贾、马，异于郑玄。与王肃初不相见，而意归多同。"②驳郑与王肃不谋而合，可谓异途同归。李谱曾注《毛诗》，《隋志》无载，可见其早佚，故内容不可考。

三国时期，吴国《诗》学亦颇盛行，出现了大量的《诗》学著作，其中不少著作是拥郑的。《隋书·经籍志》："《毛诗谱》三卷，吴太常卿徐整撰。"《经典释文序录》："郑玄《毛诗谱》二卷，徐整畅，太叔裘隐。"③卢文弨《经典释文考证》云："畅谓畅明郑旨，隐谓诠发隐义。"④王应麟云："盖整既畅演，而裘隐括之。"⑤可见徐整《毛诗谱》是为郑玄《诗谱》作注也。徐整生平不可考。《经典释文序录》云："徐整字文操，豫章人。吴太常卿。"⑥除《诗谱畅》外，徐整还著有著作多种。《隋书·经籍志》："《孝经默注》一卷，徐整注"；

---

① （清）姚振宗：《隋书经籍志考证》卷3，见《续修四库全书》第915册，北京：上海古籍出版社，2002年，第49页。刘毓庆《历代诗经著述考》（先秦—元代）一书引《三国志·魏书·刘靖传注》，谓刘璠乃荆州刺史刘弘之子，曾任北中郎将。北京：中华书局，2002年，第71页。据《三国志·魏书·刘靖传》注引《晋阳秋》，刘弘与晋世祖司马炎同年，即生于魏明帝青龙四年（236年）。西晋末期，天下大乱之际，刘弘为车骑大将军开府，荆州太守。据《刘靖传》上引同条注释所引《晋诸公赞》，刘弘有刘景升（刘表）保有江汉之志，不附太傅司马越。可见，刘弘是西晋人，而其子则更晚。与《隋志》所言"魏秘书郎"不合。可见，魏有一刘璠，晋亦有一刘璠。作《毛诗笺传是非》乃魏时刘璠，非晋时刘璠。刘氏显然将二人混为一人，误也。

② （晋）常璩著，任乃强校注：《华阳国志校补图注》卷10下，上海：上海古籍出版社，1987年，第614页。

③ 吴承仕：《经典释文序录疏证》，北京：中华书局，1984年，第92页。

④ （清）卢文弨：《经典释文考证·序录考证》，见《续修四库全书》第180册，上海：上海古籍出版社，2002年，第190页。

⑤ （宋）王应麟：《玉海》卷1，见《景印文渊阁四库全书》第944册，台北：台湾商务印书馆，1986年，第80页。

⑥ 吴承仕：《经典释文序录疏证》，北京：中华书局，1984年，第87页。

"《豫章烈士传》三卷,徐整撰"。徐整《毛诗谱畅》有辑佚本存世。王谟《汉魏遗书钞》辑有《毛诗谱注》一卷(1 条),马国翰辑有《毛诗谱畅》一卷(1条),二者大体相同。此条叙述的是《毛诗》传承谱系,故略而不议。

《隋书·经籍志》:"梁又有《毛诗答杂问》七卷,吴侍中韦昭、侍中朱育等撰。亡。"《旧唐书·经籍志》:"《毛诗杂答问》五卷。"《新唐书·艺文志》:"《毛诗杂答问》五卷。"二《唐书》未著撰者。王谟辑本《毛诗答杂问序录》云:"《唐志》:《毛诗杂答问》五卷。卷数不同,亦不言何人撰,盖即此书。以《隋志》既称韦昭、朱育等撰,故不著名。《太平御览》引列书目有韦曜《毛诗问》,称名虽异,其为此书一也。今仅钞出《御览》三条,《类聚》一条,《初学记》一条。"[1]王谟所言大体可信。韦昭,即韦曜,《三国志·吴书》有传。韦曜,原名昭,史为晋讳,改之。[2] 韦昭先后任尚书郎、中书郎、博士祭酒、中书仆射等,撰《吴书》《官职训》《辩释名》《国语注》等。朱育,三国吴人。《三国志·吴书·虞翻传》注引《会稽典录》对其生平有所记载,称其"推刺占射,文艺多通"[3]。此书早佚,后世有辑本。王谟《汉魏遗书钞》辑有韦昭、朱育等撰《毛诗答杂问》一卷(5 条)。马国翰辑有《毛诗答杂问》一卷(13条),王谟所辑 5 条亦皆收入,其中录有薛综与韦昭对答之语。如"先生如达"条:"薛综答韦昭:羊了初生达,小名羔,未成羊曰羜,大曰羊。长幼之异名。以羊子初生之易,故以比后稷生之易也。"[4]可见《毛诗答杂问》记载的是多人有关《毛诗》的答难,故名"答杂问"。薛综,《三国志·吴书》有传。薛综,字敬文,沛郡竹邑人,当时名儒,任太子少傅等职,"凡所著诗赋难论数万言,名曰《私载》,又定《五宗图述》《二京解》,皆传于世"(《三国志·吴书·薛综传》)。今本李善注《文选》中保存了不少薛综的《二京赋》注释条目。

《毛诗答杂问》既名"答问",当为问答体。惜原书不存,难窥原貌。从残存佚文来看,问答痕迹依然清晰可见。

---

① (清)王谟:《汉魏遗书钞》,见《续修四库全书》第 1199 册,上海:上海古籍出版社,2002 年,第 565 页。

② 《三国志·吴书·韦曜传》注。(晋)陈寿撰,(南朝·宋)裴松之注:《三国志》卷 65,北京:中华书局,1959 年,第 1460 页。

③ (晋)陈寿撰,(南朝·宋)裴松之注:《三国志·吴书·虞翻传》卷 57,北京:中华书局,1959 年,第 1326 页。

④ (三国)朱育:《毛诗答杂问》,见(清)马国翰辑:《玉函山房辑佚书》,见《续修四库全书》第1201 册,上海:上海古籍出版社,2002 年,第 337 页。

(1)无田甫田,维莠骄骄。(《齐风·甫田》)

《甫田》"维莠"今何草? 答曰:今之狗尾草也。①

(2)旱魃为虐。(《大雅·云汉》)

《传》曰:魃,天旱鬼也。《笺》曰:"旱气生魃。"天有常神,人死为鬼。不审旱气生魃,奈何? 答曰:魃鬼,人形,眼在顶上,天生此物,则将旱。天欲为灾,何所不生,而云有常神者耶?②

从残存条目可以看出,韦昭等人的《毛诗答杂问》的体例是:先引《毛传》或《郑笺》释《诗》,再对《毛传》或《郑笺》进行解说。如,

(1)为缔为绤。(《周南·葛覃》)

《毛传》曰:"大夫妇成祭服。"祭服,玄元纁裳,谓作元冕之服。③

(2)无衣无褐。(《豳风·七月》)

《笺》曰:"褐,毛布也,贱者之所服也。今罽亦用之。"④

(3)秣鞈有奭。(《小雅·瞻彼洛矣》)

郑玄《诗笺》云:"秣,茅蒐染草也。秣,声也。"茅蒐,今绛草也。急疾呼茅蒐成秣也。茅蒐,即今之蒨也。⑤ 案:此处所引《郑笺》与《毛诗正义》略有不同。《毛诗正义》引郑《笺》:"秣鞈,茅蒐染草也。"

(4)时迈其邦。(《周颂·时迈》)

---

① (三国)韦昭等:《毛诗答杂问》,见(清)马国翰辑:《玉函山房辑佚书》,见《续修四库全书》第 1201 册,上海:上海古籍出版社,2002 年,第 336 页。
② (三国)韦昭等:《毛诗答杂问》,见(清)马国翰辑:《玉函山房辑佚书》,见《续修四库全书》第 1201 册,上海:上海古籍出版社,2002 年,第 337 页。
③ (三国)韦昭等:《毛诗答杂问》,见(清)马国翰辑:《玉函山房辑佚书》,见《续修四库全书》第 1201 册,上海:上海古籍出版社,2002 年,第 336 页。
④ (三国)韦昭等:《毛诗答杂问》,见(清)马国翰辑:《玉函山房辑佚书》,见《续修四库全书》第 1201 册,上海:上海古籍出版社,2002 年,第 336 页。
⑤ (三国)韦昭等:《毛诗答杂问》,见(清)马国翰辑:《玉函山房辑佚书》,见《续修四库全书》第 1201 册,上海:上海古籍出版社,2002 年,第 336 页。

《时迈》之时也,告祭,柴望也。郑玄注曰:"天子巡狩,邦国至方岳之下而封禅。"①

从以上数例可以看出,《毛诗答杂问》虽以解《诗》为主,但其拥郑倾向非常明显,亦可见郑学影响之深远了。东吴经学依然墨守东汉经学传统,少有变更,不似魏经学充满革新精神。

第四节 两晋时期《诗》学郑王之争

王肃虽卒于西晋立国之前,但由于政治等原因,始于王肃的郑王之争并没有因其去世而淡去,相反愈演愈烈。

一、孙毓《毛诗异同评》

经过上次辩论之后,《诗》学郑王之争并没有止息,争辩之声依然在学术界回荡。之后,孙毓撰《毛诗异同评》,再次掀起《诗》学郑王之争新高潮。

孙毓,《晋书》无传。《三国志·魏书·臧霸传》:"孙观亦至青州刺史,假节,从太祖讨孙权,战被创薨。子毓嗣,亦至青州刺史。"《经典释文序录》云:"晋豫州刺史孙毓,字休明,北海昌平人,长沙太守。"②据《隋书·经籍志》记载,孙毓还可能任过汝南太守。严可均《全晋文》所载孙毓简介:"毓字仲,泰山人。魏时嗣父观爵吕都亭侯,仕至青州刺史。入晋为太常博士,历长沙太守、汝南太守。"③此乃对各种零散资料综合的结果。

孙毓一生著述甚丰。据《隋志》,孙毓撰有《文集》六卷,《成败志》三卷,《五礼驳》、《春秋左氏传义注》十八卷等。《隋书·经籍志》:"《毛诗异同评》十卷,晋长沙太守孙毓撰。"《旧唐书·经籍志》:"《毛诗异同评》十卷,孙毓撰。"《新唐书·艺文志》:"孙毓《(毛诗)异同评》十卷。"此后不见著录,此书可能亡于宋代。除《毛诗异同评》外,孙毓还有著述多种。《隋书·经籍志》:"梁有孙毓《礼记音》一卷";"《春秋左氏传义注》十八卷,孙毓注";"《春秋左氏传贾、服异同略》五卷,孙毓撰";"《孙氏成败志》三卷,孙毓撰";"晋汝南太守《孙毓集》六卷"。这著作皆早佚。孙氏《毛诗异同评》有多种辑佚

---

① (三国)韦昭等:《毛诗答杂问》,见(清)马国翰辑:《玉函山房辑佚书》,见《续修四库全书》第1201册,上海:上海古籍出版社,2002年,第337页。

② 吴承仕:《经典释文序录疏证》,北京:中华书局,1984年,第87页。

③ (清)严可均:《全上古三代秦汉三国六朝文·全晋文》卷70,北京:中华书局,1958年,第1846页。

本。王谟《汉魏遗书钞》辑有《毛诗异同评》一卷（67条），黄奭《黄氏逸书考》辑有《毛诗异同评》一卷，马国翰辑有《毛诗异同评》三卷（90条）。另有吴骞《孙氏诗评捃遗》一卷辑本，稿本，藏上海图书馆。① 相比较而言，马氏辑本较完备，故本书以之为据。②

《经典释文序录》："晋豫州刺史孙毓，为《诗评》，评毛、郑、王肃三家异同，朋于王。③ 徐州刺史陈统，难孙申郑。"④后世学者多承此说，认为孙毓朋于王肃。如丁国钧《补晋书艺文志》："此书所评，为毛、郑、王肃三家，而朋于王，故有陈统之难。"⑤《四库全书总目》卷十五"毛诗正义"条云："晋孙毓作《毛诗异同评》，复申王说。"⑥马国翰《毛诗异同评序》："此书评毛、郑、王肃之异同，于笺义不没其长，而朋于王者亦复不少，所以有陈统之难也。"⑦《古今图书集成·理学汇编·经籍典》卷一百六十一引《东山外史》云："孙毓，晋时人，豫州刺史，撰《毛诗异同评》十卷，评毛、郑、王肃三家同异。毓尤明于王氏《诗》……其各有折中，多如此类。"而事实上并非如此。

孙毓《毛诗异同评》早佚，今仅有部分佚文存于《毛诗正义》和《经典释文》之中。由于孙毓在王肃之后，故孙毓观点同于王肃时，《毛诗正义》和《经典释文》往往将王、孙并列而言之。

　　（1）《魏风·汾沮洳》："言采其莫。"《正义》："案：王肃、孙毓皆以为大夫采菜。"

　　（2）《小雅·南有嘉鱼》："君子有酒，嘉宾式燕以乐。"《正义》："王肃、孙毓亦以为在位朝廷之求贤。"

　　（3）《小雅·菀柳》："上帝甚蹈，无自昵焉。"《正义》："故王肃、孙毓述毛，皆以上帝为斥王矣。"

　　（4）《小雅·瓠叶》："有兔斯首。"《正义》："王肃、孙毓述毛云：

---

① 孙启治、陈建华：《中国古佚书辑本目录解题》，上海：上海古籍出版社，2009年，第28页。

② 马氏所辑较备，较王氏本和黄氏本多卅余条，仅少许王氏和黄氏本有，而马氏无。参见孙启治、陈建华编撰《中国古佚书辑本目录解题》"《孙氏诗评捃遗》一卷"条，上海：上海古籍出版社，2009年，第28页。

③ 陆德明此说影响极其深远。"'朋于王'说一出，至清之前，似无疑义。"刘运好：《魏晋经学与诗学》（上编魏晋经学论），北京：中华书局，2018年，第366页。

④ 吴承仕：《经典释文序录疏证》，北京：中华书局，1984年，第87页。

⑤ （清）丁国钧：《补晋书艺文志》，见《丛书集成初编》第4册，北京：中华书局，1985年，第8页。

⑥ （清）永瑢等：《四库全书总目》卷15，北京：中华书局，1965年，第120页。

⑦ （清）马国翰辑：《玉函山房辑佚书》，见《续修四库全书》第1201册，上海：上海古籍出版社，2002年，第338页。

唯有一兔头耳。"

（5）《大雅·皇矣》："帝谓文王。"《正义》："王肃、孙毓皆以帝谓文王者，诗人言天谓文王有此德，非天教语文王以此事也。若天为此辞，谁所传道？"

（6）《唐风·椒聊》："硕大无朋。"《释文》："王肃、孙毓申毛，必履反，谓无比例也。"

（7）《鲁颂·泮水》："狄彼东南。"《释文》："（狄）王他历反，达也。孙毓同。"

这样给人以感觉，好像孙毓朋于王肃。其实这是一种误读。

孙氏书原为评论《毛诗》解说而作，故涉及《毛传》、郑玄、王肃诸家。对于《毛传》、郑玄和王肃，孙氏皆有支持有反对，并未一味地执于某一家。马氏所辑孙氏《毛诗异同评》前罗列前贤之说，后以"评曰"形式加以评点。各条前面所引前贤观点不一，有的仅有《毛传》或郑《笺》（含郑《谱》），有的同时包括《毛》传和郑《笺》，大多条目内容完整，则包括《毛传》、郑《笺》和王《注》。现将马氏辑本孙毓《毛诗异同评》各条结构情况统计如下：

类型	条数
《毛传》	2
郑《笺》（含郑《谱》）	9
《毛传》、郑《笺》	30
《毛传》、王《注》	0
郑《笺》、王《注》	12
《毛传》、郑《笺》、王《注》	37
总计	90

从以上分析可以看出，除 2 条专评《毛传》外，其他 88 条都涉及郑《笺》（含郑《谱》）。可见，郑《笺》是孙氏研究的重点，故《传》与《笺》对比，郑《笺》与王《注》对比，以及《传》、郑《笺》、王《注》对比条目都比较多。这显然与郑学盛行于世有关。而王《注》只出现于郑、王比较，或毛、郑、王三家比较之中，可见王《注》依附于郑《笺》而存在。再看看孙氏对《毛传》、郑《笺》和王肃《注》的态度。

1. 申毛驳郑

孙氏《毛诗异同评》有大量仅涉及《毛传》与郑《笺》的条目（可能与亡佚

有关)。这些条目中,有申毛驳郑者。如,

(1)琴瑟友之。(《周南·关雎》)

《毛传》:"宜以琴瑟友乐之。"郑《笺》:"同志为友。言贤女之助后妃共
荇菜,其情意乃与琴瑟之志同,共荇菜之时,乐必作。"孙毓述毛云:"思淑女
之未得,以礼乐友乐之。是思之而未致,乐为淑女设也。知非祭时设乐者,
若在祭时,则乐为祭设,何言德盛?设女德不盛,岂祭无乐乎?又琴瑟乐
神,何言友乐也?岂得以祭时之乐友乐淑女乎?以此知毛意思淑女未得,
假设之辞也。"(《正义》)案:孙毓申毛驳郑。《关雎》本男女情诗,而郑玄却
以女教乐说之,孙毓从毛驳之,合情合理。

(2)说于农郊。(《卫风·硕人》)

郑《笺》:"说"当作"禭"。孙毓述毛云:"说之为舍,常训也。"(《正义》)
案:郑玄好改字,故受到王肃、虞翻等人批判。孙毓对此多持否定态度。
这样例子还有不少。

2. 申郑驳毛
孙氏《毛诗异同评》亦有申郑驳毛者,如,

(1)其之翟也。(《鄘风·君子偕老》)

《毛传》:"褕翟、阙翟,羽饰衣也。""郑注《周礼》,三翟皆刻缯为翟雉之
形,而彩画之,以为饰,不用真羽。"(《正义》)孙毓云:"自古衣饰,山、龙、华、
虫、藻、火、粉、米,及《周礼》六服,无言以羽饰衣者。羽施于旌盖则可,施于
衣裳则否。盖附人身,动则卷舒,非可以羽饰故也。郑义为长。"(《正义》)
案:孙毓认为古无以羽饰衣之习,故从郑而不从毛。

(2)不流束蒲。(《王风·扬之水》)

《毛传》:"蒲,草也。"郑《笺》:"蒲,蒲柳。"《释文》:"孙毓云:'蒲草之声
不与戍、许相协,笺义为长。'"案:孙毓从声训的角度对《毛传》作了否定。

(3)乃见狡童。(《郑风·山有扶苏》)

《毛传》:"狡童,昭公也。"郑《笺》:"狡童有貌而无实。"孙毓云:"此狡,

狡好之狡,谓有貌无实者也。云刺昭公,而谓狡童为昭公,于义虽通。下篇言昭公有壮狡之志,未可用也。笺义为长。"(《正义》)案:《毛传》言狡童指的是郑昭公,而郑玄则否。孙毓多依《诗》文本对《毛传》作了批判,而支持郑玄说。孙氏驳毛申郑,颇让人信服。

这样的例子还有不少。

3. 申郑驳王

对于郑玄、王肃之说,孙毓并未一味袒护某方,而是互有批判。孙氏《毛诗异同评》中申郑驳王者不少。

(1)《邶鄘卫谱》:"自纣城而北谓之邶,南谓之鄘,东谓之卫。"王肃、服虔以为鄘在纣都之西。(《正义》)

孙毓云:"据《鄘风·定之方中》、楚丘之歌,鄘在纣都之南,相证自明,而城以西无验。其城之西迫于西山,南附洛邑,檀伯之封,温、原、樊州皆为列国。《鄘风》所兴不出于此,郑义为长。"(《正义》)案:孙氏驳王申郑有理有据,让人信服。

(2)侵镐及方。(《小雅·六月》)

郑《笺》:"镐也,方也,皆北方地名。"王肃以为镐京。(《正义》)王基驳曰:据下章云"来归自镐,我行永久",言吉甫自镐来归。犹《春秋》"公至自晋""公至自楚",亦从晋、楚归来也。故刘向曰:"千里之镐,犹以为远。"镐去京师千里,长安、洛阳代为帝都,而济阴有长安乡,汉中有洛阳县,此皆与京师同名者也。孙毓亦以《笺》义为长。(《正义》)。案:王基驳王肃,颇有道理。孙毓从之,并未作牵强辩解。

(3)既克有定,靡人弗胜。(《小雅·正月》)

《毛传》:"胜,乘也。"郑《笺》:"王既能有所定,尚复事之小者尔。无人而不胜。言凡人所定,皆胜王也。"王述之云:"王既有所定,皆乘陵人之事,言残虐也。"(《正义》)孙毓云:"小人好为小善,矜能自臧,以为大功。其所成就,细碎小事,凡人所胜而过者,反以骄人,是诗所刺幽王也。若乘陵残虐之事,动则有恶,岂得名之为'克有定'乎?《笺》义为长。"案:孙毓对王肃说作了深刻的批判,而支持郑玄说。

有于毛、郑、王三家中申郑者,如,

庶见素冠兮。(《桧风·素冠》)

《毛传》:"素冠,练冠也。"郑《笺》:"丧礼,既祥祭而缟冠素纰。时人皆解缓,无三年之恩于其父母,而废其丧礼,故觊幸一见素冠。"王肃亦以为素冠为大祥之冠。(《正义》)孙毓以为笺说为长。(《正义》)

在孙氏《毛诗异同评》中,"郑义为长""《笺》为长""《笺》义为长"颇为常见。据笔者初步统计,孙氏支持郑说约三十余条,约占总数(其中有数条与郑无关)四成左右。

4. 申王驳郑

孙氏《毛诗异同评》中申王驳郑者亦不少。

(1)匪适株林,从夏南。(《陈风·株林》)

郑《笺》:"言我非之株林,从夏氏子南之母,为淫泆之行,自之他耳。觚拒之辞。"王肃云:"言非欲适株林,从夏南之母。反覆言之,疾之也。"(《正义》)"孙毓以王为长。"(《正义》)案:王肃之说较郑玄更能体现《诗》讽谏之功,故孙氏从之。

(2)馌彼南亩,田畯至喜。(《豳风·七月》)

《毛传》:"馌,馈也。田畯,田大夫也。"郑《笺》:"喜读为饎。饎,酒食也。耕者之妇子,俱以饷来至于南亩之中,其见田大夫,又为设酒食焉。言劝其事,又爱其吏也。"(《正义》)《释文》:"(喜)王申毛如字。"孙毓云:"小民耕农,妻子相馌,虽有冀缺,如宾之敬。大夫俨然衔命巡司,何为辱身就耕民公姬垄亩草间共饮食乎?鄙亦甚矣。而改易经字,殆非作者之本旨。"(《正义》)案:孙氏申王驳郑,甚是有理。

(3)啸歌伤怀,念彼硕人。(《小雅·白华》)

郑《笺》:"硕,大也。妖大之人,谓褒姒也。申后见黜,褒姒之所为,故忧伤而念之。"王肃云:"硕人,谓申后也。"(《正义》)孙毓云:"申后废黜失所,故啸歌伤怀,念之而劳心。"案:孙氏同于王肃说。

(4)伴奂尔游矣,优游尔休矣。(《大雅·卷阿》)

《毛传》:"伴奂,广大有文章也。"郑《笺》:"伴奂,自纵弛之意。"王肃

《奏》云:"周公著书,名曰《无逸》,而云自纵弛也,不亦违理哉!"孙毓云:"忠臣戒君而发章,令自纵也,非直方之义。"案:王肃驳郑说甚有理,故孙氏从之。

亦有于毛、郑、王三家中申王者,如,

> 于以奠之,宗室牖下。谁其尸之?有齐季女。(《召南·采蘋》)

《毛传》:"奠,置也。宗室,大宗之庙也。大夫、士祭于宗庙,奠于牖下。尸,主。齐,敬。季,少也。蘋藻,薄物也。涧潦,至质也。筐筥锜釜,陋器也。少女,微主也。女将行,必先祀之于宗室,牲用鱼,芼之以蘋藻。"郑《笺》云:"牖下,户牖间之前。祭不于室中者,凡昏事,于女礼设几筵于户外,此其义也与?宗子主此祭,维君使有司为之。主设羹者季女,则非礼也。女将行,父礼之而俟迎者,盖母荐之,无祭事也。祭礼,主妇设羹。教成之祭,更使季女者,成其妇礼也。季女不主鱼,鱼俎实男子设之,其粢盛盖以黍稷。""王肃以为,此篇所以陈,皆是大夫妻助夫氏之祭,采蘋藻以为菹,设之于奥。奥即牖下。又解《毛传》'礼之宗室',谓教之以礼于宗室,本之季女,取微主也。其《毛传》所云'牲用鱼,芼之以蘋藻',亦谓教成之祭,非经文之蘋藻也。"(《正义》)"孙毓以王为长。"(《正义》)案:对于毛、郑、王三家,孙毓认为王肃说较可信。

据笔者初步统计,孙氏《毛诗异同评》中从王肃者仅二十余条(包括以上提到的"王肃孙毓"并提者),少于从郑玄说者。不仅如此,孙氏《毛诗异同评》中"以王为长"者不多,远远少于"郑义为长"之类。[①] 其申王往往体现于解说之中,而较少直接表达。这表明,其驳郑申王往往较为慎重,力求做到有理有据。

郑玄注《诗》好改字,王肃多加反驳,孙氏亦如此。

(1)俟我乎堂兮。(《郑风·丰》)

郑《笺》:"堂"当为"枨"。枨,门梱上木近边者。王肃云:"升于堂以

---

① 简博贤云:"其(孙毓)从毛、王者,殆不及申郑之半"。简博贤:《今存三国两晋经学遗籍考》,台北:三民书局,1986年,第261页。简氏此说不确。孙氏申郑共计三十余条,而申王亦达二十余条,并非"不及申郑一半"。

俟。"（《正义》）孙毓云："礼，门侧之堂谓之塾，谓出于俟于塾前。诗人此句故言堂耳。毛无易字之理，必知其不与郑同。"（《正义》）

（2）曰予不戕，礼则然矣。（《小雅·十月之交》）

郑《笺》："戕，残也。"《释文》："王本作臧。臧，善也。孙毓评以郑为改字。"

有时，孙氏亦不能自明者，则疑而不决。

大夫刺幽王也。（《小雅·十月之交序》）

郑《笺》："当为刺厉王。"王肃、皇甫谧以为四篇正刺幽王。（《正义》）孙毓评曰："毛公大儒，明于诂训，篇义诚自刺厉王，无缘横移其第，改为幽王。郑君之言，亦不虚耳。是以惑疑，无以断焉。"（《正义》）案：孙氏如实言之，疑而不能决。

有时，对于《毛传》、郑《笺》和王肃说，孙氏皆不从，而提出新说。

四月维夏，六月徂暑。先祖匪人，胡宁忍予？（《小雅·四月》）

《毛传》："徂，往也。六月，火星中，暑盛而往矣。"郑《笺》："徂，犹始也。四月立夏矣，至六月乃始盛暑，兴人为恶，亦有渐，非一朝一夕。匪，非也。宁，犹曾也。我先祖非人乎？人则当知患难，何为曾使我当此乱世乎？"王肃云："诗人以夏四月行役，至六月暑往，未得反，已阙一时之祭，后当复阙二时也。征役过时，旷废其祭祀，我先祖独非人乎？王者何为忍不忧恤我，使不得修子道？"孙氏评曰："凡从役逾年乃怨，虽文王之师，犹《采薇》而行，岁暮乃归，《小雅》美之，不以为讥。又行役之人，固不得亲祭，摄者修之，未为有阙。岂有四月从役，六月未归，数月之间，未过古者出师之期，而以刺幽王亡国之君乎？如适之徂，皆训为往，今言往暑，犹言适暑耳，虽四月为夏，六月乃之适盛暑，非言往而退也。诗人之兴，言治少乱多，皆积而后盛，盛而后衰，衰而后乱。周从太王、王季，王业始起，犹'维夏'也。及成、康之世，而后致太平，犹'徂暑'也。暑往则寒来，故秋日继之，冬日又继之。善恶之喻，各从其义。"（《正义》）

案：孙氏不认同《毛传》将"徂"训为"往也"。对王肃行役缺祭之说作了大力批判，也未接受郑玄善恶有渐说，而是别出新意。将"徂"释为"适"，认为"徂暑"乃"适暑",而将"维夏""徂暑"与周代兴起与兴盛结合起来。孙氏之说虽新,却不尽合理。《正义》:"毓之所说,义亦不通。"黄焯《诗疏平议》:"王肃谓此……非徒与文十三年《左传》合,即以本诗前后诸篇证之,亦为吻合也。"①

从以上列举数例可以看出,孙氏《毛诗异同评》具有以下几个特点:

其一,考辨《毛诗》诸家解说是非是孙氏著书的目的所在,而非专为某一家辩护。故其对《毛传》、郑《笺》和王肃说,皆既有批判,亦有支持。正如简博贤所云"毓著诗评,辨析三家异同。是是而非非,实著其所得;非师其所偏也"。②

其二,孙氏论说,往往有理有据,不作牵强辩护,如不明者则存疑,体现出良好的学术素养,并非像王基之流意气用事,强作解说挑起学派之争。

其三,从今存佚文来看,孙氏虽有不少同于王肃者,但总体而言,孙氏申郑多而驳郑少,并非前贤所言孙氏"朋于王"。江瀚马氏辑《毛诗异同评》提要云:"《释文叙录》称毓为《诗评》,评毛、郑、王肃三家同异,朋于王徐州。从事陈统,难孙申郑。今考其书,殆不尽然……由是而言,其不朋于王,昭然而见矣。"③简博贤亦云:"夫毓评三家(毛、郑、王肃),虽瑕瑜不掩;然不得于心,则不畅于言;盖其慎也。昔人谓毓朋于王,岂知毓哉!"④故胡楚生亦云:"马氏之说,亦不可尽信。"⑤甚至有学者认为,"若论二家学风,孙实近郑"⑥。

其四,孙氏疏于训诂和考证,故其众多观点虽颇多道理,但其解说却不甚严密,固遭到陈统等学者问难。⑦

正如学者所言,"盖孙毓诗学,以评为作,而无所专主,故或近郑笺,或从王说,要皆孙氏一家之学也"。⑧ 此说最为公允。

---

① 黄焯:《诗疏平议》,上海:上海古籍出版社,1985年,第363页。
② 简博贤:《今存三国两晋经学遗籍考》,台北:三民书局,1986年,第259页。
③ 刘毓庆:《历代诗经著述考》(先秦—元代),北京:中华书局,2002年,第82页。
④ 简博贤:《今存三国两晋经学遗籍考》,台北:三民书局,1986年,第257~258页。
⑤ 胡楚生:《孙毓〈毛诗异同评〉与陈统〈难孙氏毛诗评〉析论》,见《经学研究三集》,台北:学生书局,2019年,第30页。
⑥ 简博贤:《今存三国两晋经学遗籍考》,台北:三民书局,1986年,第261页。
⑦ 简博贤认为孙毓有三疏:疏于礼制,疏于声韵、训诂,疏于考证,是有一定道理的。详情参见简博贤《今存三国两晋经学遗籍考》,台北:三民书局,1986年,第264~268页。
⑧ 简博贤:《今存三国两晋经学遗籍考》,台北:三民书局,1986年,第262页。

二、陈统《难孙氏毛诗评》

如上所说,孙毓撰《毛诗异同评》,对毛、郑、王三家诗说作了较为公正的评析,其许多结论今天看来依然比较可信。然而孙氏之举却遭到了郑玄后学的极力抨击,其中最典型的代表便是晋代的陈统。

陈统,《晋书》无传。《经典释文序录》:"徐州从事陈统,字元方,难孙申郑。"①《太平御览》引《晋书》云:"陈统,字元方,弟纮,字伟方,皆清秀知名。"②《古今图书集成·经籍典》第一百六十一卷引《徐州人物志》:"陈统字元方,为徐州从事。笃志好学,尤专精经义;于汉儒笺注,窥其闳奥。尝著《毛诗难孙氏评》四卷,以驳孙申郑,极有理致。"陈统认为,孙毓《毛诗异同评》过于抑郑申王,于是作《难孙氏毛诗评》,对孙毓的观点多加以批判,以维护郑学。

《隋书·经籍志》:"《难孙氏毛诗评》四卷,晋徐州从事陈统撰。"《旧唐书·经籍志》:"《难孙氏诗评》四卷,陈统撰。"《新唐书·艺文志》:"陈统《难孙氏诗评》四卷。"二《唐书》书名虽无"毛"字,但与《隋志》所言为同一书无疑。除《难孙氏毛诗评》外,陈统尚著有《毛诗表隐》。《隋书·经籍志》:"梁有《毛诗表隐》二卷,陈统撰,亡。"《旧唐书·经籍志》:"《毛诗表隐》二卷。"③《新唐书·艺文志》:"又《表隐》二卷。"陈氏《毛诗表隐》早佚,亦无辑佚本,内容不可考。此外,陈统尚有文集,《隋书·经籍志》:"《陈统集》七卷。亡。"

陈统《难孙氏毛诗评》早佚,今有马国翰辑本《难孙氏毛诗评》一卷(27条)。第1条辑自《隋书·音乐志》所载牛弘引陈统之语,其余皆引自《毛诗正义》。辑自《毛诗正义》诸条原文皆无"陈统云"之类字眼,因《毛诗正义》引孙毓语之后,又附以辩驳之语,马氏遂将此类辩驳语句皆视为陈统之语,皆辑入《难孙氏毛诗评》。④ 此类语句是否为陈统之语,今无法考辨,故暂依马氏,视为陈氏之语。马氏将孙毓"评"与陈统"难"合为一编,但有时只见"评"而无"难",可能与亡佚有关。孙毓之"评"多见于孙氏《毛诗异同评》,上文已作分析,故略而不议,下面仅就陈统"难"条目作简要分析,以考

---

① 吴承仕:《经典释文序录疏证》,北京:中华书局,1984年,第87页。
② (宋)李昉:《太平御览》卷517,北京:中华书局,1960年,第2351页。
③ 《旧唐书·经籍志》于"《毛诗表隐》二卷"下未录撰者,其为陈统所作无疑。
④ 马氏此举遭到不少学者反对。简博贤云:"然所辑诸条,皆不能确证为陈统难孙之佚文,盖国翰以意取之耳。"简博贤:《今存三国两晋经学遗籍考》,台北:三民书局,1986年,第277页。

察其特征。

1. 拥郑倾向明显

(1)倬彼甫田,岁取十千。(《小雅·甫田》)

《笺》云:"甫之言丈夫也。明乎彼太古之时,以丈夫税田也。岁取十千,于井田之法,则一成之数也。"孙毓曰:"凡诗赋之作,皆总举众义,从多大之辞,非如记事立制,必详度量之数。'甫田'犹下篇言'大田'耳。言岁取十千,亦犹《颂》云'万亿及秭',举大数,且以协句。言所在有大田,皆有十千之收。推而广之,以见天下皆丰。"又难云:"一成之收,裁是十里之丰。"然毓所在天下大田,皆有十千之收,可推而广之,则每于十里皆取十千,何独不可推而广也? 郑氏之说,亦足通矣。(《正义》)

案:《甫田》是一首农业祭祀诗。《传》云:"十千,言多也"。可见,"岁取十千",隐含年收成很好之意。郑玄以礼制解之,显然显得比较刻板。故孙毓加以驳斥,并以文学手法来解《诗》,认为"从多大之辞,非如记事立制",并且认为"推而广之,以见天下皆丰"。孙毓所言甚是,更合乎《诗》之本意。而陈统误解为"每于十里皆取十千",显然是误读。

(2)帝谓文王,无然畔援,无然歆羡。(《大雅·皇矣》)

王肃、孙毓皆以帝谓文王者,诗人言天谓文王有此德,非天教语文王以此事也。若天为此辞,谁所传道? 然则郑必以为天语文王者,以下云"帝谓文王,予怀明德",是天之自我也。"帝谓文王,询尔仇方",是教人询谋也。尔我对谈之辞,故知是天之告语。若为天意谓然,则文不类也。以文王举必顺天,故作者致天之意,言天谓文王耳,岂须有人传言之哉! 若是天谓文王有此德,复谁告诗人以天意,而得知之也。"帝谓文王",必责谁所传道,则上云"临观四方","乃眷西顾",岂复有人见其举目回首之时? 毛无别解,明与郑同。(《正义》)

案:郑玄信谶纬,认为"天语文王曰:女无如是拔扈者,妄出兵也。无如是贪羡者,侵人土地也。欲广大德美者,当先平狱讼,正曲直也。"(《正义》)王肃、孙毓反对天人感应论,故对郑说作了批判。陈统强为郑说辩护,甚至认为"毛无别解"便是"明与郑同"。此说显然是牵强辩护,无稽之谈。

2. 明显与孙毓相对

（1）钟鼓乐之。（《周南·关雎》）

皇后房内之乐。据毛苌、侯苞、孙毓故事，皆有钟声，而王肃之意，乃言不可。又陈统曰："妇人无外事，而阴教尚柔，以静为礼，不宜用于钟。"（《隋书·音乐志》）

案：从此条可以看出，陈统主要针对孙毓发难。陈统所言显然没有道理，妇无外事，并非妇人室内不能用乐、用鼓。

（2）会朝清明。（《大雅·大明》）

《传》云"会甲"，肃言"甲子昧爽"以述之，则《传》言"会甲"，长读为义，谓甲子日之朝，非训会为甲。孙毓云："经传诂训，未有会为甲者也。"失毛旨而妄难说耳。（《正义》）

案：《毛传》将"会"训为"甲"，郑玄释"会"为"合"。王肃从《毛传》而驳郑。王肃之误，孙毓已驳之。可是，陈统反过来又对孙毓之说加以批判。黄焯《诗疏平议》："王肃以甲子昧爽述传，当是指实会战之日。《正义》谓肃言甲子，为述传会甲之文，恐非。"①

（3）不闻亦式，不谏亦入。（《大雅·思齐》）

《笺》云："式，用也。文王之祀于宗庙，有仁义之行而不闻达者亦用之助祭；有孝悌之行而不能谏争者亦得入。言其使人器之，不求备也。"而孙毓云："文王选士择贤，但当取不明之人，无射才者及不能谏诤，令之居位助祭。"其意谓文王之朝，皆是此辈。非其难矣。毓谓人行不备，不得在朝，是欲使文王为小人，使人必求备也。（《正义》）

案：《毛传》云："言性与天合也。"王肃从《毛传》，云："不闻道而自合于法，无谏者而自入于道也。然则唯圣德乃然，故云性与天合。若贤智者，则须学习，不能无过，闻人之谏乃合道也。"（《正义》）王肃申毛，郑玄则从选士角度而言，孙氏颇近于郑。而陈统依然不放过孙，认为"其意谓文王之朝，皆是此辈"，显然是作了过度推断。并且进一步推断文王求士求备，似为小人。陈统这种断章取义、过度推断的做法显然不合理。

---

①　黄焯：《诗疏平议》，上海：上海古籍出版社，1985年，第451页。

(4)不属于毛,不罹于里。(《小雅·小弁》)

《毛传》:"毛在外,阳以言父。里在内,阴以言母。""孙毓谓《传》为长,而云'母斥褒姒。褒姒乃太子之仇,宁复望其依恃之恩?又太子岂离历褒姒而生也?而言不离哉?'毓之所言,非《传》旨也。"(《正义》)

案:《毛序》认为《小弁》是"刺幽王也。太子之傅作焉"。幽王信褒姒谗言,将太子流放。《毛传》以毛、里喻父母无不可。郑《笺》以为"此言人无不瞻仰其父取法则者,无不依持其母以长大者",亦可。孙毓则申《毛传》,以为此言太子与其母褒姒之间不依不离关系。此说显然有些牵强,故陈统斥之。

另外,陈统《难孙氏毛诗评》中多直接批孙之说。如"于是尊之,宗室牖下。其谁尸之,有齐季女"条,陈统直接云"孙毓以王为长,谬也"。"展我甥兮"条明言"孙毓之言非也"。

3. 解说多不合理

陈统以攻孙为目的,故其多意气用事,解说多不合理。

(1)馌彼南亩,田畯至喜。(《豳风·七月》)

郑《笺》:"喜,读为饎。饎,酒食也。耕者之妇子,俱以饷来至于南亩之中,其见田大夫,又为设酒食焉。"(《正义》)孙毓云:"小民耕农,妻子相馌,虽有冀缺,如宾之敬。大夫俨然衔命巡司,何为辱身就耕民公姁垄亩草间共饮食乎?鄙亦甚矣。而改易《经》字,殆非作者之本旨。斯不然矣。饮食之事,礼之所重,大夫之劝迎周公,笾豆有践,郑人之爱国君,欲授之以飧,何独田畯之尊,不可为之设食也?说其为设酒食,言民爱其吏耳,何必大夫皆仰田间食乎!"(《正义》)

案:陈统针对孙毓所言大夫不辱身与耕民共食作出批判。孙毓说较为合理。农耕忙时,焉有农人设酒食以款待巡吏之礼,且巡吏与农人共食,亦不合乎礼制。且《诗》上文言"同我妇子",此乃农人之语,故下文"馌彼南亩"者亦当是其妇子,与田畯何涉?而陈统强为之辩,将君主礼仪赐食与巡吏与民共食混为一谈,并无丝毫道理。

(2)娶妻如何,匪媒不得。(《豳风·伐柯》)

郑《笺》:"媒者,能通二姓之言,定人室家之道。以喻王欲迎周公,当先使晓王与周公之意者又先往。"孙毓云："周公之思归,患成王之未悟耳。王出郊而天雨反风,禾则尽起,精诚感天,而况于人乎?何须贤者先往也?周公至圣,见于未形,非如仇敌,尚相阻疑,何须问人重相晓喻乎?郑为此说者,以为此诗之作,在雷风之后,王实未迎周公,致使朝臣尚惑,假言迎意,刺彼未知。言王以周公之圣,欲其速反,尚使贤者先行,令人传通。其意说周公宜还,见疑者可刺耳。非谓周公有疑,须相晓喻也。"(《正义》)

　　案:《伐柯》本为娶妻之诗,而《毛序》认为是"美周公也。周大夫刺朝廷之不知也"。郑玄进一步阐释其比喻义,以媒喻使者,周成王欲遣使者传信于周公,以求得相互理解、和好。孙毓所言"周公思归"自是事实,但言"无须问人重相晓喻"则不尽合理。周公无须,焉知成王无须呢?陈统为郑玄作辩解,认为遣使是为了刺疑者,非谓周公有疑。陈氏辩解虽有几分道理,仅仅维护了郑玄之说,但亦不合于《诗》本意。

　　从以上分析可以看出,陈统以维护学派为出发点,对孙毓《毛诗异同评》进行了针对性的辩驳。但由于陈统过于意气用事,常作无益或无效的辩驳,不仅未能驳倒孙氏观点,反倒给人意气用事之感,因而遭到后世不少学者的批判。如唐子恒云:"故《难孙氏毛诗评》有时对孙氏无可诘难,也有时虽可难孙,却未达到申郑的目的。"①戴维亦云:"孙毓论《诗》还不失于平正,而陈统难孙毓则流于偏颇。"②

　　总而言之,王肃驳郑引发了《诗经》学史上著名的《诗》学郑王之争,前有王基驳王肃,后有陈统驳孙毓,这些辩论一方面使一些问题愈辩愈明,为后世学者解决问题提供了不少有用线索;另一方面,也使得学术之争因夹入了学派意识而变成意气之争,这显然又不利于学术互融与发展。当然这些辩论成为《诗》学史一道明晰的风景线,"在《诗》学的历史上如此纠难争讼,大概也只有王肃、王基以及孙毓、陈统这一次最为集中的事件"③。至于郑王优劣,古今学者们众说纷纭,难作定论。乔秀岩云:"虽然我们都以经学目之,在郑玄、王肃、赵匡、金鹗等学者之间,目的不同,研究方法不同,学术的性质相差甚远,如果硬用一个标准评骘优劣,只以说明评论者的自己价值取向而已。"④

---

　　① 夏传才、董治安主编:《历代诗经要籍提要》,北京:学苑出版社,2003年,第41页。
　　② 戴维:《诗经研究史》,长沙:湖南教育出版社,2001年,第198页。
　　③ 戴维:《诗经研究史》,长沙:湖南教育出版,社2001年,第198~199页。
　　④ [日]乔秀岩:《论郑王礼学异同》,见[日]乔秀岩、叶纯芳:《学术史读书记》,北京:读书·生活·新知三联书店,2019年,第61页。

下编

影响论

第八章　南北朝隋唐时期王肃《诗》学影响

魏晋时期,王肃所注众经多立于学官,故在当时产生了较大的社会影响。魏晋以降,王学地位有所下降。虽则如此,王肃经学依然有着较大的影响,这在陆德明《经典释文》中得到很好体现。唐代孔颖达主编的《毛诗正义》以郑玄《毛诗笺》为底本,王肃《诗》说仅作为补充材料而加以引用。自此郑学独尊,而王学渐衰,以至失传。

第一节　南北朝时期王肃《诗》学影响

随着玄学兴起之后,经学有所衰微,但经学依然向前发展,出现了不少有深远影响的经学著作。就《诗》学而言,虽然南北朝时期,既未出现像郑玄、王肃这样的《诗》学大家,也未出现像《毛传》《毛诗笺》这样影响极其深远的《诗》注,但《诗》学著作数量却也不少。据刘毓庆先生《历代诗经著述考》(先秦—元代)一书考证,南北朝《诗》学著作达百余种之多。① 这些著作皆已亡佚,并且仅有少许辑佚本存世。从这些残存的片字只语,可以窥见王肃《诗》学在南北朝时期的传播与影响。

《隋书·经籍志》:"梁有(《毛诗》)二十卷,郑玄、王肃合注。"马国翰辑本《毛诗王氏注序》云:"《隋志》注:'梁有(《毛诗》)二十卷,郑玄、王肃合注。'盖魏晋人取肃注次郑笺后,以便观览,非肃别有注也。"② 马氏所言甚是。可见,魏晋人对郑玄、王肃注疏皆颇为重视,故合二者以观之。至梁时此合注本犹存,可见王肃《诗》学到梁时依然流传较广。

早在三国时期,时人的《诗》学著作,便有与王肃观点偶合者不少。东吴人韦昭和朱育的《毛诗答难问》:"文王在上。"文王受命九年而崩。③《毛

---

① 据刘毓庆《历代诗经著述考》(先秦—元代)一书目录统计,三国魏晋南北朝时期《诗》学著述多达101种。

② (清)马国翰辑:《玉函山房辑佚书》,见《续修四库全书》第1201册,上海:上海古籍出版社,2002年,第298页。

③ (清)马国翰辑:《玉函山房辑佚书》,见《续修四库全书》第1201册,上海:上海古籍出版社,2002年,第336页。

诗·文王序》:"文王受命作周也。"《毛诗正义·大雅·文王》:"刘歆作《三统历》,考上世帝王,以为文王受命九年而崩。班固作《汉书·律历志》,载其说。于是贾逵、马融、韦昭、皇甫谧皆悉同之。则毛意或当然矣……其伏生、司马迁以为,文王受命七年而崩……郑(玄)不见《古文尚书》,又《周书》遗失之文,难可据信,依《书传》《史记》为说……是郑(玄)以文王受命为七年之事。"韦昭和朱育的《毛诗答难问》舍弃了郑玄的"七年说",而遵从了马融、王肃等人的"九年说"。

皇甫谧(215年—282年),魏晋时期著名学者,曾编撰有《历代帝王世纪》《年历》《高士传》《逸士传》《列女传》等。皇甫谧以史学著称,未闻其有《诗》学著述。《毛诗正义》引皇甫谧说《诗》33条,其中大部分是以史释诗或释《诗》中之史,但也不乏专门讨论《诗》义者。《毛诗正义·王城谱》引:皇甫谧云:"平王时,王室微弱,诗人怨而为刺,今《王风》自《黍离》至《中谷有蓷》五篇是也。桓王失信,礼义陵迟,男女淫奔,谗伪并作,九族不亲,故诗人刺之。"《毛诗正义·大小雅谱》引:"皇甫谧亦云:诗人歌武王之德,今《小雅》自《鱼丽》至《菁菁者莪》七篇是也。"服虔与皇甫谧以《小雅》为成王之诗也。可见,皇甫谧可能著有说《诗》之类的著作。另有一条,皇甫谧同于王肃而不同于郑玄者。

十月之交,大夫刺幽王也。(《小雅·十月之交序》)

郑《笺》:"当为刺厉王。"王肃、皇甫谧以为四篇正刺幽王。(《正义》)

另有两条,皇甫谧同于马融、王肃等人。如文王受命九年而崩,姜嫄为帝喾之妃而生后稷等。可见,皇甫谧说《诗》颇受王肃影响。

徐邈,晋时东莞姑幕人。《晋书·儒林列传·徐邈传》:"邈姿性端雅,勤行励学,博涉多闻,以慎密自居……撰正五经音训,学者宗之……所注《榖梁传》,见重于时。"《隋书·经籍志》:"梁有《毛诗音》十六卷,徐邈等撰。《毛诗音》二卷,徐邈撰。"《毛诗音》十六卷,乃后人辑徐邈及诸家《诗音》合为十六卷,而徐邈《毛诗音》仅二卷。徐氏《毛诗音》早佚,今有马国翰辑本。马国翰《毛诗徐氏音序》:"《唐志》不著目,而有郑玄等诸家《音》十五卷,则邈《音》固统在十五卷中矣。今佚。从《颜氏家训》《经典释文》《匡谬正俗》

《六经正误》《类篇》《集韵》所引,合辑为卷。"①从陆德明《经典释文·毛诗音义》来看,徐氏注音与王肃同者甚多,现罗列如下。

  (1)共武之服。(《小雅·六月》)

  《释文》:"(共)王、徐音恭。"

  (2)谁适与谋。(《小雅·巷伯》)

  《释文》:"(适)王、徐都历反。"

  (3)乘马在厩。(《小雅·鸳鸯》)

  《释文》:"(乘)王、徐绳登反,四马也。"

  (4)有夷之行。(《周颂·天作》)

  《释文》:"(行)王、徐并下孟反。"

  (5)奄铚观艾。(《周颂·臣工》)

  《释文》:"(奄)王、徐并如字。"

  (6)戎车孔博。(《商颂·泮水》)

  《释文》:"(博)徐云:毛如字。王同,大也。"

  (7)敦商之旅。(《鲁颂·闷宫》)

  《释文》:"(敦)王、徐:都门反,厚也。"

  敦煌卷子中有《毛诗音》残卷,不著撰者。不少学者认为此乃徐邈《毛诗音》残卷。②

  崔灵恩,清河东武城人,先为北魏太常博士,后归梁,为国子博士,梁时著名经学家,《梁书》和《南史》有传。《梁书·儒林列传·崔灵恩传》:"少笃学,从师遍通五经,尤精三《礼》、三《传》。"崔灵恩曾作《集注毛诗》二十四卷。③ 此书早佚,今有马国翰辑佚本。马国翰从《经典释文》《毛诗正义》《吕氏家塾读诗记》等著作中辑出佚文一卷。马国翰对此书作了较好评说,《集注毛诗序》:"其引郑《笺》多与今本不同,而往往胜于今本,则知由俗儒

---

  ① (清)马国翰辑:《玉函山房辑佚书》,见《续修四库全书》第 1201 册,上海:上海古籍出版社,2002 年,第 369 页。

  ② (南朝·梁)徐邈:《毛诗音》(敦煌残卷),见《续修四库全书》第 56 册,上海:上海古籍出版社,2002 年,第 5~7 页。详情参见刘诗孙《敦煌唐写本晋徐邈毛诗音考》《敦煌唐写本晋徐邈毛诗音续考》,分别载《真知学报》1942 年第 1 期第 18~25 页和 1942 年第 5 期第 25~41 页。

  ③ 《梁书》《南史》本传皆言《集注毛诗》二十二卷。《经典释文序录》:"梁有桂州刺史清河崔灵恩集众解为《毛诗集注》二十四卷。"吴承仕:《经典释文序录疏证》,北京:中华书局,1984 年,第 94 页。《隋书·经籍志》《旧唐书·经籍志》和《新唐书·艺文志》皆著录二十四卷。此从"二十四卷"说。

讹传,犹赖此以存其旧。又其书虽以毛为主,间取三家,盖其时《韩诗》尚在,《齐》《鲁》之义则从古籍之引述得之,尤足资学者之考订云。"①从现存佚文来看,《集注毛诗》引王肃《诗》注者亦不少。

(1)"七月鸣鵙。"五月鸣鵙,王肃谓古五字如七,因讹为之。②

(2)"或歌或咢。""徒歌曰咢。"《正义》引王肃近毛,作"徒击鼓"。③

(3)"假以溢我。"谥,顺。《释文》云:慎,市震反。本或作顺。按《尔雅》:谥神益慎也,不作顺字。王肃及崔申毛,并作顺解也。④

(4)《邶风·日月》:"逝不相好。"《释文》云:"(好)王、崔申毛如字。"

沈重(500年—583年),字子厚,吴兴武康人。在梁时为五经博士,后任北周露门博士。《北史·儒林传·沈重传》:"专心儒学,从师法不远千里。遂博览群书,尤明《诗》及《左氏春秋》……重学业该博,为当世儒宗。"沈重著有《毛诗义疏》二十八卷,《毛诗音》二卷,二书早佚。马国翰从《经典释文》等书中辑得二卷,命名为《毛诗沈氏义疏》。《毛诗音》有王谟《汉魏遗书钞》辑本。考之今存佚文,便可发现沈重《诗》学著述亦多受王肃影响。

(1)"玼兮玼兮。"沈云:毛及吕忱《字林》并作"玼"解。王肃云颜色衣服鲜明貌。本或作"瑳",此是后文"瑳兮",王肃注好美衣服洁白之貌。若与此同,不容重出。

(2)"谷旦于差。"差,郑初佳反,王音嗟,毛意不作嗟。案:毛无改字,宜从郑读。⑤

①　(清)马国翰辑:《玉函山房辑佚书》,见《续修四库全书》第1201册,上海:上海古籍出版社,2002年,第384页。

②　(清)马国翰辑:《玉函山房辑佚书》,见《续修四库全书》第1201册,上海:上海古籍出版社,2002年,第386页。

③　(清)马国翰辑:《玉函山房辑佚书》,见《续修四库全书》第1201册,上海:上海古籍出版社,2002年,第389页。

④　(清)马国翰辑:《玉函山房辑佚书》,见《续修四库全书》第1201册,上海:上海古籍出版社,2002年,第390页。

⑤　(清)马国翰辑:《玉函山房辑佚书》,见《续修四库全书》第1201册,上海:上海古籍出版社,2002年,第399页。

从以上分析可以看出,南北朝时期,王肃《诗》注依然有着较大的影响,故各类《诗》学著作对其《诗》说多加引用。

第二节　《经典释文》与王肃《诗》学

陆德明(556年－627年),隋唐时期著名的经学大师,其一生跨越陈、隋、唐三朝。陈时为国子助教,入隋后依然为国子助教,唐太宗贞观初为国子博士,不久卒。《旧唐书》和《新唐书》皆有传。陆德明著有《经典释文》《老子疏》和《易疏》等,今仅《经典释文》存世。《经典释文》三十卷,对儒家经传及《孝经》《论语》以及《老子》《庄子》《尔雅》等十四种经典进行释注。《经典释文》含《序录》一卷。在《序录》中作者对著述之因、训释方法及原则等作了说明。《经典释文序录》云:

> 余少爱坟典,留意艺文,虽志怀物外,而情存著述。粤以癸卯之岁,承乏上庠,循省旧音,苦其太简。况微言久绝,大义愈乖,攻乎异端,竟生穿凿。不在其位,不谋其政,既职司其忧,宁可视成而已?遂因晴景,救其不逮,研精六籍,采摭九流,搜访异同,校之《苍》《雅》,辄撰集五典、《孝经》《论语》及《老》《庄》《尔雅》等音,合为三帙三十卷,号曰《经典释文》。①

"癸卯"是陈后主至德元年(583年),此时陆德明年尚未三十,于是学者对此有所质疑。王利器认为"《释文》成书于至德元年者是也"②。《四库全书总目》云:"岂德明年甫弱冠,即能如是淹博耶? 或积久成书之后,追纪其草创之始也。"③《四库全书总目》此说颇有道理,况且此书卷帙浩繁,显然非短时间所能完成。可能《经典释文》一书主体成于隋时,后有不断增补。

在《经典释文·条例》中,作者对注音条例作了清晰的说明:

> 文字音训,今古不同,前儒作音,多不依注,注者自读,亦未兼通。今之所撰,微加斟酌,若典籍常用,会理合时,便即遵承,标之于首;其音堪互用,义可并行,或字存多音,众家别读,苟有所取,

---

①　吴承仕:《经典释文序录疏证》,北京:中华书局,1984年,第1～2页。

②　王利器:《经典释文考》,《晓传书斋集》,上海:华东师范大学出版社,1997年,第37页。

③　(清)永瑢等:《四库全书总目》卷33,北京:中华书局,1965年,第270页。

靡不毕书,各题氏姓,以相甄识。义乖于经,亦不悉记。其"或音""一音"者,盖出于浅近,示传闻见,览者察其衷焉。①

陆氏注音分为三种情况:一通行合理者,注于首;有一定道理可互用者次之;最后附以浅近乖异之说。因此,考察某说在文中位置,便可知其地位及影响了。

《经典释文》(后简称《释文》)中有《毛诗音义》三卷。②《毛诗音义》多用《毛传》《韩诗》、郑《笺》、王《注》以及郭璞、徐邈、崔恩灵、沈重等人《诗》学。《经典释文》以释音义为主,兼训诂名物、制度等,《毛诗音义》亦是如此。据笔者统计,《毛诗音义》共引王肃《诗》注89条。③ 这些注释,或仅注音,或仅释义,或注音兼释义。

《经典释文·毛诗音义》(本章后简称《毛诗音义》)引王肃《诗》注音,前文在《毛诗音》一节中作了详细论述,就不再重复了。《毛诗音义》引王肃《诗》注共65条(68)字。④ 考察这些条目,便可发现王肃《诗》注具有以下特点。

1. 王肃注多同于《毛传》

据笔者统计,王肃释义全同于《毛传》者共达7条。

(1)硕大无朋。(《唐风·椒聊》)

《毛传》:"朋,比也。"《释文》:"(比)王肃、孙毓申毛,必履反。"

(2)既齐既稷,既匡既敕。(《小雅·楚茨》)

《释文》:"(齐)王申毛:如字,整齐也。"

(3)好是稼穑,力民代食。(《大雅·桑柔》)

《释文》:"(稼)王申毛音驾,谓耕稼也。(穑)王申毛,谓收穑也。"

---

① 吴承仕:《经典释文序录疏证》,北京:中华书局,1984年,第6页。
② (唐)陆德明撰,黄焯汇校:《经典释文》,北京:中华书局2006年,第119~239页。
③ 《经典释文》"择字为音",故有时同一《诗》句被分为两条注释。马国翰等辑佚时多以《诗》句为准,常将《正义》《释文》所录合为一条,且马氏辑本尚有遗漏,此据《经典释文》原文统计所得。
④ 《经典释文》中有些条目先注音后释义,则将释义单独辑出,列为1条。"窈窕""公刘""稼穑"皆二字连用,王肃分别作了释义,此类皆算作1条2字。

（4）其风肆好，以赠申伯。（《大雅·崧高》）

《释文》："赠，送也。诗之本皆尔。郑、王申毛并同。"

（5）铺敦淮濆。（《大雅·常武》）

《释文》："（敦）王申毛如字，厚也。"

（6）《周颂·维天之命》："假以溢我。"《毛传》："溢，慎也。"

《释文》："（慎）市辰反。本或作'顺'。案：《尔雅》云：恤、神、溢，慎也。不作'顺'字。王肃及崔申毛并作'顺'解也。"

上述 6 例，王肃皆"申毛"释义，故全同于《毛传》。另有一条虽无"申毛"字眼，但二者释义全同。

不我能慉。（《邶风·谷风》）

《毛传》："养也。"《释文》："（慉）王肃养也。"

2. 依王说，附他说

据《经典释文序录》，陆氏将常用义置于首，后附以其他解说。因此从释义所处位置，便可知晓此义的地位。从《毛诗音义》来看，陆氏释义多从王肃注，故将王说置首，再附以他说。据笔者统计，陆氏从王说者共计 15 条。

有时仅列王说，并无他说。如，

驷介旁旁。（《郑风·清人》）

《释文》："（旁）补彭反。王彊也。"

大多条目首列王注，再附以他说。如，

（1）民虽靡膴。（《小雅·小旻》）

《释文》："（膴）王火吴反，大也。徐云：郑音谟，治也。"

（2）饮酒温克。（《小雅·小宛》）

《释文》："（温）：如字，柔也。郑于运反，蕴藉也。"

(3)好是稼穑。(《大雅·桑柔》)

《释文》:"(家)王申毛音驾,谓耕稼也。郑作家,谓住家也。"

3. 依他说,存王说

《释文》中更多的是依他说,将王说作为异说而附于后,以示参考。据笔者统计,此类情况共计 36 条。现略举数例如下。

(1)《邶风·谷风》:"不我能慉。"

《释文》:"(慉)许六反。毛兴也。郑骄也。王肃养也。"

(2)《邶风·新台》:"籧篨不鲜。"

《释文》:"(鲜)斯践反。郑善也。王少也。依郑又音仙。"

(3)《郑风·羔裘》:"舍命不渝。"

《释文》:"(舍)音赦,处也。王云受也。"

(4)《大雅·荡》:颠沛之揭。

《毛传》:"揭,见貌。"
《释文》:"(见)贤遍反,谓树根露见。王如字,言可见。"

4. 郑、王相异者众

《释文》释文往往郑、王并举。据笔者统计,郑、王释义相异者共计 29 条(30 字),几近总数之半。① 现略举数例如下。

(1)不我能慉。(《邶风·谷风》)

《释文》:"(慉)许六反。毛兴也。郑骄也。王养也。《说文》起也。"

(2)籧篨不鲜。(《邶风·新台》)

《释文》:"(鲜)斯践反。郑善也。王少也。"

(3)山有桥松。(《郑风·山有扶苏》)

---

① 有许多条目仅引郑说或王说,无法进行比较,故不作统计。

《释文》:"(桥)本亦作乔,毛作桥,其骄反。王云高也。郑作槁,苦老反,枯槁也。"

(4)小戎,美襄公也。(《秦风·小戎序》)

《释文》:"毛云:小戎,兵车也。郑云:君臣兵车故曰小戎。王云:驾两马者。"

王肃释义同于郑玄者仅3条。

(1)卫

《释文》:"郑、王俱云纣都之东也。"

(2)邶鄘卫

《释文》:"郑云:'邶鄘卫者,殷纣畿内地名,属古冀州。自纣城而北曰邶,南曰鄘,东曰卫。卫在汲郡朝歌县。时康叔正封于卫,其末子孙稍并兼彼二国,混其地而名之,作者各有所伤,从其本国而异之,故有邶鄘卫之诗。'王肃同。"

(3)既昭假尔。(《周颂·噫嘻》)

《释文》:"(假)郑、王并音格,至也。"

5. 名物考释

"陆氏释义除文字训诂外,还长于物名、人名、地理、典制等的训释。"[①]《毛诗音义》,陆氏亦时常引王肃说进行名物考释。

(1)桧

《释文》:"桧者,高辛氏之火正祝融之后,妘姓之国也。其封域在古豫州外方之北,荥波之南,居溱、洧之间,祝融之故墟,是子男之国,后为郑武所并焉。王云:周武王封之(祝融之后)于济河颍之间为桧子。"

(2)《公刘》

---

① 焦桂美:《南北朝经学史》,上海:上海古籍出版社,2006年,第434页。

《释文》:"王云:公,号,刘,名也。《尚书传》:云:公,爵,刘,名也。王基云:公刘,字也,后稷之曾孙。"

(3)有椒其馨。(《周颂·载芟》)

《释文》:"沈作'俶',尺叔反,云作'椒'者误也,此论酿酒芬香无取椒气之芳也。案《唐风·椒聊》笺云:椒之性芬香。王注云:椒,芬芳之物。此《传》云:椒,犹飶,飶,芬香。椒是芬芳之物,此正相协,无故改字为'俶'。"

以上对《经典释文》引王肃《诗》学情况作了简要分析,从以上分析可以看出:

其一,到了隋代,王肃《诗》学著作依然有着较大的影响,故《经典释文·毛诗音义》一书引用较多。《经典释文·毛诗音义》一书引王肃注音52条,数量仅次于郑玄(106条)和《毛传》(64条);释字义引王肃注65条(68字),二者合计120条。① 不仅如此,《经典释文·毛诗音义》注音和释义颇多从王肃说,二者总计达39条。

其二,王肃注音多"如字",多达19条。此表明王肃释《诗》多从其常用义,较少改字,较少作破读等。

其三,王肃《诗注》申毛驳郑倾向明显,这是不争事实,前文已经作了不少论述。从《经典释文》所引王肃注音和释义来看,王肃"申毛"非常明显,二者"申毛"近20条。王肃反郑也是很明显,王肃注音和释义异于郑玄者多达62条。这样的结果显然与陆德明的"编辑"有关。陆德明编辑时,往往多录异,而少录同(避免重复工作),此必然导致书中所录郑王同者少,异者多。

其四,王肃为一代儒学大师,其《诗》学观点对后世影响较大,故有时王肃《诗》说虽同于前人观点,并无创新之处,但《经典释文》在引述前代人观点之后,特在末尾附以王肃"亦同""同之",补充说明王肃的观点,足见陆氏对王肃学说的重视了。

其五,《经典释文》多次引用王肃说进行名物考证,亦足见陆氏对王肃《诗》说的信从与关注。

---

① 如上所说,《经典释文》有些条目先注音后释义,对于这些条目,笔者既作注音统计,又作释义统计,故注音和释义二者总和与马氏所辑总数不一致。

第三节　《毛诗正义》与王肃《诗》学

隋代虽然结束了南北政治对立，但未及文化统一而亡。唐太宗时期，李氏政权得到巩固之后，唐太宗便着手进行文化建设，《五经正义》应运而生。《五经正义》一方面将南北经学融于一体，结束学派之争；另一方面其独尊于世，扼杀了经学的发展生机，使得唐代经学衰微不前。魏晋南北朝时期虽是政治上大分裂时期，却是学术上大发展时期，就《诗》学而言，这三百六十余年间竟出现了百余种著作。① 到了隋唐之后，随着政治上统一的完成，学术亦逐渐趋于大同。隋唐三百余年间，《诗》学著述仅 25 种。② 这显然与《五经正义》的编撰和经学趋于一统密切相关。《四库全书总目》卷十五"毛诗正义"条云："（《毛诗正义》）故能融贯群言，包罗古义，终唐之世，人无异词。"③正因如此，《毛诗正义》成为《诗经》学史上里程碑式著作之一，对唐代及唐后《诗经》学发展产生了极其深刻的影响。

据学者研究，孔颖达主编的《毛诗正义》一书所出有源，"其书以刘焯《毛诗义疏》、刘炫《毛诗述义》为稿本"④。刘焯和刘炫皆为北人，二人著作皆以郑氏本（郑玄《毛诗笺》）为底本。出于各方面综合考虑，《毛诗正义》亦以郑玄《毛诗笺》为底本。《毛诗正义》虽以郑氏本为底本，但并非专于一家，而是广取各家之长，广罗诸家之说，集《诗经》南北学之大成，⑤"成为汉魏六朝毛诗学的文献库"⑥。《毛诗正义》宗郑，导致其注疏以郑玄为主，其他各家皆为辅助，王肃《诗》学亦是如此。虽则如此，《毛诗正义》一书对王肃《诗》说引证颇多。现依据其引用情况简单分析如下。

一、疏《诗谱》《毛序》和《毛诗》引王肃《诗》说

如上所说，魏晋南北朝时期《诗》学著作颇多，郑学与王学皆有较大影响。编撰《毛诗正义》时，孔颖达则以刘焯、刘炫二人注本为基础。《毛诗正

---

① 据刘毓庆《历代诗经著述考》（先秦—元代）一书目录统计，三国魏晋南北朝时期《诗》学著述多达 101 种。

② 此据刘毓庆《历代诗经著述考》（先秦—元代）一书目录统计。

③ （清）永瑢等：《四库全书总目》卷 15，北京：中华书局，1965 年，第 120 页。

④ （清）永瑢等：《四库全书总目》卷 15，北京：中华书局，1965 年，第 120 页。

⑤ 洪湛侯：《诗经学史》，北京：中华书局，2002 年，第 242~243 页。

⑥ 洪湛侯：《诗经学史》，北京：中华书局，2002 年，第 246 页。

义序》：

> 其近代为义疏者有全缓、何胤、舒瑗、刘轨思、刘醜、刘焯、刘炫等。然焯、炫并聪颖特达，文而又儒，擢秀干于一时，骋绝辔于千里，固诸儒之所揖让，日下之所无双，其于作疏内特为殊绝。今奉敕删定，故据以为本。然焯、炫等负恃才气，轻鄙先达，同其所异，异其所同，或应略而反详，或宜详而更略。准其绳墨，差忒未免，勘其会同，时有颠踬。今则削其所烦，增其所简，唯意存于曲直，非有心于爱憎。

《隋书·儒林列传·刘焯传》："于是优游乡里，专以教授著述为务，孜孜不倦。贾、马、王、郑所传章句，多所是非……著《稽极》十卷，《历书》十卷，《五经述议》，并行于世……论者以为数百年已来，博学通儒，无能出其右者。"刘焯《毛诗义疏》唯见于孔颖达《毛诗正义序》，《隋书·经籍志》和《旧唐书·经籍志》皆不见著录。《隋书·儒林列传·刘炫传》："著《论语述议》十卷，《春秋攻昧》十卷，《五经正名》十二卷，《孝经述议》五卷，《春秋述议》四十卷，《尚书述议》二十卷，《毛诗述议》四十卷，注《诗序》一卷，《算术》一卷，并行于世。"《隋书·经籍志》著录其《毛诗述议》《毛诗集小序》和《毛诗谱注》等。刘炫这些《诗》学著作皆早佚，仅《毛诗述议》有辑佚本存世。马国翰辑有《毛诗述议》一卷 3 条。仅从这数条佚文，无法窥见刘炫《诗》学特征。

《毛诗正义》宗毛和拥郑倾向明显，该书往往于经文之后，先录《毛传》，次录郑《笺》，最后再分别对《毛诗》《毛传》和郑《笺》作疏证，[①]孔颖达等编撰者的观点主要体现于疏文之中。《毛诗正义》对王肃《诗》说的注引大多体现于对《毛传》和郑《笺》的疏文之中，仅有少数体现于《毛序》《毛诗》和郑玄《诗谱》的疏文之中。

据笔者统计，《毛诗正义》共引王肃《诗》注 261 条，[②]这些条目分布情

---

① 今本《毛诗正义》中附有陆德明《毛诗音义》。学者认为，唐代《毛诗正义》与《毛诗音义》分行于世，至南宋时方合为一书。南宋岳珂《九经三传沿革例》所载南宋建本附释音《毛诗注疏》，是今可见以疏分附经注的最古的本子。参见韩宏韬《〈毛诗正义〉研究》，北京：中国社会科学出版社，2009 年，第 75 页。

② 此不包括转引自陆德明《毛诗音义》中的条目。

况如下。①

	郑《谱》	《毛序》	《毛诗》	《毛传》	郑《笺》
数量	4	10	10	179	58
百分比	1.5	3.8	3.8	68.6	22.2

（一）考辨《诗谱》

《毛诗正义》疏郑玄《诗谱》时先后 4 次引王肃《诗》注，或补充郑说，或存异说。

（1）《大小雅谱》："问者曰：'《常棣》闵管、蔡之失道，何故列于文王之诗？'"

"如此《谱》说，则郑定以《常棣》之作，在武王既崩，为周公、成王时作。王肃亦以为然。故《鱼丽序》下王传曰：'常棣之作，在武王既崩，周公诛管、蔡之后，而在文、武治内之篇，何也？夫刑于寡妻，至于兄弟，以御于家邦，此文、武之行也。闵管、蔡之失道，陈兄弟之恩义，故内之于文、武之正雅，以成燕群臣、燕兄弟、燕朋友之乐歌焉。'是与郑同也。"（《正义》）《正义》引王肃说，对《诗谱》中观点进行补证。

（2）《鲁颂谱》："僖二十年，新作南门，又修姜嫄之庙，至于复鲁旧制，未遍而薨。国人美其（鲁僖公）功，季孙行父请命于周，而作其《颂》。"

"故王肃云：'当文公时，鲁贤臣季孙行父请于周，而令史克作《颂》四篇以祀。'是肃意以其作在文公之时，四篇皆史克所作也。"（《正义》）《正义》引王肃说，对《鲁颂》四篇的创作时间和作者作了辨析。

（二）补释《毛序》

《毛诗正义》引王肃《诗》说疏《毛序》者共 10 条。或引王肃说以证《毛序》。如《秦风·车邻序》："车邻，美秦仲也。秦仲始大，有车马礼乐侍御之好焉。"王肃云："秦为附庸，世处西戎，秦仲修德，为宣王大夫，遂诛西戎，是以始大。"（《正义》）

---

① 本表统计时，一般以王肃《诗》说在《毛诗正义》疏文中出现的位置为主，兼考虑这些条目的具体内容。如"二人从行""四月维夏"和"先祖匪人"等，虽然出于《毛序》疏文中，但条目内容明显是解说《诗》句意思，故将这三条列入疏《毛诗》类中。

有时《毛序》过简,引王肃说加以补充。如《小雅·斯干序》:"斯干,宣王考室也。""但君子将营宫室,宗庙为先……《毛传》不言庙。王肃云:'宣王修先祖宫室,俭而德礼。'孙毓云……孙、王并云述毛,则毛意此篇不言庙也。"(《正义》)再如,《周颂·闵予小子序》:"《闵予小子》,嗣王朝于庙也。""王肃以为此篇为周公致政,成王嗣位,始朝于庙之乐歌。毛意或当然也。"(《正义》)

或引王肃说以存异说。如《小雅·六月序》:"六月,宣王北伐也。""王肃云:'宣王亲伐猃狁,出镐京而还,使吉甫迫伐追逐。乃至于太原。'如肃意,宣王先归于京师……其言宣王先归,或得《传》旨。"(《正义》)再如,《商颂·长发序》:"长发,大禘也。""《经》无高宗之事……但作者主言天德,止述商有天下之由,故其言不及高宗,此则郑之意耳。王肃以大禘为殷祭,谓禘祭宗庙,非祭天也。毛氏既无明训,未知意与谁同。"(《正义》)

(三)补释《诗》义

《毛诗正义》引王肃《诗》说疏《诗》者 10 条。

或引王肃说以释《诗》义。如《豳风·九罭》:"公归不复。""当训复为反。王肃云:'未得所以反之道。'"(《正义》)再如,《小雅·节南山》:"不自为政,卒劳百姓。""盖言王身不自为政教,终劳苦我百姓。王肃云:'言政不由王出也。'"(《正义》)

或引王肃说以存异说。如《邶风·击鼓》:"死生契阔,与子成说,执子之手,与子偕老。""毛以为,从军之士与其伍约云……王肃云:'言国人室家之志,欲相与从生死契阔勤苦而不相离,相与成男女之数,相扶持俱老。'此似述毛,非毛旨也……则此为军伍相约,非室家之谓也。"(《正义》)再如,《唐风·绸缪》:"三星在隅。""故王肃述毛云……谓在东南隅。又在十月之后也,谓十一月十二月也。"(《正义》)

《毛诗正义》在疏《谱》《序》和《诗》时引用王肃说较少,不过数例而已,且"择需而引",故特色不甚明显。

二、疏《毛传》引王肃《诗》说

孔颖达疏《毛传》时,如有不解者,往往引王肃说加以阐释。黄焯《诗疏平议序》:"若《毛传》有难明者……或时取王肃说为毛说。"[①]"孔颖达《毛诗

① 黄焯:《诗疏平议》,上海:上海古籍出版社,1985 年,第 1 页。

正义》对《毛传》《郑笺》采用分别训释的方法,凡遇《毛诗》所略,《郑笺》又不可通毛说的情况,则往往取王肃注以为传意。"①此类说法虽大体无误,但稍嫌粗略。大体而言,《毛诗正义》引王肃说疏《毛传》条目极多,总计179条,几近总数的三分之二。《毛诗正义》疏《毛传》时引用王肃说情况比较复杂,大体可以分为以下几类。

(一)引王肃说以申《毛传》义

《毛诗正义》常引王肃说以证《毛传》之说。如《周南·关雎》:"寤寐思服。"《毛传》:"服,思之也。"王肃云:"服膺思念之。"(《正义》)

有时,《毛传》无明言,《正义》引王说以申《传》义。如《郑风·丰》:"俟我乎堂兮。""此《传》不解堂之义。王肃云:'升于堂以俟。'……故以王为毛说。"(《正义》)

有时,《毛传》过简,《正义》引王肃说以解说之。如《鄘风·干旄》:"良马五之。"《毛传》:"骖马五辔。"王肃云:"古有一辕之车驾三马则五辔,其大夫皆一辕车。夏后氏驾两谓之丽,殷人益一骓谓之骖,周人又益之一骓谓之驷。本从一骖而来,亦谓之骖,经言骖,则三马之名。"(《正义》)再如,《郑风·出其东门》:"有女如荼。"《毛传》:"言皆丧服也。"王肃云:"见弃又遭兵革之祸,故皆丧服也。"(《正义》)

有时《正义》引王肃说以申《毛传》本义。如《邶风·简兮》:"日之方中,在前上处。"《毛传》:"教国子弟,以日中为期。""《传》'日中为期',则谓一日之中,非春秋日夜中也。若春秋言,不当为期也。故王肃云'教国子弟以日中为期,欲其遍至',是也。"(《正义》)此类例子还有不少。

(二)引王肃说以补充《毛传》义

有时《毛传》于过简略,释义不是很明晰,故引王肃说,对《传》义作些补充。如,

　　(1)不惩其心,覆怨其正。(《小雅·节南山》)

《毛传》:"正,长也。""此《传》甚略,王肃述之曰:'覆,犹背也。师尹不定其心,邪僻忘行,故下民皆怨其长。'今据为毛说。"(《正义》)

　　(2)既克有定,靡人弗胜。(《小雅·正月》)

---

① 夏传才、董治安主编:《诗经要籍提要》,北京:学苑出版社,2003年,第31页。

《毛传》:"胜,乘也。""此《传》甚略,王述之云:'王既有所定,皆乘陵之事,言残虐也。'今据为毛说。"(《正义》)

(3)乘我乘驹,朝食于株。(《陈风·株林》)

《毛传》:"大夫乘驹。""此《传》质略。王肃云:'陈大夫孔宁、仪行父与君淫于夏氏。'然则王意以为乘我驹者,谓孔、仪从君适株,故作者并举以恶君也。《传》意或当然。"(《正义》)

此类例子颇多,不再一一枚举。

(三)引王说以深化《传》旨

有时《毛传》仅释《诗》字面意思,《正义》常引王肃说以点明《诗》之深层含义。

(1)绿兮衣兮,绿衣黄里。(《邶风·绿衣》)

《毛传》:"绿,间色。黄,正色。""王肃云:'夫人正嫡而幽微,妾不正而尊显',是也。"(《正义》)案:《正义》引王肃说以明不同颜色衣服之尊卑之别。

(2)敝笱在梁,其鱼鲂鳏。(《齐风·敝笱》)

《毛传》:"兴也。鳏,大鱼。""《传》以鳏为大鱼,则以大为喻。王肃言:'鲁桓公不能制文姜,若敝笱之不能制大鱼也。'"(《正义》)案:《正义》引王说,进一步点明《传》"以大为喻"的深层含义。

此类例子还有不少。

三、疏郑《笺》引王肃《诗》说

《毛诗正义》在疏郑《笺》时,亦常引王肃《诗》学。据笔者统计,《毛诗正义》疏郑《笺》时引王肃《诗》说共计58条,大体可分为以下几种情况。

(一)引王肃说以申郑《笺》

有时郑《笺》可信,《正义》引王说以证之。如,

(1)岂无他人,维子之故。(《唐风·羔裘》)

郑《笺》:"此民,卿大夫采邑之民也,故云岂无他人可归往者乎?我不

去者,乃念子故旧之人。""故王肃云:'我岂无他国可归乎？维念子与我有
故旧也。'与郑同。"(《正义》)

(2)裸将于京。(《大雅·文王》)

郑《笺》:"殷之臣,壮美而敏,来助周祭。其助祭,自服殷之服,明文王
以德不以强。""殷臣壮敏,来助周祭,裸将是也。王肃亦云:'殷士自殷,以
其美德来归周助祭,行灌鬯之礼也。'"(《正义》)

此类例子不是很多。

(二)郑《笺》简而不明,引王肃说作补充

有时郑《笺》释义不明晰,故《正义》引王说作补充。如,

(1)进退维谷。(《大雅·桑柔》)

郑《笺》:"前无明君,却迫罪役,故穷也。""人君是施政之本,民心所向,
故以为前。罪役是既施之后,民心所畏,故以为却。以此,故进退有穷也。
王肃云:'进不遇明君,退不遇良臣,维以穷。'"(《正义》)案:《正义》引王肃
说,对郑说"故穷"作了补充说明。

(2)千耦其耘,徂隰徂畛。(《周颂·载芟》)

郑《笺》:"辈作者千耦,言趋时也。或往之隰,或往之畛。""或往之隰,
或往之畛,言其所往皆遍也,故王肃云:'有隰有原,言畛新可见,美其阴阳
和,得同时就功也。'"(《正义》)案:《正义》引王肃说,对郑《笺》之说作了
补充。

此类情况不是很多,不过数条而已。

(三)引王肃说以驳郑《笺》之误

对于郑《笺》不合理之处,《正义》常引王肃说以驳之。

(1)匪适株林,从夏南。(《陈风·株林》)

郑《笺》:"匪,非也。言我非之株林,从夏氏之子南之母,为淫泆之行,
自之他耳。觝拒之辞。""以文辞反覆,若似对答,前人故假为觝拒之辞。非
是面争。王肃云:'言匪欲适株林,从夏南之母,反覆言之,疾之也。'孙毓以
王为长。"(《正义》)

（2）仓庚于飞，熠熠其羽。（《豳风·东山》）

郑《笺》："仓庚仲春而鸣，嫁取之候也。熠熠其羽，羽鲜明也。归士始行之时，新合昏礼。今还，故极序其情以乐之。""毛以秋冬为昏，此义必异于郑，宜以仓庚为兴。王肃云'仓庚羽翼鲜明，以喻嫁者之盛饰'是也。"（《正义》）

此类情况较多，在此不再一一枚举了。

（四）引王肃说以驳郑申《毛》

对于郑《笺》不合理之处，《正义》常引王肃说以驳郑申毛。

（1）曾孙来止，以其妇子，馌彼南亩。田畯至喜。攘其左右，尝其旨否。（《小雅·甫田》）

郑《笺》："成王来止，谓出观农事也。亲与后、世子行，使知稼穑之艰难也。为农人之在南亩者，设馈以劝之。司啬至，则又加之以酒食，饷其左右从行者。成王亲为尝其馈之美否，示亲之也。""此《经》，毛不为《传》，但毛氏于诗无破字者，与郑不得同。王肃云：'曾孙来止，亲循畎亩劝稼穑也。农夫务事，使其妇子并馌馈也。田畯之至，喜乐其事，教农以闲暇攘田之左右，除其草莱，尝其气旨土和美与否也。'《传》意当然。"（《正义》）

（2）稼穑维宝，代食维好。（《大雅·桑柔》）

郑《笺》："此言王不尚贤，但贵啬啬之人与爱代食者而已。""重举此文，明是责王之贵好之也。《传》于上文既异于郑，则此亦不同矣。王肃云：'能知稼穑之事，唯国宝也。使能者代不能者食禄，则政唯好。'《传》意当然。"（《正义》）

此类情况为数亦不少。

（五）存异说

有时，郑、王二人理解差异较多，但作为一家之说，《正义》从存异的角度往往录而存之。此又可细分为两种情况。

1. 义可通，故存之

有时《正义》认为王肃说"义似可通"或"未必不如肃言"，故作为一家之说而录之，以供读者参阅。

（1）于我乎，夏屋渠渠，今也每食无余。（《秦风·权舆》）

郑《笺》:"屋,具也。渠渠,犹殷勤也。言君始于我厚,设礼食大具以食我,其意勤勤然。"王肃云:"屋则立之于先君,食则受之于今君,故居大屋而食无余。"义似可通。(《正义》)

(2)其何能淑,载胥及溺。(《大雅·桑柔》)

郑《笺》:"女若云:此于政事何能善乎?则女君臣皆相与陷溺于祸难。""王肃以为,'如今之政,其何能善?但君臣相陷溺而已。'如此,理亦可通。"(《正义》)

此类例子不是很多。

2. 不从其说,仅存异说

《正义》从存异说的角度录引王肃说,继而指出其不足之处。

(1)葛之覃之,施于中谷。(《周南·葛覃》)

郑《笺》:"兴者,葛延蔓于谷中,喻女在父母之家,形体浸浸日长大也。""以谷中是葛生之处,故以谷中喻父母之家,枝茎犹形体,故以叶比容色也。王肃云:'葛生于此,延蔓于彼,犹女之当外成也。'案下句'黄鸟于飞'喻女当嫁,若此句亦喻外成,于文为重,毛意必不然。"(《正义》)

(2)啸歌伤怀,念彼硕人。(《小雅·白华》)

郑《笺》:"硕,大也。妖大之人,谓褒姒也。申后见黜,褒姒之所为,故忧伤而念之。""以此啸伤而思之,是念其不当然也。又言彼以外之,故知谓褒姒。褒姒而言大人,故言为妖大之人。王肃云:'硕人,谓申后也。'……毛既不为之《传》,意当与郑同。"(《正义》)《正义》从郑玄说,对王肃说存而录之。

此类例子也不是很多。

总而言之,孔颖达所编《毛诗正义》,宗毛、宗郑,故王肃《诗》学,如同其他众家《诗》说一样,只是作为论证的附加材料,或因需而择之,或因需而存之,故其引录条数虽不少,但根本无法与全录的《毛传》和郑《笺》条目相比。

四、《毛诗正义》与王肃《诗》说

以上对《毛诗正义》引王肃《诗》说作了较详细分析,由此可见《毛诗正义》与王肃《诗》学有着密切的关系。

其一,《毛诗正义》对王肃《诗》学多有肯定。以上对《毛诗正义》引王肃《诗》学的情况作了较细的分析,从以上分析可以看出,《正义》对王肃《诗》注多有所肯定,故常引之以补释《毛传》,补释郑《笺》;甚至对于王肃《诗》说与郑《笺》等学说难以取舍者,亦录而存之,以供学者辨析。这些足见《正义》对王肃《诗》学的肯定与重视。

其二,王肃《诗》注与郑玄《诗笺》有不少相通或相同之处,这在《毛诗正义》引王说疏《笺》中得到不少表现。《毛诗正义》疏郑《笺》时,大量引用王肃说,其中有不少是用来证《笺》、补《笺》的。可见,王肃并非一味驳郑、难郑,二者在学理上还是有不少相通之处。

其三,王肃《诗》学影响深远。王肃《诗》学不失为郑《笺》之外影响最大的《诗》学著作。虽然《正义》宗《笺》,故郑《笺》得以完整保存下来。其余各家学说只能作为辅助资料加以引用。据统计,《毛诗正义》引前代《诗》学著作达 46 种之多,但数量多少却极不均衡。据韩宏韬博士统计,《正义》引王肃《毛诗注》多达 264 条之多,次为陆玑《陆氏草木疏》118 条,再次孙毓《毛诗异同评》91 条,其余诸家,多者不过二三十条,如申培《鲁诗故》31 条,陈统《难孙氏毛诗评》28 条,①少者不过数条。② 另外,引王肃《毛诗义驳》12 条,《毛诗奏事》4 条,《毛诗问难》7 条,引王肃《诗》注共计二百八十余条,远远高于其他各家。可见,《正义》因从二刘,以郑《笺》为底本,故对王肃《诗》注不得不割爱。虽则如此,却对王肃《诗》说多加引用,以至达近 300 条之多,每卷近 10 条,可见其对王肃《诗》说的重视了。可见,到了唐代,王肃《诗》学依然有较大的影响,实乃郑玄之外影响最大的《诗》学大家。另外,对王肃《诗》学不可取者,作为存而录之,亦足见其对王肃《诗》学的重视。

其四,《诗》郑王之争影响深远。以上对《诗》学史上著作的郑王之争作了详细分析。从《毛诗正义》引书情况来看,其对由郑王之争而衍生的《诗》学著作亦多加收录,如引孙毓《毛诗异同评》90 条,引陈统《难孙氏毛诗评》27 条,③分别居其引《诗》学著作总数排行的第 3 位和第 5 位,二者总计 117 条,远远高于除《陆氏草木疏》之外的诸家著作。由此可见看出,《诗》郑王之争到了唐代依然有不少影响,依然是《诗》学史上不可忽视的论辩,双方

---

① 《毛诗正义》引"俗本"24 条,但"俗本"可能为众人之说的汇集,故不予考虑。

② 详情参见韩宏韬《〈正义〉引〈诗〉学文献目录》,见《〈毛诗正义〉研究》,北京:中国社会科学出版社,2009 年,第 124~125 页。各家统计数据略有出入,杨晋龙统计,《毛诗正义》引王肃《诗》说共计 290 条。

③ 据马国翰辑本统计,孙毓《毛诗异同评》90 条,陈统《难孙氏毛诗评》27 条。

观点无论对错，都值得关注，故《正义》花了大量篇幅引录这些著作。

总而言之，《毛诗正义》大量引用王肃《诗》学，不仅有助于人们认知王肃《诗》学在唐代的流传、接受等情况，也有助于人们认知王肃《诗》发展与变迁情形。

除《毛诗正义》之外，唐代的其他《诗》学著作及学者对王肃《诗》学亦有引用，如成伯瑜《毛诗指说》等。颜师古注《汉书》亦多引王肃《诗》说。《后汉书·傅燮传》李贤注：《家语》子贡对卫文子曰："一日三复白珪之玷，是南宫绦之行也。"王肃注云："玷，缺也。《诗》云：'白珪之玷，尚可磨也；斯言之玷，不可为也。'一日三复，慎之至也。"①李贤所引《家语》语出自《弟子行》。

五、《毛诗正义》对王肃《诗》说的影响

孔颖达主编的《毛诗正义》实可谓魏晋南北朝《诗》学的集大成者，②其所引自西汉至隋时的《诗》学著作多达 46 种。《隋书·经籍志》著录的《诗》学著作"三十九部，四百四十二卷。通计亡书，合七十六部，六百八十三卷"。可见，《毛诗正义》参考的《诗》学著作，比《隋志》著录的见存者还要多。《四库全书总目》云："其书以刘焯《毛诗义疏》、刘炫《毛诗述义》为稿本。故能融贯群言，包罗古义，终唐之世，人无异词。"③黄焯《诗疏平议序》："故能融贯群言，包罗古义，远明姬汉，下被宋清，后有新疏，盖无得而逾矣。"④足见其对唐代《诗》学发展的影响了。《毛诗正义》对王肃《诗》学的命运无疑有着极其重大的影响。

（一）宗郑，导致王学不传

如上所说，《毛诗正义》宗毛、宗郑，故于《毛传》之外，全录郑玄《毛诗笺》，其他学者《诗》著仅作为辅助资料而见录于疏文之中。《四库全书总目》："至唐贞观十六年，命孔颖达等因《郑笺》为《正义》。乃论归一定，无复歧途。"⑤《毛诗正义》是唐代指定的科举教材，统治唐代《诗》学发展数百年。学子多习《正义》，无人习王肃《诗》注，从而导致王肃《诗》学逐渐失传。

---

①　（南朝·宋）范晔著，（唐）李贤等注：《后汉书·傅燮传》卷 58，北京：中华书局，1965 年，第 1873～1874 页。

②　洪湛侯《诗经学史》认为《毛诗正义》"是'诗经汉学'研究的一部集大成的著作""汉魏六朝毛诗学的文献库"。洪湛侯：《诗经学史》，北京：中华书局，2002 年，第 245,246 页。

③　（清）永瑢等：《四库全书总目》卷 15，北京：中华书局，1965 年，第 120 页。

④　黄焯：《诗疏平议序》，上海：上海古籍出版社，1985 年，第 1 页。

⑤　（清）永瑢等：《四库全书总目》卷 15，北京：中华书局，1965 年，第 120 页。

到了宋代,王肃各种《诗》学著作皆亡佚,与《毛诗正义》一统天下有着密切的关联。

（二）凸显王肃述毛倾向

《三国志·魏书·王肃传》云:"初,肃善贾、马之说,而不好郑氏,采会同异,为《尚书》《诗》《论语》《三礼》《左氏》解。"贾逵善《毛诗》,曾撰《齐鲁韩毛异同》,且传授《毛诗》。大儒马融曾作《毛诗注》。《王肃传》云王肃善贾、马学,表明其《毛诗注》当多受贾、马影响。当然贾、马传《毛诗》,当多受《毛传》影响,故王肃多受《毛传》影响也是合乎情理的。如上所说,《正义》收王肃《诗》说以疏《毛传》,共达百余条。不仅如此,当郑《笺》与《毛传》不合时,《正义》亦常引王肃《诗》说述毛。《毛诗正义》疏《毛传》引王肃《诗》说179条,占总数三分之二以上。这些条目,大多数是用来证毛、申毛、补毛者极少。

王肃"述毛""为毛说"之类字眼多见于《正义》引王肃《诗》说条目之前。[①] 如,

> 王肃述毛,合之云烦捆,浣濯其私衣是也。
> 王肃述毛云:"三星在天,谓十月也。"

据笔者统计,《正义》"述毛"共20条,另有"申毛"1条,共计21条。《正义》甚至明言"王肃之说,皆述《毛传》"。另外,有时虽没有"述毛""申毛"等字样,但实为申毛者也不在少数。

> 王肃曰:"升于堂以俟。"……故以王为毛说。
> 《传》以"瑕"为远。王肃云"言愿疾至于卫,不远礼义之害"是也。
> 《传》既以此为兴……故王肃云……
> 王肃云:"勤,惜也……"则《传》意亦当以勤为惜。
> 《传》不解"俶载"之文,以毛不破字,必不与郑同。王肃以为……

此外,还有不少"《传》意或然"的例子。

---

① 《经典释文》多申"申毛"。据笔者统计,《经典释文》中王肃"申毛"多达8条。

王肃下经注云……《传》意或然。

《传》以为,大者,欲取大小为喻。王肃云……《传》意或然。

王肃云:"未得所以反之道。"《传》意或然。

据笔者统计,"《传》意当然""《传》意或然"者共计 15 条。上述两种情况共计 36 条,另还有一些虽未明言,却实为"申毛"的例子。正因为《正义》引王肃说时,多以之"申毛""述毛",导致学者认为王肃是宗毛、述毛的。由于王肃《毛诗注》等著作早佚,无法窥见原貌。王肃《诗》学著作固然宗毛,但笔者认为远没有《正义》所显示的那么明显。《正义》大量引王肃说"述毛""申毛"无疑大大强化了人们的这一看法,使得后世学者认为王肃比郑玄更为"宗毛"。

(三)过度凸显郑王之异,强化了郑王之争

王肃各类《诗》著早佚,如今无法窥见其原貌。人们对王肃《诗》学的理解主要来自各类书籍中保存的只言片语佚文。今存的马国翰、黄奭等人的辑佚本,都是对各类书籍中引录的只言片语的汇编与整理。这些佚文大多来自《毛诗正义》(多达二百余条)。因此《毛诗正义》对王肃《诗》学著作的引录态度、引录原则以及引录条目等,便直接影响到后世人们对王肃《诗》学的认知与理解。

从以上分析可以算出,《正义》是将王肃放在郑玄的对立面来加以处理的。其一,《正义》宗郑,故王肃注与郑玄注全同者,《正义》则一概不作重复引录。《正义》引录王肃《诗》说仅二百余条,可见其余部分当有不少郑、王相同者。其二,王肃《诗》说无用者不录。如上所说,《正义》往往是出于某种需要,或论《毛传》,或论《诗笺》而引录王肃《诗》说的。虽然王肃之说不同于《毛传》《诗笺》,但编撰者作疏时不需要,故也可能不会引录。其三,无可观者不录。如上所说,《正义》有时觉得王肃《诗》说虽不合理,但有可观之处,故录而存之。如果《正义》编撰者认为王肃《诗》说,没有价值,"不可观",则会弃而不录。基于以上引录原则,王肃《诗》说,不管是同于郑玄者,还是异于郑玄者,皆都有大量的被弃而不录者。这些弃而不录者,绝大多数都亡佚了。

现在《正义》对王肃《诗》学引录义例列表如下:

类型		引录	不引录
相同者			√
不同者	无用者		√
	无观者		√
	有用者	√	
	可观者	√	

　　如上所说，王肃注《诗》在郑玄之后，故其对《诗笺》多有继承，二者相同者甚多。对于相同者，《正义》一概弃而不录，仅录与郑玄相异者。这样仅据现存条目来比较郑王异同，得出的结论显然是不可信的。《正义》对王肃《诗》学弃同而存异做法将王肃完全置于郑玄的对立面，从而过度凸显郑王之异，而淹没了郑王之同。

　　另外，《正义》大量引录郑王之争著作，如王基《毛诗驳》，孙毓《毛诗异同评》，陈统《难孙氏诗评》等，这无疑强化了郑王之争。后世一些学者多不解于此，而仅仅依据《正义》等书保存的为数不多的，且多异于郑玄的佚文来看待郑王之关系，认为王肃出于"意气之争"或"争强好胜"而驳郑。这些误解显然与《正义》过于强调郑王之异和郑王之争有关。虽然《正义》本身并没有过错，但无论如何，不可否认它所带来的误导。

　　（四）过度凸显王肃述毛、驳郑，导致王肃《诗》学丧失独立价值

　　如上所说，《毛诗正义》宗郑，故以郑玄《毛诗笺》为底本，仅在解说之需时略引王肃《诗》说，导致王肃《毛诗注》失传。从以上统计表可以看出，《毛诗正义》绝大多数是从"宗毛""驳郑"的角度来引用王肃《诗》说的。这样给人的感觉是，王肃《诗》说不过是驳郑的产物，并不具有独立的学术价值。正如杨晋龙所言："王肃的学术因而在无形中被塑造成仅具有突显郑玄和毛公学术是非对错对比意义下的依附性意义而已……在这种情况下，王肃的学术很容易因此而失去自立独立存在的地位。"①

　　以上对郑玄《诗笺》与王肃《诗注》的异同作了不少论述，也对魏晋时期《诗》学郑王之争作了详细论述。这些都是就现存的资料而言，而历史原貌并不一定如此。更重要的是，现存论证双方的有关资料，大多仅见录于《毛

---

　　①　杨晋龙：《论〈毛诗正义〉中的王肃经说及其在诗经学上的运用——"宋学时期"的观察》，见杨晋龙、刘柏宏主编：《魏晋南北朝经学国际研讨会论文集》（上），台北："中央"研究院中国文哲研究所，2016年，第301页。

诗正义》,可见《毛诗正义》对理解王肃《诗》学以及魏晋《诗》学郑王之争是何等重要!

　　总而言之,《毛诗正义》引录王肃《诗》学的原则、方法等,对王肃《诗》学的命运产生了极其深刻的影响,也对后世学者对王肃《诗》学的认知产生了极大的误导。后世学者多言"王肃论诗多申毛驳郑",①多是受到《毛诗正义》对王肃《诗》学"剪辑"影响的结果。正如学者所言:"我们读到的历史只是一家之言,是被凸显、强调的层面,而不是全部……有些被删除或压抑下的东西不见得不好,只是某种意识形态将之排斥在外而已。"②

---

　　①　洪湛侯:《诗经学史》,北京:中华书局,2002 年,第 211 页。
　　②　刘柏宏:《开创与影响:王肃礼学义理及中古传播历程》,台北:稻乡出版社,2009 年,第189 页。

第九章　宋代王肃《诗》学影响

如上所说,《毛诗正义》结束了郑王之争,使得《诗》学走向统一,也使得《诗》学走向衰微。到了宋代,随着理学的兴起,《诗》学兴盛于世,[①]名家辈出,出现了欧阳修、苏辙、朱熹、吕祖谦等《诗》学名家,颇具创见的《诗》学著作多达数十种。《四库全书》收录18种,另外存目3种。《毛诗正义》尊郑,给王肃《诗》学致命一击,王肃《诗》著逐渐亡佚。虽则如此,宋代《诗》学依然多受王肃《诗》学影响。

第一节　北宋诸家与王肃《诗》学

由于《毛诗正义》影响巨大,此后虽然还产生了一些《诗》学著作,但创见不多,因此多不传于世。到了宋代,随着理学的兴起,《诗经》学发生了巨大的变化。"自唐以来,说诗者莫敢议毛郑。虽老师宿儒,亦谨守小序。至宋而新义日增,旧说几废。"[②]宋代《诗经》学兴盛一时,名家辈出,涌现了众多富有创见的著作。现对北宋《诗经》学对王肃《诗》学接受情况作一简述。

一、欧阳修《诗本义》

欧阳修(1007年－1072年),江西庐陵人,宋代著名文学家。其对经学亦颇有研究,著有《诗本义》《易童子问》等。欧阳修有感于《毛诗正义》多有不妥,于是著《诗本义》,以探究《诗》之最初本义。《诗本义》共十六卷,由两大部分组成。前十二卷对《诗经》中一百一十四首作品的本义进行论辩与讲解。后四卷是一些专题论文的汇编。诗篇本义解说,一般先以"论曰"的形式评论前人之说,后再以"本义曰"的形式阐释自己的观点。

自初唐以来,《毛诗正义》盛行,学《诗》者多宗之。故欧阳修在"论曰"部分对毛郑之失细加辩驳。自《毛诗正义》问世以来,王肃《诗》学日益衰

---

① 据刘毓庆考证,可考知的宋代《诗经》学著作共303种。参见刘毓庆《历代诗经著述考》(先秦—元代),北京:中华书局,2002年,第129～342页。

② (清)永瑢等:《四库全书总目》卷15,北京:中华书局,1965年,第121页。

微,几近消亡。因为王肃《诗》学颇多可观之处,故《诗本义》对其多有引录。据笔者统计,《诗本义》引用或化用王肃《诗》说共 11 条,其中标明者 1 条。

《诗本义》对王肃《诗》说的引用,多以间接化用为主,明确标明者仅有一例。

> 《邶风·击鼓》论曰:《击鼓》五章自"爰居"而下三章,王肃以为卫人从军者与其室家诀别之辞,而毛氏无说。郑氏以为军中士伍相约誓之言。今以义考之,当时王肃之说为是,则郑于此诗一篇之失大半矣。①

此处,欧阳修直接引王肃观点,以驳斥郑玄观点。

有时欧阳修所谓"先儒"之说,指的是王肃等人。

(1)彤管有炜,说怿女美。(《邶风·静女》)

如上所说,郑玄好破读,王肃多从本字。对于郑玄破读,欧阳修甚是反感,多加批判。郑玄将"说怿"破读为"说释",即解说之意。王肃则从本字,"说怿上音悦,下音亦","悦怿"即喜悦之思。《诗本义》:"(郑玄)改经就注,先儒固已非之矣……此管之色,炜然甚盛,如女之美,可悦怿也。"可见,欧阳修从王肃而驳郑玄。

(2)常棣之花,鄂不韡韡。(《小雅·常棣》)

郑玄改"不"为"柎",王肃则否。王肃云:"不韡韡,言韡韡也。"《诗本义》:"郑改不为柎,先儒固已言其非矣。不韡韡者,韡韡也。"欧阳修驳郑玄说,从王肃说。

(3)绿兮衣兮,绿衣黄里。(《邶风·绿衣》)

郑玄释"绿"为"褖",王肃从本字"绿"。《诗本义》:"郑改绿为褖,谓褖衣当以素纱为里,而反以黄。先儒所以不取。郑氏于诗改字者,以谓六经有所不通,当阙之以俟知者。若改字以就己说,则何人不能为说,何字不可改也。况毛义甚明,无烦改字,当从毛。"欧阳修从毛、王。

---

① (宋)欧阳修:《诗本义》卷 2,见《景印文渊阁四库全书》第 70 册,台北:台湾商务印书馆,1986 年,第 194 页。本节所引《诗本义》皆据此本,后不再一一作注。

将《诗本义》解说与王肃《诗》说相比较,便可发现,《诗本义》有不少观点全同于王肃《诗》说。

《诗本义》有不少释字同于王肃者。如:《邶风·新台》:"籧篨不鲜。"郑《笺》:"鲜,善也。"王肃云:"鲜,少也。"《诗本义》:"鲜,少;殄,绝。训释甚明,而郑解鲜为善,又改殄为腆,以曲成己说,此尤不可取也。"欧阳修从王肃而驳郑玄。

有释句义从王肃者。

(1)不自为政,卒劳百姓。(《小雅·节南山》)

郑《笺》:"昊天不自出政教,则终穷苦百姓。欲使昊天出《图》《书》有所授命,民乃得安。"王肃云:"言政不由王出也。"《诗本义》:"郑意谓民怪天不自出政教。既而自觉其非,又言天不出图书有所授命。不惟怪妄,且诗意本无……不自为政者,责幽王不自为政,而使此尹氏在位,致百姓忧劳也。"欧阳修驳郑玄说而从王肃说。

(2)敝笱在梁,其鱼鲂鳏。(《齐风·敝笱》)

郑《笺》:"鳏,鱼子也。鲂也,鳏也,鱼之易制者,然而敝败之笱不能制。兴者,喻鲁桓微弱,不能防闲文姜,终其初时之婉顺。"王肃云:"言鲁桓公不能制文姜,若敝笱之不能制大鱼也。"《诗本义》:"敝笱刺文姜也。鲁桓公微弱,不能制防闲文姜,使至淫乱。"欧阳修从王肃说。

另外,对于郑玄"成王罪周公属党"(《豳风·鸱鸮》),释"田畯至喜"(《豳风·七月》)中的"喜"为"馈",《生民》注中的感生说等,欧阳修皆同于王肃,对郑玄说进行了批判。

从上以分析可以看出,不管是字词训诂,还是诗句解说,欧阳修从王肃《诗》说者甚众。《诗本义》云:"求《诗》意者,以人情求之,则不远矣。然学者常至于迂远,遂失其本义。"如前所说,郑玄好以制度说《诗》,好以谶纬说《诗》,而王肃好以人情说《诗》。这便是欧阳修《诗本义》多近于王肃《诗》说的原因。

二、王安石《诗经新义》

王安石(1019年－1186年),江西临川人,北宋著名政治家、文学家。宋神宗时,王安石进行了系列变法。在政治变革的同时,王安石也进行了

文化改革,撰写《三经新义》(诗、书、周礼),作为科举教材。《三经新义》是
为政治变革服务的,故随着王安石退出政坛后,《三经新义》亦逐渐为人们
所弃。《诗经新义》早佚,今有程元敏辑本《诗经新义》①以及邱汉生辑本
《诗义钩沉》。②

　　一方面,《诗经新义》早佚,无法窥见全貌;另一方面,王安石作《诗经新
义》刻意创新,"自出己说,不用旧解"③,就算接受旧说,亦化于自己解说之
中。虽则如此,细加比较便可发现,王安石《诗经新义》引用或化用王肃
《诗》说者不少。

　　据笔者初步统计,《诗经新义》引用或化用王肃《诗》说共 8 条,其中有
一条直接标明王肃语。《郑风·野有蔓草》:"野有蔓草,零露漙兮。"《毛诗
李黄集解》:李曰:"王肃亦曰:'草之所以延蔓者,被盛露也。民之所以能蕃
息者,蒙君泽也。'"④邱汉生认为"王(安石)氏之说亦如此"。⑤

　　其余 7 条皆为间接采用。

　　(1)惄如调饥。(《周南·汝坟》)

王氏曰:"饥而又饥,饥之甚也。"⑥南宋学者李樗《毛诗详解》:"王氏
(安石)曰:'饥而又饥,饥之甚也。'如王肃。"⑦先言士安石之说,再言王安
石从王肃。故马国翰、黄奭辑本皆收录此条,邱汉生亦将此条辑入《诗义钩
沉》。

　　(2)山有乔松。(《郑风·山有扶苏》)

"乔",《毛诗》作"桥"。王肃云:"高也。"郑玄作"槁",苦老反,枯槁也。

　　① 程元敏:《三经新义辑考汇编》,上海:华东师范大学出版社,2012 年;《诗经新义》(与《尚书新义》合刊),收入《王安石全集》第二册,上海:复旦大学出版社,2016 年。
　　② (宋)王安石撰,邱汉生辑:《诗义钩沉》,北京:中华书局,1982 年。
　　③ 洪湛侯:《诗经学史》,北京:中华书局,2002 年,第 313 页。
　　④ (宋)李樗、黄櫄:《毛诗李黄集解》卷 11,见《景印文渊阁四库全书》第 71 册,台北:台湾商务印书馆,1986 年,第 223 页。
　　⑤ (宋)王安石撰,邱汉生辑:《诗义钩沉》,北京:中华书局,1982 年,第 74 页。
　　⑥ (宋)李樗、黄櫄:《毛诗李黄集解》卷 2,见《景印文渊阁四库全书》第 71 册,台北:台湾商务印书馆,1986 年,第 59 页。
　　⑦ (宋)李樗、黄櫄:《毛诗李黄集解》卷 2,见《景印文渊阁四库全书》第 71 册,台北:台湾商务印书馆,1986 年,第 59 页。

王氏云:"乔,高也。"①

（3）常棣之花,鄂不韡韡。（《小雅·常棣》）

郑《笺》:"承华得曰鄂,不当作柎。"王肃云:"不韡韡,言韡韡也。"王氏则以为"不韡韡",甚言其韡韡。②

（4）铺敦淮渍。（《大雅·常武》）

《释文》:"敦,王申毛如字,厚也。郑作屯,徒门反。"王氏曰:"敦,厚也。"③王安石同于王肃说。

有两条释义,王安石大体同于王肃。

（1）人之好我,示我周行。（《小雅·鹿鸣》）

郑《笺》:"'示'当作'寘'。寘,置也。周行,周之列位也。"王肃云:"谓群臣嘉宾也。夫饮食以享之,琴笙以乐之,币帛以将之,则能好爱我,好爱我则示我以至美之道矣。"(《正义》)《毛诗李黄集解》李曰:"王氏谓:'周,为忠信之周。行,道也。言示之忠信之道。'"④可见,王安石释"行"不同于郑玄而近于王肃。

（2）三事就绪。（《大雅·常武》）

郑《笺》:"绪,业也。王又使军将豫告淮浦、徐土之民云,不久处于是也。女三农之事皆就其业,为其惊怖,先以言安之。"王肃云:"就其事业。亦当谓民得就业。"(《正义》)《诗传通释》:"三事就绪",王介甫曰:"此所谓耕者不废也。"⑤王安石释义与王肃相近。

还有一条,王安石同于郑玄和王肃等人。《邻风·素冠》:"庶见素冠兮。"郑《笺》:"丧礼,既祥祭而缟冠素丝纰。时人皆解缓,无三年之恩于其父母,而废其丧礼,故觊幸一见素冠。急于哀戚之人,形貌栾栾然脄瘠也。"

---

① （宋）王安石撰,邱汉生辑:《诗义钩沉》,北京:中华书局,1982年,第70页。
② （宋）王安石撰,邱汉生辑:《诗义钩沉》,北京:中华书局,1982年,第126页。
③ （宋）王安石撰,邱汉生辑:《诗义钩沉》,北京:中华书局,1982年,第272页。
④ （宋）李樗、黄櫄:《毛诗李黄集解》卷19,见《景印文渊阁四库全书》第71册,台北:台湾商务印书馆,1986年,第368页。
⑤ （宋）王安石撰,邱汉生辑:《诗义钩沉》,北京:中华书局,1982年,第271页。

王肃云:"素冠,大祥之冠。"(《正义》)《毛诗李黄集解》李曰:"郑氏以素冠为祥服,皆本于礼,非出于己意。其说长于毛氏,故王肃、孙毓、王、苏皆从郑说。"①

从以上分析可以看出,虽然王安石好出新义,但对王肃《诗》说合理条目多有引用。可见,其对王肃还是颇为认同的。

三、苏辙《诗集传》

苏辙(1038年－1112年),四川湄山人,大文豪苏轼之弟,北宋著名文学家。苏辙不仅长于诗文,还对经学颇有研究,曾著《诗集传》②和《春秋传》。苏辙《诗集传》共二十卷,对三百余诗作进行了注释、解说。《诗集传》虽名曰"集",但未采用集注的形式,而是将众人之说化于己说之中,并不一一标明和罗列。正因如此,读者不易窥见其《诗》学之源,以及该书引用了哪些前贤成果。但细加比较便可发现,苏辙《诗集传》引用和化用王肃《诗》说者较多。据笔者统计,苏氏《诗集传》释义与王肃《诗》说完全相同者共18条,字面不同,但意思与王肃说相同者14条,意思与王肃说相近者8条。共计40条。

苏氏《诗集传》(后简称苏《传》)有大量释义全同于王肃。这种情况共计18条。

(1)田畯至喜。(《豳风·七月》)

郑玄读"喜"为"馌",酒食也。王肃:"喜,如字"。苏《传》:"田畯来而喜之。"③苏氏从王肃说。

(2)既齐既稷,既匡既敕。(《小雅·楚茨》)

郑玄:"齐,减取也。"王肃:"齐,如字,整齐也。"苏《传》:"齐,整也。"

(3)龙盾之合。(《秦风·小戎》)

① (宋)李樗、黄櫄:《毛诗李黄集解》卷16,见《景印文渊阁四库全书》第71册,台北:台湾商务印书馆,1986年,第319页。
② 《宋史》本传称"诗传",《宋史·艺文志》著录为《诗解集传》,《四库全书》称《诗集传》,洪湛侯《诗经学史》称《诗经集传》。此从《四库全书》。
③ (宋)苏辙:《诗集传》卷8,见《景印文渊阁四库全书》第70册,台北:台湾商务印书馆,1986年,第394页。本节所引苏辙《诗集传》皆据此本,后不再一一注明。

王肃云："合而载之,以为车蔽也。"(《正义》)苏《传》:"合而载之,以为车蔽。"

有些释义,苏氏同于毛、王,而不从郑玄说。

(1)不我能慉。(《邶风·谷风》)

郑玄释"慉"为"骄也",《毛》及王肃释为"养也"。苏《传》:"慉,养也。"

(2)彼采萧兮。(《王风·采葛》)

《毛传》:"萧所以共祭祀。"王肃云:"取萧祭脂,是萧所以供祭祀也。"(《正义》)苏《传》:"采萧,所以供祭祀。"苏氏从毛、王。

有时虽然字面不尽相同,但意思基本同于王肃说。

(1)爰居爰处。(《邶风·击鼓》)

王肃以为自《爰居》而下三章,卫人从军者与其室家诀别之辞。(欧阳修《诗本义》卷二)苏《传》:"民将征行,与家人诀别,曰是行也……"王肃言从军者与其室家诀别,而苏氏则释为从征者与家人诀别,二者意思相同。

(2)仓庚于飞,熠熠其羽。(《豳风·东山》)

王肃云:"仓庚羽翼鲜明,以喻嫁者之盛饰。"(《正义》)苏《传》:"熠耀其羽,譬如妇人之嫁而盛其礼也。"二者意思相同。

(3)小人所腓。(《小雅·采薇》)

"腓",《毛传》:"辟也";郑《笺》:"芘也"。王肃云:"所以避患也。"(《正义》)苏《传》:"腓,辟也。"苏氏释"腓"同于王肃,而异于毛、郑。

有时,由于解说重点有异,表达有些差异,但大体意思是相同的。

(1)岂无他人,维子之故。(《唐风·羔裘》)

王肃云:"我岂无他国可归乎?维念子与我有故旧也。"(《正义》)苏《传》:"吾之所以不去,非无他人也,特以故旧念子耳。"王肃释为"无他国",苏氏释为"无他人",其他意思相同。

(2)敝笱在梁,其鱼鲂鳏。(《齐风·敝笱》)

王肃云:"言鲁桓公不能制文姜,若敝笱之不能制大鱼也。"(《正义》)苏《传》:"文姜之归于鲁,其从者之盛如云,则亦鲁桓之所不能制也。"王、苏在"鲁桓公不能制文姜"这一主旨是相同的。

(3)瑳兮瑳兮。(《鄘风·君子偕老》)

"瑳",毛、郑未注。王肃云:"好美衣服洁白之貌。"(《正义》)苏《传》:"瑳,鲜白貌也。"王肃释"瑳"为洁白,苏辙释为"鲜白",二者基本相同。

从以上分析可以,苏辙《诗集传》有不少释义从王肃,而不从郑玄。

以上以北宋时期较具有代表性的三本《诗经》学著作为代表,探讨了王肃《诗》学对北宋《诗》学著作的影响。从以上分析可以看出,北宋诸家对王肃《诗》学的接受具有以下特点。

其一,直接标明前人学说者较少,多引用或化用却不明确标出。其二,对于王肃《诗》说,亦多以间接引用、化用为主,将王肃等前人解说化入自己解说之中,较少原文照录,《诗本义》和《诗经新义》皆仅直接引用1条,而苏辙《诗集传》则无直接引用。其三,多反感郑玄破读、改字等,对于这些情况,学者多从王肃说。其四,北宋学者认同的多是王肃对字释的注释,而对于篇章串讲、史实论说等,多不从王肃说,故引用者较少。这些与北宋《诗经》学重释义,少以史证《诗》,且多简洁明了有关。简而言之,北宋时期王肃《诗》学颇不受重视,其灼见虽多被引用、化用,但这对王肃《诗》学整体而言,数量还是非常少的。宋代理学之盛,导致了王学之衰。

第二节 朱熹《诗集传》与王肃《诗》学

朱熹(1130年－1200年),徽州婺源(今江西婺源)人,宋代理学集大成者。朱熹一生勤于著述,对儒家经典研究尤为用力。朱熹对《诗》研究颇勤,著《诗集传》《诗序辨说》《诗传遗说》等,另外《朱子语类》中也有不少论《诗》片断。朱熹对于自己研《诗》变化情况有明确的说明。《朱子语类》卷八十:

某向作《诗》解,文字初用《小序》,至解不行处,亦曲为之说。后来觉得不安,第二次解者,虽存《小序》,间为辨破,然终是不见

诗人本意。后来方知，只尽去《小序》，便自可通。于是尽涤旧说，
诗意方活。①

由此可见朱熹对学术执著追求之精神。

朱熹治学，博采众长，自成一家。这在《诗》学方面亦是如此。《诗传遗
说》卷一："熹旧时看《诗》，数十家之说，一一都从头记得……先儒解经，虽
未知道，然其尽一生之力，纵未说得七八分，也有三四分，且须详读熟究，以
审其是非，而为吾之益。"②马宗霍《中国经学史》亦云："盖朱子之学，博综
旁通，不欲以道学自限，其平居教人治经宜先看注疏，尤非空谈性命……且
不徒有取于汉唐疏也，即同时之人……吴棫、欧阳修、吕祖谦之于《诗》……
莫不择善而从，绝无门户之见。"③此类说法可信。《朱子语类》中引用王肃
经说不少。《朱子语类》卷八十三云："王肃固多非是，然亦有考援得好
处。"④可见，朱熹是比较客观地看待王肃经学的。

《诗集传》乃朱熹晚年之作。《诗集传》不仅是朱熹《诗》学代表作，也是
"诗经宋学"的权威著作，⑤对后世影响极其深远。

一、《诗集传》与王肃《家语注》

如同苏辙同名著作一样，朱熹此书名"集传"，表明其汇集了前代诸家
学说。但在形式上如同苏氏，大多没有罗列各家观点，而是直接引用或化
用众家之说。这使得前人观点与自己观点混为一体，较难作区分。

如上所说，《诗集传》博采众家之长，其对王肃《诗》说亦是如此。因王
肃《毛诗注》早亡，而《家语注》中释《诗》条目甚多，可略补王氏《诗注》亡佚
之缺憾。故先将《诗集传》与王肃《家语注》释《诗》条目作一比勘。

如上所说，王肃《孔子家语注》注《诗》条目多达 50 余条，王肃作注 30
余条，仅 1 条重见于《毛诗正义》。据笔者统计，朱熹《诗集传》(后简称"朱
《传》")一书共有 8 条注释大体同于王肃《孔子家语注》，其中包括重见于
《毛诗正义》的那条。

---

① (宋)黎靖德编：《朱子语类》卷 80，北京：中华书局，1994 年，第 2085 页。
② (宋)朱鉴：《诗传遗说》卷 1，见《景印文渊阁四库全书》第 75 册，台北：台湾商务印书馆，
1986 年，第 512~513 页。
③ 马宗霍：《中国经学史》，北京：中国书店出版社，1985 年，第 115~116 页。
④ (宋)黎靖德编：《朱子语类》卷 83，北京：中华书局，1994 年，第 2171 页。
⑤ 洪湛侯：《诗经学史》，北京：中华书局，2002 年，第 362 页。

谓天盖高，不敢不局，谓地盖厚，不敢不蹐。（《小雅·正月》）

《毛传》："局，曲也。蹐，累足也。"王肃述之曰："言天至高，己不敢不曲身危行，恐上触忌讳也。地厚，己不敢不累足，惧陷于在位之罗网也。"（《正义》）《家语·贤君》注："此《正月》六章之辞也。局，曲也。言天至高，己不敢不曲身危行，恐上干忌讳也。蹐，累足也，言地至厚，己不敢不累足，恐陷累在位之罗网。"朱《传》："局，曲也。蹐，累足也……言遭世之乱，天虽高而不敢不局，地虽厚而不敢不蹐。"案：《毛传》对"局"和"蹐"作了解释。郑《笺》对此二字无释，而《家语注》也对二字作了解说，且全同于《毛传》。《正义》所引与《家语注》虽有个别字差异，但大体意思相同。《诗集传》虽对"局"和"蹐"二字无注，但其解释大体同于王肃，而异于郑玄。朱熹对《诗》句的解说亦近于王肃。

如上所说，《家语注》释《诗》，有同于《毛传》者，亦有异于《毛传》者。朱熹《诗集传》同于《家语注》者亦有两种情况：

（一）《诗集传》同于《毛传》和《家语注》

《家语注》释《诗》有不少同于《毛传》，《诗集传》中有一些注释同于《毛传》和《家语注》，可能是受《毛传》影响的结果。

（1）孝子不匮，永锡尔类。（《大雅·既醉》）

《毛传》："匮，竭。类，善也。"《家语·困誓》注："匮，竭也。类，善也。孝子之道不匮竭者，能以类相传，长锡尔以善道也。"朱《传》："匮，竭。类，善也。言汝之威仪既得其宜，又有孝子以举奠，孝子之孝，诚而不竭，则宜永锡尔以善矣。"案：朱熹释"匮"和"类"皆同于《毛传》和《家语注》。朱熹对《诗》句释义亦近于王肃。

（2）帝命式于九围。（《商颂·长发》）

《毛传》："九围，九州也。"《家语·论礼》注："九围，九州也。天命用于九州，谓以为天下王。"朱《传》："九围，九州也……帝命之，使为法于九州也。"案：朱熹从《毛传》和王肃《家语注》，将"九围"直接释为"九州"。

（3）诒厥孙谋，以燕翼子。（《大雅·文王有声》）

《毛传》："燕，安。翼，敬也。"郑《笺》："诒，犹传也。孙，顺也。"《家语·

正论解》注:"诒,遗也。燕,安也。翼,敬也。言遗其子孙嘉谋,学安敬之道也。"朱《传》:"诒,遗。燕,安。翼,敬也。子,成王也……谋及其孙,则子可以无事矣。"案:朱熹释"燕""翼"同于《毛传》和《家语注》,对"诒"的解释亦同于《家语注》。"孙",《毛传》无注,《毛传》无改定之例,故其作"子孙"解无疑。郑《笺》释"孙"为"逊",王肃释为"孙",朱熹释"孙"同于《毛传》与《家语注》。

(二)《诗集传》仅同于《家语注》

有时,《毛传》无注,《诗集传》全同于《家语注》。

> 匪兕匪虎,率彼旷野。(《小雅·何草不黄》)

《毛传》:"兕、虎,野兽也。旷,空也。"《家语·在厄》注:"率,循也。言非兕虎而循旷野也。"朱《传》:"率,循也。旷,空也。言征夫非兕虎,何为使之循旷野,而朝夕不得闲暇也。"案:《毛传》和郑《笺》皆不释"率"字,朱熹释"率"同于《家语注》,且释句意同于王肃。

有时释句意,《诗集传》有同于《家语注》者。

> 昼尔于茅,宵尔索绹。亟其乘屋,其始播百谷。(《豳风·七月》)

《毛传》:"宵,夜。绹,绞也。"《家语·困誓》注:"宵,夜。绹,绞也。当以时治屋也。亟,疾也。当亟乘尔屋以善治之也。其复当修农播百谷。言无懈怠。"朱《传》:"故昼往取茅,夜而绞索,亟升其屋而治之。盖以来岁将复始播百谷,而不暇于此故也。不待督责而自相警戒,不敢休息如此。"案:对于农人劳作原因,朱熹解说颇同于王肃。

从以上分析可以出看,朱熹《诗集传》与王肃《家语注》多有相同者,当是受到后者影响的结果。

二、《诗集传》与王肃《毛诗注》

朱熹《诗集传》不仅是朱熹《诗》学代表作,也是宋代《诗》学代表作之一。朱熹《诗集传》释义较为精炼简洁,且较少直接引用前人观点。据笔者统计,朱熹《诗集传》同于王肃《毛诗注》者共55条,其中朱熹引"苏氏曰"和"张子曰"各1条。

（一）释义同于《毛传》和王肃《毛诗注》

王肃申毛，故其《诗注》多有同于《毛传》者。将《诗集传》与毛、王比较，便可发现，朱熹多有同于毛、王者。

（1）耆定尔功。（《周颂·武》）

《毛传》："耆，致也。"王肃云："致定其大功，谓诛纣定天下。"（《正义》）朱《传》："耆，致也。""耆"，郑《笺》解作"老也"。朱熹从毛、王。

（2）以薅荼蓼。（《周颂·良耜》）

《毛传》："蓼，水草也。"王肃云："荼，陆草，蓼，水草。"（《正义》）朱《传》："荼，陆草，蓼，水草。""荼""蓼"，郑《笺》无释。朱熹全同于王肃。

（3）以御于家邦。（《大雅·思齐》）

《毛传》："御，迎也。"郑《笺》："御，治也。"王肃云："以迎治天下之国家。"（《正义》）朱《传》："御，迎也。"案："御"，《毛传》和王肃均作"迎"解，而郑《笺》作"治"解，朱熹同于《毛传》和王肃。

这样的例子还有一些。

（二）郑《笺》破读，朱熹多从毛、王

如上所说郑《笺》释《诗》，好从今文三家《诗》，多作破读。对于这类情况，朱熹皆一概弃之，而多从《毛传》和王肃说。

（1）曾孙来止，以其妇子，馌彼南亩，田畯至喜。攘其左右，尝其旨否。（《小雅·甫田》）

郑《笺》：攘，读当为饷。喜，读为饎。饎，酒食也。①《释文》："（攘）王如字。"王肃云："曾孙来止，亲循畎亩，劝稼穑也。农夫务事，使其妇子并馌馈也。田畯之至，喜乐其事，教农以闲暇攘田之左右，除其草莱，尝其气旨土和美与否也。"（《正义》）朱《传》："攘，取……田畯亦至而喜之，乃取其左右之馈而尝其旨否。"案：此数句《毛传》无注。朱熹释"攘"和"喜"皆同于王肃。

---

① 《豳风·七月》："同我妇子，馌彼南亩，田畯至喜。"郑《笺》："喜，读为饎。饎，酒食也。"王肃申毛如字，朱熹从之，释为"至喜"。

（2）常棣之花，鄂不韡韡。（《小雅·常棣》）

《毛传》："鄂犹鄂鄂然，言外发也。韡韡，光明也。"郑《笺》："承华者曰鄂。不当作拊。拊，鄂足也。鄂足得华之光明，则韡韡然盛。"王（肃）述之曰："不韡韡，言韡韡也。"（《正义》）朱《传》："此燕兄弟之乐歌。故言常棣之华，则其鄂然而外见者，岂不韡韡乎？"案：郑玄将"不"破读为"拊"，而王肃则如字。朱熹释义从王肃。

（3）以我覃耜，俶载南亩。（《小雅·大田》）

郑《笺》："俶读为炽菑。载读为菑。"①王肃云："俶为始。载为事。言用我之利耜，始发事于南亩。"（《正义》）朱《传》："俶，始也。载，事。"案：《毛传》于"俶载"二字无注。朱熹释"俶载"二字从王肃。

有些字词，郑玄未单独出注，但从其释句意，可看出其作破读。这类情况，朱熹亦多同王肃注。例如：

其风肆好，以赠申伯。（《大雅·崧高》）

郑《笺》："言其诗之意甚美大，风切申伯，又使之长行善道。"《释文》："（风）王如字，云音也。"朱《传》："风，声。"案："风"，《毛传》无注。郑玄虽未单独作注，但从释句意可看出，其读作"风切"，即"讽"。王肃如字，释为"音也"，朱熹释为"声"，二者同。

从以上可以看出，对于一些常用字，郑玄往往作破读，王肃则从本字。对于这类情况，《诗集传》多接受王肃之说，从其本字，而不作破读。

（三）释词义仅同于王肃《毛诗注》

有时无《传》，朱熹多从王肃《诗注》。

（1）民虽靡膴。（《小雅·小旻》）

郑《笺》："膴，法也。"《释文》："（膴）王火吴反，大也。"朱《传》："膴，大也，多也。"案："膴"，《毛传》无注，朱熹释义同于王肃。

（2）攸介攸止。（《小雅·甫田》）

---

① 《周颂·载芟》："俶载南亩。"郑《笺》："俶载"当作"炽菑"。朱熹亦从王肃说。

郑《笺》："介，舍也。"《释文》："（介）王大也。"王肃云："是君子治道所大，功所定止。"（《正义》）朱《传》："介，大也。"案："介"，《毛传》无注，朱熹释义同于王肃。

有时字词，王肃释义不存，但从释句意可看出王肃作何解。对照便可发现，朱熹释义亦与王肃相同。

（1）於皇时周，陟其高山。（《周颂·般》）

郑《笺》："皇，君也。"王肃云："美矣，是周道已成，天下无违，四面巡岳，升祭其高山。"（《正义》）朱《传》："美哉此周也，其巡守而登此山以柴望。"案："皇"，《毛传》无注。从上引王肃语可看出，"皇"释为"美"。朱熹亦释"皇"为"美"，与王肃同。

（2）成王不敢康。（《周颂·昊天有成命》）

郑《笺》："成此王功，不敢自安逸。"《释文》："成王，王如字。"朱《传》："疑祀成王之诗也。"案：《毛传》于"成王"二字无注，郑玄作为两个词解，而王肃释为"成王"，朱熹同于王肃。

有时，《毛传》和郑《笺》均无注，唯存王肃注。朱熹作注亦同于王肃。

（1）淑旗绥章。（《大雅·韩奕》）

王肃云："章，所以为表章。"（《正义》）朱《传》："绥章，染鸟羽或旄牛尾为之，注于旗竿之首，为表章者也。"案："章"，《毛传》无注，郑《笺》亦无注。朱熹释义同于王肃。

（2）庆既令居。（《大雅·韩奕》）

《释文》："（令）王力政反。善也。"朱《传》："令，善也。"案：《毛传》和郑《笺》于"令"皆无注。朱熹释"令"同于王肃。

（四）释句意同于王肃《毛诗注》

对于《诗》句意思的解说，《诗集传》颇有不少同于王肃《诗注》者。

（1）绿兮衣兮，绿衣黄里。（《邶风·绿衣》）

《毛传》："兴也。绿，间色。黄，正色。"郑《笺》："言褖衣自有礼制也……今褖衣反以黄为里,非其礼制也。故以喻妾上僭。"王肃云:"夫人正嫡而幽微,妾不正而尊显。"(《正义》)朱《传》:"言绿衣黄里,以比贱妾尊显而正嫡幽微。"案:郑玄主要从礼制角度论其非礼,而王肃则从"尊显"角度加以解说,朱熹解说大体同于王肃。

(2)惠于宗公,神罔时怨,神罔时恫。(《大雅·思齐》)

《毛传》:"宗公,宗神也。恫,痛也。"郑《笺》:"宗公,大臣也。文王为政,咨于大臣,顺而行之,故能当于神明。神明无是怨恚,其所行者,无是痛伤;其所为者,其将无有凶祸。"王肃云:"文王之德,能上顺祖宗,安宁百神,无失其道,无所怨痛。"(《正义》)朱《传》:"言文王顺于先公,而鬼神歆之无怨恫者。"案:"宗公",《毛传》和王肃都释为祖先,郑《笺》释为"大臣",朱熹从毛、王。王肃释句义较为简洁明了,朱熹释义同于王肃。

(五)释意与王肃《毛诗注》大体相同

有时释意,虽然朱熹用词不尽同于王肃,但其大意与王肃相同。

(1)进退维谷。(《大雅·桑柔》)

《毛传》:"谷,穷也。"郑《笺》:"前无明君,却迫罪役,故穷也。"王肃云:"进不遇明君,退不遇良臣,维以穷。"(《正义》)朱《传》:"言上无明君,下有恶俗,是以进退皆穷也。"案:郑玄仅释"进",朱熹对"进"和"退"解释大体同于王肃。

(2)龙盾之合。(《秦风·小戎》)

《毛传》:"龙盾,画龙其盾也。合,合而载之。"王肃云:"合而载之,以为车蔽也。"(《正义》)朱《传》:"画龙于质,合而载之,以为车上之卫。"案:此句郑玄无注。王肃认为其功能为"以为车蔽",而朱熹释为"以为车上之卫",二者意思相同。

(六)融合郑玄和王肃释义

有时朱熹释义,不全从郑玄或王肃,而是合取二人之长。例如:

敝笱在梁,其鱼鲂鳏。(《齐风·敝笱》)

《毛传》:"兴也。鳏,大鱼。"郑《笺》:"喻鲁桓微弱,不能防闲文姜,终其初时之婉顺。"王肃云:"言鲁桓公之不能制文姜,若敝笱之不能制大鱼也。"(《正义》)朱《传》:"齐人以敝笱不能制大鱼,比鲁庄公不能防闲文姜,故归齐而从之者众也。"案:郑玄说鲁桓公"不能防闲文姜",而王肃则说"敝笱之不能制大鱼",朱熹将二人之说合而为一,以"敝笱不能制大鱼"比喻鲁桓公不能防闲文姜。

从以上分析可以看出,不管是字词注释,还是句意解说等,朱熹《诗集传》对王肃《诗》学接纳颇多。

朱熹《诗集传》是南宋《诗经》学代表,其体例与苏辙同名著作相似,不似后来吕祖谦等人。从以上分析可以看出以朱熹为代表的理学家的王肃观及其王肃《诗》学观。其一,朱熹《诗集传》引王肃《诗》说时往往就《诗》论《诗》,丝毫不涉及政治及人身攻击,这既不同于魏晋时期郑、王两派后学,也不似后来皮锡瑞等学者。这实为难得,为后世树立了较好的学术榜样。其二,如上所说,至宋代,王肃《诗》学著作可能流传不甚广,《诗集传》对王肃《毛诗注》的引用多转引自孔颖达《毛诗正义》,超出《毛诗正义》的条目极少。其三,如前所说,欧阳修和苏辙等人,引用王肃《诗》说重字词释义,而不重篇章阐释;朱熹《诗集传》对王肃《诗》学引用面较广,不仅涉及字词注释,亦多涉及句意、篇章等的解读。可见,朱熹对王肃的认知是多方面的。其四,王肃的一些注释和观点得到了众人的认可,故一些条目引用率非常高,如"绿兮衣兮""龙盾之合""田畯至喜""三事大夫"等。这些表明,到了宋代,王肃《诗》学虽然衰微,但其可取之说还是得到了大量学者的认可。

第三节　吕祖谦等与王肃《诗》学

北宋时期,《诗经》学逐渐摆脱《毛诗正义》的影响,从而逐渐形成自己的风格,欧阳修、王安石、苏辙等便是其中代表。到了南宋时期,一方面,由于受到理学的影响,《诗经》学进一步理学化,朱熹《诗集传》便是其中杰出代表。另一方面,由于尊毛、尊序学风的兴起,《诗经》汉学逐渐兴盛,出现了吕祖谦《吕氏家塾读诗记》、段昌武《毛诗集解》、严粲《诗缉》等重要著作。这些著作对前代学说广加博引,故征引王肃《诗》说数量较多。

一、吕祖谦《吕氏家塾读诗记》

吕祖谦(1137 年－1181 年),祖籍东莱,后为婺州人,世称东莱先生,南宋著名的哲学家。吕祖谦一生著述甚丰,《诗经》学著作有《吕氏家塾读诗记》和《续吕氏家塾读诗记》等。《吕氏家塾读书记》成就极高,被称为"宋代汉学家的代表性著作"①。陈振孙《直斋书录解题》:"诗学之详正,未有逾于此书者也。"②

吕祖谦《诗经》学多受欧阳修、程颐、苏辙等人影响。《吕氏家塾读诗记》草成于淳熙三年(1176年),其后逐年修订,至卒时未得竟业。《吕氏家塾读诗记》共三十二卷。《条例》云:"诸家解定从一说。辨析名物,敷绎文义,可以足成前说者,注其下。说虽不同,当兼存者,亦附注焉。"③具体而言:先列《诗序》,再列《诗》原文,再分章罗列诸家训诂、解说,定从一家,其他诸家则附诸于后,最后以按语形式表达己见。

据笔者统计,《吕氏家塾读诗记》共征引王肃《诗》说53条,仅1条出于《家语注》,其余当皆出于王肃《毛诗注》。其中引以解经者32条,用于解经注释者20条。

在解经32条中,有1条郑、王同举,有1条辑转引于欧阳修,1条辑转引于董氏,1条转引自苏氏,3条转引于《经典释文》。

(1)郑康成、王肃皆以素冠为大祥之冠……其说误矣。④

(2)欧阳氏曰:王肃以下三章卫人从军者与其室家诀别之辞。

(3)董氏曰:孙毓、王肃诗并作不我能憎。《说文》亦然。

(4)苏氏曰:王肃曰:群臣嘉宾,饮食以享之,琴瑟以乐之,币帛以将之,则庶乎好爱我,而示我以道矣。

(5)《释文》曰:烝,王肃云众也。

(6)《释文》曰:娄,王肃云数也。

(7)《释文》曰:维河,王肃以为河水。

以上7条,除第1、3条外,吕氏基本持肯定的态度。其余25条皆以"孔氏曰"的形式转引于孔颖达《毛诗正义》。其中有21条"孔氏曰"仅引"王肃云"。如:

---

① 洪湛侯:《诗经学史》,北京:中华书局,2002年,第354页。

② (宋)陈振孙:《直斋书录解题》卷2,上海:上海古籍出版社,1987年,第39页。

③ 黄灵庚、吴战垒主编:《吕祖谦全集》(第4册),杭州:浙江古籍出版社,2008年,第23页。

④ (宋)吕祖谦:《吕氏家塾读诗记》卷14,见《景印文渊阁四库全书》第73册,台北:台湾商务印书馆,2006年,第484页。本节所引吕祖谦《吕氏家塾读诗记》皆据此本,后不再一一注明。

（1）死生契阔，与子成说，执子之手，与子偕老。（《邶风·击鼓》）

孔氏曰："王肃云：言国人室家之志，欲相与从生至死，契阔勤苦而不相离，相与俱老。"

（2）山有苞栎，隰有六驳。（《秦风·晨风》）

孔氏曰："王肃云，言六，据所见而言也。"

其他就不再枚举了。这些仅引"王肃云"，表明吕氏认可的是王肃说，而非孔氏说。另有 4 条，"王肃云"只是"孔氏曰"的一部分。

（1）教诲尔子，式穀似之。（《小雅·小宛》）

孔氏曰："教诲万民而言子者，王肃云：王者作民父母，故以民为子。"

（2）跃跃毚兔，遇犬获之。（《小雅·巧言》）

孔氏曰："遇犬者……王肃云：言其虽腾跃逃隐其迹，或适与犬遇而见获。"

（3）以御田祖，以祈甘雨，以介我稷黍，以穀我士女。（《小雅·甫田》）

孔氏曰："王肃云：大得我稷黍，以善我男女，言仓廪实而知礼节也。"

（4）乃慰乃止，乃左乃右，乃疆乃理。（《大雅·绵》）

孔氏曰："据公宫在中，民居左右，故王肃云乃左右开地置邑，以居其民。"

显然，在这几条中，吕氏认可的是孔氏说，而非王肃说。

另有 19 条"王肃云"出现于经、经注的注释之中。这些注释，有 1 条直接以"王肃云"的形式，有 1 条转引自《经典释文》。

（1）肆成人有德，小子有造。（《大雅·思齐》）

注：王肃云："周之成人，皆有成德，小子未成，皆有所造。为进于

善也。"

（2）《桧风序》

郑氏《诗谱》曰……注：《释文》曰："王肃云：周武王封祝融之后于济、洛、河、颍之间，为桧子。"

其余17条皆以"孔氏曰"的形式出现。有的"孔子曰"仅引"王肃云"，有的则包括"王肃云"于其中。

（1）龙盾之合。（《秦风·小戎》）

毛氏曰……合而载之。注：孔氏曰：盾以木为之，而谓之龙盾，是画龙于盾也。王肃云：合而载之，以为车蔽也。

（2）刺俭也。其君俭以能勤，刺不得礼也。（《魏风·汾沮洳序》）

注：孔氏曰："王肃、孙毓皆以为大夫采菜。"

（3）载衣之裳，载弄之璋。（《小雅·斯干》）

《毛氏》曰……璋，臣之职也。注：孔氏曰……王肃云："言无生而贵者也，明欲为君父，当先知为臣子也……群臣之从王行礼者奉璋。"

注释往往是对训诂、解经内容的补充，并未得到吕氏认可。

从以上分析可以看出，《吕氏家塾读诗记》引王肃《诗》说具有以下特点：其一，引录数量多。《吕氏家塾读诗记》征引王肃《诗》说多达50余条，仅次于朱熹《诗集传》，远远高于其他《诗》学著作。其二，《吕氏家塾读诗记》对王肃《诗》说依从者虽然较多，但仅列为参考者所占比例较大（即解经注释者20条），几近四成。其三，《吕氏家塾读诗记》好转引于他者，有不少观点早见于《毛诗正义》等，吕氏却引转自更晚的苏氏、董氏等。其四，《吕氏家塾读诗记》引王肃说多以"孔氏曰"的形式转引，直接引为"王肃"者极少，仅1条。

《续吕氏家塾读诗记》早佚，四库馆臣从《永乐大典》辑出，依旧分为三卷。《续吕氏家塾读诗记》仅引用王肃《诗》说1条，此条论《击鼓》之诗旨，已略见于《吕氏家塾读诗记》，故略而不论。

二、李樗《毛诗详解》

李樗,生卒生不详,曾师吕本中(1084年－1145年),著《毛诗详解》三十六卷。此书单行本今不存。后不知名者将李氏此书与黄櫄《毛诗解》合为一编,名为《毛诗集解》。① 《毛诗集解》于每首之下,先以"李曰"列李氏之说,再以"黄曰"列黄氏之说。黄氏几乎不引王肃之说,仅引王肃《家语注》1条,论《诗序》为子夏所作。此条于前已见于李樗注。而李氏《毛诗详解》直接引用王肃之说甚多,甚至保存了前代未见著录的王肃《毛诗注》佚文多条。

(1)王氏(王安石)曰:"饥而又饥,饥之甚也。"如王肃。②

案:李氏先言王安石之说,再言王安石从王肃。故马国翰将此条辑入王肃《毛诗王氏注》。

(2)王肃曰:"陵迟,犹陂陀也。"

案:《王风·大车序》:"刺周大夫也。礼义陵迟,男女淫奔,故陈古以刺。"可见此条是对《毛序》的解说。马国翰将此条辑入王肃《毛诗王氏注》。

以上2条不见于前代著作,独见于本书。

李樗《毛诗详解》直接引用王肃《诗》说共18条。

(1)愿言则嚏。(《邶风·终风》)

李曰:"王肃云:'愿以每道往加之,则嚏跲而不行'。"

(2)爰居爰处。(《邶风·击鼓》)

李曰:"王肃以谓卫人从军者与其家室决别之辞。"

李樗《毛诗详解》对所引王肃之说多采取认同的态度,其认同者共10条。

---

① 详情参见《四库全书总目》"毛诗集解"条。(清)永瑢等:《四库全书总目》卷15,北京:中华书局,1965年,第123页。

② (宋)李樗、黄櫄:《毛诗李黄集解》卷2,见《景印文渊阁四库全书》第71册,台北:台湾商务印书馆,1986年,第59页。本节所引李樗《毛诗详解》皆据此本,后不再一一注明。

(1)匪适株林,从夏南。(《陈风·株林》)

李曰:"此说(郑玄)不如王肃曰:'言非欲适株林,从夏南之母,反覆言之,疾之也'。……孙毓亦以王肃就为长,盖此说当从之。"

(2)雍,禘大祖也。(《周颂·雍序》)

李曰:"马融、王肃则谓祫小于禘。予以为马融、王肃之说为当,而郑氏之说非也。"

(3)享以骍牺。(《鲁颂·閟宫》)

李曰:"王肃云:'大和中,鲁郡于地中得齐大夫子尾送女器,有牺尊,以牺牛为尊,一则以为饰以翡翠,一则以为牺牛为尊。'其说不同……王肃之说但以为牺尊。王肃之议为优。"

李樗《毛诗详解》好驳前人之说,故对王肃之说亦多否定,共计8条。

(1)先祖匪人,胡宁忍予。(《小雅·四月》)

李曰:"言幽王不以人视人也。王肃曰:'征役遇时,旷废其祭祀,我先祖独非人乎?王者何为忍不忧恤我,使我不得修子道。'此诗固无大夫祭祀之事,不得以此为说。"

(2)《周颂·访落》

李曰:王肃以此篇为周公致政,成王嗣位,始朝其庙之乐歌……当且从郑氏之说。

有些虽未标明"王肃",细加比较便可发现全同于王肃。

龙盾之合。(《秦风·小戎》)

王肃云:"合而载之,以为车蔽也。"(《正义》)李曰:"合而载之……载于车上,以为车蔽也。"李氏之说全同于王肃。此类情况还有一些。

由此可见,李樗《毛诗详解》对王肃之说并不盲从,但对其合理者多加以肯定,多加以引用。

三、杨简《慈湖诗传》

杨简(1140 年－1225 年),浙江慈溪人,世称慈湖先生。杨简著有《慈湖诗传》二十卷,后亡佚。清乾隆时,四库馆臣从《永乐大典》中辑出,缺《公刘》以下十六章,仍分为二十卷。《慈湖诗传》重在字词及句义讲解,其往往在辨析众说后提出己见。《慈湖诗传》讲解时,虽以毛、郑为主,但亦多引三《礼》《尔雅》等经典为证。《慈湖诗传》亦多引王肃《诗》说。据笔者统计,该书直接引用王肃《诗》说 14 条,其中注音者 2 条,其余 12 条皆为释《诗》义。

1. 取王肃说为《诗》义

　　(1)王肃、孙毓皆以为大夫采菜。郑康成亦如之……①

　　(2)《毛传》曰:"琇,美石也。"王肃云:"以美石为瑱,塞实其耳。"

　　(3)王肃、孙毓云:"唯一兔头尔。"诸儒必曲取以为一兔,非也。三章皆言兔首,不及其余。

　　(4)王肃云:"群臣从王行礼之所奉。"《顾命》曰:太保奉璋以酢。王肃说为安。

此皆释《诗》从王肃说之例。

2. 引王肃之说证己之说

　　(1)王作民之父母,故民有子喻。王肃亦云"螟蛉有子,蜾蠃得以负而去。"

　　(2)曰"巷伯"者,《释宫》云:"宫之巷谓之壸。"王肃曰:"今后宫称永巷,是宫内道名也。伯,长也,主宫内道官之长,主宫内者,皆奄人,巷伯是内小臣者。"以《周礼》无巷伯之官,奄虽小臣为长,主巷之伯,唯内小臣耳。盖其官名内小臣,时人以其职号之,称为巷伯。

　　(3)曾孙来止,王视农事也。王肃曰:"农夫务事,使其妇子并馌馈也。田畯于是至而喜,攘却其左右,而尝其所馌之旨否。"

---

　　① 　(宋)杨简:《慈湖诗传》卷 7,见《景印文渊阁四库全书》第 73 册,台北:台湾商务印书馆,1986 年,第 95 页。本节所引杨简《慈湖诗传》皆据此本,后不再一一注明。

此皆引王肃之说证成已说之例。

3. 存异说而录之

有时出于存众说而录王肃说。

> (1)王肃引《周书·王会》云:"苯苜如李,出于西戎。"王基驳云……二说不同,当两存之,以俟后人。

> (2)《毛传》曰:"镐也,方也,皆北方地名。"孔疏云王肃以为镐京,故王基驳曰……皆与京师同名者也。

在第二条中,杨简虽然不赞同王肃之说,但依然录其说以备后学观之。简而言之,虽然《慈湖诗传》引录王肃《诗》说不是很多,但以正面引用为主(10条),否定者较少(2条)。

四、段昌武《毛诗集解》

段昌武,字子武,庐陵人,生卒年不详,约活跃于南宋。其侄段维清《状略》云:"本之东莱(吕祖谦)《诗说》,参以晦庵(朱熹)《诗传》,以至近世诸儒,一话一言,苟足发明,率以录焉,各曰《丛桂毛诗集解》。"①原书三十五卷,至清代仅存二十五卷。段氏《毛诗集解》博汇众家,共汇集前贤成果多达二十余家。

段氏《毛诗集解》卷首有《学诗总论》,论作诗之理、寓诗之乐、读诗之法、诗之世、诗之次、诗之序、诗之体、诗之派等。正文释《诗》时,于各章之后先附以字词训诂,其后又附以相关论说;再附以朱熹、吕祖谦、欧阳修等论《诗》旨之说,间附以相关论说;最后以"段曰"出己之意。实际各篇章解说时有缺项。据笔者统计,段氏《毛诗集解》共引王肃说26条,其中《家语注》1条:"孔氏曰:《家语》曰……王肃曰:前贤有言,丈夫二十不敢不有室,女子十五不敢不事人。"②其余引录王肃《诗》说者大体情况如下。

1. 引王肃说释《诗》

段氏于《诗》文之后,罗以作者认可的解说;再于认可的注释之后附以异说,或再附上相关注释。因此,从其所引诸家学说出现的位置,便可断定段氏的观点。《毛诗集解》常于原文之后引以王肃之说,作为《诗》的注释。

---

① (清)朱彝尊:《经义考》卷109,北京:中华书局,1998年,第584页。

② (宋)段昌武:《毛诗集解》卷3,见《景印文渊阁四库全书》第74册,台北:台湾商务印书馆,1986年,第502页。本节所引段昌武《毛诗集解》皆据此本,后不再一一注明。

（1）欧阳曰：“王肃以下三章卫人从军者与其室家诀别之词。士卒将行，与其室家决别，云我之是行，未知归期，亦未知于何所居处，于何所丧其马。若求我与马，当于林下求之。盖为必败之计也”注：曾曰：非独“爰居爰处”以下三章为从军者决别之辞，一篇之意皆如此。

（2）孔曰：鲜，王肃曰少也。注：朱曰：言其不知丑之多也。

（3）孔曰：王肃云，升于堂以俟。士昏礼：主人揖宾入于庙，宾升堂北面，奠雁再拜稽首，降出妇从。是则士礼受女于庙堂，庶人虽无庙，亦当受女于寝堂。

另外“六驳”“敦弓”等解说亦从王肃。这样的例子较多，共计 5 条。

2. 引为一家之言

有时段氏将王肃之说作为一家之说加以引录，或于王说之后附以他说，或将王说附于他说之后。

（1）孔曰：“王肃、孙毓皆以为大夫采菜。”崔灵恩《集注序》云：“君子俭以能勤。”案：今定本及诸本序直云其君，义亦通。

（2）程曰：“殆天之未阴雨，而下言自为安固防闲之道，深至如此，而尚或悔之。”孔曰……王肃云：“今者，今周公时。周公言，先王致此大功至艰难，而其下民敢侵侮我周道，不可不遏绝，以全周室。”

（3）程曰……孔曰：王肃曰：“群臣嘉宾，饮食以享之，琴瑟以乐之，币帛以将之，则庶乎好爱我，而示我以道矣。”

此类情况较多，共计 11 条。

3. 引王肃说为补证（注释中）

有时，段氏于注释之中引王肃说，以补证前文。

（1）房中者，后妃夫人侍御于君子，女史歌之，以节义序耳。注：孔曰：王肃云：“自《关雎》至《茉莒》，后妃房中之乐也。”然则夫人房中之乐当用《鹊巢》《采蘩》《采蘋》。郑无所说，意亦或然。

（2）朱曰：盾，干也。画龙于盾，合而载之。以为车上之衡，必载者，备破毁也。注：孔曰：盾以木为之，谓之龙盾，是画龙于盾也。王肃云：“合而载之，以为车蔽也。”

案:此条中,朱氏之说源自王肃,不知何故,段氏引朱氏说,而附以孔氏说。可能朱氏说更为简洁、全面。

据笔者统计,注释中引王肃《诗》说者共达 8 条之多。

有时,或许王肃等人的有些观点影响较大,故段氏特引而驳之。

> 东莱曰:郑康成、王肃皆以素冠为大祥之冠。盖引丧服已除成丧者其祭也,朝服缟冠之文,其说误也。

从以上分析可以看出,段氏《毛诗集解》引用王肃《诗》说具有以下特点:其一,引用时往往标明出处,或引于孔氏《正义》,或引于东莱《读诗记》,或引于欧阳氏《诗本义》,实有便于查找、核实。其二,段氏对王肃说肯定者寡,而存录者多,可见其亦尊郑、尊孔。其三,引王肃《诗》说多重字词训释。今存王肃《诗》说佚文,讲解《诗》义者多,而字词训诂者少,故段氏引之较少。释《诗》义往往见仁见智,各有己见。这便是宋代王肃《诗》说不受重视的原因之一。

五、严粲《诗缉》

严粲,生卒年未详,著《诗缉》三十六卷。严氏《诗缉》以吕祖谦《吕氏家塾读诗记》为主,兼采众说以明己意。《四库全书总目》对《诗缉》评价甚高:"是书以吕祖谦《读诗记》为主,而杂采诸说以发明之。旧说有未安者,则断以己意……凡若此类,皆深得诗人本义。至于音训,疑似名物异同考证,尤为精核。宋代说诗之家,与吕祖谦书并称善本,其余莫得鼎立,良不诬矣。"①

《诗缉》一书前有严氏《自序》,言及本书写作过程:

> 二儿初为《周南》《召南》,受东莱义,诵之不能习,余为缉诸家说,句析其训,章括其旨,使之了然易见。既而友朋训其子若弟者,竞传写之,困于笔札,胥命锓之木,此书便童习耳。②

据学者考证,《诗缉》一书约成书于 1244 年。③ 严氏《诗缉条例》对本

---

① (清)永瑢等:《四库全书总目》卷 15,北京:中华书局,1965 年,第 125 页。

② (宋)严粲:《诗缉原序》,见《景印文渊阁四库全书》第 75 册,台北:台湾商务印书馆,1986年,第 9 页。

③ 戴维:《诗经研究史》,长沙:湖南教育出版社,2001 年,第 383 页。

书体例作了较详细说明：

> 集诸家之说为《诗缉》，旧说已善者，不必求异；有所未安，乃参以己说。要在以意逆志，优而柔之，以求吟咏之情性而已。字训句义，插注经文之下，以著所从。乃错综新旧说，以为章指，顺经文而点拨之。使诗人纡余涵咏之趣，一见可了，以便家之童习耳。经文及章指，并作大字。字训句义，及有所发明，并作小注，以经文为先后，说虽异，有可取者，附注焉。①

据笔者统计，严粲《诗缉》共引王肃《诗》说 22 条，可分为两种情况：一是大字引，二是小字引。

1. 说"经文及章指"引（大字）

此类情况共计 4 条。其中引《家语注》1 条。

> 《大车》，刺周大夫也。礼义陵迟，男女淫奔，故陈古以刺。（《王风·大车》）注：疏曰……李氏曰：《家语》云：三尺之限，空车不能登者，峻故也；百仞之山，重载涉，马陵迟故也。王肃注云：陵迟，犹陂陀也。②

有一条引自王肃《春秋左传注》。

> 大赂南金。注：……疏曰：《左传》襄公二十五年……彼注云铜三色。王肃以为金、银、铜。

其余，"经文章指"解说中引王肃《诗》学 2 条：

> （1）曹氏又引王肃之说，五讹为七，义皆未安。
> （2）此诗（《常武》）王亲征淮北之夷及徐方也……王肃述毛，以为王不亲行。王基述郑，以为王自亲行……今从王基述郑，为王亲征。

---

① （宋）严粲：《诗缉条例》，见《景印文渊阁四库全书》第 75 册，台北：台湾商务印书馆，1986 年，第 10 页。

② （宋）严粲：《诗缉》卷 7，见《景印文渊阁四库全书》第 75 册，台北：台湾商务印书馆，1986 年，第 102 页。本节所引严粲《诗缉》皆据此本，后不再一一注明。

在这两条中,严氏对王肃之说均予以否定。

2."字训句义"注引(小字)

其余 18 条均为"字训句义"注所引。注解国名者 1 条:"桧"注云:《谱》曰……王肃云:"周武王封祝融之后,于济河颍之间为桧子。"

"章指"注引王肃说 2 条。

> (1)又托为鸟言……注:王肃曰:"我先王致此大功至艰难,而下民敢侵侮我周道,不可以遏绝,以全周室。"
>
> (2)四章、五章述燕射也……郑以为将养老择士大射,王肃以为燕射。《诗记》从王。注:《诗纪》曰:"以诗之所叙考之仪礼,王肃之说是也。"然学者读此诗,当深挹顺弟和乐之风以自陶冶,若一一拘牵礼文,则其味薄矣。

第一条从王肃说,第二条对王肃说加以否定。

其余 15 条皆为注经所引。其中独立引王肃说者 5 条。

> (1)玼兮玼兮。(《鄘风·君子偕老》)注:王肃曰:"玼,衣服鲜明貌。"
>
> (2)三星在天。(《唐风·绸缪》)注:《传》曰……王肃曰:谓十月也。
>
> (3)隰有六驳。(《秦风·晨风》)注:疏曰……王肃云:"言六,据所见而言也。"(此处"王肃云"另引)
>
> (4)旻天疾威。(《小雅·小旻》)注:《释天》曰……王肃云:"仁覆悯下曰旻天。"
>
> (5)燕师所完。(《大雅·韩奕》)注:燕,王肃平声……王肃曰:"燕,北燕国。"

第 1、5 条仅引王肃之说,可见严氏从之。第 2、3、4 条中,王肃之说附于后,可见仅为存异。

其余 10 条皆以"疏曰"的形式将王肃之说包含于其中。

> (1)有女如荼。(《郑风·出其东门》)
>
> 注:疏曰:……王肃云:"见弃又遭兵革之祸,故皆丧服也。"

（2）言采其莫。（《魏风·汾沮洳》）

注：疏曰："王肃、孙毓皆以为大夫采菜。"

（3）一朝酬之。（《小雅·彤弓》）

注：疏曰：王肃云报功也。

（4）既齐既稷。（《小雅·楚茨》）

注：疏曰：王肃云："齐,整也。"

（5）既匡既敕。（《小雅·楚茨》）

注：疏曰：王肃云："匡,诚正也。"

（6）王命召伯,定申伯之宅。（《大雅·崧高》）

注：疏曰：……王肃曰："召公为司空,主缮治。"

（7）以薅荼蓼。（《周颂·良耜》）

注：疏曰：……王肃云："荼,陆秽;蓼,水草。"

（8）肇域彼四海。（《商颂·玄鸟》）

注：疏曰：……王肃云："殷道衰,四夷来侵,至高宗,然后始复以四海为境域也。"

（9）相土烈烈,海外有截。（《商颂·长发》）

注：疏曰：……王肃云："相土在夏为司马之职,掌征伐也。说春秋者,亦以太公为司马之官,与郑异。"

从以上分析可以看出,其一,严氏对王肃《诗》说肯定者少,否定者多。其二,严氏引录王肃《诗》说时,多引自孔颖达《疏》,将王肃说独立引用者少。其三,严氏所引王肃说者范围较广,除了《毛诗注》之外,还涉及《家语注》《春秋左传注》等。

六、魏了翁《毛诗要义》

魏了翁(1178 年—1237 年),字华父,号鹤山,四川邛州蒲江县人,南宋理学家,经学家。宁宗庆元五年(1199 年)中进士,历任嘉定知府、汉州知州、兵部郎中、礼部尚书等职,卒赠太师,谥文靖。魏了翁一生著述甚丰,有《九经要义》《周易集义》《经史杂钞》《鹤山集》等。《九经要义》现存 6 种共156 卷,包括《周易要义》(10 卷)、《尚书要义》(20 卷)、《毛诗要义》(20 卷)、《仪礼要义》(48 卷)、《礼记要义》(31 卷)、《春秋要义》(27 卷)。[①] 《九经要义》为魏了翁经学代表作。经过长时间流传,儒经注疏变得繁琐,"了翁以世之治经者,每苦注疏难读,因节录诸经注疏之文,存其精要,汰其冗蔓。每条之前各有标题,而系以先后次第,以便学者之省览"。[②] 可见,《九经要义》并非儒经注释之作,而是对儒经注疏的摘录,其目的是便于学者了解经传要旨。

《毛诗要义》即《九经要义》之一,亦是经疏摘录之作。瞿镛《毛诗要义》提要云:"其书录《疏》为多,《传》《笺》则间取之。析其辞为各条,每条自撰纲领,亦有一条中不能截分者,则以纲领书于眉间。大抵意取故实,不主说经,故不求详备,第录之以备遗忘。"[③]《毛诗要义》共二十卷,第一至八卷为《国风》,第九至十八卷为《大小雅》,最后两卷为《三颂》。一卷之中,因内容多寡,或分上下,或分上中下。每卷及每部分(即各卷上下、上中下部分)皆以数字标明条目次序。[④]《毛诗要义》一般先列标题(标于书眉间者除外),再录以经疏。摘录内容以孔颖达的《诗疏》为主,《毛传》和郑《笺》为辅,其形式多样,或仅录《疏》,或录《传》《笺》,或录《笺》《疏》,或《传》《笺》《疏》皆录,偶有前录《毛诗》《毛序》者。[⑤]

《毛诗要义》称引王肃者情况较为复杂,有的出现于标题之中,更多的出现于摘录经疏之中。据笔者统计,《毛诗要义》标题中言及王肃者共 31

---

① 陈学林:《魏了翁〈九经要义〉考述》,载《国学》第八辑,第 217 页。

② 中国科学院图书馆整理:《续修四库全书总目提要·经部》(上册),北京:中华书局,1993年,第 314 页。该书称"诗经要义",即"毛诗要义"。

③ (清)瞿镛:《铁琴铜剑楼藏书目录》卷 3,见《续修四库全书》第 926 册,上海:上海古籍出版社,2002 年,第 85 页。

④ (宋)魏了翁:《毛诗要义》,见《续修四库全书》第 56 册,上海:上海古籍出版社,2002 年。本节所引《毛诗要义》皆据此本,后不再一一出注。

⑤ 杨青华对此有详细论述,参见杨青华《魏了翁〈毛诗要义〉》,广西大学文学院硕士学位论文,2015 年,第 36~38 页。

条,其中 2 条出于王肃《尚书注》,其余 29 皆与王肃《诗》学有关。依据其与前后文关系,这些条目可以分为以下几类。

1. 与毛郑无关引王肃《诗》说

《毛诗要义》标题有不少与毛郑无关引王肃《诗》说者,共 7 条。①

(1)王肃"周公摄政作《七月》",季札"居东作"。(卷八 8)

(2)王肃谓"兴周室积累艰苦",同《传》。(卷八 51)

(3)《伐柯》"刺朝廷",②王肃云"朝廷斥成王"。(卷八 67)

(4)"侵镐及方"。此"方",地名。王肃谓"镐京",误。(卷十 36)

(5)《左传》《韩诗》王肃皆作"唯此文王"。(卷十六下 20)

(6)祭与养老类,知此必大射。王肃谓燕射。(卷十七上 39)

(7)王肃以新庙为闵公庙。(卷二十上 94)

总体而言,以上 7 条未将王肃置于与毛、郑对比之中。虽则如此,比较意味依然比较浓郁,如第 1 条王肃与季札比较,第 2 条《毛传》与王肃比较,第 3 条《毛序》与王肃比较等。只有少数条目仅言王肃,如第 4 条,第 7 条等。

2. 述毛引王肃《诗》说

《毛诗要义》标题中有不少述毛引王肃《诗》说者,这些标题往往带有"王毛""毛王"或"述毛"等字样,共 6 条。

(1)毛、王以公服不浣,惟浣私衣,与郑异。(卷一上 62)

(2)毛、王"外孙曰甥",孙毓因谓绝襄公。(卷五上 59)

(3)齐则角枕锦衾,毛、王谓见夫齐物而感。(卷六上 48)

(4)王、毛"鸿不宜循渚",《笺》同,但"避居"意异。(卷八 76)

(5)王、孙述毛说,不以夫井斗量言。(卷十四上 3)

(6)诗并言太伯,故毛、王以适吴事证之。(卷十六下 10)

另外还有 1 条出于王肃《尚书注》:"王肃祖毛,王数、文武之年亦同郑。"(卷八 7)

---

① 为了便于理解,下文所引《毛诗要义》标题皆为完整标题,不作删减。

② "伐柯"指《伐柯序》,《伐柯序》:"美周公也。周大夫刺朝廷之不知也。"

3. 驳郑引王肃《诗》说

如前所说,《毛诗正义》多将王肃置于郑玄对立面,故郑、王对举者甚多。《毛诗要义》标题亦多驳郑引王肃《诗》说者,共 10 条。

(1)郑以"退食"为"减膳",王肃、孙毓难之。(卷一下 67)

(2)"死生契阔",毛郑"士伍约",王云"室家约"。(卷二上 42)

(3)王肃"以道自誓",或得传旨。郑"不忘君恶"。(卷三 66)

(4)崔①、王"夏屋"为"屋宅",郑云"大具"。(卷六下 70)

(5)郑谓成王罪公属党,王肃设"三非"。(卷八 50)

(6)毛以所愿释《伐柯》,郑谓人心,王谓恕施。(卷八 72)

(7)"不自为政",郑谓更授命,二王辨之。(卷十二上 9)

(8)王、孙以"妇人无外事,从官有常气",难郑。(卷十四上 28)

(9)郑云"泮涣,自纵驰",王肃、孙毓疑之。(卷十七下 32)

(10)"念我土宇",郑谓念乡,王谓忧世。(卷十八上 34)

以上 10 条,郑、王解说各异。从标题看来,王肃驳郑意味明显。此外,有 1 条郑王并提者:"王、郑易《传》,以素冠为既祥之冠。"(卷七 62)

4. 王肃与其他学者并提

《毛诗要义》标题中还有一些将王肃与魏晋时郑派、王派学者并提者。如前所说,后世学者多认为孙毓是王肃的追随者,《毛诗要义》中有多条将王肃与孙毓并提的条目。

(1)王、孙皆"乐道忘饥",郑谓"以水疗饥"。(卷七 20)

(2)王肃以为四月至六月,为役期过时。孙难之。(卷十三上 29)

另外,卷十四(上)第 3 条言"王、孙述毛说",卷一(下)第 67 条言"王肃、孙毓允之",卷十七(下)第 32 条言"王肃、孙毓疑之"。

从以上可以看出,虽然孙毓多同王肃,但亦有驳王肃者。可见,孙毓并非一味维护王肃。

---

① 此处"崔"指的是东汉文学家崔骃,其《七依》中有"夏屋渠渠",故《正义》引以为说。

如前所说,王肃驳郑,遭到王基的反击。《毛诗要义》中二王并提者2条:

(1)王肃"天子之统一玄",王基谓"缘无一色"。(卷五上25)

(2)王肃未有名璋瓒为璋,王基驳之。(卷十六上67)

另外,卷十二(上)第9条"二王"并提:"郑谓更授命,二王辨之。"此外还有一条马融、王肃并提者:"马、王谓稷乃喾之遗腹子,故弃之以自明。"(卷十七上11)

从以上三十余条标题可以看出,王肃完全被置于"述毛"和"驳郑"的境地,"述毛""驳郑"条目达16条,占半数以上;如果加上王基驳王肃者,数量则更多。如前所说,《毛诗正义》往往"述毛""驳郑"而大量引王肃《诗》说。《毛诗要义》是摘录体,故其所呈现出的这一特征,显然是多受《毛诗正义》影响的结果。

据笔者统计,《毛诗要义》摘录经疏中引王肃说者共90条,其中5条出于王肃《尚书注》,其余85条出于王肃《诗》说,[①]占今存王肃《诗》说总数四分之一左右,不可谓不多也。《毛诗要义》以关于经义、礼制、名物、史事等的辩论为主要摘录对象,而《毛诗正义》所引王肃《诗》说中,论述经义、名物、史实者甚多,且多有可取之处,故《毛诗要义》摘录甚多。

除上述著作之外,南宋还有不少著作,对王肃《诗》说都有所征引,如范处义的《诗补传》引1条,王质的《诗总闻》引2条,宋林岩的《毛诗讲义》引3条,辅广的《诗童子问》引1条等,这些皆不过数条而已,故略而不议。另,王应麟的《诗考》引王肃《诗》说9条,《诗地理考》引6条,其多将王肃《诗》说作为史料加以引用,无甚特点,故亦不多言。

以上对南宋较有代表性的《诗经》学著作征引王肃《诗》说的情况作了较为详细的考察。从以上分析可以看出,王肃《诗》学在南宋传播和接受的大体情形。其一,总体而言,南宋一朝,王肃《诗》学处于接受低谷,虽有不少《诗经》学著作对其观点有所征引,但数量非常有限。其二,南宋学者对王肃《诗》学引用虽以肯定为主,但不依从的比例较高,一般皆在三分之一以上。其三,北宋学者多以间接引用和化用为主,南宋除朱熹之外,大多具有汉学倾向的学者多以直接引用为主,标明引文出处。其四,南宋学者对

① 其中5条马国翰辑入《毛诗义驳》,1条辑入《毛诗奏事》。

王肃《诗》说的引用，绝大部分没有超出《毛诗正义》和《经典释文》的范围，新增佚文极少。此表明王肃的众多《诗经》学著作于北宋时期流传不广，至南宋时期可能多处于几近亡佚的状态。其五，宋代虽然对王肃不甚认同，但亦未作刻意批判，更未作政治批判和人身攻击，这的确是难能可贵的。

第十章　元明时期王肃《诗》学影响

汉唐时期,《诗经》汉学盛行,入宋之后,在理学影响下,《诗经》宋学盛行。到了元明时期,《诗经》学发展进入低潮,这一时期《诗经》学多沿袭宋学的路子,《诗经》研究著作甚多,如元代今可考知者达 77 种,①《四库全书》收录 7 种,另外存目 3 种。而明代今可考知者则多达七百四十余种,尚存者约二百二十余种②,《四库全书》收录 10 种,另外存目 43 种。虽然自宋代之后,王肃《诗》学影响渐弱,但对这些著作细加考察,便可发现,不少著作对王肃《诗》说多有引用和化用。

第一节　元代《诗》学与王肃《诗》学

元朝不甚重视文化建设,就经学而言,元代经学少有创见,大多沿袭宋代经学。就《诗经》学而言,多是对宋代朱熹《诗集传》的继承与延伸。《四库全书总目》"诗经大全"条:"有元一代之说《诗》者,无非朱传之笺疏,至延佑行科举法,遂定为功令,而明制因之。"③元代《诗经》名家甚少,仅许谦、刘瑾、朱公迁、梁益数家而已。

一、刘瑾《诗传通释》

刘瑾,安福人。其学源出朱熹,曾著《诗传通释》二十卷。《诗传通释》重在对朱熹《诗集传》作疏通和补证。故全书于经文之后,先逐一罗列朱氏《诗集传》原文,再随文作注。于每篇最后附以《毛诗序》及朱熹《序辨说》。《诗传通释》以释朱《传》为主,在为朱《传》作注时,多引前代学说为据。

据笔者统计《诗传通释》共引王肃《诗》学 9 条,这 9 条都出现小注之中。其中 1 条引自《家语注》。《诗传通释首序》:"或以为子夏。"注:"王肃、

①　刘毓庆:《历代诗经著述考》(先秦—元代),北京:中华书局,2002 年,第 343～389 页。
②　刘毓庆、贾培俊:《历代诗经著述考·弁言》(明代),北京:中华书局,2008 年,第 2 页。
③　(清)永瑢等:《四库全书总目》卷 16,北京:中华书局,1965 年,第 128 页。

沈重亦云：大序是子夏作，小序子夏、毛公合作。"①这条注文不见于今本王肃《家语注》，但多见于宋代引录。有1条直接引为"辅氏曰"。《大雅·行苇》："敦弓既句，既挟四镞。"注：辅氏曰："故王肃以此为燕射。""辅氏"指的是宋代辅广的《诗童子问》。有1条引自《经典释文》。桧（国名）。注：《释文》曰：王肃云："周武王封祝融之后，于济河颍之间为桧子。"

有4条以"孔氏曰"的形式仅引"王肃云"。

（1）鵻有六驳。（《秦风·晨风》）

注：孔氏曰：王肃云："言六，据所见而言也。"

（2）人之好我，示我周行。（《小雅·鹿鸣》）

注：孔氏曰：王肃云："饮食以享之，琴瑟以乐之，币帛以将之，则庶乎好爱我，而示我以道矣。"

（3）时维鹰扬，凉彼武王，肆伐大商，会朝清明。（《大雅·大明》）

注：孔氏曰：王肃云："不崇朝而杀纣，天下乃大清明，无复浊乱。"

（4）王命召伯，定申伯之宅。（《大雅·嵩高》）

注：孔氏曰：王肃云："召公为司空，主缮治营，筑城郭。"

另外2条，"王肃云"仅仅是"孔氏曰"的一部分。

（1）乃慰乃止，乃左乃右，乃疆乃理。（《大雅·绵》）

注：孔氏曰：……王肃云："乃左右开地置邑，以居其民。"

（2）以御于家邦。（《大雅·思齐》）

注：孔氏曰：……王肃云："以迎治天下国家。"

从上可以看出，刘氏《诗传通释》仅将王肃《诗》说作为论说材料，且多

---

① （元）刘瑾：《诗传通释》，见《景印文渊阁四库全书》第76册，台北：台湾商务印书馆，1986年，第265页。本节所引刘瑾《诗传通释》皆据此本，后不再一一注明。

转引自他书。

二、朱公迁《诗经疏义会通》

朱公迁,乐平人,世称明所先生,著有《诗经疏义会通》《四书通旨》等。《诗经疏义会通》二十卷,是一部墨守朱《传》的著作。朱公迁《自序》云:"间因辅氏说①而扩充之,剖析传文,以达经旨。"②《四库全书总目》"诗经疏义"条:"其说墨守朱子,不逾尺寸,而亦间有所辨证。"③《诗经疏义会通》全录朱氏《诗集传》原文,并逐一讲解、疏证。

据笔者统计,《诗经疏义会通》共引王肃《诗》说 8 条,皆出现于朱《传》的小注之中。

有 1 条可能出自《家语注》。《小雅·甫田》:"谷我士女。"朱《传》:"谷,养也,又曰善也。言仓廪实而知礼节也。"注:"辑录王肃。本《管子·牧民篇》语。"④其中有 1 条直接用"王肃谓"形式。《大雅·嵩高》:"王命召伯,定申伯之宅。"注:"王肃谓:召穆公为宣王司空,司空掌营国邑,故命之。"有 1 条引自"吕氏曰"。《大雅·行苇》:"敦弓既句,既挟四镞。"注:吕氏曰:"孔氏虽难王肃燕射之说,谓……"

《诗经疏义会通》引录他人之说往往前用"辑录"二字。其余 5 条引王肃说前皆有"辑录"二字。其中有 2 条辑录自《经典释文》。

> (1)辑录《释文》王肃云:"周武王封祝融之后,于济河颍之间为桧子。"
>
> (2)辑录《释文》曰:"王肃云:公号,刘名。"

另外 3 条都"辑录"自孔《疏》,即孔颖达主编的《毛诗正义》(又名《毛诗注疏》)。

> (1)辑录《孔疏》王肃云:"言六,据所见而言也。"
>
> (2)辑录《孔疏》王肃云:"饮食以享之,琴瑟以乐之,币帛以将之,则庶乎好爱我,而示我以道矣。"

---

① 即宋代辅广《诗童子问》,《景印文渊阁四库全书》第 74 册有收录。
② (清)朱彝尊:《经义考》卷 111,北京:中华书局,1998 年,第 593 页。
③ (清)永瑢等 :《四库全书总目》卷 16,北京:中华书局,1965 年,第 127 页。
④ (元)朱公迁:《诗经疏义会通》卷 13,见《景印文渊阁四库全书》第 77 册,台北:台湾商务印书馆,1986 年,第 362 页。本节所引朱公迁《诗经疏义会通》皆据此本,后不再一一注明。

（3）辑录《孔氏》曰：王肃云："不崇朝而杀纣，天下方大清明，无复浊乱。"

从以上可以看出，《诗经疏义会通》对王肃《诗》说多转录自他书，且仅作为论证材料而出现于小注之中。由此可见王肃《诗》学之衰了。

除此之外，其他《诗》学著作对王肃《诗》说亦有所征引，如许谦的《诗集传名物钞》引4条，梁益的《诗传旁通》引4条，朱倬的《诗经疑问》引2条等，皆数量较少，且无特色，故略而不议。

第二节　明代《诗》学与王肃《诗》学

有明一朝，《诗经》学虽较前代有不少发展，但其成就依然无法同宋代和清代相比。[①] 明代前期，《诗经》学沿袭元代宗朱《传》的传统，少有突破。到了明英宗之后，随着阳明心学的兴起，从而逐渐突破朱《传》传统，而有了新的发展。[②]

一、冯复京《六家诗名物疏》

明成祖朱棣时，令胡广等编撰《五经大全》。《五经大全》中的《诗传大全》二十卷，主要以元代刘瑾的《诗传通释》为底本，稍作变更而成。《诗传大全》体例，于经文之下全录朱《传》，再加以小字注，注多引前人旧说。《诗传大全》小注引王肃《诗》说9条，全同于刘瑾《诗传通释》，故略而不议。到了明代中期之后，随着阳明心学的发展，《诗经》学逐渐突破旧藩篱，而形成多个流派，[③]出现了一些颇有成就的《诗经》学著作。

冯复京（1573年－1622年），[④]江苏盱眙人。仕于万历朝，长于经学，曾著有《六家诗名物疏》《月令广义》《遵制家礼》等。《六家诗名物疏》成书

---

① 据刘毓庆先生考察，明代诗学著作共计七百四十余种，今存约二百二十余种。参见刘毓庆、贾培后：《历代诗经著述考·弁言》（明代），北京：中华书局，2008年，第1页。
② 明代《诗经》学发展情形，详情参见刘毓庆：《从经学到文学——明代〈诗经〉学史论》，北京：商务印书馆，2001年。
③ 刘毓庆：《从经学到文学——明代〈诗经〉学史论》，北京：商务印书馆，2001年。
④ 《四库全书总目》作"冯应京"，实误。参见刘毓庆、贾培后《历代诗经著述考》（明代），北京：中华书局，2008年，第200页。《景印文渊阁四库全书》第80册《六家诗名物疏》正文作"冯复京"，不误。

于万历三十三年(1605 年)。①《六家诗名物疏叙例》云:"予今具释列为三十二门,门各若干事,《诗》之名物,殚于此矣。"②《六家诗名物疏》中的"六家"指的是鲁、齐、韩、毛、郑《笺》和朱《传》。其将汉代今文三家《诗》亦纳入考辨范围,颇与众异。《六家诗名物疏》五十四卷,"是书因宋蔡卞《诗名物疏》而广之"。③ 该书引证博洽,可谓明代《诗经》学博物派的代表。④

冯氏《六家诗名物疏》重在名物训诂,故对于王肃《诗》说多加引录,以为考辨之据。该书前《引用书目》中罗列有王肃的多种著作:王肃《毛诗注》、王肃《毛诗杂驳议》、《孔子家语》王肃注、王肃《圣证论》。除《孔子家语注》外,其他三种著作可能早佚,冯氏可能并没有读过这三种著作原书。

据笔者统计,该书共引录王肃说 17 条。"王肃云:綦,赤黑色"先后出现于"綦"和"骐弁"两条目中。这条乃出于《尚书·顾命》王肃注。

还有一条论礼制。释"宫":"故王肃难郑云:文武受命之王,不迁之庙,权礼所施,殷之三宗,宗其德而存其庙,亦不以为数⋯⋯故七庙之说,断从王肃为长。"⑤此条当出于王肃《圣证论》。⑥

论古代车驾制度那条先后重复 2 次。"驾"条:"王肃云:古者一辕之车驾三马,则五辔,其大夫皆一辕车。夏后氏驾两谓之骊,殷益以一骖谓之骖,周人又益一骖谓之驷。本从一骖而来,亦谓之骖。"又见"异"条:"王肃谓驾两马者。古者士驾二马。"前者论古礼,后者论今礼,二者略有不同。

其他 12 条涉及多方面内容。有一些是作为资料而加以收录,如释"茉莒""廓""的"。其余 9 条,有 2 条冯氏持否定态度。

(1)驳

按:中曲山之驳,最为猛兽。此诗又以六字足句。王肃云"据所见而言",恐诗人见六驳,必骇而走矣,何暇韵之为诗乎?

(2)射《传》云射燕之礼。《笺》云大射。

---

① 刘毓庆:《从经学到文学——明代〈诗经〉学史论》,北京:商务印书馆,2001 年,第 146 页。

② (明)冯复京:《六家诗名物疏叙例》,见《景印文渊阁四库全书》第 80 册,台北:台湾商务印书馆,1986 年,第 3 页。

③ (清)永瑢等:《四库全书总目》卷 16,北京:中华书局,1965 年,第 129 页。

④ 刘毓庆:《从经学到文学——明代〈诗经〉学史论》,北京:商务印书馆,2001 年,第 145~160 页。

⑤ (明)冯复京:《六家诗名物疏》卷 5,见《景印文渊阁四库全书》第 80 册,台北:台湾商务印书馆,1986 年,第 80 页。本节所引冯复京《六家诗名物疏》皆据此本,后不再一一注明。

⑥ 王肃《圣证论》早佚,马国翰辑本中收录此条。

按：王肃以为燕乐之义，得则能进乐其先祖，故言烝衎，非是实祭，不思祭祀感神获福，与燕何涉，可谓牵率之甚矣。

其余 7 条皆持肯定态度。有 3 条直接引为释说。

(1) 緵

《传》云：緵数。王肃述毛云："緵数，绩麻之缕也。"

(2) 将

《传》云：将，齐也。王肃云："分齐其肉所当用。"

(3) 荼（《周颂·良耜》）

《释草》云……王肃说《诗》云荼陆秽草。

有 3 条，在驳郑之中申王。

(1) 夏屋

按：夏屋，毛无明训。郑则以为大具以食我。王肃述毛以为屋室之屋。而朱子从之……其非礼食可知也。

笔者案：冯氏引用了大量资料对郑玄"食我"说作了大量驳斥，以明王肃"屋室"之说。

(2) 祀（《周颂·雍》）。

按：《尔雅》云：禘，大祭也。郑氏之学，以为禘礼有四……此郑氏之说，谓合祫大禘小者然也。若王肃、张融、孔晁之徒则以禘为大、祫为小……（郑玄）其说自相违背。王肃不信六天之说，既无郊丘之分，且谓禘惟祭宗庙。《大传》所谓祭其所自出者，谓始祖之父耳。陆淳、赵匡、朱子之徒，皆依而用之。

(3) 公尸（《大雅·凫鹥》）

按：……王肃之徒则以郊、丘为一……则郊丘为一，王论确也。

笔者案：在第 2 条中，冯氏对郑玄"祫大禘小"之说作了深入批判，并论及"郊、丘为一"等观点。第 3 条则主要论证"郊丘合一"。

难能可贵的是，冯氏有时采用实物、图录等来证明王肃之说。

牺尊(《鲁颂·闷宫》)

王肃云:太和中,鲁郡于地中得齐大夫子尾送女器,有牺尊,以牺牛为尊然,则象尊为象形……《博古图》所载即徽宗时物也,其牺象二尊,正如王肃所言。全作牛象形,开背受酒,则康成、阮谌之说尽臆度耳……

从以上分析可以看出,冯氏《六家诗名物疏》虽然引王肃《诗》说不算很多,但却非常有特色和价值。其一,其引用范围甚广,从其卷首罗列的《引用书目》可以看出,其涉及王肃的多种著作。从其引用的情况来看,涉及《诗》《书》《圣证论》等多种注疏。其二,总体而言,冯氏对王肃说支持多,反对少。明确反对的仅2条,而明确支持的则达7条之多。其三,冯氏此书以"名物疏"命名,故其考辨详尽,甚至过于繁琐,但其结论易让人信服。其四,冯氏引王肃说,常断章取义,取其所需,并不全录原文。其五,其对王肃以实物论证之法大加支持,并且亦以此法来证明王说。

从以上分析可以看出,随着求实思想的发展,王肃众多有价值的学说越发受到学者们重视。

二、何楷《诗经世本古义》

何楷(?—1645年),福建漳州人,曾仕于崇祯朝,清兵攻破漳州,忧郁而卒。何楷博览君书,精于经学,曾著有《古周易订诂》《诗经世本古义》等。何氏依据世系,将《诗经》分为二十八世。何楷《诗经世本古义序》云:"书成悉依时代为次,名曰《世本古义》,伸子舆氏诵诗论世之指也,卷凡二十八,与经宿配。"①《四库全书总目》云:"楷学问博通,引援赅洽,凡名物训诂,一一考证详明,典据精确,实非宋以来诸儒所可及。"②刘毓庆云:"这是明代《诗》学著作中最杰出的一部。其征引之广博,典据之精详,名物考证之详明,在经学史上都是少见的。"③何氏《世本古义》以求古义自居,故对唐前旧说多加引录。作为魏晋时影响较大的一家之说,此书对王肃《诗》说引录较多。

《诗经世本古义》体例:先拟一序,说明《诗》作的时世,再录《诗》原文,

---

① (明)何楷:《诗经世本古义序》,见《景印文渊阁四库全书》第81册,台北:台湾商务印书馆,1986年,第4页。

② (清)永瑢等:《四库全书总目》卷16,北京:中华书局,1965年,第130页。

③ 刘毓庆:《从经学到文学——明代〈诗经〉学史论》,北京:商务印书馆,2001年,第202页。

随文小字作注，最后附以章数、句数。该书注释引录王肃说53条。何氏引王肃说具有以下特点。

其一，引录内容广泛，涉及多部经典。

(1)之子于钓，言纶之绳。(《小雅·采绿》)注:《周易》王肃注:缠，裹也。①

(2)《齐国·东方未明序》注:马融、王肃注《尚书》以为日永则昼漏六十刻，夜漏四十刻；日短则昼漏四十刻，夜漏六十刻。

(3)元龟象齿，大赂南金。(《鲁颂·泮水》)注:金三品，王肃以为金、银、铜。

第3条未标明王肃注出处。如上所说，此同于《尚书·禹贡》王肃注。甚至还引及《圣证论》。"王肃《圣证论》曰:礼自上以下降杀……刘歆、王肃、韩退之之徒皆谓天子祖功宗德之庙，不在七世之列。"

还有几条，不见于《毛诗注》，或出于王肃其他经注。

(1)其香始升。上帝居歆。胡臭亶时。(《大雅·生民》)注:王肃以上帝为天，而不及五帝，抑未之悉耳。

(2)《周颂·我将序》注:王肃之学，有昊天，而无五行。

(3)《周颂·桓序》注:王肃谓，右膝至地，左膝去地也。

其二，引用形式多样。或与他人合引。

(1)窈窕淑女，君子好逑。(《周南·关雎》)注:扬雄、王肃云:善心曰窈，善容曰窕。非也。

(2)庶见素冠兮。(《邶风·素冠》)注:王肃、郑玄、孙毓皆以为大祥之冠。

(3)言采其莫。(《魏风·汾沮洳》)注:王肃、孙毓皆以为大夫也。

或以论辩形式转述大意。

---

① (明)何楷:《诗经世本古义序》卷16，见《景印文渊阁四库全书》第81册，台北:台湾商务印书馆，1986年，第427页。本节所引何楷《诗经世本古义》皆据此本，后不再一一注明。

（1）《周颂·清庙》序注：王肃驳郑义曰：古者祖有功而宗有德，祖宗自是不祧之名，非唯配食于明堂者也。

（2）岂弟君子，俾尔弥尔性，似先公酋矣。（《大雅·卷阿》）注：王肃非之，云：周公著书，名曰《无逸》，而云自纵驰也，不亦违理哉。

（3）充耳以素乎而，尚之以琼华乎而。（《齐风·著》）注：王肃辨之，以为王后织玄纮。

或借他人之口转述王肃之意。

（1）四月维夏，六月徂暑。（《小雅·四月》）注：季文子赋诗之意与孔子思祭之说正合。王肃亦主是说。

（2）既曰归止，曷又怀止？（《齐风·南山》）注：朱子从王肃说，谓怀指襄公，言文姜既下嫁于鲁，适人矣，何以复思与之会而淫乎。

其三，概述大意者不少，与原文多有出入。

（1）相土烈烈，海外有截。（《商颂·长发》）注：王肃谓相土在夏，为司马之职，掌征伐。

案：这里用"谓"对王肃主要观点作了概括。《毛诗正义》原文内容则丰富得多。王肃云："相土能继契，四海之外，载然整齐而治，言有烈烈之威，则相土在夏为司马之职，掌征伐也。说春秋者，亦以太公为司马之官，故得征五侯九伯。"（《正义》）

（2）密人不恭，敢距大邦，侵阮徂共。（《大雅·皇矣》）注：王肃云：密须氏，姞姓之国也。

王肃云："密须氏，姞姓之国也，乃不恭其职，敢兴兵拒逆大国，侵周地。"（《正义》）

（3）上帝不宁，不康禋祀，居然生子。（《大雅·生民》）注：马融、王肃皆以臆说，谓后稷乃帝喾遗腹子，姜嫄为寡居生子，为众所疑，不可申说，故弃之。

案：王肃此条注释较长，前文已引录多次，在此从略。

（4）大夫君子，昭假无赢。（《大雅·云汉》）注：王肃谓，无敢有私赢之，而不敷散。

王肃云："大夫君子，公卿大夫也。昭其至诚于天下，无敢有私赢之而不敷散。大夫君子，所以无私赢者，以民近死亡，当赈救之，以全汝之成功。"（《正义》）

从以上数例可以看出，何氏引录时，并非照录原文，而是多加裁剪，仅概括所需大意。

从以上分析可以看出，何氏《诗经世本古义》一方面对王肃学说多加引录，涉及面广，内容丰富；另一方面，其引录时，好转述、好概括、好裁剪，故与原文多有出入，且意思也略有不同。另外，何氏有时不标明出处，让读者难以查对、核对。

除此之外，其他《诗》著对王肃《诗》说亦有所征引，如季本的《诗说解颐》引5条，顾梦麟的《诗经说约》引10条，李先芳的《读诗私记》引1条，朱朝瑛的《读诗略记》引5条等，但皆数量不多，特征不明显，故略而不论。

从以上可以看出，元明时期是王肃《诗》学接受的式微时期，各类《诗经》学著作对王肃《诗》说的引用数量相对较少，并且完全没有超出《毛诗正义》《经典释文》引录范围。这既与王肃《诗》学著作散佚有关，也与《诗经》宋学密切相关。

第十一章　清代王肃《诗》学影响

到了清代,随着乾嘉学派的兴起,《诗经》学发展呈现多元化势态,并取得了多方面的成果,为《诗经》学发展增添了光彩。王肃《诗》学接受,随着《诗经》学发展大趋势而变迁,到清代则迎来了新的高潮。不仅考据派学者对王肃《诗》说大量引用,其他学派、学者对王肃《诗》说的引用、化用亦有增多之趋势。

第一节　《诗经》考据派与王肃《诗》学

随着考据学的发展,到了清代中期,《诗经》考据派逐渐形成,并成为清代最具代表性和影响力的《诗经》学派。清代《诗经》考据学派人物众多,代表人物有胡承珙、马瑞辰、陈奂等,胡承珙可谓其中杰出代表。

一、陈启源《毛诗稽古编》及朱鹤龄《诗经通义》

随着汉学的兴起,考据学派成为清代《诗经》学研究的一个重要流派。清初陈启源和朱鹤龄"专宗汉学""高举复古旗帜"①,二人《诗经》学代表作《毛诗稽古编》和《诗经通义》实开清代《诗经》考据派先声。

陈启源,生卒年不详,字长发,江苏吴江人,主要活动于明末清初时期。陈启源一生潜心学术,著有《毛诗稽古编》《尚书辨略》《存耕堂稿》等。《毛诗稽古编》三十卷,历经十四年而成。清初学坛颇带晚明空疏之气息,于是复古求实之风渐起。陈启源编《毛诗稽古编》,"推求古经本旨以挽其弊"。②《四库全书总目》:"启源此编,则训诂一准诸《尔雅》,篇义一准诸《小序》;而诠释经旨,则一准诸《毛传》,而郑《笺》佐之;其名物则多以陆玑《疏》为主。题曰'毛诗',名所宗也。曰'稽古编',明为唐以前专门之

---

① 洪湛侯:《诗经学史》,北京:中华书局,2002年,第461页。

② (清)陈启源:《毛诗稽古编·序例》,见《景印文渊阁四库全书》第85册,台北:台湾商务印书馆,1986年,第333页。

学也。"①

《毛诗稽古编》三十卷，前二十四卷依次解经，仅出篇名，不录原文，先辩众人之说，再以案语形式发已之见。如上所说，《毛诗稽古编》宗毛、宗郑，故对王肃《诗》说不甚重视。据笔者统计，《毛诗稽古编》（后简称《稽古编》）共引王肃《诗》说51条，其中赞同者24条，反对者19条，持中者8条。《稽古编》以释义为中心，故其引王肃说大体情况如下。

（一）直接引王肃说释义

《稽古编》有少量释义直接从王肃说。

（1）其曰"子"者，王肃以为卿大夫之称也。案：斯言得之。②

（2）《集传》以"烝"为发语声，尤属臆说。王肃述毛："烝，众也。"得之矣。吕《记》从王义。

（3）自为政则尹氏不得专恣矣。下章"不自为政"，王肃以为政不由王出。意正相应。

此皆直接引王肃说者，这样的情况极少。

（二）引王肃说申毛、申郑

王肃说有不少同于毛、郑，陈氏往往引之以申毛、郑。

（1）"载衣之裳"，毛以为下之饰，取习为卑下之意。郑以为昼日衣，取当主外事。王肃申毛云：天下无生而贵者，欲为君父，当先知为臣子。斯义胜矣。

（2）幽王昏乱，诸侯不朝，天下无复有宗周者，谓之既灭亦宜。至王肃述毛，以为先王之法，有可宗之道，幽王弃之，故曰既灭。取义亦优。

案：此皆以王肃说申毛。

（3）《毛》以为练冠，郑以为祥冠。《吕记》从毛，朱《传》从郑。孔申郑……故王肃、孙毓皆以《笺》为长。

---

① （清）永瑢等：《四库全书总目》卷16，北京：中华书局，1965年，第132页。
② （清）陈启源：《毛诗稽古编》卷7，见《景印文渊阁四库全书》第85册，台北：台湾商务印书馆，1986年，第428页。本节所引陈启源《毛诗稽古编》皆据此本，后不再一一注明。

案：此引王肃说申郑。

（4）毛《传》、郑《笺》、王肃述毛意，皆指诸侯。言无异说也。

案：此以王肃说申毛、郑。

《稽古编》引王肃申毛、郑者数量较多。

（三）引王肃说驳郑

王肃之说有不少异于郑玄者，《稽古编》常引之以驳郑申毛。

（1）"每必靡及"，《传》云：每虽怀和也。郑王各述毛意，而说不同。王云：虽内怀中和之道，犹自以无所及。郑所据《毛传》无"每虽"二字……王肃即用以述毛，于义允当。

（2）艾，历也。历，数也。《释诂》文也。郑训朕，未有艾转历而为数，不如王氏训历之为经也。

案：郑、王异义，陈氏引王肃说，以证郑氏之误。这一情况不是很多。

（四）驳王以申郑

有时，王肃说有一定影响，但作者认为不妥，于是拥毛、郑时，对王肃说加以批判。

（1）毛郑……合于经文者有三焉……王肃以此诗是大夫妻助祭于夫氏之事，故谓蘋藻为蕴，牖下为奥。孔《疏》驳之而朱《传》从之……故孔《疏》驳王肃云，经典未有以奥为牖下者。案：奥乃深隐之名，牖下是通明之处，肃合而为一，名实相违矣。

（2）古之人，谓古昔圣君，非指文王也。毛、郑意同。王肃云："文王性与古合，是言古人，正借以美文王耳。"于义仅通。

案：陈氏从毛、郑，故对王肃之说多加批判。

（3）《笺》云：屋，具也。渠渠，犹勤勤。礼食大具，其意勤勤。然《疏》云："屋，具"，《释言》文。案：今本《尔雅》……与《笺》合，当以为正矣。始则大具，今则无余。文意相应，斯解为允。《集传》祖王肃，以屋为屋宇用。修议之良是……亦可通，但《笺》义出《尔雅》，较有本。

案:因郑《笺》合于《尔雅》,故陈氏为之作强舌之辩。

有时王肃同毛,则驳毛、王以申郑。

> (1)《六月》北伐,郑《笺》以为遣吉甫,信矣。至《毛传》以为亲征,并无明文也。王肃、孔晁述毛旨,始有亲征之说⋯⋯此王、孔二家所据亲征之证也。不知⋯⋯吾所未解。

> (2)《敦弓》两章,郑以为大射。王肃述毛,以为燕射。孔疏是郑,吕《记》是王。案:⋯⋯二说俱可通也⋯⋯王既以为燕射,而又以为养老之燕射,则失经文先后之次,孔氏讥之,宜矣。

> (3)"夜未央",《毛》训央为旦,郑训为未渠。央,原未见其确为夜半也。夜半之说,始于王肃之述毛,而孔氏申明之耳。然以理论之,夜半而诸侯王至,终属太早。

这一类情况较多。

(五)作为资料引录

有时,作为资料而引录王肃说。

> (1)"昭兹来许"与下篇"遹追来孝",《释文》云:来,王如字,郑音赉。孔疏申毛从郑,音赉,训勤。未知王述毛作何解也。后儒皆读如字,而说各殊⋯⋯惜未得王肃义,较其长短也。

> (2)"昭格迟迟",王肃述毛,假字音格,训至。孔氏专引郑说为毛义,取宽暇之意。而王意无闻焉。

这一类情况不是很多。

从以上简单分析可以算出,陈氏《稽古编》引王肃《诗》说具有以下特点:

其一,拥郑、反王倾向明显。《毛诗正义》以"驳郑"的立场来引录王肃说,故其所存录的佚文中,郑、王相异者众。陈氏《稽古编》"宗郑",而王肃佚文又多异于郑,故"反王"倾向在此书中表现得较为明显。

其二,以理取胜,论辩性强。不管是支持还是反对,陈氏往往引用大量论据来证明,较少作某种先入为主的偏见。如,

> 《四月》篇,当乱而行役之诗也。《韩诗》止以谓叹行役。严缉讥其未尽诗意,当矣。《传》质略不明。王肃述其意,以为四月行

役,六月未得归,阙一时之祭,故云我祖独非人乎?王何忍不恤
我,使我不得修子道。孔《疏》非之,以为《序》不言征役,《传》亦无
此意。因引孙毓语,谓从征逾年乃怨……则王氏之解,历有明征。
仲达讥之,过也……若以为行役思祭之诗,则王肃之解自安,不必
更新也。

对于《四月》是否为行役之作,学者们意见不一。陈氏先引《韩诗》和严缉之
说。再对孔《疏》进行辩驳,从而论证王肃之解可信。这样的例子还有不
少。再如,

《敦弓》两章,郑以为大射。王肃述毛,以为燕射。孔疏是郑,
吕《记》是王。案:……二说俱可通也……王既以为燕射,而又以
为养老之燕射,则失经文先后之次,孔氏讥之,宜矣。

笔者案:对于《敦弓》大射、燕射之辩,学者争论较久,且意见不一。陈
氏对双方依据的论据作了细致辨析,从而提出自己的观点。因此其说颇让
人信服。

其三,引证丰富,论证严谨。陈氏引证极为丰富,推断也较为严
谨。如,

"哙哙其正,岁岁其冥",《毛》以正为长,以冥为幼。郑以正为
昼,以冥为夜。诗备述室之宽明,无暇及人之长幼。疏申郑,易
《传》之意,允矣。《传》语简质,而王、崔二家述毛各异。正当择善
而从,不必弃毛取郑。释文云:长,王丁丈反,崔直良反。幼,王如
字。本或作窈。崔音杳。按:正、长,本《释诂》文,冥、幼,本《释
言》文。《释言》冥幼,或作冥窈。孙炎:冥窈,皆训为深暗之义。
孔《疏》与深暗之义虽安,而与"正、长"不协,故据王述毛。

笔者案:对于"正""冥"二字释义,郑、王迥异。陈氏先对郑、王二说的
源头作了辨析,再依《尔雅》,对王说作定论。再如,

"溥彼韩城,燕师所完",郑《笺》训燕为安,云古平安时,众民
所巩筑完也。则"燕师"二字为不驯矣。王肃、孙毓皆以燕为燕
国,得之。至《水经注》载肃语,谓之今涿郡方城县有韩侯城……
近儒有据此立说,谓此《诗》之韩,在今顺天府顾安县西,非西安府

韩城县。殆未必然也……《嵩高》疏载王肃语,谓召公为司空,主
缮治,遂意召氏当世居其职耳……案:……安得谓召氏世居此职
邪? 又周家六卿,并无世职者……谓司空独世属召氏,岂其然乎?

笔者案:于对"燕",郑、王异说。陈氏引《水经注》以辨其是非。又"昭
公为司空"之说,陈氏以大量证据驳斥王氏"世职"之说,从而证明其说之
误。这些皆有理有据,让人信服。陈氏《毛诗稽古编》引王肃《诗》说表现出
来的这些特点,大多与考据派重实证、重论证有关。陈氏此书实开后来清
代《诗经》考据派之先河。

朱鹤龄(1606 年-1683 年),明末清初江南吴江人,字长孺,自号愚菴,
著《愚庵诗文集》。朱氏通于经学,著述甚丰,有《易广义略》四卷,《尚书埤
传》十七卷,《诗经通义》十二卷,《读左日钞》十四卷,《禹贡长笺》十二卷等。

清初,《诗经》汉学逐渐兴起,"专宗汉学,取法毛、郑,高举复古旗帜以
为号召且能深刻影响当世者,当推康熙时的朱鹤龄和陈启源"①。《诗经通
义》专宗《小序》。《凡例》:"通义者,通古诗序之义也。盖序乃一诗纲领,必
先申序意,然后可论毛、郑诸家之得失。"②该书采录甚广,汉宋诸家兼收,
"余采其合于序说者,备录之"③。《四库全书总目》认为:"惟鹤龄学问淹
洽,往往嗜博好奇,爱不能割,故引据繁富而伤于芜杂者有之,亦所谓武库
之兵,利钝互陈者也,要其大致,则彬彬矣。"④朱鹤龄与陈启源同乡,故多
受陈氏影响。"据其《自序》,此书盖与启源商榷而成。又称启源《毛诗稽古
编》专崇古义,此书则参停于今古之间,稍稍不同。然《稽古编》中,屡称'已
见《通义》,兹不具论'。则二书固相足而成也。"⑤

朱氏体例独异,先释诗句,最后释《小序》。在释《序》时作大量论证,表
明自己观点。《诗经通义》共引王肃《诗》说 41 条,其中 30 条出现《诗》句注
释之中,有 11 条出现于《序》解说之中。

《诗》句注释中引用,往往是客观引用,较少作论说。

---

①　洪湛侯:《诗经学史》,北京:中华书局,2002 年,第 461 页。
②　(清)朱鹤龄:《诗经通义·凡例》,见《景印文渊阁四库全书》第 85 册,台北:台湾商务印书
馆,1986 年,第 4 页。
③　(清)朱鹤龄:《诗经通义·凡例》,见《景印文渊阁四库全书》第 85 册,台北:台湾商务印书
馆,1986 年,第 4 页。
④　(清)永瑢等:《四库全书总目》卷 16,北京:中华书局,1965 年,第 131 页。
⑤　(清)永瑢等:《四库全书总目》卷 16,北京:中华书局,1965 年,第 131~132 页。

（1）之子于归，百两御之。（《召南·鹊巢》）

（御）王肃读鱼据反。①

（2）玼兮玼兮。（《鄘风·君子偕老》）

（玼）王肃曰：衣服鲜明。

有不少注明间接引自何处。

（1）燕婉之求，籧篨不鲜。（《邶风·新台》）

《疏》云：王肃云："（鲜）少也。"

（2）彼其之子，舍命不渝。（《郑风·羔裘》）

《释文》：王肃云：舍，受也。

（3）庶见素冠兮。（《邻风·素冠》）

吕《记》：郑康成、王肃皆以素冠为大祥之冠。

亦有少量作评说者。

（1）于是奠之，宗室牖下。（《召南·采蘋》）

朱子以牖下为奥，本王肃之说。孔《疏》驳王云……陈启源
曰：奥为深隐之名，牖乃通明之处，肃合为一，恐不然。

（2）常棣之花，鄂不韡韡。（《小雅·常棣》）

欧阳之说本于王肃，《集传》从之。然古义自不可废。

另外 11 条见于《序》的注释、辨析之中。其中赞同者 7 条，反对者 3
条，中性引用者 1 条。赞同者，如，

（1）爰居爰处。（《邶风·击鼓》）

曾氏曰：……爰居爰处以下三章，王肃以为卫人从军者与其
室家诀别之辞。盖一篇之意皆如此。

（2）王于兴师，修我戈矛。（《秦风·无衣》）

王肃云：疾其君好攻战，不由王命，故思为王兴师，是也。

反对者，如，

---

① 　（清）朱鹤龄：《诗经通义》卷 1，见《景印文渊阁四库全书》第 85 册，台北：台湾商务印书馆，
1986 年，第 18 页。本节所引朱鹤龄《诗经通义》皆据此本，后不再一一注明。

（1）溥彼韩城，燕师所完。（《大雅·韩奕》）

　　王肃曰：今郡方城县有韩侯城，世谓韩虢，非也……王肃以梁山为郡县之山，以燕为燕国。孙毓亦云：今于梁山则用郑说，于燕师则用王说，二者不可兼通，而又巧立召公为司空之说，亦甚难而实非矣。

　　相较于其他考据派学者，如陈启源、胡承珙、陈奂等，朱鹤龄对王肃《诗》说的引用较少，且多为知识性的客观引用，支持和反对者皆不多。

二、胡承珙《毛诗后笺》

　　胡承珙（1776 年－1832 年），安徽泾县人，清代中期著名经学家。胡氏勤于著述，曾著经学著作多种。其历十余年，撰成《毛诗后笺》。惜此书未竟而卒，《泮水》以下由陈奂续成。《毛诗后笺》是清代中期《诗经》考据派的重要代表著作之一，其不仅成就颇高，而且特色鲜明，颇得后世学者称赞。

　　（一）《毛诗后笺》主旨

　　申述毛义是《毛诗后笺》一书最重要的主旨。胡承珙有感于郑玄《毛诗笺》和孔颖达《毛诗正义》多有申毛而不得毛旨，故作《毛诗后笺》。

　　　唐人作《正义》，每取王子雍说，名为申毛，而实失毛旨。郑君笺《诗》，宗毛为主，毛义隐略，则或取正字，或以旁训疏通证明之，非尽易毛也。《正义》泥于"传无破字"之说，每误以《笺》之申毛者为易《毛》义。又郑君先从张恭祖受《韩诗》，兼通《齐》《鲁》之学，间有与《毛》不同者，多本三家《诗》，而参以己意。《正义》又或误以《笺》义为《传》义……而墨庄自命其书为《毛诗后笺》。①

　　胡承珙认为，《毛诗》最古，源流明晰，最为可信。"先生有言曰：'诸经传注，唯《毛诗》最古。数千年来，三家皆亡，而毛氏独存。源流既真，义训尤卓。后人不善读之，不能旁引曲证以相发明，而乃自出己意，求胜古人，实则止坐卤莽之过。'"②胡承珙认为《毛序》产生很早，值得信从。"《王风

---

　　① （清）马瑞辰：《毛诗后笺序》，见（清）胡承珙撰，郭全芝点校：《毛诗后笺》，合肥：黄山书社，1999 年，第 1 页。

　　② （清）陈奂：《毛诗后笺序》，见（清）胡承珙撰，郭全芝点校：《毛诗后笺》，合肥：黄山书社，1999 年，第 3 页。

正义》有云:'《毛》时书籍尚多,必有所据。'此语可为读《毛传》者之通例。"①对于怀疑《毛序》之说,胡承珙则予以大力辩驳。《小雅·甫田序》胡承珙案云:"据此,则所谓'伤今思古'者,其谊出于荀卿。知《毛序》源流甚古,不得疑其援《诗》以立说,明矣。"②

胡承珙非常强调《毛序》和《毛传》"自当有所受",完全值得信从。故其疏证时反复强调"《序》所指者必皆有所依据"③。当《毛序》与《诗》不合时,胡承珙甚至不惜牵强为《毛序》辩护。正因胡承珙极力申毛,故《毛诗后笺》从毛者多,从郑玄者少。胡承珙曾云:"拙著(《毛诗后笺》)从毛者十之八九,从郑者十之一二。"④

值得称道的是,胡承珙虽以宗毛为主,但又不拘于毛,常常广征博引,细梳精考,以求得《诗》之本义。马瑞辰《毛诗后笺序》:"其书主于申述毛义,自注疏而外,于唐、宋、元诸儒之说有与《毛传》相发明者,无不广征博引;而于名物、训诂,及毛及三家《诗》文有异同,类皆剖析精微,折衷至当。"⑤正因如此,学者多称胡氏此书"颇具求实精神"⑥。胡氏藉此而取得较高成就。马瑞辰称"其说之精核可悬国门者百数十条"⑦,洪湛侯亦称"胡氏所订旧说之误,更多不刊之论"⑧。但胡承珙过于信毛,致使《毛诗后笺》中颇有一些强辩而不可信之辞。这也是清代宗毛学者的普遍存在的不足之处。

(二)"案语"对前人注疏所引王肃《诗》说的接受与批判

胡承珙《毛诗后笺》虽颇有效仿郑玄《毛诗笺》之意,但在体例上与《毛诗笺》颇异。《毛诗后笺》不载《诗经》全文,而是依篇目之序,先疏《毛序》,再疏有自己见解的《诗》句。疏证时,胡氏先大量罗列前人观点,再以"承珙案"形式对前人观点进行辨析,进而提出自己的看法。

① (清)胡承珙撰,郭全芝点校:《毛诗后笺》卷10,合肥:黄山书社,1999年,第547页。
② (清)胡承珙撰,郭全芝点校:《毛诗后笺》卷21,合肥:黄山书社,1999年,第1104页。
③ (清)胡承珙撰,郭全芝点校:《毛诗后笺》12,合肥:黄山书社,1999年,第610页。
④ (清)胡培翚:《胡君别传》,见(清)胡承珙撰,郭全芝点校:《毛诗后笺》,合肥:黄山书社,1999年,第1675页。
⑤ (清)马瑞辰:《毛诗后笺序》,见(清)胡承珙撰,郭全芝点校:《毛诗后笺》,合肥:黄山书社,1999年,第1~2页。
⑥ 洪湛侯:《诗经学史》,北京:中华书局,2002年,第515页。
⑦ (清)马瑞辰:《毛诗后笺序》,见(清)胡承珙撰,郭全芝点校:《毛诗后笺》,合肥:黄山书社,1999年,第2页。
⑧ 洪湛侯:《诗经学史》,北京:中华书局,2002年,第515页。

《毛诗后笺》一书大量引用王肃《诗》说。从引文出现的位置来看,可以分为两类:其一是出现于转引前代学者论述之中,其二是出现是胡氏的"承珙案"(有时称"案"①)之中。

王肃《诗》学作为一家影响较大的《诗》学,历代学者注疏《诗》时皆多加引用,如《毛诗音义》《毛诗正义》等。在阐明《诗》及《传》意时,胡承珙往往先大量引用前人的相关论说,如《毛诗正义》《毛诗稽古编》等,这些著作中引录的王肃《诗》说,胡氏通常原文转录。对于此类王肃《诗》学材料,只不过是对原始材料的引录,往往不能体现出胡氏本人的观点,故本书略而不论。最能体现胡氏观点的便是数量众多的胡氏案语。《毛诗后笺》胡氏案语多涉及王肃《诗》学,其对王肃《诗》学的看法在这些案语中得到很好的展现。

《毛诗后笺》中案语涉及王肃《诗》说又可分为两类:其一是对前人引录的王肃《诗》说观点进行辨析,其二是案语先直接引用王肃《诗》注,再进行辨析。

如上所说,胡承珙《毛诗后笺》其主要创作主旨是申毛,即探求《毛诗》的本义。胡承珙认为以前各类《诗》学著作往往申毛而不得毛旨,故其在广泛辨析前人观点之后,提出自己的观点。在辨析前人观点时,胡承珙往往对前代著作中引录的王肃《诗》注加以辨析、评点。

1. 对于《毛传》不出注的常用字,《后笺》多从王肃"如字"申毛,不从郑玄破读

如上所说,对于一些常用字词,《毛传》通常不作解说,而汉末郑玄好破读,而王肃好"如字",即采用常用读法。对于这类情况,《毛诗后笺》往往多从王肃"如字",以申毛。

(1)田畯至喜。(《豳风·七月》)

承珙案:"《释文》云王肃'申毛,如字'……则此自当如王肃所申。《郑笺》破读'喜'为'饎',或因古本《尔雅》'饎'有作'喜'者……非也。"

笔者案:郑玄将"喜"读为"饎",王肃如字,读为心喜,《毛诗后笺》从王肃说。

---

① 如若前文引了他人观点,则以"承珙案"表明自己观点;如若前文未引他人观点,而是直接阐明自己观点,则直接用"案",如《卫风·硕人序》等。

(2)诒厥孙谋,以燕翼子。(《大雅·文王有声》)

承珙案:"此注正读'孙'如字。至笺《诗》乃改训'孙'为'顺'耳……其下引《诗》云:'诒厥孙谋,以燕翼子。'言武王之谋遗子孙也。此尤可为'孙'读如字之证。"

笔者案:郑玄将"孙"破读为"逊",王肃如字,读为子孙,《毛诗后笺》从王肃说。

(3)左右采之。(《周南·关雎》)

胡承珙案:"'左右',不必如郑《笺》'佐助'之义也。"

笔者案:郑玄将"左右"释为"佐佑",即"佐助";王肃如字,即释为左边、右边。《毛诗后笺》从王肃说。

这样的例子还有一些。

2. 以王肃《诗》说申毛

《毛诗后笺》常不从郑玄,而以王肃《诗》说申毛。

(1)小人所腓。(《小雅·采薇》)

承珙案:盖兵凶战危,两车相当,士卒之受患最甚,惟戎车战则驰突,止则营卫。司马法:"一车有步卒,炊家子固守衣装,诸人皆倚此车以为隐蔽。"故王肃"避患"之解善得毛旨。

笔者案:《毛诗后笺》从王肃说,将"腓"释为"避患",以申《毛传》"腓,辟也"。

(2)受言藏之。(《小雅·彤弓》)

承珙案:然则王肃述毛,以"藏"为"藏示子孙",当得毛旨。《尚书·文侯之命》,东晋《孔传》亦云:"彤弓,以讲德习射,藏示子孙。"讲德习射,即同《毛传》。藏示子孙,亦本《诗》义。

笔者案:《毛诗后笺》从王肃,将"藏"释为"藏示子孙"。

(3)既齐既稷,既匡既敕。(《小雅·楚茨》)

承珙案:以《传》意推之,则"既齐既匡"与"稷,疾","敕,固",义当一律。王肃训以"整齐""诚正"者,得之。

笔者案:《毛诗后笺》从王肃说,将"齐"释为"整齐""诚正"。

(4)啸歌伤怀,念彼硕人。(《小雅·白华》)

承珙案:此"硕人"定当从王、孙述毛,以为申后……诗人既恶褒姒,决不称之为"硕人"。

笔者案:郑玄认为"硕人"指的是褒姒,王肃认为指的是申后,《后笺》从王肃说。

此类例子还有不少,就不再枚举了。

3. 驳王肃《诗》说以申毛

当然《毛诗后笺》对王肃《诗》说亦多驳斥,常通过案语驳王肃《诗》说以申毛。

(1)籧篨不鲜。(《邶风·新台》)

承珙案:其实"不鲜""不殄"皆言胡不遄死也,盖深恶之辞。王肃虽名述毛,每不能得毛意,此以"鲜"为"少",不知作何解。而《正义》衍之,云:"得行籧篨佞媚之行不少者之宣公。"殊不成文义。

笔者案:王肃释"鲜"为"少",《后笺》驳之。

(2)俟我乎堂兮。(《郑风·丰》)

承珙案:若王肃以为堂室之堂,则不应先言"巷"而后言"堂"。惟孙毓谓门侧之堂者为是。

笔者案:王肃释"堂"为"堂室",《后笺》驳之。

《正义》常引王肃说以申毛,对于其中不合理者,胡承珙亦多加以驳斥。

(1)所谓伊人,在水一方。(《秦风·蒹葭》)

《毛传》:"伊,维也。一方,难至矣。"

承珙云:此(《正义》)用王肃说申毛,非毛意也……则毛意"伊人"即指贤人可知。

笔者案:王肃释"伊人"为"得人之道",《后笺》驳之。

(2)岂曰无衣,与子同袍。(《秦风·无衣》)

承珙案:毛以上二句为兴者,谓以"同袍"兴"同仇"耳,不必定以朋友兴君上也。王肃云云,恐非毛意。

笔者案:王肃认为《诗》句以朋友为兴,《后笺》驳之。

(3)凤皇于飞,翙翙其羽,亦集爰止。(《大雅·卷阿》)

承珙案:"其羽"自指众鸟……则毛意"亦集""亦傅",皆指众鸟而言……《正义》泥于王肃之说,谓毛意以凤事自相"亦",殊失毛旨。

笔者案:王肃以为"亦集爰止"指的是凤凰,《后笺》驳之。

此类例子甚多,就不再枚举了。

从以上分析可以看出,《毛诗后笺》申毛为主旨,努力探求《毛诗》本义。故其案语对王肃《诗》说,合于《毛诗》本义者则支持,不合于《毛诗》本义者则加以驳斥。

(三)"案语"对王肃《诗》说的引用

胡承珙在《毛诗后笺》的案语常直接引用王肃《诗》注,再进行辨析。

1. 引王肃《诗》说申毛

在《毛诗后笺》中,胡承珙常引用王肃《诗》注以申《诗》旨。

(1)凡今之人,莫如兄弟。(《小雅·常棣》)

承珙案:毛盖以此诗闵管蔡之事而不欲明言,故特著此语见痛定思痛。圣人之心有不能不抱憾于终身者,而作诗以为世法,则劝戒之道存焉。故《传》曲会诗意以"闻《常棣》之言为今",言外有追伤既往、作戒将来之意。郑《笺》亦善申《传》旨,而《正义》引王肃述毛曰"管蔡之事已缺,而闻《常棣》之歌为来今",①语意尤为明晰。

笔者案:胡承珙引王肃说,进一步发挥《毛传》之意,以阐明《诗》之旨。

(2)五日为期,六日不詹。(《小雅·采绿》)

承珙案:《笺》说于经文增出"月"字。且《豳风》有"三之日""四之日",而不言五、六之日,此诗亦未言"之日",何得释为"五月""六月"?《正义》谓毛虽云"五日一御",不必夫行六日便怨,当是假御之期以喻过时。此申《传》意甚明……王肃云:五日一御,大夫以下之制。其说是也。

---

① 此与《毛诗正义》所引略有不同,可能是传写之误。

笔者案:胡承珙先驳郑玄之说,再述《毛传》之意,并进而引王肃之说申《毛传》。

(3)仪式刑文王之典,日靖四方,伊嘏文王,既右飨之。(《周颂·我将》)

承珙案:(《疏》引服虔:"仪,善也。刑,法也。")考服(虔)解皆用毛义,王肃即本之服,其说实胜于笺。至王申毛,以"右飨"为"天大右助文王而歆飨之"……亦当以王肃申毛为是。

笔者案:《后笺》从王肃说,释"仪"为"善",释"刑"为"法",又引王肃释"右享"为"右飨"。

这类例子还有一些。

2. 引王肃《诗》说论说

有时,胡承珙常将王肃《诗》说作为论说之依据,以论证自己的观点。

(1)《桃夭》

承珙案:《毛诗》原本荀卿,王肃引《韩诗传》亦曰:"古者霜降逆女,冰泮杀止。"是其源亦出自荀卿……《管》《荀》皆先秦古书……其义不可易矣……自是霜降之候,正以礼昏……其或先因札丧凶荒六礼未备者,虽奔不禁。

笔者案:对于嫁娶时月,《毛传》和郑《笺》各异,《毛传》以为秋冬为期,郑《笺》以为仲春为期,且各引古书为证。在此,胡承珙对此异说作了详细的辨析,其结论可信。辨析时,胡氏曾引王肃说为据。

(2)周宗既灭。(《小雅·雨无正》)

承珙案:《正义》云文虽异而义同,是也。既灭者,王肃以为其道已灭,是与"国既卒斩"同意。先儒引祖伊言"天既讫我殷命"为证,不必因此疑为东迁后诗也。

案:在此胡承珙引王肃注,以论证此诗为东迁后诗。

(3)钟鼓皇皇,磬筦将将。(《周颂·执竞》)

承珙案:毛以"将将"训"集"者,《释诂》:"将,大也。"《诗》"将"字,《传》

多训"大",此"将将"亦"盛大"之意。《广雅》:"锵锵,盛也。"《閟宫》疏引王肃云:"将将,美貌。"此则谓磬管之声繁盛,故《传》训为"集"……"将将"为磬管之声,本无正字,故多通借。

笔者案:此胡承珙引《閟宫》王肃注以申此诗"将将"之义。

此类例子不是很多。

3. 驳王肃《诗》说申毛

《毛诗后笺》亦常借助驳斥王肃观点,以申《毛诗》之旨。

(1)小戎俴收。(《秦风·小戎》)

承珙案:《释文》引王肃云:"小戎,驾两马"者,然下二章并未别言车名,而曰"四牡",曰"伐驷",则王说非矣……若止两马,则"游环胁驱",何所用之?

笔者案:《毛传》释"小戎"为兵车,王肃进而释"驾两马"之兵车。胡承珙本《诗》后文,对王肃此说作了辨析,以此申明,"小戎"并非指两马所驾之兵车。

(2)胡为乎株林,从夏南。匪适株林,从夏南。(《陈风·株林》)

承珙案:据《笺》,首章每二句作一气读……此说是也。(《正义》)又曰:"王肃云:'言非欲适株林从夏面之母,反覆言之,疾之也。'孙毓以王为长。"详王肃以"反覆言之"者,不作问答之辞。若云:"君胡为乎适株林?岂为从夏南乎?乃匪适株林,实是从夏南也。此则将首章每二句顿断读之……陈氏驳之当矣。

笔者案:胡承珙支持郑《笺》"二句作一气读",并以此对王肃"反覆言之"之说作了辩驳,进一步申明《毛诗》之旨。

(3)既克有定,靡人弗胜。(《小雅·正月》)

承珙案:此疏引王肃述毛及孙毓所评,义皆迂曲。《毛》于此《传》虽略,然合上文观之,"瞻彼中林,侯薪侯蒸",《传》云:"中林,林中也。薪蒸,言似而非。"此谓小人在朝似贤而实非,与《韩诗外传》引此二语而曰:"言朝廷皆小人"者合……如此似于通章词意较为明贯。

笔者案:此二句,《毛传》释义简而不明,《正义》引王肃说以申毛,胡承珙则对王肃说作辩驳,进而提出自己的观点。

这类例子还有不少。

从以上分析可以看出,胡承珙《毛诗后笺》,以申毛为指归,故其所有论述皆以此为中心。《毛诗后笺》摘句为释,先引他人之说,再明已见。最能体现其观点的便是其所下案语。在案语中,胡承珙对前贤所引王肃《诗》说进行辨析,合理者从之,不合理者则进行辩驳。在案语中,胡承珙亦大量引用王肃《诗》说,或引以申毛,或引以论证,或驳而立新。不管是接受还是驳斥都表明,到了清代,王肃《诗》说依然具有较大的影响,学者无法无视它的存在。

三、马瑞辰《毛诗传笺通释》

马瑞辰(1782 年－1853 年),安徽桐城人,精于训诂之学,曾积十六年之功撰成《毛诗传笺通释》三十二卷。《毛诗传笺通释》一书卷一《杂考各说》,对《鲁诗》《诗谱》、国风次序、二《南》等问题作了考辨。其余为《通释》。全书不列《诗经》原文,仅标篇名及要训解之词条。训解时,先列《毛传》及郑《笺》(有时仅有《传》),再以"瑞辰按"的形式对《毛传》和郑《笺》进行考辨,论其是非。《通释》引证极为丰富,但其对王肃《诗》说似乎不甚重视,据笔者统计,该书仅引录王肃《诗》说 39 条,其中赞同的仅 14 条,反对的多达 20 条,中性的 5 条。《通释》以释《传》及《笺》为主体,而王肃《诗》说相关者偶有论及。其引王肃说具有以下特点:

(一)附于《毛传》、郑《笺》后

(1)"宗室牖下",《笺》云:"牖下,户牖间之前祭。"王肃云:"牖下即奥。"瑞辰按:古者宫室之制,户东而牖西,至奥则在室中西南隅。孔疏云:"古未有以奥为牖下者?"以难王肃,是已。至《笺》以牖下为"户牖间之前祭",则又误……今按:古者牖一名乡……①

案:对于《诗》中"牖下",马氏对王、郑之说作了批判,再言已见。

(2)小人所腓。《传》:腓,辟也。《笺》:腓当作芘。此言我车者将率之所依乘,戎役之所芘倚。瑞辰按:《正义》引王肃曰:"所

---

① 　(清)马瑞辰撰,陈金生点校:《毛诗传笺通释》卷 3,北京:中华书局,1989 年,第 81 页。本节所引马瑞辰《毛诗传笺通释》皆据此本,后不再一一注明。

以避患也。"……胡承珙曰：芘荫与隐蔽同意。《笺》读为芘，亦所以申《传》。

案：马氏引王肃说申毛，但又引胡承珙为《笺》辩解。

　　(3)遇犬获之。《笺》：遇犬，犬之驯者，谓田犬也。《正义》："遇非犬名，故王肃云适与犬遇而见获"……瑞辰按：……《毛》于遇犬无《传》，读如字者乃王肃述毛之义，未必遂于《毛》义有当。

案：马氏努力维护郑说，对王肃之说力驳之。
这种情况不是很多。
(二)考辨中论王肃说之是非
更多的是，在考辨《毛传》之是非中，引王肃之说，以明是非。

　　(1)愿言则嚏。《传》：嚏，跲也。《笺》云：嚏，当为不敢嚏咳之嚏。《释文》云……瑞辰按：《释文》云"又作疐，劫也"者，乃王肃本，孔疏引王肃云："疐，劫而不行也。愿以母道往加之，我则疐跲而不行"是也……则此章当从王肃本作疐为是。

案：马氏对"嚏"作了详细考辨，最后认为王肃是也。

　　(2)不我能慉，反以为我仇。《传》：慉，养也。《笺》：慉，骄也。君子不能以恩骄乐我，反憎恶我。瑞辰按：《释文》："慉，《毛》：兴也。王肃：养也。"据此，知《注疏》本作"养"者，从王肃本，非毛传之旧也……足见王肃作"养"之非。

案：陈氏在释"慉"时，对王肃之说作了否定。

　　(3)越以鬷迈。《传》：鬷，数；迈，行也。《笺》：越，于；鬷，总也。于是以总行。欲男女合行。瑞辰按：《正义》引王肃云：鬷数，绩麻之缕也……王肃之意，盖以鬷为缕及稯字之假借……胡承珙曰："……必非麻缕可知。"今按胡说是也……自从《笺》训总行为允。

案：在大量论辩之中，辨明郑、王之说是非，以明《传》之本义。
这样的例子较多。

（三）末尾附带论及王肃说

（1）施于中谷。《传》：施，移也。中谷，谷中也。瑞辰按：……王肃言"犹女之当外成也"，是也。《笺》谓"喻女在父母家形体浸浸日长大"，失之。

案：在末尾对比兴义作解说时，引及王、郑二说。

（2）三星在天。《传》：三星，参也。《笺》：三星，心星也。瑞辰按……王肃以"三星在天"为十月，似非《传》义。

案：末尾附王肃说，指明其误。

（3）王于出征。《笺》：于，曰。王曰：今女出征猃狁。瑞辰按……王肃述毛，以前四章为王宣王亲征，失之。

案：末尾对王肃之说加以批判。
这样的例子也不是很多。

（四）中性存录王肃说

有时，王肃之说有一定价值，无法定其是非，或可作一家之说，故录而存之。

（1）陟彼岵兮……王肃依《尔雅》……《释文》云：王肃依《尔雅》，疑王肃所见毛诗未误，本同《尔雅》，非必王肃依《尔雅》改也。

（2）彼茀有的……《正义》引《周礼》郑众、马融注皆云：十尺曰侯，四尺曰鹄，二尺曰正，四寸曰质。王肃亦云："二尺曰正，四寸曰质。"又引《尔雅》……

这类例子亦不是很多。

从以上分析可以看出，马氏《毛诗传笺通释》引王肃《诗》说具有以下特征：其一，陈氏该书宗《传》、宗《笺》，故对与《传》《笺》无涉的论说往往略而不取。如上所说，王肃《诗注》涉及字词、句义、篇章、历史等诸多方面，其中一些材料往往是对《诗》的解说、阐释，与《传》《笺》不甚相关。这些材料，马氏多未加关注，导致该书引录王肃《诗》说较少。其二，该书宗《传》、宗《笺》倾向明显，导致其对王肃之说不甚重视，或引以论《传》《笺》是非，或末尾附以补说,较少对王肃《诗》说作辨析或阐释。其三,该书宗郑排王倾向较为明显。对王肃之说,多加强行驳斥,而对郑玄之说,则努力维护,这在对"遇犬""籭"等解说中得到鲜明的表现。

四、陈奂《诗毛氏传疏》

陈奂(1786年—1863年),江苏长洲人,历二十余年著《诗毛氏传疏》三十卷,该书被誉为"《诗经》学史上宗毛最严谨最重要的代表作"①。陈奂认为郑《笺》杂取三家之说,致使毛义未尽。于是"今置《笺》而疏《传》者,宗《毛诗》义也"②。全书以《毛序》《毛传》为旨归。全书先列《毛序》,对《毛序》进行疏证,再分节列《诗》原文,附以《毛传》,再对《毛传》进行疏证,辨析各家学说,再以"案"的形式陈述己见。此书一改常例,而直接从《毛传》入手,以求《诗》之本义。该书引证丰富,郑《笺》《毛诗正义》和《经典释文》《尔雅》等是引录的重点,而王肃《诗》说也引录较多。据笔者统计,该书共引录王肃《诗》说98条,其中赞同者56条,反对者27庆,中性者15条。另,还引用王肃《孔子家语注》中资料3条。《诗毛氏传疏》引录王肃《诗》说情形有以下几种。

(一)引以释《诗》义

有时无《毛传》,陈氏则取王肃说为《诗》义。

(1)独寐寤歌,永矢弗过。(《卫风·考槃》)

王肃云:"歌所以咏志,长以道自誓,不敢过差。"《正义》于"弗谖""弗过",皆本王子雍述毛说。③

案:此两句,《毛传》未注。陈氏亦不作详解,而直接引王肃说释《诗》。

(2)公之媚子。(《秦风·驷驖》)

《笺》申传以"上下"为君臣。《正义》谓"不是己身能上媚、下媚",言"能和合他人,使之相爱",皆失传旨。王肃云:"卿大夫称子。"

① 戴维:《诗经研究史》,长沙:湖南教育出版社,2001年,第538页。

② (清)陈奂:《诗毛氏传疏叙》,见《续修四库全书》第70册,上海:上海古籍出版社,2002年,第3页。

③ (清)陈奂撰,滕志贤整理:《诗毛氏传疏》卷5,南京:凤凰出版社,2019年,第148页。本节所引陈奂《诗毛氏传疏》皆据此本,后不再一一注明。

案:《毛传》及郑《笺》对"子"并未作解说,于是陈氏引王肃说以释义。

(3)烝然罩罩。(《小雅·南有嘉鱼》)

王肃云:"烝,众也。"云"罩罩,篧也"者。《正义》云:《释器》:"篧谓之罩。"

案:烝,《毛传》无注。陈奂直接引王肃说释义。

这样的例子还有不少。

(二)引以申《传》

有时《毛传》过于简单,陈氏往往博引众家说以证《传》义。

(1)执子之手,与子偕老。(《邶风·击鼓》)

《传》:偕,俱也。《君子偕老》《陟岵》传并训"偕"为"俱"。《说文》:"偕,一曰俱也。"皆,俱词也。皆为语词之俱。"偕"从"皆"声,意亦同。《正义》引王肃云:"言国人室家之志,欲相与从生至死,契阔勤苦而不相离,相与成男女之数,相扶持俱老。"

案:此引王肃说以证成《传》义。

(2)龙盾之合。(《秦风·小戎》)

盾状如盖,故曰合。云"合而载之"者,谓覆合而载于车也。《大东传》:"载,载乎车也。"与此《传》"载"字同义。王肃云:"合而载之,以为车蔽。"

案:陈氏引王肃说以申《传》义。

(3)泌之洋洋,可以乐饥。(《陈风·衡门》)

"乐饥,可以乐道忘饥"者,即是游息也。王肃云:"洋洋泌水,可以乐道忘饥,巍巍南面,可以乐治忘乱。"此申传说也。

这样的例子较多。

对于王肃申毛之失,陈氏往往多加批判。如,

日之方中,在前上处。(《邶风·简兮》)

《传》以"日中为期"释经"日中"之义。王肃述毛,以为"欲其遍至"。而要于经义无明证也。

案:《正义》引王肃云:"教国子弟以日中为期,欲其遍至。"王肃对"日中为期"的目的作了补充说明,陈奂以为是过度解读,故驳之。

对王肃之误,陈氏亦作客观批判。如,

> 尚之以琼华乎而(《齐风·著》)
> 王肃申传,造以美石饰象瑱之说。《正义》驳之,是也。

案:陈氏先驳郑玄之误,再驳王肃之误。《诗毛氏传疏》中反对王肃说者不少,不少便是此种情况。

(三)引以论郑

有时,陈氏引王肃说对郑《笺》进行补证或辩驳。

> (1)节彼南山,有实其猗。赫赫师尹,不平谓何?(《小雅·节南山》)
> 《传》云:实,满;猗,长。《笺》以"满"为"草木平满"。王肃又以"长"为"草木之长茂",言山之平均,喻师尹之不平。《传》意或然。

案:郑《笺》未释"猗",故引王肃说以补充之。

> (2)酌彼康爵,以奏尔时。(《小雅·宾之初筵》)
> 诗因燕而推本言之,故下文仍接以燕射以乐之之事。王肃云:"言燕乐之义得,则进乐其先祖。"是也。《笺》以卫称殷礼,故祭祀先奏乐,自不如毛义之有据矣。

案:陈氏认为郑《笺》不甚合理,故引王肃说以驳之。

> (3)于嗟阔兮,不我活兮。于嗟洵兮,不我信兮。(《邶风·击鼓》)
> 案:鲁隐公四年春,州吁弑桓公而自立……盖此为众仲逆料之词。诗人口内不应豫及。《笺》以四章用《韩诗》义,契阔为军中约束。末章谓军士弃约,叹其散离相远,非毛义也。欧阳修《诗本义》引王肃云:"爰居而下三章,卫人从军者与其室家诀别之辞。"

案:陈氏以州吁之乱释《击鼓》,实乃一创见。其认为郑《笺》所释不合毛义，故以王肃说以驳郑说。

（四）保存异说

有时难以断定是非，故陈氏将王说皆录而存之。

（1）展我甥兮。（《郑风·猗嗟》）

《正义》云：传言“外孙曰甥”者，王肃云“据外祖以言也”，谓不指襄公之身，总举齐国为信。若《笺》云“姊妹之子为甥”，则直指襄公之身言之，而其谓鲁庄公为齐甥，无二义也。

案：陈氏认为郑、王二说皆有一定道理。

（2）乘我乘驹，朝食于株。（《陈风·株林》）

故《笺》云“变易车乘”者，实得经传微旨。王肃见《传》云“大夫乘骄”，遂以为乘骄者谓孔仪从君适株，不知《序》但云“刺灵公”，并未尝及孔仪也。（陈）奂谓：《经》言“我”，《传》言“大夫”，郑以变易车乘申明经传，固是精确。《正义》用王肃语述传，亦未见为非。

案：陈氏赞同郑氏说，但又认为王肃说亦有一定道理，故录存之。

（3）四月维夏，六月徂暑。（《小雅·四月》）

《正义》云：王肃述毛，于“六月徂暑”之下注云：诗人以夏四月行役，至六月暑往未得反，已阙一时之祭，后当复阙二时也。“先祖匪人”之下又云：“征役过时，旷废其祭祀，我先祖独非人乎？王者何为忍不忧恤我，使我不得修子道？”案：王说虽未得毛旨，然其言行役，未尝无据。

案：陈氏认为王肃之说颇有几分道理，故录存之。这样的例子不是很多。

从以上分析可以看出，陈氏引王肃《诗》学具有以下特点：其一，陈氏对王肃《诗》说肯定较多，并且态度明确，多直接言王肃“是也”，或“申毛是也”。其二，陈氏较为重王，而颇有轻郑倾向。陈氏宗毛，故以述毛为指归。郑玄宗毛，但好破毛，相较而言，王肃更为守毛，故本书对王肃说的引用较郑玄说多，可见其对王肃说的重视了。其三，陈氏多直接引王肃说，较少将王肃说与郑玄说对立起来，甚至郑、王并举的情况也不是很多。这显然打破了以往著作中郑王对立倾向,而以更为公正的态度来接受郑、王之说。

　　总体而言,陈氏宗毛,故对王肃说较为青睐,不仅引用多,而且肯定多。在清代众多《诗经》学著作之中,是实为难得的。

　　以上对清代《诗经》考据学派代表性著作的引用王肃《诗》学情况作了分析。由以上分析可以看出:其一,考据学派对王肃《诗》学引用较多,一方面由于考辨论证之需,另一方面也是出于保存异说之需。其二,总体而言,王肃《诗》学受到了更多的关注,如陈奂《诗毛氏传疏》等,不再将王肃置于郑玄对立面,而是客观地对王肃《诗》说加以考辨、评析。其三,宋学颇重王肃的字词训诂,对于王肃解《诗》之论,多不重视,而考据派关注面更为广泛,不仅重视名物训诂,对于句意、诗旨解说等,也甚是重视。这些表明,在清代考据派著作之中,王学受到重视的程度远远超过了宋代,可谓王肃《诗》学接受史的小高潮。

第二节　钱澄之等与王肃《诗》学

　　有清一代,考据学非常盛行。受此影响,乾嘉时代《诗经》考据学非常盛行,对此上节已经作了较详细论述。除了考据派之外,清代《诗经》还有不少流派,如综合派、文学派等。下面就考据派之外的学者对王肃《诗》学接受情况作一考察。

一、清初综合派与王肃《诗》学

　　《诗经》自汉代以来,产生了不少学术流派。人们把汉唐时期的古文《诗经》学派,称为"诗经汉学",把以朱熹《诗》学体系为代表的宋代《诗经》学派称为"诗经宋学"。① 自宋代以来,宋学逐渐成为《诗经》研究的主流。到了清代初期,诗经宋学逐渐衰微,诗经汉学逐渐兴起,"论《诗》杂采汉宋,几乎是清代前期的一种普遍倾向"②。"自清朝立国至乾隆前期百年之间,这类杂采汉宋的著作,多不胜举。钱澄之、贺贻孙、阎若璩、严虞惇、姜炳璋、顾镇诸家的《诗》学著作,似乎更有代表性。"③下面以钱澄之、严虞惇为代表,考察清初综合派对王肃《诗》说的引用和接受情况。

---

①　洪湛侯:《诗经学史》,北京:中华书局,2002 年,第 155,362 页。
②　洪湛侯:《诗经学史》,北京:中华书局,2002 年,第 457 页。
③　洪湛侯:《诗经学史》,北京:中华书局,2002 年,第 458 页。

1. 钱澄之《田间诗学》

钱澄之(1612 年—1693 年),初名秉镫,字饮光,一字幼光,晚号田间老人、西顽道人,安徽省桐城县(今枞阳县)人,明末爱国志士、文学家。钱澄之自小随父读书,十一岁能写文章,崇祯时中秀才。南明桂王时,担任翰林院庶吉士。诗文尤负重名。作为皖江文化的重要诗人,与同期的顾炎武、吴嘉纪并称江南三大遗民诗人,诗歌创作上取得了杰出成就。著有《田间集》《田间诗集》《田间文集》《藏山阁集》等。钱澄之亦通于经学,曾著《田间易学》《田间诗学》等。

《田间诗学》一书大旨以《小序》首句为主,兼采汉宋诸儒论说,自孔氏《毛诗注疏》、朱熹《诗集传》以外,凡二十余家。《四库全书总目》:"持论颇为精核,而于名物、训诂、山川、地理言之尤详。徐元文《序》称其'非有意于攻《集传》,于汉唐以来之说亦不主于一人。无所攻,故无所主。无所攻、无所主而后可以有所攻、有所主'云云,深得澄之著书之意……则其考证之切实,尤可见矣。"①

钱澄之《田间诗学》十二卷,前有《凡例》13 条,对此书编撰作了些说明。《凡例》:"是编一以小序为断,小序去古未远,其世次本末,虽未可全据,要不大谬也……是编毛郑孔三家之书,录者十之二,《集传》录者十之三,诸家各本录者十之四。"②前有"卷首",对《诗经》二南、十五国风、二雅、三颂及古序等作了简明论说。正文共十二卷。以章为单元,进行解说。先取前代诸说,后以"愚按"的形式,对前代说法进行评析、辩论。

《田间诗学》一书引王肃《诗》说 7 条,其中有一条出于钱氏按语之中。

> 邶鄘卫(郑玄《邶鄘卫谱》)
> 愚按:"……王肃、服虔谓鄘在纣都之西……皆谬。"

钱对对王肃之说持否定态度。
另外 6 条皆为注说引用,其中 3 条为名物训诂。

(1)充耳琇实。(《小雅·都人士》)
王肃云:"以美石为瑱,塞实其耳。"

---

① (清)永瑢等:《四库全书总目》卷 16,北京:中华书局,1965 年,第 131 页。
② (清)钱澄之:《田间诗学》,见《景印文渊阁四库全书》第 84 册,台北:台湾商务印书馆,1986 年,第 396,398 页。本节所引钱澄之《田间诗学》皆据此本,后不再一一注明。

（2）以薅荼蓼。（《周颂·良耜》）

王肃云："荼,陆秽;蓼,水草。"

（3）牺尊将将。（《鲁颂·閟宫》）

王肃谓通作牛象形,牺以该象也。

另外3条为词句解说。

（1）载衣之裳,载弄之璋。（《小雅·斯干》）

孔云："王子孙当为君,而言臣者,王肃所谓无生而贵之理,明欲为君父,当先知为臣子也。"

（2）乃左乃右。（《大雅·绵》）

孔云:……王肃云："乃左右开地置邑,以居其民也。"

（3）肇域彼四海。（《商颂·玄鸟》）

王肃云："殷道衰,四夷来侵,至高宗,然后以四海为境域也。"

如上所说,王肃《诗》说往往见存于孔颖达《诗经正义》之中,且王氏不长于名物训诂,这些可能是钱氏较少引用王氏的原因吧。

2. 严虞惇《读诗质疑》

严虞惇（1650年－1713年）字宝成,号思庵,常熟人。康熙三十六年（1697年）中进士,授翰林院编修。三十八年（1699年）因顺天科场案,涉嫌去职。后起补国子监丞,转大理寺副,典四川、湖广乡试,累迁至太仆寺少卿。其通经史,旁及百家,著有《严太仆集》《读诗质疑》等。

严氏《读诗质疑》"大旨以《小序》为宗,而参以《集传》。其从《序》者十之七八,从《集传》者十之二三。亦有二家皆不从,而虞惇自为说者。"①全书体例："每篇之首,冠以《序》文及诸家论《序》之说。每章之下,各疏字义。篇末乃总论其大旨与去取诸说之故。皆以推求诗意为主,颇略于名物训诂,亦不甚引据考证。"②全书"大致皆平心静气,玩味研求于毛、朱两家,择长弃短。非惟不存门户之心,亦并不涉调停之见。核其所得,乃较诸家为多焉。"③正因如此,故学者认为"此书在杂采汉宋之说诸书中,应是比较可

① （清）永瑢等:《四库全书总目》卷16,北京:中华书局,1965年,第134页。
② （清）永瑢等:《四库全书总目》卷16,北京:中华书局,1965年,第134页。
③ （清）永瑢等:《四库全书总目》卷16,北京:中华书局,1965年,第134页。

取的一家"①。

《读诗质疑》卷首十五卷,是对《诗经》相关知识的说明,包括《列国世谱》《国风世表》《诗指举要》《读诗纲领》《删次》《六义》《大小序》《诗乐》《章句音韵》《训诂传授》《经传逸诗》《三家遗说》《经传杂说》《诗韵正音》《经文考异》等。正文共三十一卷。毛序之后,或引他人说,或以"虞惇按"形式对序作解说。注诗时,于每章诗句之后,先论赋比兴手法,如前贤无说,有时会以"虞惇曰"形式补充说明赋比兴手法;再罗列前贤解说。全诗解说之后有时会再附以史书记事;全诗末尾以"虞惇按"对前贤观点进行评论、辨析。严氏按语涉及面较广,涉及字词解说、篇章结构、主旨内涵等,故往往篇幅较长。

《读诗质疑》一书前后共引王肃《诗》说24条,其中5条出现于释《序》之中,以"虞惇按"的形式引用。

> (1)《芣苢》:"后妃之美也。和平则妇人乐有子矣。"
> 虞惇按:王肃云:"自《关雎》至《芣苢》,皆后妃房中之乐。"②
> (2)《汝坟》:"道化行也。文王之化,行乎汝坟之国,妇人能闵其君子,犹勉之以正也。"
> 虞惇按:孔氏引王肃云:"当纣之时,大夫行役。"
> (3)《汾沮洳》:"刺俭也,其君俭以能勤,刺不得礼也。"
> 虞惇按:……崔灵恩《集注》云:"君子俭以能勤。"疑今本君下脱子字,王肃、孙毓之说皆然。
> (4)《公刘》:"召康公戒成王也。成王将莅政,戒以民事,美公刘之厚于民,而献是诗也。"
> 孔疏……王肃云:"公,号也。刘,名也。"
> (5)《我将》:"祀文王于明堂也。"
> 虞惇按:……郑康成以上帝为五帝,而不及天。王肃以上帝为昊天,上帝而不及五帝,其说与《礼》经皆不合。

以上条,第3条赞同王肃说,其余4条皆为中性引用。

另外19条出现于诗句解说之中,其中13条部出现于严氏按语之中。

---

① 洪湛侯:《诗经学史》,北京:中华书局,2002年,第459页。

② (清)严虞惇:《读诗质疑》卷1,见《景印文渊阁四库全书》第87册,台北:台湾商务印书馆,1986年,第180页。本节所引严虞惇《读诗质疑》皆据此本,后不再一一注明。

严氏引王说，多持赞同态度，赞同者多达 10 条。例如：

(1)《采蘋》三章,章四句。

虞惇按:此诗毛郑皆以为教成之祭,而王肃则云:"此大夫妻助夫氏之祭,采蘋藻以为菹,设之于奥。奥即牖下也"……王说是也,《集注》亦本王说,今从之。

(2)《击鼓》五章,章四句。

虞惇按:"死生契阔"二章,毛、郑以为……不若欧阳说为长。欧阳盖本之王肃也。

(3)《丰》四章,二章,章三句;二章,章四句。

虞惇按:"俟我于堂",郑易"堂"为"枨"。《疏》引王肃述毛说,今从之。

严氏反对者较少,仅 3 条。

(1)《六月》六章,章八句。

虞惇按:王肃述毛云:"宣王亲伐猃狁,出镐京而还,使吉甫迫伐追逐,至于太原。"……今考诗意,郑说为长……"侵镐及方",王肃云:"镐,镐京也。"……故今亦从郑。

(2)《生民》八章,四章,章十句;四章,章八句。

虞惇按:《生民》之诗……马融、王肃更以后稷为帝喾之遗腹子,其穿凿尤甚。今从郑氏。

另外 6 条出现于诗句解说之中,其中中性引用者 4 条,例如：

(1)彼发有的。(《小雅·宾之初筵》)

王肃引《尔雅》云:"射张皮谓之侯,侯中者谓之鹄,鹄中者谓之正,正方二尺,正中谓之执,方六寸,执则的也。"

(2)王命召伯,定申伯之宅。(《大雅·崧高》)

王肃云:"召公为司空,主缮治也。"

赞同者 2 条,例如：

肆伐大商,会朝清明。(《大雅·大明》)

王肃云:"以甲子昧爽,与纣战,不崇朝而杀纣,天下乃大清明，无复浊乱。"……虞惇按：殷朝清明，从王肃。

如上所说，王肃《诗》说多有合理者，故后世学者多有从之。从以上分析可以看出，严虞惇对王肃说赞同较多，反对较少。可见，其对前贤评说还是比较客观的。其他学者著作，如姜炳璋《诗序补义》（引 6 条）等，对王肃《诗》说亦有引用，但数量较少，就不作论说了。

二、清代名物训诂派与王肃《诗》学

关于《诗经》草木虫鱼疏解之作，自陆玑以来，多达数十家。清前期有六家，"惟王夫之、顾栋高、黄中松三家，虽也有或多或少的缺失，然大体考证详审，援引有据，是清前期训释名物书中较善之本"①。下面以黄中松、姚炳著作为例，考察清代名物训诂类著作对王肃《诗》说的引用、接受情况等。

1. 黄中松《诗疑辨证》②

黄中松（1701 年－1755 年），字宗岩，号中岩，上海浦东川沙高行镇人。黄中松性行方正，乐于助人，深得乡间好誉。黄氏一生致力于经学研究，著有《诗疑辨证》六卷，《易粹》四卷，《春秋释例》八卷，《霞起楼诗古文集》十二卷。《诗疑辨证》收入《四库全书》，今存。其他著作今不可考。③《四库全书总目》"诗疑辨证"条："是书主于考订名物，折衷诸说之是非，故以《辨证》为名。其中亦瑕瑜互见……至全书之中，考正讹谬，校定异同，其言多有依据。在近人中，犹可谓留心考证者焉。"④

《诗疑辨证》共六卷，全书以《诗》篇先后为序，对《诗》篇之义及《诗》中名物作考证、辨析。据笔者统计，《诗疑辨证》一书共引王肃说 57 条，可见其对王肃说引用比例较高，占王肃今存《诗》说文六分之一强。全书在行文中夹以补充说明式注释（小字）。王肃《诗》说，有的出现于行文之中。

---

① 洪湛侯：《诗经学史》，北京：中华书局，2002 年，第 531 页。

② 王欣夫《蛾术轩箧存善本书录》一文认为《诗疑辨证》为黄中松之子黄烈所撰。此从《四库全书总目》，将《诗疑辨证》归于黄中松。

③ 关于黄中松生平及著述考辨，主要参考邓海潮《黄中松〈诗疑辨证〉研究》，吉林大学文学院硕士学位论文，2020 年，第 8～9 页。

④ （清）永瑢等：《四库全书总目》卷 16，北京：中华书局，1965 年，第 135 页。

(1)"夏屋"条：王肃述毛，以为所居之屋也。①
(2)"六驳"条：六驳者，王肃云据所见而言也。

有的出现于注释之中。

(1)"苤苢"条注："王肃引《周书·王会》云：苤苢如李，生于西戎。"
(2)"公孙硕肤"条注："王肃云：言周公所以进退有难者，以俟王之长，有大美之德，能服盛服，以行礼也。"

有时行文中仅提及王肃，而王肃具体观点则以注释（小字）的形式附于后；或正文引王肃观点，注释注明出于"王肃"。

(1)"四之五之六之"条：卫宁独异乎？王肃（注）云："古者一辕之车驾三马则五辔，其大夫皆一辕车。夏后氏驾两谓之丽，殷益以一骖，周人又益一骖谓之驷。本从一骖而来，亦谓之骖，经言骖，则三马之名。"
(2)"伐柯篇"条：王肃（注）云朝廷斥成王。
(3)"小戎"条："合而载之，以为车軶。"注："王肃"。

从笔者统计，对于所引王肃《诗》说，赞同者共31条，反对者12条，中性引用14条。
赞同者，如，

(1)"采蘋篇一"条：王肃曰：此篇所陈皆大夫妻助夫氏之祭。此言直截了当，最为得解，故朱子从之。
(2)"鸠"条："窃疑王肃之言"（注）云蝉及鸠皆以五月始鸣，今云七月，其义不通也。五古安如七。颇有理。
(3)"焦获镐方泾阳"条：王肃以镐为镐京……王肃之言不可尽废。

反对者，如，

---

(1)"采蘋篇二"条:《采蘋序》曰:大夫妻能循法度也。王肃泥之,乃云此诗所陈皆大夫妻助夫氏之祭。

(2)"蒹葭篇"条:《毛传》之说,本无不通。王肃述毛以大水喻礼乐,未免自生枝节耳。

王肃《诗》说颇有可取之处,故黄中松对王肃说不仅引用较多,而且肯定性引用占了绝大多数。

2. 姚炳《诗识名解》

姚炳,其生卒年及事迹均不详。《四库全书总目》:"国朝姚炳撰。炳字彦晖,钱塘人……此书亦以鸟兽草木分列四门,故以多识为名。其稍异诸家者兼以推寻文义,颇及作《诗》之意尔。然孔子言鸟兽草木,本括举大凡……炳乃因此一语,遂不载虫鱼,未免近高叟之固。其中考证辩驳,往往失之蔓衍……是皆爱奇嗜博,故有此弊。然核其大致,可取者多,固宜略其芜杂,采其菁英焉。"①

《诗识名解》十五卷,共分为鸟兽草木四类,共涉及 273 种名物。全书引王肃说 11 条,其中赞同者 3 条,反对者 7 条,中性引用 1 条。

赞同者,如,

(1)牺(卷五)

王肃云:太和中,鲁郡于地中得齐大夫子送女器,有牺尊,以牺牛为尊……其牺象二尊,正如王肃所言。②

(2)蓼(卷十五)

王肃分荼为陆秽,蓼为水秽。《集传》合之以为一。物而有水陆之异,今南方人犹谓蓼为辣荼。

姚氏对王肃说反对者更多,或云"谬",或言"非理",或言"此谬语"。

(1)骐(卷五)

王肃驾两之说谬甚。

(2)兔

---

① (清)永瑢等:《四库全书总目》卷 16,北京:中华书局,1965 年,第 133 页。

② (清)姚炳:《诗识名解》卷 5,见《景印文渊阁四库全书》第 86 册,台北:台湾商务印书馆,1986 年,第 393 页。本节所引姚炳《诗识名解》皆据此本,后不再一一注明。

　　王肃、孙毓述传,皆云惟有一兔头。此滞语,《正义》已驳
之矣。

　　(3)椒

　　王肃谓种一实,蕃衍满一升,尤非理。

其他的,如"马五""苵苡""六驳"等,姚氏亦不取王肃之说。

　　此外,陈大章《诗传名物集览》(引 4 条)等著作对王肃《诗》说亦有引用,但数量较少,就不作论说了。

三、李黼平《毛诗紬义》与王肃《诗》学

　　到了清代中后期,随着考据派的式微和今文学派的兴起,王肃《诗》学逐渐淡出人们视野。这时依然有一些执著宗毛的学者,李黼平便是其中代表人物之一。

　　李黼平(1770 年—1833 年),字绣子,又字贞甫,号著花居士,梅城东郊人。嘉庆三年(1798)中举人,嘉庆十年(1805)中进士,选翰林院庶吉士。曾任江苏昭文县知县、东莞宝安书院山长等职。其治学严谨,著作甚丰,有《易刊误》2 卷、《花庵集》8 卷、《毛诗紬义》24 卷、《读杜韩笔记》2 卷、《小学樗言》2 卷、《说文群经古字考》2 卷及《吴门集》《南归集》等。《清史稿·儒林传》《嘉应州志》和《清代学者像传》(叶恭绰编撰)中皆有专传。李氏著《毛诗紬义》24 卷,阮元将其列入《皇清经解》。后人评说"绣子先生诗,不特粤中之冠,且有清二百余年风雅主之称也",阮元以"文星"待之。李黼平与宋湘、黄香铁、黄遵宪、丘逢甲,并称为嘉庆五大诗人。

　　《毛诗紬义序》:"《诗正义》成于众手,疏略时形。其后屡经校刊,淆讹弥甚,有传笺本同,而《正义》强分之者……每欲条而录之,牵于世,故卒卒未遑。岁癸未以芸台尚书荐为主讲东宫……因就愚管所及,紬出辩证,勒成此编……议论必尊汉学以难宋儒,所不敢效第,明传笺之本义,还孔氏之旧文,藏之家塾,聊为弟子释其症结焉尔。"[1]全书以《诗》篇为次序,不录《诗》全文,而是摘句为释,对有不解《诗》句,录考辨之。

　　据笔者统计,《毛诗紬义》一书共引王肃说 63 条,其中赞同者 10 条,反对者 42 条,中性引用 11 条。

---

　　① (清)李黼平:《毛诗紬义序》,见《续修四库全书》第68 册,上海:上海古籍出版社,2002 年,第1~2 页。

　　李氏对王肃说赞同者较少,如,

　　(1)愿言则嚏。(《邶风·终风》)
　　王肃述毛云:"愿以母道往加之,我则嚏劫而不行。"即从上传看出,深得毛意。①
　　(2)锡尔介圭。(《大雅·崧高》)
　　《正义》释《传》引王肃云"桓圭九寸,诸侯圭之大者",当矣。

　　李氏对王肃说持反对意见者甚多,多达四十余条,认为王肃说"失之""非毛义""非也""误也"之类说法甚多。例如:

　　(1)与子成说。(《邶风·击鼓》)
　　王肃云:"言国人室家之志,欲相与从生至死,契阔勤苦而不相离,相与成男女之数。"《正义》驳之……王固失之,孔亦未为得也。
　　(2)籧篨不鲜。(《邶风·新台》)
　　《正义》用王肃"少也"之训述之,恐非毛意。
　　(3)俟我乎堂兮。(《郑风·丰》)
　　王肃云:"升乎堂以俟。"……《正义》以王述毛,非也。
　　(4)僭始既涵。(《小雅·巧言》)
　　《正义》曰:乱之初所以生者……盖本王肃说……又袭子雍之误。
　　(5)曰宾于京。(《大雅·文王》)
　　王肃述毛,谓尽其妇道于大国……王肃称大国,诚非毛旨。

　　李氏虽然引王肃说较多,但赞同者较少,反对者较多,是何原因?首先,这与李氏盲目宗毛有较大的关系。《毛诗绅义序》:"议论必尊汉学以难宋儒,所不敢效第,明传笺之本义,还孔氏之旧文。"②李氏著此书,重在复古。众所周知,《诗经》经过上千年的传承,在传授与转写过程中,必然会产生一些异文、歧义,所谓的"原貌""本义"可能无法完全还原。身处二千余

---

①　(清)李黼平:《毛诗绅义》卷2,见《续修四库全书》第68册,上海,上海古籍出版社,2002年,第18页。本节所引李黼平《毛诗绅义》皆据此本,后不再一一注明。
②　(清)李黼平:《毛诗绅义序》,见《续修四库全书》第68册,上海:上海古籍出版社,2002年,第2页。

年后的李氏,一味盲从毛,一味求真,难免牵强、求全之嫌。例如:

(1)与子成说。(《邶风·击鼓》)

《传》:"说,数也。"王肃云:"言国人室家之志,欲相与从生至死,契阔勤苦而不相离,相与成男女之数。"《正义》驳之,别述毛云:"共处契阔勤苦之中,亲莫是过,当与子危难相救,成其军伍之数。"按:《释文》:"说,音悦""数,色主反"。《说文》云:"说,说释也""数,计也"。而门部"阅"字注云:"具数于门中也,从门,说省声。""具数"二字,即释门中说字。是说训说,释亦训数,具数,犹成说也。毛亦言死生勤苦之情,与子具数,惟执子之手,俱得生存以至于老耳。若云成男女之数,军伍之数,乃是去声。王固失之,孔亦未为得也。

按:《击鼓》"与子成说"下云"执子之手,与子偕老"。"执手"、"偕老"显然表现的是男女之情,故王肃说得到欧阳修等学者的支持。李氏不顾《诗》句上下文,而死拘《说文》,认为王肃及孔氏皆误。

(2)乘我乘驹。(《陈风·株林》)

王肃云:"陈大夫孔林、仪行父与君淫昏于夏氏。"然则王意以为乘我驹者,谓孔、仪从君适株林,故作者并举以恶君也。《传》意或当如王子雍说,则《序》刺灵公,《传》意兼刺孔、仪。窃意《传》意专刺二子,乘马乘驹,即二子所乘刺二子,正以刺灵公。亦犹《宛丘》刺幽公,而《传》以经中子字为大夫也。

按:陈灵公君臣淫于夏姬,事见于《左传》宣公九年、十年、十一年。《毛序》:"刺灵公也。淫乎夏姬,驱驰而往,朝夕不休息焉。"《传》:"大夫乘驹。"《序》虽仅言"刺灵公",实刺灵公君臣。《传》言"大夫"实指君臣。此实乃古代常用的互文手法。王肃之说显然可信。而李氏认为,《诗》仅刺二子,以刺二子来含蓄刺君,显然与《诗》强烈的讽刺意识不合。

(3)周宗既灭。(《小雅·雨无正》)

《正义》述经曰:"毛以为周宗为天下所宗,今可宗之道既灭,国亦将亡,无所止而安定也。"又"靡所止戾",《传》:"定也。"《正义》曰此传质略。王述之曰:"周室为天下宗,其道已灭,将无所止

定。"毛以刺幽王,理必异于郑,当于王说。按:……周太史言周亡
矣,祸已成矣,即此诗"既灭"之义。孔以王肃义述毛,谓可宗之道
既灭,虽亦可通,究非毛旨。

按:王肃之说大体合理,李氏亦认为其说"亦可通"。可能因为王肃说
与《正义》述经略有出入,故李氏依然认为其说"究非毛旨"。

其次,李氏过于固执,以至对较为可信的证据也妄加质疑。例如:

(1)维此王季。(《大雅·皇矣》)
王子雍自用《韩诗》述毛,亦未必其所见本真作文王也。

按:王肃显然见过其他版本,故有此说。而千年后李氏对王肃所见古
本加以怀疑,显然是怀疑过甚。

(2)牺尊将将。(《鲁颂·閟宫》)
《正义》曰:王肃云:"大和中,鲁郡于地中得齐人夫子尾送女
器,有牺尊,以牺牛为尊,然则象尊,尊为象形。"王肃此言,以二尊
形如牛象,而背上负尊,皆读牺,与毛郑义异,未是孰是。按《周
礼》……秦篆已出之后,乃有牺字,依字造器,作为牛形,显属后人
伪托。齐子尾当春秋时,古文见用,安得已有牺字,而依以作牛
尊哉!

"现在地下出土的大量实物,证明了王肃的解释确是正确的。"[1]容庚、
张维持的《殷周青铜器通论》一书中载有殷周时期各种青铜尊图片,从这些
图片可以看出,凡以鸟兽命名之尊,皆作鸟兽之形,如鸮尊、象尊、羊尊、虎
尊等。[2] 王肃以出土文物来考证牺尊,得到学者们高度评价。"王肃首肇
以出土器物,证经纠缪之始,仅此一端,可以不朽矣。"[3]对于出土文物中有
牛形牺尊,李氏却从学理上否定这一客观事实,"依字造器,作为牛形,显属
后人伪托",以此妄加否定王肃之说,显然是过于偏激,执于己见。
如前文所说,王肃《诗》说虽然有不完善之处,但大多观点还是有些道

① 金春峰:《周官之成书及其反映的文化与时代新考》,台北:东大图书出版公司,1993年,
第209页。
② 容庚、张维持:《殷周青铜器通论》,北京:科学出版社,1958年,插图136~150。
③ 简博贤:《今存三国两晋经学遗籍考》,台北:三民书局,1986年,第236页。

理的,故后世学者引之、从之者不少。像李氏这样极力否定王肃观点的人,还是比较少见的。当然,李氏不仅否定王肃,同样大量否定郑玄、孔颖达等人观点,其刻意出新、求全的意味非常明显。

从以上分析可以看出,在清代,考据学派之外的《诗经》学者对王肃《诗》学引用相对较少,多者不过四五十条,少者则仅数条而已。另外,这些引用,持反对态度的条目数量有明显增多趋势,而持赞同态度条目有渐趋减少趋势。这些表明,随着考据学的式微,王肃《诗》学逐渐为人们所淡忘。

第三节　清代王肃《毛诗注》辑佚

如前所说,王肃先后著有《诗》学著作多种,惜这些著作自晋以降逐渐亡佚。这些著作大多亡于两宋前后。故唐代以后学者,多不见王肃《诗》著,其对王肃《诗》说的引用多转引自《毛诗正义》《经典释文》等著作。到了清代,随着辑佚学的兴起,王肃《诗》学出现了多种辑佚本,最著名的莫过于黄奭的《黄氏逸书考》本和马国翰的《玉函山房辑佚书》本。现对二者作一简单论析。

一、黄奭辑《毛诗王肃注》

黄奭(1809年—1853年),江苏甘泉人,清代著名学者,辑佚家,与马国翰并称“南黄北马”,编有《黄氏逸书考》等。《黄氏逸书考》原名《汉学堂丛书》,增补后更名为《黄氏逸书考》。《汉学堂丛书》收录佚书226种,而《黄氏逸书考》收录佚书285种,较前者多出59种。

《黄氏逸书考》仅辑《毛诗王肃注》一种,黄氏将王肃所有佚文辑入此书,共得326条,略多于马氏辑本。马氏将《毛诗正义》所引王肃驳郑玄的不少条目,分别辑入《毛诗问难》《毛诗义驳》和《毛诗奏事》,而黄氏则一概归于《毛诗王肃注》,未作区别处理。如果除去马氏辑入这三书中的20条,黄氏所辑条目略少于马氏。但黄氏辑本颇有些值得注意之处。

(一)辑录范围较广

马氏辑本未辑入王肃《孔子家语注》中内容,值得注意的是黄氏辑入《家语注》2条。

(1)秋以为期。(《卫风·氓》)①

季秋霜降娶者始也。(《家语注》引诗)②

(2)俾民不迷。(《小雅·节南山》)

言师尹当毗辅天子,使民不迷。(《家语注》)

另,有两条辑自《周官疏》。

(1)《摽有梅》之诗,殷纣暴乱,娶失其盛时之年,习乱思治,故美文王能使男女得及其时。(《周官疏》)

(2)东门之杨。(《陈风·东门之杨》)

陈弃周礼,国乱悲伤,故刺昏姻不及其时。(《周官疏》)

(二)细分条目

凡源出不同出处的条目,黄氏则分别辑之,较少合为一条。而马氏以《诗》句为序,故将常连贯诗句相关条目合并为一条。马氏合为一条者,黄氏往往分为两条。

(1)于③以奠之,宗室牖下。(《召南·采蘋》)

此篇所陈皆是大夫妻助夫氏之祭,采蘋藻以为菹,设之于奥。(《正义》)

(2)谁其尸之,有齐季女。(《召南·采蘋》)

《毛传》:礼之宗室,谓教之以礼于宗室。本之季女,取微主也。其《毛传》所云:牲用鱼,芼之以蘋藻,亦谓教成之祭,非经文之蘋藻也。(《正义》)

案:以上两条,马氏合为一条。

(1)莫肯下遗。(《小雅·角弓》)

遗,如字。(《释文》)

(2)式居娄骄。(《小雅·角弓》)

---

① 原书仅引诗句,未注篇名。为了便于阅读,本书引黄氏辑本《毛诗王肃注》原文,均于诗句后补以篇名。凡言“同上”者,皆注明原书名称。

② (清)黄奭辑:《毛诗王肃注》,见《黄氏逸书考》,见《续修四库全书》第1207册,上海:上海古籍出版社,2002年,第145页。本节所引黄奭所辑《毛诗王肃注》皆据此本,后不再一一注明。

③ 原文缺“于”字。

娄,力居反,数也。(《释文》)

案:以上两条,马氏合为一条。

(1)古之人无斁。(《大雅·思齐》)

言文王性与古合。(《正义》)

(2)誉毛斯士。(《大雅·思齐》)

毛,俊也。古之人无厌于有誉之俊士也。(《释文》云此王肃
语)

案:以上两条,马氏合为一条,只不过将"言文王性与古合"置于后,而
将"毛,俊也……"置于前。

(1)溥彼韩城。(《大雅·韩奕》)

今涿郡方城县有韩侯城,世谓寒号城也。(《水经·圣水注》)

(2)燕师所完。(《大雅·韩奕》)

燕,乌贤反,北燕国。(《释文》。燕,北燕国。又见《困学纪
闻》三)

案:以上两条,马氏合为一条,只不过将"今涿郡……"置于后,而将
"燕,乌贤反……"置于前。另,佚文出处,较马书注释更详尽:"《释文》引王
肃、孙毓。王应麟《困学纪闻》卷三引云:'燕,北燕国。'郦道元《水经注》卷
十三《圣水》引王肃。"

(三)马氏未辑条目

除了上述源出《孔子家语注》及《周官疏》中的 4 条外,黄氏还有一些条
目,马书未作收录。

(1)退食自公。(《召南·羔羊》)

自灭膳食,圣人有逼下之讥。(《正义》)

(2)摽有梅,男女及时也。(《召南·摽有梅序》)

前贤有言,丈夫二十不敢不有室,女子十五不敢不事人。
(《正义》)

(3)《摽有梅》之诗,殷纣暴乱,娶失其盛时之年,习乱思治,故
美文王能使男女得及其时。(《周官疏》)

(4)不我能慉。(《邶风·谷风》)

愘,养也。(《释文》)

(5)载衣之裳,载弄之璋。(《小雅·斯干》)

言无生而贵者也。群臣之从王行礼者奉璋。(《正义》)

(6)蹙蘼所骋。(《小雅·斯干》)

蹙,七历反。(《释文》)

(7)有那其居。(《小雅·鱼藻》)

那,多也。(《释文》)

(8)思皇多士,生此王国。王国克生,维国之桢。(《大雅·文王》)

言天思周至盛,故为生众士于此周国,王国能生此众美之士,维周以之为桢干也。(《正义》)

(9)乃宣乃亩。(《大雅·绵》)

宣,遍也。(《释文》)

(10)昭兹来许。(《大雅·下武》)

来,如字。(《释文》)

(11)公尸来燕来宗。(《大雅·凫鹥》)

言尊敬孝子也。(《正义》)

(12)天命多辟。(《商颂·殷武》)

辟,音僻,邪也。(《释文》)

以上十余条,黄书收录,而马书遗漏。

（四）不乏误者

有些条目,黄氏虽注明出处,但核之今本,却不见原文。不知是出处有误,还是今本有缺,或其所见版本异于今本。

(1)雍雍鸣雁,旭日始至。(《邶风·匏有苦叶》)

亲迎用昏,而曰旭日者,诗以鸣雁之时纳采,以感时而亲迎。(《正义》)

(2)士如归妻,迨冰未泮。(《邶风·匏有苦叶》)

旧说谓士如归妻,我尚及冰未泮定纳。(《正义》)

(3)豳谱

周公以公刘、大王能忧念民事,成此王业,今管蔡流言,将绝王室,故陈豳公之德,言己摄政之意。(《正义》)

案：查之今本《毛诗正义》，未见上述三条文字。

从以上分析可以看出，黄氏辑本虽然有些不足之处，但其辑录范围广，条目较全，是值得肯定的，不少条目可补马氏辑本之失。

二、马国翰辑《毛诗王氏注》

马国翰（1794年—1857年），山东济南人，清代著名的文献学家、辑佚家。马国翰历数十年之力，编有《玉函山房辑佚书》。全书分为经、史、子三编，七百余卷，共辑有佚书594种，并在每一种书前撰有自序，对该书作者、辑佚来源、学术贡献等作一简介。

（一）马书简介

《玉函山房辑佚书》辑有王肃《诗》学著作四种：《毛诗王氏注》《毛诗义驳》《毛诗奏事》和《毛诗问难》。《毛诗义驳》一卷12条，《毛诗问难》一卷4条，《毛诗问难》一卷7条，三者全部辑自《毛诗正义》。另，还辑有《圣证论》一卷、《王子正论》一卷。《圣证论》中有10条论《诗》的，亦全部辑自《毛诗正义》。马国翰辑《毛诗王氏注》共315条，其中辑自《毛诗正义》261条，辑自《毛诗音义》89条。[①] 另外，有1条辑自欧阳修的《诗本义》，有2条辑自《李黄毛诗集解》。

马氏所辑王氏《诗》著及《圣证论》等著作，为后世学者从事王肃《诗》学研究提供了便利，其功不可没。但是细加考察，便可发现马氏所辑《毛诗王氏注》有许多胜人之处，亦有少许缺失。

（二）编撰方法

马国翰所辑《毛诗王氏注》共315条，在数量上并不是最多的，但马氏在佚文整理、编纂等方面有许多值得肯定的地方。

1. 合缀两条佚文为一条经注

如上所说，王肃《诗》注早佚，但在《毛诗正义》（后简称《正义》）和《经典释文》（后简称《释文》）中保存了大量佚文，马氏所辑《毛诗王氏注》大多出于此二书。在编辑的过程中，马氏并不是仅仅将所辑佚文简单加以罗列，而是将相关的佚文拼合在一起，形成一条更为完整的《诗》注。如，

---

① 有时一条中，马氏常将《释文》与《毛诗正义》合为1条，而统计《释文》和《毛诗正义》时，皆各算作1条，故二者相加，多于《毛诗王氏注》总数。

(1)椒聊之实,蕃衍盈升。(《唐风·椒聊》)①

椒,芬芳之物。(《周颂》《释文》引《唐风·椒聊》王注)种一实,蕃衍满一升。(《正义》)②

马氏将《经典释文·毛诗·周颂》中所引释"椒"与《毛诗正义》所引释"蕃衍盈升"合在一起,形成了比较完整的一条经注。再如,

(2)攸介攸止。(《小雅·甫田》)

介,大也。(《释文》)是君子治道所大功,所定止。(《正义》)

这样的例子还有不少,就不再一一枚举了。像黄奭《黄氏逸书考》(后简称黄书)所辑《毛诗王肃注》等,较少对所辑佚文进行整理、编纂。就此而言,马氏所辑王肃《诗》注显然优于其他同类辑佚著作。

2.先列《毛传》,再列佚文

就《诗》注而言,郑玄多据三家《诗》以改《毛传》,而王肃宗《毛》,常述《毛》以驳郑。因此,今存的王肃《诗》注佚文有不少是诠释《毛传》的,而不是直接解释《诗》句的。对于这些佚文,马书往往将其归入相应《诗》句下面,在罗列佚文之前,先罗列相应的《毛传》。如,

(1)既顺乃宣。(《大雅·公刘》)

《毛传》云:"宣,遍也。"遍,谓庐井。(《正义》)

(2)履我即兮。(《齐风·东方之日》)

《毛传》:"履,礼也。"言古婚姻之正礼,刺今之淫奔。(《正义》)

这样的例子还有不少。这些注释或是解释《毛传》的,或是以《毛传》为基础进行更深入阐释的,如果不出《毛传》,则会给人以不知所云之感。像《黄氏逸书考》等辑佚著作,仅仅罗列佚文,无疑会给读者带来一些不便。

3.标明多个出处

有时,佚文可见于不同书之中,马氏亦详加说明,标明多个出处。

---

① 马书未注明《诗》句出处,为了便于阅读,本书一一补充《诗》句出处。本节所引马国翰辑《毛诗王氏注》皆据《续修四库全书》本《玉函山房辑佚书》,后不再一一注明。

② 为了便于论述,本节所引王肃《毛诗王氏注》皆照录马国翰所辑《毛诗王氏注》,如有异议则另加说明。

（1）哀窈窕，思贤才，而无伤善之心焉。（《关雎序》）

善心曰窈，善容曰窕。（陆德明《释文》，《礼部韵略》卷三并引王肃）

（2）小戎，美襄公也。（《小戎序》）

小戎，驾两马者。（《释文》，陆佃《埤雅》卷十二）

4. 说明异文及校勘依据

如果所辑经注有异文，马氏亦加以说明。如，

以薅荼蓼。（《周颂·良耜》）

荼，陆草。蓼，水草。（《正义》。《尔雅·释草》邢昺疏引上句云"荼，陆秽草"。）

对于一些异文，马氏往往择善而从，并详加说明校勘依据。如，

以我覃耜，俶载南亩。（《小雅·大田》）

俶，始也。载，事也。言用我之利耜，始发事于南亩也。（《正义》。《文选》卷三十谢元晖《和伏武昌登孙权故城诗》李善注引："俶始载事南亩"下并有"也"字，据补。"剥"下脱"耜"字。）

5. 以案语形式对相关情况作详细说明

有时马氏还会以案语的形式，对佚文有关情况作补充说明。如，

（1）邶鄘卫（郑玄《邶鄘卫谱》）

邶鄘卫者，殷纣畿内地名，属古冀州。自纣城而北曰邶，南曰鄘，东曰卫。卫在汲郡朝歌县。时康叔正①封于卫，其末子孙稍并兼彼二国，混其地而名之。作者各有所伤，从其本国而异之，故有邶鄘卫之诗。《释文》引郑云，王肃同。案：郑《谱》："南谓之鄘"。王肃以为鄘在纣之西。此同云南，或注初从郑，后作在西也。

在此，马书对王肃与郑玄观点的异同作了详细说明，使读者对王肃经注前后变化有更多的了解。再如，

---

① 马书误作"止"，据《释文》改。

（2）瑳兮瑳兮。（《鄘风·君子偕老》）

好美衣服洁白之貌。（同上①沈引王肃注。陆氏云："今检王肃本后不释，不如沈所言也。"案：沈，北周人也，或所见王肃本有此注，后人以近复，削之，据补。）

有时虽无"案"字，其补充说明作用类于案语。如，

文王，文王受命作周也。（《文王序》）

文王受命九年而崩。（《正义》云：刘歆作《三统历》，考上世帝王，以为文王受命云云。班固②《汉书·律历志》载其说。于是贾逵、马融、王肃、韦昭、皇甫谧悉皆同之。）

从以上分析可以看出，马氏《毛诗王氏注》在广辑佚文的基础之上，对所辑佚文作了大量的校勘、整理、编纂等工作。正因如此，马书在许多方面优于同类辑佚著作。

（三）马书缺失

虽然马国翰所辑《毛诗王氏注》具有不少优点，但是亦有不少缺陷，在使用的过程中需多加注意。

1. 遗漏条目不少

如上所说，马国翰所辑《毛诗王氏注》收王肃《诗》注佚文 315 条，数量甚丰，但有不少遗漏者。黄奭所辑《毛诗王肃注》收录王肃《诗》注佚文 326 条，黄书所辑有十余条（14 条），不见于马书，可补马书之遗。③ 这些条目可见于黄书，故不一一摘录。除此之外，马书还有一些遗漏，笔者所辑近十条，现略举数条如下：

（1）硕人俣俣，公庭万舞。（《邶风·简兮》）

王肃云："硕人谓申后。此刺不用贤。"④（《正义》）

（2）曹者，《禹贡》兖州陶丘之北，地名。（《曹谱》）

---

①　上条佚文辑自《释文》，"同上"指的是《释文》。

②　马书"固"字上衍"国"字。

③　黄书所辑条目数量虽多于马书，且有十余条（14 条）为马书所无者，但据笔者统计，马书亦有十余条（16 条）为黄书所无者。另外，黄书的一些条目可见马书所辑《毛诗义驳》（7 条）、《毛诗问难》（1 条）。此外，有不少条目（至少有 7 条）马书拼合为一条，而黄书则分辑为两条。这样，从总体上看，马书所辑内容多于黄书。

④　马国翰仅辑《小雅·白华》注疏所引"硕人，申后也"，而未引《邶风·简兮》注疏所引此条。

王肃云:"东南据济,西北据河。不言据济,而云据者,则州境东南逾济水也。"(《正义》)

(3)三事大夫。(《小雅·雨无正》)

王肃①以三事为三公,大夫谓其属。(《正义》)

(4)天作高山,大王荒之。(《周颂·天作》)

王肃难郑云:禹之时,土广三倍于尧,计万里为方五千里者四。而肃谓三倍,则除本而三。此云五倍,盖亦除本而五,并本为六也。(《正义》)

(5)懿厥哲妇。(《大雅·瞻卬》)

(懿)於其反,痛伤之声。王同沈,又如字。(《释文》)

如上所说,黄书可见而被马书之遗者十余条(14 条),加上笔者所辑 9 条,共计 23 条,几近总数十四分之一。

2. 有些条目所收内容不全

有些条目,马书虽有收录,但所收内容不全,有部分遗漏。如,

(1)邶鄘卫(郑玄《邶鄘卫谱》)

邶鄘卫者,殷纣畿内地名,属古冀州。自纣城而北曰邶,南曰鄘,东曰卫。卫在汲郡朝歌县。时康叔正②封于卫,其末子孙稍并兼彼二国,混其地而名之。作者各有所伤,从其本国而异之,故有邶鄘卫之诗。(《释文》引郑云,王肃同。案:郑《谱》:"南谓之鄘。"王肃以为鄘在纣之西。此同云南,或注初从郑,后作在西也。)

马氏在此仅引《经典释文》,其实《毛诗正义》中有段话可作此条补充。《毛诗正义》:"《地理志》:'邶以封纣子武庚;鄘,管叔尹之;卫,蔡叔尹之,以监殷民,谓之三监。'则三监者,武庚为其一,无霍叔矣。王肃、服虔皆依《志》为说。"

(2)戎车孔博。(《鲁颂·泮水》)

---

① 原文作"见",阮元校云:"'见'当作'肃'。"参见(清)阮元校刻《十三经注疏·毛诗正义》,北京:中华书局,1980 年,第 450 页阮元校勘记。阮说可信,此从之。

② 马书作"止",据《经典释文》改。

博,如字,大也。(《释文》徐引毛,云王同。)

马氏仅引《经典释文》。其实,《毛诗正义》中有一段更具体的解说,王肃云:"言弓驰而不张,矢众而不用,兵车甚博大,徒行御车无厌其事者,已克淮夷,淮夷甚化于善,不逆道也。鲁侯能固执其大道,卒以得淮夷。"此段解说并不限于"戎车孔博"这一句《诗》,而涉及了其他《诗》句,因此《诗》原文改为"角弓其觩,束矢其搜,戎车孔博,徒御无斁。既克淮夷,孔淑不逆。式固尔犹,淮夷卒获"更为合理。

此外,《孔子家语》一书引《诗》多达五十余次,王肃对其引《诗》大多作了注释,这些《诗》注可补学者所辑王肃《诗》注之缺。

3. 有些条目内容有误收

除了收录不全之外,有些条目内容有误收,将不是王肃注释的内容一并收入。如,

有颣者弁,实维何期。(《小雅·颣弁》)

期,如字。(《释文》)言冕其在人之无期也。其意以为伤王无德,将不戴弁。(《正义》)

案:《黄氏逸书考》无"其意以伤王无德,将不戴弁"二句。细绎其义,此二句为孔氏《正义》文。[1]

4. 标注出处不确

有时,马书标明佚文出处时有不够确切之嫌。

(1)子兮子兮,如此粲者何。(《唐风·绸缪》)

《传》云:"三女为粲。大夫一妻二妾。"言在位者亦不能及礼也。(《正义》)

核之《正义》原文,此《毛传》及王注皆出于"今夕何夕,见此粲者"条下,马书显然有误。此条黄书不误。

(2)伐柯伐柯,匪斧不克。(《豳风·伐柯》)

能执治国之斧柄,其唯周公乎? 是喻周公能执礼也。(《正义》)

---

① 李振兴:《王肃之经学》,上海:华东师范大学出版社,2012年,第414页。

《诗经》原文是"伐柯如何,匪斧不克"。马书误。

(3)《鱼丽》美万物盛多……可以告于神明矣。

《常棣》之作,在武王既崩,周公诛管蔡之后,而在文武治内之篇何也?夫刑于寡妻,至于兄弟,以御于家邦,此文王之行也。闵管蔡之失道,陈兄弟之恩义,故内之于文武之正雅,以成燕群臣、燕兄弟、燕朋友之乐歌焉。(《诗·大小雅谱正义》引《鱼丽序》下王《传》)

据《正义》,王肃此语原出于《鱼丽序》下,因此马氏将其系于《鱼丽序》下。黄书亦如此。细读原文,便可发现,此段话论述的是《常棣》,因此当系之于《常棣序》下更合理。

有时,马书《诗》注与《诗》句有不太符合之嫌。

(1)尚之以琼华乎而。(《齐风·著》)
以美石饰象瑱。(《正义》)

《著》:"充耳以素乎而,尚之以琼华乎而"。《毛传》:"素,象瑱。琼华,美石,士之服也。"可见,王肃此条注释袭用《毛传》。马书仅录《毛诗》后一句原文,有断章取义之感,使读者费解。因此,最好引用上述两句《诗》,并且引《毛传》。

(2)哙哙其正,哕哕其冥。(《小雅·斯干》)
《传》:"正,长也。冥,幼也。"长,丁丈反。幼,如字。(《释文》)宣王之臣,长者宽博哙哙然,少者闲习哕哕然,夫其所与翔于平正之筵,列于高大之楹,皆少长让德有礼之士,所以安也。(《正义》)

此引王肃语句中言及"筵""楹",而《诗》及《传》中无对应字句。《斯干》:"殖殖其庭,有觉其楹。哙哙其正,哕哕其冥"。马书省略前两句《诗》,当引前两句《诗》。

(3)节彼南山,有实其猗。(《小雅·节南山》)
南山高峻而有实之使平均者,以其草木之长茂也。师尹尊显而有益之使平均者,以用众士之智能,刺今专己不肯用人,以至于

不平也。(《正义》)

王肃注言及"师尹""不平"等,而前《诗》无对应字句。《节南山》:"节彼南山,有实其猗。赫赫师尹,不平谓何?"马书省略后两句《诗》,不合理,当引后两句《诗》。

这样的例子还有不少,就不再一一枚举了。

5. 勘刻有误者亦不少

由于刻印等原因,马氏所辑《毛诗王氏注》有不少错误,韩格平先生主编的《魏晋全书(2)》收录《毛诗王氏注》,并对佚文作了详细校勘,改正了不少错误。① 这些已经校正过的错误在此不作重复,读者可以自己参看。笔者在此仅作少许补充。

(一)形近致误者

马书有不少因形近而误者,现略举数例。

(1)百两御之。(《召南·鹊巢》)
御,鲁一鱼反,待也。(《释文》)

案:《释文》作"侍",马书作"待",误也。

(2)邶鄘卫(郑玄《邶鄘卫谱》)
邶鄘卫者……时康叔正封于卫……(《释文》引郑云,王肃同。)

案:"正",马书误作"止"。

(3)葛屦五两。(《齐风·南山》)
两,如字。(《释文》)

案:"两",马书误刻为"雨"。

(4)硕大无朋。(《唐风·椒聊》)

案:马书"硕"字误刻为"頭"。

---

① 韩格平:《魏晋全书(2)》,长春:吉林文史出版社,2006 年,第 208～238 页。

(5)矢于牧野,维予侯兴。(《大雅·大明》)

其众虽叛殷,我兴起而灭殷。(《正义》)

案:"雖",《正义》作"维",当从《正义》,马书误。

(6)闵予小子,遭家不造,嬛嬛在疚。(《周颂·闵予小子》)

病乎我小子……(《正义》)

案:"乎",马书误作"平"。

(二)脱字者

马书在刻印时亦有脱字现象。如,

(1)死生契阔,与子成说,执子之手,与子偕老。(《邶风·击鼓》)

言国人室家之志,欲相与从生至死,契阔勤苦而不相离,相与成男女之数,扶持俱老。(《正义》)

案:马书"扶持"前脱"相"字。

(2)式勿从谓(《小雅·宾之初筵》)

用其醉时勿从而谓。(《正义》)

案:马书"谓"之后脱"之"字。

(3)武人东征,不皇朝矣。(《小雅·渐渐之石》)

武人,王之武臣征役者,言皆劳病东行,征伐东国,以困病不暇修礼而相朝。(《正义》)

案:马书"不"字后脱"暇"字。

(4)其军三单,彻田为粮。(《大雅·公刘》)

案:马书"其军三单"后脱"度其隰原"一句。

除上述问题之外,还有一些,如有两见者未作注明。如,

谓天盖高,不敢不局,谓地盖厚,不敢不踏。(《小雅·正月》)

言天高,己不敢不曲身危行,恐上触忌讳也。地厚,己不敢不

累足,惧陷于在位之罗网也。(《正义》)

案:此语亦见于《家语·贤君篇》注:"此《正月》六章之辞也。局,曲也。言天至高,己不敢不曲身危行,恐上干忌讳也。蹐,累足也,言地至厚,己不敢不累足,恐陷累在位之罗网。"二者全同。马氏未标明此条亦见于《孔子家语注》。

有异字未出注者,如,

> 蟓道蛾眉。(《卫风·硕人》)
> 蟓似蝉而小。(《释文》)

案:《释文》和黄书皆作"蜻蜻,如蝉而小"。马氏未标明异文。

另外,马书未一一标明《诗》句出处(黄书亦如此),这对于自幼诵读《诗经》的封建社会士人来说,似乎无多少影响,但对于现代读者来说,显然不太方便。

从以上分析可以看出,虽然马国翰所辑《毛诗王氏注》不管在条目数量,还是在编纂质量方面,皆优于同类辑佚著作,正因如此,后世学者研究王肃《诗》学多以马书为据,再参考以它书。虽则如此,今天看来,马书依然有众多不足之处,对此上文已经作了不少论述。因此,实有对王肃《诗》注进行重新辑佚、整理之必要,学者界期待更完备的高质量整理本出现。

结语

在先秦时期,儒学不过是争鸣的众家之一。自从汉武帝独尊儒术之后,儒学独盛于世。经过数百年的发展,到了东汉后期,各经宗派甚多,以至学者不知所从。汉末郑玄融今古文各家学说于一体,使得经学得到统一,学者略知所归。经过数十年的流传,郑学缺陷逐渐暴露,于是批判郑学之声渐起。三国时期的王肃遍注群经,创立与郑学相抗衡的王学,掀起经学史上著作的郑王之争。王学兴盛于魏晋时期,但自唐代尊郑之后,王学衰微。虽则如此,王学影响依然长存,并不时表现出来。在王肃众经学说之中,《诗》学声誉最高,影响最深,实可视为王肃经学的缩影,值得作全面而深入的研究。

(一)王肃《诗》学渊源

任何学说都是应时代发展需要而产生的,王学亦是如此。马融、郑玄等的经注之学,荆州学派的义理之学等,为王肃经学的产生奠定了良好的学术基础。王肃一生著述甚丰,多达三十余种。就《诗》学而言,王肃著有《毛诗注》《毛诗义驳》《毛诗问难》《毛诗奏事》《毛诗音》等。另外,《孔子家语注》和《圣证论》等中也保存了不少《诗》说。除《孔子家语注》外,这些著作均早佚,仅有辑佚本存世。就《诗》学渊源而言,王肃既博采众家之长,而又能自出新意。王肃倾于古文经学,《诗》学宗毛,对《毛序》《毛传》继承颇多。同时,他又深受许慎、贾逵、马融等人的《诗》学影响。对于前辈郑玄《诗》学,王肃有继承,也有批判。在注音、解词、释句等方面,王肃对《毛诗笺》继承颇多。

(二)王肃《诗》学体系

王肃《诗》学的代表作是《毛诗注》和《孔子家语注》。因二者写作时间不一,释义和解说方法颇多差异,因此可视为王肃《诗》学体系的两大重要组成部分。《孔子家语》共引诗 52 条,王肃作注 40 条。这些《诗》注是研究王肃《诗》学的重要资料。《孔子家语注》中王肃《诗》注内容丰富,或释字义,或释词义,或讲句义。这些释义,申《毛传》,但又不全同于《毛传》;与郑玄《毛诗笺》互有异同,甚至与王肃本人的《毛诗注》亦互有异同。在思想方面,王肃《孔子家语注》释《诗》表现出重德行、重天命、维护正统等思想。王肃《毛诗注》早佚,现有马国翰和黄奭等辑本。王肃《毛诗注》今存三百余条。从内容来看,王肃注释内容广泛,主要包括注字音、释词义、考名物、串句意、阐含义、补背景、说主旨等。另外也对《毛序》和《毛传》作些补充解说。王肃《毛诗注》具有丰富的思想。在《毛诗注》中,王肃倡导君德臣贤、礼义教化、乐道忘忧等思想。王肃《毛诗注》说《诗》实证有据、简洁精炼、质朴平和,毫无争胜之气息。王肃《毛诗注》申毛、驳郑维护了《毛诗》纯正性,完善了《毛诗》学,扩大了《毛诗》影响,有力地推动了《诗经》学发展。

(三)《诗》学郑王之争

随着缺失逐渐暴露,郑学遭到不少人批判,如王粲、虞翻、蒋济等,王肃驳郑实乃经学发展之必然趋势。就《诗》注而言,在字词训诂、诗意阐发、史实理解、礼制理解、谶纬看法等方面,王肃与郑玄颇多差异。王肃驳郑玄主要是批评郑玄"违错者",以"申明其义",并非出于意气之争。王肃驳郑遭到了郑玄后学的坚决反击。王基作《毛诗驳》,对郑学之短作牵强辩护,对王肃作意气之批判。于是,王肃与郑玄之间的经义之争逐渐演变为学派间争辩。之后,郑王之争变得更为激烈,以至公开展开朝廷大辩论,王派学者有孔晁,拥郑学者有马昭、张融等。入晋后,孙毓撰《毛诗异同评》,对《毛传》、郑玄《毛诗笺》和王肃《毛诗注》三者作了较为公正的评析。陈统不平,作《难孙氏毛诗评》,对孙毓多作意气之驳。

(四)王肃《诗》学影响

魏晋之时,王肃《诗》学立于学官,盛行于世。南北朝时期,王学依然影响很大。徐邈、崔灵恩、沈重等人《诗》学多受王肃影响。陆德明《经典释文·毛诗音义》引王肃《诗》注九十余条,从其说者三十余条,可见王肃《诗》说影响依然很大。到了唐代,经学宗郑成为时尚。孔颖达主编的《毛诗正义》以郑玄《毛诗笺》为底本,但引王肃《诗》注 261 条,另引王肃《毛诗义驳》12 条,《毛诗奏事》4 条,《毛诗问难》7 条,引王肃《诗》说共计 284 条,远远超过其他《诗》家。可见,王肃《诗》学依然有很大的影响,实乃是郑玄之外影响最大的一家。《毛诗正义》宗郑,将王肃置于郑玄对立面,以王补郑。这对王肃《诗》学的流传产生了众多不利影响。入宋之后,王肃《诗》学著作均先后亡佚,但宋人《诗》学著作亦多受其影响。北宋欧阳修的《诗本义》、王安石的《诗经新义》、苏辙的《诗集传》等,都多受王肃《诗》学影响。李樗、黄櫄的《毛诗李黄集解》以及严粲的《诗缉》保存了一些不见于《毛诗正义》

和《经典释文》的王肃《诗》说佚文。朱熹的《诗集传》有 8 条注释同于王肃《孔子家语注》释《诗》，有 55 条同于王肃《毛诗注》。南宋吕祖谦的《吕氏家塾读诗记》、李樗的《毛诗详解》、杨简的《慈湖诗传》、段昌武的《毛诗集解》和严粲的《诗辑》等，皆引录王肃《诗》注数十条。魏了翁的《毛诗要义》引录王肃《诗》说八十余条。元代刘瑾的《诗传通释》和朱公迁的《诗经疏义会通》，明代冯复京的《六家诗名物疏》和何楷的《诗经世本古义》等，对王肃《诗》注有较多引录。清代《诗经》考据派著作对王肃《诗》注引录极多，陈启源的《毛诗稽古编》引 51 条，朱鹤龄的《诗经通义》引 41 条，胡承珙的《毛诗后笺》引 101 条，马瑞辰的《毛诗传笺通释》引 39 条，陈奂的《诗毛氏传疏》引 98 条。除了考据派之外，清代其他流派学者对王肃《诗》说亦颇多引用，如钱澄之的《田间诗学》、严虞惇的《读诗质疑》、黄中松的《诗疑辨证》、李黼平的《毛诗䌷义》等。这些引用多为直接引用，且正面引录占多数。由此足见王肃《诗》学的深远影响。到了清代，随着辑佚学的兴起，王肃《诗》学著作出现了多种辑本。黄奭仅辑《毛诗王肃注》一种，共得 326 条。黄氏辑本收录范围广，细分条目，多有马书未收者，可补马书之失。马国翰辑王肃《诗》学著作 4 种，种类最多。马国翰所辑《毛诗王氏注》收录王肃《诗》注 315 条，另有一些条目分别辑入《毛诗义驳》《毛诗奏事》和《毛诗问难》等。马国翰对所辑佚文作了大量的校勘、整理、编纂等工作。这使得马氏辑本在许多方面优于黄氏辑本。马氏辑本也有一些不足之处，如漏收、误收、内容不全、出处不确、勘刻有误等。

纵观千余年王肃《诗》学接受史可以看出，历代学者对王肃《诗》学接受态度不尽相同，重视程度各异，引录方式不一，引录数量悬殊较大，其整体发展趋势是：隋唐时期的《经典释文》和《毛诗正义》等重在存录学说而大量引录王肃《诗》说，宋代苏辙、朱熹和吕祖谦等人重在求"本义"而大量引用或化用王肃《诗》说，而清代考据学派学者则多因考证之需而大量引用王肃《诗》说。无论是出于何种目的，无论其态度是批判还是支持，大量引录数据表明，王肃《诗》学影响深远，王肃不愧为郑玄之外另一位极具影响的经学大师。

主要参考文献

（一）古代典籍（包括今人辑注、注释、今译等）

阮元校刻：《十三经注疏》，中华书局 1980 年版。

李学勤主编：《十三经注疏》，北京大学出版社 1999 年版。

毛公传，郑玄笺，孔颖达疏：《毛诗正义》，阮元校刻：《十三经注疏》，中华书局 1980 年版。

孔颖达疏，朱杰人、李慧玲整理：《毛诗注疏》，上海古籍出版社 2013 年版。

冯浩菲：《郑氏诗谱订考》，上海古籍出版社 2008 年版。

马国翰辑：《毛诗王氏注》，马国翰辑：《玉函山房辑佚书》，《续修四库全书》第 1201 册，上海古籍出版社 2002 年版。

黄奭辑：《毛诗王肃注》，黄奭辑：《黄氏逸书考》，《续修四库全书》第 1207 册，上海古籍出版社 2002 年版。

皮锡瑞：《圣证论补评》，许殿、王强主编：《师伏堂丛书》，凤凰出版社 2014 年版。

欧阳修：《诗本义》，《景印文渊阁四库全书》第 70 册，台湾商务印书馆 1986 年版。

欧阳修：《诗本义》，《儒藏》精华编第 24 册，北京大学出版社 2008 年版。

王安石撰，邱汉生辑注：《诗义钩沉》，中华书局 1982 年版。

苏辙：《诗集传》，《景印文渊阁四库全书》第 70 册，台湾商务印书馆 1986 年版。

苏辙：《诗集传》，《儒藏》精华编第 24 册，北京大学出版社 2008 年版。

朱熹：《诗集传》，上海古籍出版社 1980 年版。

吕祖谦：《吕氏家塾读诗记》，《景印文渊阁四库全书》第 73 册，台湾商务印书馆 1986 年版。

吕祖谦：《吕氏家塾读诗记》，《儒藏》精华编第 25 册，北京大学出版社 2008 年版。

李樗、黄櫄：《毛诗李黄集解》，《景印文渊阁四库全书》第 71 册，台湾商务印书馆 1986 年版。

段昌武：《段氏毛传集解》，《景印文渊阁四库全书》第 74 册，台湾商务印书馆 1986 年版。

杨简：《慈湖诗传》，《景印文渊阁四库全书》第 73 册，台湾商务印书馆 1986 年版。

杨简：《慈湖诗传》，《儒藏》精华编第 25 册，北京大学出版社 2008 年版。

魏了翁：《毛诗要义》，《续修四库全书》第 56 册，上海古籍出版社 2002 年版。

严粲：《诗缉》，《景印文渊阁四库全书》第 75 册，台湾商务印书馆 1986 年版。

刘瑾：《诗传通释》，《景印文渊阁四库全书》第 76 册，台湾商务印书馆 1986 年版。

朱公迁：《诗经疏义会通》，《景印文渊阁四库全书》第 77 册，台湾商务印书馆 1986 年版。

冯复京：《六家诗名物疏》，《景印文渊阁四库全书》第 80 册，台湾商务印书馆 1986 年版。

何楷：《诗经世本古义》，《景印文渊阁四库全书》第 81 册，台湾商务印书馆 1986 年版。

何楷：《诗经世本古义》，《儒藏》精华编第 27、28 册，北京大学出版社 2008 年版。

陈启源：《毛诗稽古编》，《景印文渊阁四库全书》第 85 册，台湾商务印书馆 1986 年版。

陈启源：《毛诗稽古编》，《儒藏》精华编第 29 册，北京大学出版社 2008 年版。

马瑞辰撰，陈金生点校：《毛诗传笺通释》，中华书局 1989 年版。

胡承珙撰，郭全芝点校：《毛诗后笺》，黄山书社 1999 年版。

陈奂：《诗毛氏传疏》，中国书店 1984 年版。

陈奂撰，滕志贤整理：《诗毛氏传疏》，凤凰出版社 2019 年版。

朱鹤龄：《诗经通义》，《景印文渊阁四库全书》第 85 册，台湾商务印书馆 1986 年版。

钱澄之撰，朱一清点校：《田间诗学》，黄山书社 2005 年版。

钱澄之：《田间诗学》，《景印文渊阁四库全书》第 84 册，台湾商务印书馆 1986 年版。

严虞惇：《读诗质疑》，《景印文渊阁四库全书》第 87 册，台湾商务印书馆 1986 年版。

黄中松：《诗疑辨证》，《景印文渊阁四库全书》第 88 册，台湾商务印书馆 1986 年版。

黄中松撰，陈丕武、刘海珊点校：《诗疑辨证》，广西师范大学出版社 2018 年版。

姚炳：《诗识名解》，《景印文渊阁四库全书》第 86 册，台湾商务印书馆 1986 年版。

李黼平：《毛诗紬义》，《续修四库全书》经部第 68 册，上海古籍出版社 2002 年版。

晏炎吾等点校：《清人诗说四种》，华中师范大学出版社 1986 年版。

魏源：《诗古微》（《魏源全集》第一册），岳麓书社 1989 年版。

王先谦：《诗三家义集疏》，中华书局 1987 年版。

马承源主编：《上海博物馆藏战国楚竹书（一）》，上海古籍出版社 2001 年版。

黄德宽、徐在国主编：《安徽大学藏战国竹简（一）》，中西书局 2019 年版。

陈寿祺撰，曹建墩校点：《五经异义疏证》，上海古籍出版社 2013 年版。

阮元、王先谦主编：《清经解、清经解续编》，凤凰出版社 2013 年版。

许慎：《说文解字》，中华书局 1963 年版。

段玉裁：《说文解字注》，上海古籍出版社 1981 年版。

陆德明撰，黄侃断句：《经典释文》，中华书局 1983 年版。

陆德明撰，黄焯汇校：《经典释文汇校》，中华书局 2006 年版。

吴承仕：《经典释文序录疏证》，中华书局 1984 年版。

朱彝尊：《经义考》，中华书局 1998 年版。

［日］安居香山、中村璋八辑：《纬书集成》，河北人民出版社 1994 年版。

司马迁撰，裴骃集解、司马贞索隐、张守节正义：《史记》，中华书局 1959 年版。

班固撰，颜师古注：《汉书》，中华书局 1962 年版。

范晔著,李贤等注:《后汉书》,中华书局1965年版。

王先谦:《后汉书集解》,中华书局1984年版。

陈寿撰,裴松之注:《三国志》,中华书局1959年版。

卢弼:《三国志集解》,中华书局1982年版。

房玄龄等:《晋书》,中华书局1974年版。

沈约:《宋书》,中华书局1974年版。

萧子显:《南齐书》,中华书局1972年版。

姚思廉:《梁书》,中华书局1973年版。

姚思廉:《陈书》,中华书局1972年版。

魏徵等:《隋书》,中华书局1973年版。

刘昫:《旧唐书》,中华书局1975年版。

欧阳修、宋祁:《新唐书》,中华书局1975年版。

脱脱等:《宋史》,中华书局1977年版。

司马光等编,胡三省注:《资治通鉴》,中华书局1956年版。

杜佑撰,陈文锦等点校:《通典》,中华书局1988年版。

杜佑撰,颜品忠等校点:《通典》,岳麓书社1995年版。

唐晏:《两汉三国学案》,中华书局1986年版。

永瑢等:《四库全书总目》,中华书局1965年版。

姚振宗:《后汉艺文志》,《续修四库全书》第914册,上海古籍出版社2002年版。

侯康:《补后汉书艺文志》,《丛书集成初编》第2册,中华书局1985年版。

姚振宗:《三国艺文志》,《续修四库全书》第914册,上海古籍出版社2002年版。

丁国钧:《补晋书艺文志》,《丛书集成初编》第4—5册,中华书局1985年版。

姚振宗:《隋书经籍志考证》,《续修四库全书》第915册,上海古籍出版社2002年版。

王肃注:《孔子家语》,上海古籍出版社1990年版。

张涛:《孔子家语注释》,三秦出版社1998年版。

杨朝明、宋立林主编:《孔子家语通释》,齐鲁书社2013年版。

黎靖德编:《朱子语类》,中华书局1994年版。

虞世南:《北堂书钞》,学苑出版社 1998 年版。

李昉等:《太平御览》,中华书局 1960 年版。

王谟:《汉魏遗书钞》,《续修四库全书》第 1199－1200 册,上海古籍出版社 2002 年版。

黄奭:《黄氏逸书考》,《续修四库全书》第 1206－1211 册,上海古籍出版社 2002 年版。

马国翰:《玉函山房辑佚书》,《续修四库全书》第 1200－1205 册,上海古籍出版社 2002 年版。

王仁俊:《玉函山房辑佚书续编三种》,上海古籍出版社 1989 年版。

安作璋主编:《郑玄集》,齐鲁书社 1997 年版。

严可均辑:《全汉文》,商务印书馆 1999 年版。

严可均辑:《全后汉文》,商务印书馆 1999 年版。

严可均辑:《全三国文》,商务印书馆 1999 年版。

严可均辑:《全上古三代秦汉三国六朝文》,中华书局 1958 年版。

韩格平主编:《魏晋全书(2)》,吉林文史出版社 2006 年版。

(二)今人研究论著(按音序排列)

巴文泽:《关于王肃经学思想的两点新解》,《中国哲学史》2014 年第 4 期。

白少雄:《严虞惇〈读诗质疑〉著述特征及其〈诗〉学史价值》,《沧州师范学院学报》2008 年第 4 期。

[日]本田成之著:《中国经学史》,孙俍工译,上海书店出版社 2001 年版。

边家珍:《汉代经学发展史论》,中国文史出版社 2003 年版。

陈国安:《清初诗经学研究》,苏州大学硕士学位论文 2003 年。

陈居渊:《王肃易学渊源新考》,《周易研究》2019 年第 5 期。

陈诗懿:《王肃〈诗经〉注解与郑玄异同》,广西大学硕士学位论文 2021 年。

陈苏镇:《郑玄的使命和贡献——以东汉魏晋政治文化演进为背景》,杨晋龙、刘柏宏主编:《魏晋南北朝经学国际研讨会论文集》(下),台湾"中央"研究院中国文哲研究所 2016 年版。

陈桐生:《〈孔子诗论〉研究》,中华书局 2004 年版。

陈战峰:《宋代〈诗经〉学与玄理——关于〈诗经〉学的思想学术史考

察》,陕西人民出版社 2006 年版。

　　陈战峰:《欧阳修〈诗本义〉研究新探》,中国社会科学出版社 2015
年版。

　　程浩:《王肃〈圣证论〉体例及论说考》,《古籍整理研究学刊》,2013 年
第 2 期。

　　程建:《从经世之学到心性之学——宋代诗经学研究》,湖北人民出版
社 2019 年版。

　　程苏东:《郑王与曹马:再论王肃之学的兴起》,《哲学门》第三十四辑,
北京大学出版社 2016 年版。

　　程兴丽:《郑玄、王肃〈书〉学之争考辨》,《古籍整理研究学刊》2014 年
第 1 期。

　　程元敏:《季汉荆州经学》(上),《汉学研究》第 4 卷第 1 期(1986 年 6
月)。

　　程元敏:《季汉荆州经学》(下),《汉学研究》第 5 卷第 1 期(1987 年 6
月)。

　　程元敏:《先秦经学史》,台湾商务印书馆 2013 年版。

　　程元敏:《汉经学史》,台湾商务印书馆 2018 年版。

　　戴维:《诗经研究史》,湖南教育出版社 2001 年版。

　　邓海潮:《黄中松〈诗疑辨证〉研究》,扬州大学硕士学位论文 2020 年。

　　冯浩菲:《毛诗训诂研究》,华中师范大学出版社 1987 年版。

　　冯浩菲:《历代诗经论说述评》,中华书局 2003 年版。

　　伏俊琏:《敦煌〈诗经〉残卷的文献价值》,《敦煌研究》2004 年第 4 期。

　　郭全芝:《欧阳修〈诗本义〉的经学性质》,《经学研究集刊》第三期(2007
年 10 月)。

　　郭善兵:《郑玄、王肃〈礼记注〉比较研究》,《泰山学院学报》2015 年第
4 期。

　　龚杰:《简论汉魏的郑学与王学》,《人文杂志》1989 年第 1 期。

　　龚杰:《简论郑学与王学的异同》,《孔子研究》1990 年第 2 期。

　　[美]韩大伟著,黄笑译:《中国经学史》(秦汉魏晋卷:经与传),社会科
学文献出版社 2019 年版。

　　韩宏韬:《〈毛诗正义〉研究》,中国社会科学出版社 2009 年版。

　　郝桂敏:《魏晋南北朝〈诗经〉学主要发展阶段及其特点》,《辽宁大学学

报》2007 年第 4 期。

郝桂敏:《王肃对郑玄〈诗〉学的反动、原因及学术史意义》,《社会科学辑刊》2008 年第 1 期。

郝桂敏:《王肃〈诗经〉文献失传时间及原因考述》,《社会科学辑刊》2010 年第 6 期。

郝桂敏:《中古〈诗经〉文献研究》,中国社会科学出版社 2012 年版。

郝虹:《王肃经学研究》,山东大学博士学位论文 2001 年。

郝虹:《王肃反郑是经今古文融合的继续》,《孔子学刊》2003 年第 3 期。

郝虹:《王肃〈周易注〉、王弼〈周易注〉与荆州学派关系初探》,《大连大学学报》2003 年第 1 期。

郝虹:《魏晋学术思想的殊途同归——从王肃经学与王弼玄学对比的角度》,《大连大学学报》2010 年第 2 期。

郝虹:《三重视角下的王肃反郑:学术史、思想史和知识史》,《史学月刊》2012 年第 4 期。

郝虹:《魏晋儒学新论:以王肃和"王学"为讨论的中心》,中国社会科学出版社 2011 年版。

何志华:《从东汉高诱注解看郑、王之争》,见《经义丛考》,香港中文大学中国文学研究所刘殿爵中国古籍研究中心 2015 年版。

何海燕:《胡承珙〈诗经〉诠释立场探析》,《中国典籍与文化》2014 年第 4 期。

何海燕:《清代〈诗经〉学研究》,人民出版社 2011 年版。

洪湛侯:《诗经学史》,中华书局 2002 年版。

胡楚生:《"〈诗〉无达诂"——〈诗〉多歧义之原因及共影响》,见《经学研究续集》,学生书局 2007 年版。

胡楚生:《孙毓〈毛诗异同评〉与陈统〈难孙氏毛诗评〉析论》,见《经学研究三集》,学生书局 2019 年版。

胡晓军:《宋代〈诗经〉文学阐释研究》,贵州大学出版社 2013 年版。

户瑞奇:《魏晋诗经学研究》,苏州大学硕士学位论文 2009 年。

华喆:《礼是郑学:汉唐间经典诠释变迁史论稿》,生活·读书·新知三联书店 2018 年版。

黄怀信等:《汉晋孔氏家学与伪书公案》,厦门大学出版社 2011 年版。

黄坤尧:《经典释文与魏晋六朝经学》,杨晋龙、刘柏宏主编:《魏晋南北朝经学国际研讨会论文集》(下),台湾"中央"研究院中国文哲研究所2016年版。

黄永武:《许慎之经学》,台湾中华书局1972年版。

黄震云:《先秦诗经学史》,燕山出版社2012年版。

黄忠慎:《严粲诗缉新探》,文史哲出版社2008年版。

黄忠慎:《毛诗李黄集解研究》,文史哲出版社2017年版。

黄忠慎:《〈吕氏家塾读诗记〉正续编研究》,文史哲出版社2019年版。

黄焯:《毛诗郑笺平议》,武汉大学出版社2008年版。

黄焯:《诗疏平议》,上海古籍出版社1985年版。

简博贤:《今存南北朝经学遗籍考》,黎明文化事业公司1975年版。

简博贤:《今存三国两晋经学遗籍考》,三民书局1986年版。

姜广辉主编:《中国经学思想史》(第二卷),中国社会科学出版社2003年版。

姜海军:《南宋经学史》,高等教育出版社2019年版。

蒋见元、朱杰人:《诗经要籍解题》,上海古籍出版社1996年版。

焦桂美:《南北朝经学史》上海古籍出版社2006年版。

康义勇:《王肃之诗经学》,台湾师范大学国文研究所硕士学位论文1973年,收入《"国立"台湾师范大学文学研究所集刊》第18号(1973年)。

孔德凌:《郑玄〈诗经〉学研究》,人民文学出版社2021年版。

寇淑慧编:《二十世纪诗经研究文献目录》,学苑出版社2001年版。

乐胜奎:《王肃易学刍议》,《周易研究》2002年第4期。

乐胜奎:《王肃礼学初探》,《孔子研究》2004年第1期。

李传军:《魏晋禅代与"郑王之争"——政权更迭与儒学因应关系的一个历史考察》,《孔子研究》2005年第2期。

李冬梅:《论王肃申毛驳郑的〈诗〉学观》,《江汉论坛》2007年第4期。

李冬梅:《魏了翁与〈毛诗要义〉》,《巴蜀史志》2021年第6期。

李敦庆:《郑玄、王肃学说影响下的魏晋郊祀礼制》,《湖南人文科技学院学报》2013年第1期。

李世萍:《郑玄〈毛诗笺〉研究》,知识产权出版社2010年版。

李晓敏:《圣人的感生与同祖——郑玄、王肃关于殷周始祖出生故事的争论》,《世界宗教文化》2016年第2期。

李威熊:《中国经学发展史论》(上册),文史哲出版社 1988 年。

李威熊:《马融之经学》,台湾政治大学中国文学研究所博士学位论文 1975 年。

李学勤:《竹书〈家语〉与汉魏孔氏家学》,《孔子研究》1987 年第 2 期。

李叶亚:《荆州学派研究》,华中科技大学硕士学位论文 2009 年。

李振兴:《王肃之经学概述》,《经学研究论集》,黎明文化事业公司 1981 年版。

李振兴:《王肃之经学》,嘉新水泥公司文化基金会 1980 年版。

李振兴:《王肃之经学》,华东师范大学出版社 2012 年版。

李中华:《中国儒学史》(魏晋南北朝卷),北京大学出版社 2011 年版。

梁满仓:《论王肃的经学思想》,《船山学刊》2019 年第 1 期。

林耀潾:《西汉三家诗研究》,文津出版社 1996 年版。

林叶连:《中国历代诗经学》,学生书局 1993 年版。

蔺文龙:《论姚炳〈诗识名解〉的治诗特点》,《学理论》2015 年第 26 期。

刘柏宏:《开创与影响:王肃礼学义理及中古传播历程》,稻乡出版社 2009 年版。

刘丰:《王肃的三〈礼〉学与"郑王之争"》,《中国哲学史》2014 年第 4 期。

刘立志:《汉代〈诗经〉学史论》,中华书局 2007 年版。

刘敏:《王肃易学研究》,华龄出版社 2021 年版。

刘汝霖:《汉晋学术编年》,华东师范大学出版社 2010 年版。

刘松来:《两汉经学与中国文学》,百花洲文艺出版社 2001 年版。

刘巍:《〈孔子家语〉公案探源》,社会科学文献出版社 2014 年版。

刘新忠:《南北朝诗经学研究》,苏州大学硕士学位论文 2009 年。

刘艳霞:《马国翰辑王肃〈诗经〉学著述考》,《沈阳工程学院学报》2007 年第 2 期。

刘艳霞:《王肃诗经学研究》,河北大学硕士学位论文 2007 年。

刘毓庆:《从经学到文学——明代〈诗经〉学史论》,商务印书馆 2001 年版。

刘毓庆:《历代诗经著述考》(先秦—元代),中华书局 2002 年版。

刘敏庆、贾培俊:《历代诗经著述考》(明代),中华书局 2008 年版。

刘毓庆、郭万金:《从文学到经学——先秦两汉诗经学史论》,华东师范大学出版社 2009 年版。

　　刘运好：《王肃行状与著书考论》,《文献》2002 年第 2 期。

　　刘运好、程平：《依郑驳王：王基〈毛诗驳〉考论》,《铜仁学院学报》2014 年第 6 期。

　　刘运好：《王肃年谱考论》,《阜阳师范学院学报》2018 年第 5 期。

　　刘运好：《魏晋经学与诗学》,中华书局 2018 年版。

　　卢瑞奇：《王肃反郑的历史原因及意义》,《安徽文学》2009 年第 3 期。

　　鲁锦寰：《汉末荆州学派与三国政治》,《中州学刊》1982 年第 4 期。

　　马金亮：《王肃经学与魏晋玄学的产生》,《唐山师范学院学报》2019 年第 1 期。

　　马宗霍：《中国经学史》,上海书店出版社 1984 年版。

　　马宗霍：《说文解字引经考》,中华书局 2012 年版。

　　牟钟鉴：《南北朝经学述评》,《孔子研究》1987 年第 3 期。

　　宁镇疆：《郑玄、王肃郊祀立说再审视》,《历史研究》2014 年第 5 期。

　　裴普贤：《欧阳修诗本义研究》,东大图书公司 1981 年版。

　　皮锡瑞著,周予同注：《经学历史》,中华书局 2004 年版。

　　〔日〕乔秀岩：《论郑王礼说异同》,〔日〕乔秀岩、叶纯芳：《学术史读书记》,生活·读书·新知三联书店 2019 年版。

　　瞿安全、王奎：《荆州学派及其影响研究》,湖北人民出版社 2013 年版。

　　冉金娥：《严虞惇〈读诗质疑〉研究》,《阴山学刊》2020 年第 4 期。

　　任怀国：《试论王肃的经学贡献》,《管子学刊》2005 年第 1 期。

　　施马琪、谢明仁：《朱鹤龄〈诗经通义〉考略》,《诗经研究丛刊》第三十一辑,学苑出版社 2011 年。

　　石冬梅：《王朗思想略论》,《许昌学院学报》2009 年第 3 期。

　　石瑊：《从"郑王之争"看清人论证"〈孔子家语〉王肃伪作"的动机与实质》,《文史》2016 年第 4 期。

　　史应勇：《〈诗经〉的诠释学思考——以"郑王之争"为主要关注点》,《河南师范大学学报》2014 年第 1 期。

　　史应勇：《郑玄通学及郑王之争研究》,巴蜀书社 2007 年版。

　　史应勇：《尚书郑王比义发微》,华东师范大学出版社 2011 年版。

　　史应勇：《〈毛诗〉郑王比义发微》,华夏出版社 2016 年版。

　　孙宝：《王肃的儒家文艺观与曹魏文坛》,《天中学刊》2008 年第 3 期。

孙敏:《六朝诗经学研究》,扬州大学硕士学位论文 2001 年。

孙启治、陈建华编撰:《中国古佚书辑本目录解题》,上海古籍出版社 2009 年版。

孙玉权:《王肃思想研究》,中国人民大学博士学位论文 2012 年。

谭德兴:《汉代〈诗〉学研究》,贵州人民出版社 2003 年版。

谭德兴:《宋代〈诗〉学研究》,贵州人民出版社 2005 年版。

檀作文:《朱熹诗经学研究》,学苑出版社 2003 年版。

唐婷:《魏了翁〈毛诗要义〉研究》,《湖北社会科学》2018 年第 5 期。

汪惠敏:《南北朝经学初探》,嘉新水泥公司文化基金会 1979 年版。

汪惠敏:《三国时代之经学研究》,汉京文化事业有限公司 1981 年版。

王国维:《观堂集林》,河北教育出版社 2001 年版。

王继训:《论郑玄、王肃对汉末儒学的改造与创新》,《济南大学学报》2007 年第 1 期。

王继训:《论汉末经学的反复:以郑玄、王肃为例》,《管子学刊》2007 年第 1 期。

王静芝等:《经学研究论集》,黎明文化事业股份有限公司 1981 年版。

王丽娟:《王肃年谱》,山东师范大学硕士学位论文 2011 年。

王利器:《郑康成年谱》,齐鲁书社 1983 年版。

王晓毅:《荆州官学与三国思想文化》,《孔子研究》1994 年第 2 期。

文幸福:《诗经毛传郑笺辨异》,文史哲出版社 1989 年版。

吴从祥:《论王充对王肃经学的影响》,《宁波大学学报》2013 年第 1 期。

吴从祥:《〈孔子家语〉引〈诗〉及王肃注文献价值初探》,《荆楚理工学院学报》2013 年第 3 期。

吴从祥:《马国翰辑〈毛诗王氏注〉评议》,《诗经研究丛刊》第 30 辑,学苑出版社 2018 年版。

吴从祥:《〈诗集传〉对王肃〈诗经〉学接受探析》,《上饶师范学院学报》2020 年第 2 期。

吴从祥、孙悦:《郑玄与马融之关系考辨》,《阜阳师范大学学报》2020 年第 2 期。

吴从祥:《王肃与司马氏关系考辨》,《淮南师范学院学报》2020 年第 3 期。

吴从祥:《王充经学思想研究》,中国社会科学出版社 2012 年版。

吴从祥:《汉代女性礼教研究》,齐鲁书社 2013 年版。

吴从祥:《谶纬与汉代文学》,中国社会科学出版社 2015 年版。

吴从祥:《马融年谱》,黄山书社 2019 年版。

吴雁南、秦学颀、李禹阶主编:《中国经学史》,福建人民出版社 2001年版。

夏传才、董治安主编:《诗经要籍提要》,学苑出版社 2003 年版。

许建平:《敦煌经籍叙录》,中华书局 2006 年版。

许建平:《敦煌经学文献论稿》,浙江大学出版社 2016 年版。

许佩玲:《"述毛"与"难郑"——王肃〈诗经〉学的语境还原及历史建构》,《中华文史论丛》2016 年第 2 期。

许道勋、徐洪兴:《中国经学史》,上海人民出版社 2006 年版。

续修四库全书总目提要编纂委员会编:《续修四库全书总目提要·经部》,上海古籍出版社 2015 年版。

杨朝明:《代前言:〈孔子家语〉的成书与可靠性研究》,杨朝明、宋立林主编:《孔子家语通解》,齐鲁书社 2013 年版。

杨朝明:《代前言:〈孔子家语〉综合研究》,齐鲁书社 2018 年版。

杨华:《论〈开元礼〉对郑玄和王肃礼学的择从》,《中国史研究》2003 年第 1 期。

杨晋龙:《神统与圣统——郑玄王肃"感生说"异解探义》,《"中央"研究院中国文哲研究集刊》第三期(1993 年 3 月)。

杨晋龙:《论〈毛诗正义〉中的王肃经说及其在诗经学上的运用——"宋学时期"的观察》,杨晋龙、刘柏宏主编:《魏晋南北朝经学国际研讨会论文集》(上),台湾"中央"研究院中国文哲研究所 2016 年版。

杨青华:《魏了翁〈毛诗要义〉文献学研究》,广西大学硕士学位论文2015 年。

于佳:《朱鹤龄〈诗经通义〉研究》,吉林大学硕士学位论文 2018 年。

曾建林:《欧阳修经学思想研究》,浙江大学出版社 2014 年版。

张可礼:《三国时期〈诗经〉学者著述叙录及其启示》,《山东大学学报》2003 年第 2 期。

章权才:《两汉经学史》,广东人民出版社 1990 年版。

章权才:《魏晋南北朝隋唐经学史》,广东人民出版社 1996 年版。

赵婧、梁素芳:《王肃〈诗经〉学考论》,《聊城大学学报》2000 年第 4 期。

赵茂林:《两汉三家〈诗〉研究》,巴蜀书社 2006 年版。

郑焕君:《从郑玄、王肃的丧期之争看经典与社会的互动》,《清华大学学报》2006 年第 6 期。

中国科学院图书馆整理:《续修四库全书总目提要·经部》,中华书局1993 年版。

钟娟娟:《李黼平〈毛诗绅义〉研究》,暨南大学硕士学位论文 2020 年。

周东亮、金生扬:《论江湖诗人严粲生平及其学术》,《重庆科技学院学报》2008 年第 2 期。

周挺启:《钱澄之〈田间诗学〉研究》,华东师范大学博士学位论文2013 年。

朱孟庭:《清代诗经的文学阐释》,文津出版社 2007 年版。

庄大钧、石静:《魏晋南北朝经学学术编年》,凤凰出版社 2015 年版。

邹纯敏:《郑玄王肃〈诗经〉学比较研究》,花木兰文化出版社 2009年版。

附　录

附录一　王肃家族谱系

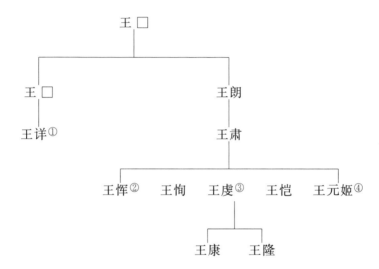

---

①　《三国志·魏书·王朗传》："初，文帝分朗户邑，封一子列侯，朗乞封兄子详。"

②　《三国志·魏书·王肃传》："子恽嗣。恽薨，无子，国绝。景元四年，封肃子恂为兰陵侯。"

③　《三国志·魏书·王肃传》注引《晋诸公赞》："恂兄弟八人。其达者，虔字恭祖，以功干见称，位至尚书。弟恺，字君夫，少有才力而无行检，与卫尉石崇友善，俱以豪侈竞于世，终于后将军。虔子康、隆，仕亦宦。为后世所重。"

④　王元姬嫁与司马昭，即文明皇后，生晋武帝司马炎、辽东悼王定国、齐献王司马攸、城阳哀王兆、广汉殇王广德、京兆公主等。详情参见《晋书·后妃列传·文明王皇后传》。

附录二　王肃年谱

汉献帝兴平二年(195 年)乙亥　1 岁

王肃出生于会稽。

《三国志·魏书·王肃传》:"王肃甘露元年(256 年)薨。"《三国志·魏书·朱建平传》:"(王)肃年六十二,疾笃,众医并以为不愈。肃夫人问以遗言,肃云:'建平相我逾七十,位至三公,今皆未也,将何虑乎!'而肃竟卒。"

【考论】王肃卒于甘露元年(256 年),年六十二岁,以此推之,王肃当生于汉献帝兴平二年(195 年)。

《三国志·魏书·王肃传》注引:"肃父朗与许靖书云:肃生于会稽。"《三国志·蜀书·许靖传》注引《魏略》:"今有二男,大儿名肃,年二十九,生于会稽。"

汉献帝建安四年(199 年)己卯　5 岁

王肃随父王朗北归。

《三国志·魏书·王朗传》:"太祖表征之,朗自曲阿展转江海,积年乃至。"注引《汉晋春秋》:"孙策之始得朗也,谴让之。使张昭私问朗,朗誓不屈,策忿而不敢害也,留置曲阿。建安三年,太祖表征朗,策谴之。"

【考论】王肃生于会稽,其父王朗时为会稽太守。后王朗为孙策所败,故为孙策所羁。王朗北归,王肃亦当随其北归。

汉献帝建安五年(200 年)庚辰　6 岁

郑玄卒。

《后汉书·郑玄传》:"(建安)五年春……其年六月卒,年七十四。"

汉献帝建安七年(202 年)壬午　8 岁

王肃习郑玄学。

《孔子家语序》:"自肃成童,始志于学,而学郑氏学矣。"

【考论】古时一般认为八岁以上为成童。① 故王肃有志于学当始于本年前后。

---

① 《春秋穀梁传注疏》昭公十九年(公元前 523 年):"羁贯成童。"注云:"成童八岁以上。"(晋)范宁集解,(唐)杨士勋疏:《春秋穀梁传注疏》,见(清)阮元校刻:《十三经注疏》,北京:中华书局,1980 年,第 2439 页。

汉献帝建安十七年(212年)壬辰　18岁

王肃从宋忠读《太玄》,并为之作注。

《三国志·魏书·王肃传》:"年十八,从宋忠读《太玄》,而更为之解。"

汉献帝建安二十二年(217年)丁酉　23岁

王肃女王元姬生。

《晋书·皇后列传·文明王皇后传》载,王元姬卒于晋武帝泰始四年(268年),年五十二岁。以此推之,王元姬当生于本年。

魏文帝黄初中(221年—226年)庚子—丙午　27—32岁

王肃为散骑、黄门侍郎。

《三国志·魏书·王肃传》:"黄初中,为散骑、黄门侍郎。"

魏明帝太和二年(228年)戊申　34岁

其父王朗卒,王肃嗣。

《三国志·魏书·王朗传》:"(王朗)太和二年薨,谥曰成侯,子肃嗣。"

明帝太和三年(229年)己酉　35岁

王肃为散骑常侍。

《三国志·魏书·王肃传》:"太和三年,拜散骑常侍。"

明帝太和四年(230年)庚戌　36岁

曹真伐蜀,王肃上《谏征蜀疏》①。

《三国志·魏书·明帝纪》:"(太和四年)秋七月……诏大司马曹真、大将军司马宣王伐蜀。……九月……诏真等班师。"《三国志·魏书·王肃传》:"(太和)四年,大司马曹真征蜀,肃上疏曰:'前志有之,千里馈粮,士有饥色,樵苏而爨,师不宿饱……'"

明帝太和五年(231年)辛亥　37岁

曹真卒,王肃上书《请为大司马曹真临吊表》。

《三国志·魏书·明帝纪》:"(太和五年)三月,大司马曹真薨。"王肃《请为大司马曹真临吊表》:"在礼,大臣之丧,天子临吊……"

---

① 本《年谱》文章名皆依严可均辑《全三国文》。

明帝太和六年(232年)壬子   38岁

王肃女王元姬嫁与司马昭。

《晋书·皇后列传·文明王皇后传》:"年十二,朗薨,后哀戚哭泣,发于自然,其父益加敬异。既笄,归于文帝。生武帝及辽东悼王定国、齐献王攸、城阳哀王兆、广汉殇王广德、京兆公主。"据《三国志·王朗传》记载,王朗卒于魏明帝太和二年(228年),时王肃之女王元姬年十二岁,以此推之,王元姬当生于建安二十二年(217年)。古代女子十五岁行笄礼,故王元姬当于明帝太和六年(232年)嫁与司马昭。

二月,作《诸王国相宜为国王服斩缞议》。

《诸侯国相为国王服斩衰议》:"尚书左丞王畅除陈相,未到国而王薨。议者或以为宜齐衰,或以为宜无服,王肃云:'王国相,本王之丞相……则畅宜服斩衰,既葬而除之……'"《三国志·魏书·陈思王传》:"(泰和六年)其二月,以陈四县封植为陈王……遂发疾薨,时年四十一。"《三国志·魏书·明帝纪》:"(太和六年十月)庚寅,陈思王植薨。"

【考论】陈王指的是陈思王曹植。曹植卒于太和六年(232年)二月,故王肃此文当作于此时。

四月,王肃上疏荐果宗庙,上《陈政本疏》,又上《奉诏为瑞表》。

《三国志·魏书·王肃传》:"又上疏:'宜遵旧礼,为大臣发哀,荐果宗庙。'又上疏陈政本曰……"《三国志·魏书·明帝纪》:"(太和六年)夏四月壬寅,行幸许昌宫。"

【考论】《三国志·魏书·明帝纪》:太和六年(232年)夏四月甲子,"初进新果于庙"。据此,上疏荐果宗庙当于此年四月之前。《陈政本疏》当在此后不久。

《奉诏为瑞表》:"太和六年,上将幸许昌……肃奏:'以始改之元年,嘉瑞见于践祚之坛,宜矣。'"

六月,作《答尚书难》,又作《禘祫议》和《又奏》。后用王肃议。

《答尚书难》:"太和六年,尚书难王肃……肃答曰:'以为祫禘殷祭,群主皆合,举祫则禘可知也。'"

《禘祭议》:"武宣皇后太和四年六月崩,至六年三月,有司以今年四月禘告。王肃议曰:'今宜以崩年数……今当计始除服日数,当如礼,须到禫月乃禘。'"

《又奏》:"赵怡等以为皇帝崩二十七月之后,乃得禘祫。王肃又奏曰:

'如郑玄言,各于其庙,则无以异四时常祀,不得谓之殷祭……至于经义所谓禘者,则殷祭之谓。郑据《春秋》,与大义乖。'"

【考论】《通典》卷四十九引《又奏》之后注云:"按太和八年用王肃议。"考之《三国志·明帝纪》,太和七年二月,便改元青龙,并无"八年"之说,故"八年"当为"六年"之误,故系于本年。

王肃论"禋于六宗"。

《晋书·礼志上》:"《尚书》'禋于六宗',诸儒互说,往往不同。王莽以《易》六子,遂立六宗祠。魏明帝时疑其事,以问王肃,亦以为《易》六子,故不废。"《通典》卷四十四《礼四》:"魏明帝立六宗,祀六子之卦。注云:'明帝疑其事,以问王肃,亦以为六子之卦,故不废也。'景初二年,改祀太极中和之气。"

【考论】此事《三国志》无载。《通典》表明,此在景初二年(239 年)之前。本年,王肃曾与有司论禘祫之祭,故"六宗"之论亦当在本年前后。

明帝太和七年、青龙元年(233 年)癸丑　39 岁

王肃作《孔子家语注》。

毛晋仿北宋本《孔子家语序》:"郑氏学行五十载矣……然考其上下,义理不安违错者多,是以夺而易之……而予从猛得斯论,以明相与孔氏之无违也。斯皆圣人实事之论,而恐其将绝,故特为解,以贻好事之君子。"[①]

【考论】据《后汉书·郑玄传》,郑玄卒于汉献帝建安五年(200 年)。刘汝霖等人多据此向下推五十年,认为王肃《孔子家语注》当作于齐王曹芳嘉平二年(250 年)。据史料记载,王基驳王肃和王肃经学立于学官,皆在高平陵政变(249 年)之前(详后)。王肃曾据《孔子家语》以驳郑学,从而遭到郑派学者的大力反击。故知,王肃注《孔子家语》不会如此之晚。

据《后汉书·郑玄传》,郑玄游学十余年后,于汉桓帝延熹九年(166 年)辞别马融归乡里,[②]躬耕教授,生徒多达百千人。不久党锢之祸起,郑玄亦遭禁锢。于是郑玄杜门不出,潜心注经十余年。直至灵帝中平元年(184 年),党禁解之后,郑玄授业数十年,生徒数千,其遍注群经,融古今之学、众家之学于一体,使得学者略知所归。郑学的流行始于党禁之后,故笔者认为,王肃所谓"郑氏学行"当从第二次党禁解时(184 年)算起,至明帝

---

① (三国)王肃:《孔子家语注》,上海:上海古籍出版社,1990 年,第 1 页。
② 详情参见拙作《马融年谱》,合肥:黄山书社,2019 年,第 202~203 页。

青龙元年(233 年),正好五十年,故王肃《孔子家语注》当作于此年。

明帝青龙二年(234 年)甲寅　40 岁

王肃上《请山阳公称皇配谥疏》,又上《王侯在丧袭爵议》。

据《三国志·魏书·明帝纪》及范晔《后汉书·献帝纪》载,汉献帝(山阳公)卒于魏青龙二年三月庚寅。《三国志·魏书·王肃传》:"青龙中,山阳公薨,汉主也。肃上疏曰:'昔唐禅虞,虞禅夏,皆终三年之丧,然后践天子之尊……可使称皇以配其谥。'"

《王侯在丧袭爵议》:"魏尚书奏,以故汉献帝嫡孙杜氏侯刘康袭爵,侯授使者拜授,康素服夺情议。案《周礼》……王肃议:'尊者临卑,不制缞服,故为之素服。今康处三年丧,在缞绖之中,若因丧以命之……既合于礼,又合于人情。'诏从之。"

明帝青龙三年(235 年)乙卯　41 岁

王基作《上明帝疏谏盛修宫室》。

《三国志·魏书·王基传》:"明帝盛修宫室,百姓劳瘁。基上疏曰……"《三国志·明帝纪》:"是时,大治洛阳宫,起昭阳、太极殿,筑总章观。百姓失农时,直臣杨阜、高堂隆等各数切谏,虽不能听,常优容之。"

明帝青龙四年(236 年)丙辰　42 岁

魏置崇文馆,以王肃为祭酒。

《三国志·魏书·明帝纪》:"(青龙四年)夏四月,置崇文馆,征善文者以充之。"《三国志·魏书·王肃传》:"后肃以常侍领秘书监,兼崇文观祭酒。"

王肃上《论秘书丞郎表》和《秘书不应属少府表》。

《论秘书丞郎表》:"青龙中议,秘书丞郎与博士议郎同职近日月,宜在三台上。肃表曰……"

《秘书不应属少府表》:"青龙之末,主者启选秘书监,诏秘书骑吏以上三百余人。非但学问义理,当用有威严能检下者。诏肃以常侍领焉。肃表曰……"

明帝青龙五年、景初元年(237 年)丁巳　43 岁

三月,王肃参与改朔之议。

《宋书·礼志一》:(魏)明帝即位,便有改正朔之意,朝议多异同,故迟疑不决。久乃下诏曰……于是公卿以下博议。侍中高堂隆议曰:"按自古有文章以来,帝王之兴,受禅之与干戈,皆改正朔,所以明天道,定民心也……《春秋元命苞》：'王者受命，昭然明于天之理。'故必移居处，更称号，改正朔，易服色，以明天命圣人之宝，质文再而改，穷则相承。周则复始，正朔改则天命显。凡典籍所记，不尽于此，略举大较，亦足以明也。"太尉司马懿……以为宜改。侍中缪袭、散骑常侍王肃、尚书郎魏衡、太子舍人黄史嗣以为不宜改。《三国志·魏书·高堂隆传》："隆又以为改正朔，易服色，殊徽号，异器械，自古帝王所以神明其政，变民耳目，故三春称王，明三统也。……帝从其议，改青龙五年春三月为景初元年孟夏四月，服色尚黄，牺牲用白，从地正也。"

【考论】明帝采纳高堂隆意见，改正朔在青龙五年三月，故王肃议正朔亦当在此时。

五月，上《上疏请恤役平刑》，又陈诸鸟兽无用之物应蠲除。

《三国志·魏书·王肃传》：景初间，宫室盛兴，民失农业，期信不敦，刑杀仓卒。肃上疏曰："大魏承百王之极，生民无几，干戈未戢，诚宜息民而惠之以安静遐迩之时也……"又陈："诸鸟兽无用之物，而有刍谷人徒之费，皆可蠲除。"《三国志·魏书·明帝纪》："（景初元年）五月己巳，行还洛阳宫。"

《上疏请恤役平刑》："前车驾当幸洛阳，发民为营，有司命以营成而罢。既成，又利其功力，不以时遣……傥复使民，宜明其令，使必如期。若有事以次，宁复更发，无或失信……然众庶不知，谓为仓卒……"

【考论】《上疏请恤役平刑》言及车驾幸洛阳一事，故当于景初元年五月。陈诸鸟兽无用之物应蠲除亦当在此时。

六月，作《议祀圆丘方泽宜宫县乐八佾舞》《又议》①，又作《宗庙诗颂》②十二篇。

《三国志·魏书·明帝纪》：（景初元年六月）有司奏："武皇帝拨乱反正，为魏太祖，乐用武始之舞。文皇帝应天受命，为魏高祖，乐用咸熙之舞，帝制作兴治，为魏烈祖，乐用章斌之舞。三祖之庙，万世不毁。其余四庙，亲尽迭毁，如周后稷、文、武庙祧之制。"《宋书·乐志一》：（魏）明帝太和初，诏曰："礼乐之作，所以类物表庸而不忘其本者也……"于是公卿奏曰："……今太祖武皇帝乐，宜曰《武始之乐》。武，神武也。武，又迹也。言神武之始，又王迹之所起也。高祖文皇帝乐，宜曰《咸熙之舞》。咸，皆也。熙，兴也。言应受命之运，天下由之皆兴也。至于群臣述德论功，建定烈祖

---

① 严可均《全三国文》录有《郊庙乐舞议》，此篇与《又议》内容相同，当为《又议》的片断。
② 严可均《全三国文》录有王肃《宗庙颂》两篇，全为四言诗，当为此十二篇之遗。

之称,而未制乐舞,非所以昭德纪功……臣等谨制乐舞名《章斌之舞》……"尚书奏:"宜如所上。"帝初不许制《章斌之乐》。三请,乃许之……散骑常侍王肃议曰:"王者各以其礼制其事天地……礼,天子宫悬,舞八佾。今祀圜丘方泽,宜以天子制,设宫悬之乐,八佾之舞。"……肃又议曰:"说者以为周家祀天,唯舞《云门》,祭地,唯舞《咸池》,宗庙,唯舞《大武》,似失其义……"奏可。肃私造宗庙诗颂十二篇,不被歌。

《南齐书·乐志》:"散骑常侍王肃作宗庙诗颂十二篇,不入于乐。"

【考论】《三国志·魏书·明帝纪》:"初,洛阳宗庙未成,神主在邺庙。(太和三年)十一月,庙始成,使太常韩暨持节迎高皇帝、太皇帝、武帝、文帝神主于邺,十二月己丑至,奉安神主于庙。"明帝与群臣议乐言及太祖武帝和高祖文皇帝用乐,故此当发生于武帝和文帝神主由邺迁入洛阳祖庙前后。《宋书·乐志一》将群臣奏武帝、文帝及明帝用乐之事系于太和初,显然误,当从《三国志·魏书·明帝纪》。

七月,议司徒陈矫服,作《答刘氏弟子问》。

《三国志·魏书·明帝纪》:"(景初元年)秋七月丁卯,司徒陈矫薨。"

《答刘氏弟子问》:"司徒广陵陈矫,字季弼,本刘氏,养于陈氏。及其薨,刘氏弟子疑所服,以问王肃。答曰……"

王基作《毛诗驳》等驳王肃说。

《三国志·魏书·王基传》:"明帝盛修宫室,百姓劳瘁。基上疏曰……散骑常侍王肃著诸经传解及论定朝仪,改易郑玄旧说,而基据持玄义,常与抗衡。迁安平太守,公事去官。大将军曹爽请为从事中郎,出为安丰太守。"《三国志·魏书·明帝纪》:"是时(青龙三年),大治洛阳宫,起昭阳、太极殿,筑总章观。百姓失农时,直臣杨阜、高堂隆等各数切谏,虽不能听,常优容之。"《三国志·魏书·管宁传》:"正始二年(242年),太仆陶丘一、永宁卫尉孟观、侍中孙邕、中书侍郎王基荐(管)宁曰……"

【考论】王基于青龙三年(235年)上疏谏明帝修宫室。批驳王肃之后,王基曾迁安平太守,后公事去官。据《三国志·魏书·管辂传》记载,管辂为王基除怪,王基从管辂学《易》,故知王基为安平太守时间不会太短,当在两年左右。曹爽于景初二元年(238年)十二月为大将军。又,王肃于太和六年(232年)论禘祫,于本年论改朔、圜丘祭等。与《王基》传所言"论定朝仪"合。据此,王基当于本年作《毛诗驳》等驳王肃。不久迁为安平太守。

大将军从事中郎,为大将军属官。《王基传》末载其为中书侍郎一职,或为漏记。王基先为大将军曹爽从事中郎,不久转主中书侍郎。王基为安平太守当两年左右。因此,王基为安平太定当在正始元年(240 年)之前。《赠司空征南将军王基碑》云:"(前残)国典惟新,出为安平、安丰太守。"(《全三国文》)此记载过简,反倒不如《三国志》本传可信。

　　王肃作《圣证论》。

　　《三国志·王肃传》:"肃集《圣证论》以讥短玄。"

　　【考论】所谓"圣证论"乃"取证于圣人之言"①。《圣证论》写作时间,史书无籍。笔者认为,王肃作《毛诗驳》《尚书驳》等,驳郑玄说,遭到王基等人批判。于是王肃又作《圣证论》,以回应王基的批判。故《圣证论》当作于本年前后。②

明帝景初二年(238 年)戊午　44 岁

　　王肃答明帝问汉代二事。

　　《三国志·魏书·王肃传》:帝尝问曰:"汉桓帝时,白马令李云上书言……"肃对曰:"但为言失逆顺之节……"帝又问:"司马迁以受刑之故……"对曰:"司马迁记事……"

　　【考论】据《三国志·魏书·明帝纪》,景初二年十二月,明帝寝疾不豫。三年正月病亡。因此,明帝与王肃议汉代二事当在本年。

　　诏令孔晁、马昭等议郑、王是非,由博士张融评议。

　　《旧唐书·元行冲传》:"子雍规玄数十百件,守郑学者,时有中郎马昭,上书以为肃缪。诏王学之辈,占答以闻。又遣博士张融案经论诘。融登召集,分别推处,理之是非,具《圣证论》。王肃酬对,疲于时岁。"《孝经·圣治》邢昺疏:"时中郎马昭抗章,固执当时,敕博士张融质之。"

　　【考论】此次辩论,《三国志》等无载。直至《旧唐书·元行冲传》方有记载。孔颖达主编的《毛诗正义》《礼记正义》,贾公彦的《仪礼注疏》以及杜佑《通典》等多引录本次论辩言论。《诗经·小雅·六月序》:"宣王北伐也。"《疏》:"王肃云:宣王亲伐猃狁……郑以为独遣吉甫,王不自行。王基即郑之徒也,言……"孔晁云:宣王亲自征耳。孔晁,王肃之徒也,言……《礼记·礼器》疏引:"按《圣证论》王肃以下云……马昭云……张融谨案……"

----

　　① (清)皮锡瑞:《圣证论补评自序》,《师伏堂丛书》,光绪二十年(1894 年)皮氏刻本,第一页。
　　② 学者认为"王肃《圣证论》的提出,与魏明帝景初改制关系匪浅",故认为"应当在魏明帝曹睿景初二年之后"。此说可再待商榷。华喆:《礼是郑学:汉唐间经典诠释变迁史论稿》,北京:生活·读书·新知三联书店,2018 年,第 224 页。

据此可知,先是王肃驳郑,再是王基驳王肃,最后才是郑、王两派辩论。此次辩论当发生于王肃作《圣证论》之后不久。而齐王曹芳、高贵乡公曹髦时,不可能诏令此类论辩。明帝于本年十二月病不豫,于明年正月卒。故此次郑、王两派论辩当在本年。

明帝景初三年(239 年)己未　　45 岁

王肃议明帝丧礼,作《答尚书坊》。又议有关迁主是否避讳之事。

《三国志·魏书·明帝纪》:"(景初三年正月)帝崩于嘉福殿。"

《答尚书坊》:"景初中,明帝崩于建始殿,殡于九龙殿,尚书坊曰:'当以明皇帝谥告四祖,祝文于高皇帝称玄孙之子,云何?'王肃曰:'礼称曾孙某,谓国家也。'"

《已迁主讳议》:"高皇讳,明皇帝既祔,儒者迁高皇主。尚书来访,宜复讳否,乃引殷家乃或同名,答曰……"

齐王正始元年(240 年)庚申　　46 岁

王肃为广平太守,下教问张篈家,作《广平太守下赦教问张篈家》。

《三国志·魏书·王肃传》:"正始元年,出为广平太守。"

《三国志·魏书·张篈传》:"是岁(正始元年),广平太守王肃至官,教下县曰:'前在京都,闻张子都,来至问之,会其已亡,致痛惜之……以慰既往,以劝将来。'"

齐王正始二年(241 年)辛酉　　47 岁

三月,魏立三体石经于洛阳太学。

《晋书·卫恒传》:"魏初传古文者,出于邯郸淳……至正始中,立三字石经,转失淳法,因科斗之名,遂效其形。"《隋书·经籍志》:"魏正始中,又立三字石经,相承以为七经正字。"《水经注·谷水注》:"魏正始中,又立古、篆、隶三字石经。"

【考论】对于魏三体石经立于何时,学者们意见不一。上世纪四十年和五十年代,西安出土了多块三体石经残石,这些残石表明,魏三体石经立于正始二年三月。①

① 刘安国:《西安市出土的"正始三体石经"残石》,载《人文杂志》,1957 年第 2 期,第 67~68 页。

齐王正始三年(242年)壬戌 48岁

王肃公事征还京,拜议郎。顷之,为侍中。

《三国志·魏书·王肃传》:"公事征还,拜议郎。顷之,为侍中。"

【考论】王肃征还京为议郎及侍中时间不可考,"公事征还"表明王肃任广平太守未满期,故系于本年。

齐王正始六年(245年)乙丑 51岁

王朗《易》传于学官。

《三国志·魏书·三少帝纪》:"(正始六年)十二月辛亥,诏故司徒王朗所作《易传》,令学者得以课试。"

王肃为太常。

《三国志·魏书·王肃传》:"公事征还,拜议郎。顷之,为侍中,迁太常。"《三国志·魏书·高柔传》:"(黄初)四年,迁为廷尉……在官二十三年,转为太常。旬日迁司空,后徙司徒。"《三国志·三少帝纪》:"(正始)六年……八月丁卯,以太常高柔为司空。"

【考论】自黄初四年(223年)至正始六年(245年)前后正好二十三年,故高柔当于正始六年(245年)八月迁为太常。王肃生于汉献帝兴平二年(195年),至黄初四年(223年)时,年仅29岁,尚年轻,并无资历任太常。故王肃任太常当在高柔迁司空之后。高柔"转为太常,旬日迁司空",表明王肃继高柔为太常当在本年八月。

齐王正始八年(247年)丁卯 53岁

王肃批判何晏等人,后坐宗庙事免。

《三国志·魏书·王肃传》:顷之,为侍中,迁太常。时大将军曹爽专权,任用何晏、邓飏等。肃与太尉蒋济、司农桓范论及时政,肃正色曰:"此辈即弘恭、石显之属,复称说邪!"爽闻之,戒何晏等曰:"当共慎之!公卿已比诸君前世恶人矣。"坐宗庙事免。

【考论】正始八年(247年)五月,司马懿称病归家。时司马懿并无大过。司马懿被排挤出朝廷,称病归家,王肃不敢直接批评曹爽,于是将矛头指向其爪牙何晏等人,王肃批判何晏当在正始八年(247年)六月。因批评何晏等人,不久王肃坐宗庙事免官。

齐王正始九年(248年)戊辰 54岁

王肃为光禄勋。

《三国志·魏书·王肃传》:"坐宗庙事免。后为光禄勋。"

《三国志·魏书·曹爽传》:"晏等与廷尉卢毓素有不平,因毓吏微过,深文致毓法,使主者先收毓印绶,然后奏闻。"《三国志·魏书·卢毓传》:"齐王继位,赐爵关内侯。时曹爽秉权,将树其党,徙毓仆射,以侍中何晏代毓。顷之,出毓为廷尉,司隶毕轨又枉奏免官。众论多讼之,乃以毓为光禄勋。爽等见收,太傅司马宣王使毓行司隶校尉,治其狱。"

【考论】对于王肃为光禄勋时间,史书无载。自嘉平元年高平陵政变之后,王肃一直以太常的身份参与各种重大事件。如嘉平元年(249年),以太常之职奉诏册命司马懿为丞相。嘉平六年(254年)身为河南尹的王肃持节兼太常,迎高贵乡公曹髦。可见,高平陵政变之后,王肃无为光禄勋的可能,故其为光禄勋只能在高平陵政变之前。嘉平元年(249年)高平陵政变时,卢毓为光禄勋。王肃为光禄勋当在卢毓之前。王肃免太常之后,可能不久便转为光禄勋,故系于本年。

王肃诸经注立于学官。

《三国志·魏书·王肃传》:"初,肃善贾、马之学,而不好郑氏,采会同异,为《尚书》《诗》《论语》《三礼》《左氏》解,及撰定父朗所作《易传》,皆列于学官。"

【考论】王朗《易》于正始六年(245年)立于学官。王肃所撰经注当于其后两三年间先后立于学官,故系于本年。

齐王嘉平元年(249年)己巳　55岁

司马懿发动高平陵政变,杀曹爽等。

《三国志·魏书·三少帝纪》:嘉平元年正月,司马懿发动高平陵政变,杀曹爽等。

王肃复为太常,以太常之职奉诏册命司马懿为丞相。

《三国志·魏书·三少帝纪》:嘉平元年正月,丁未,以太傅司马宣王为丞相,固让乃止。《三国志·魏书·三少帝纪》:注引孔衍《汉魏春秋》曰:"诏使太常王肃册命太傅为丞相,增邑万户,群臣奏事不称名,如汉霍光故事。"《晋书·宣帝纪》:"嘉平元年……二月,天子(齐王芳)以帝为丞相。"

【考论】王肃系司马氏姻亲,高平陵政变之后,司马氏专权。王肃曾为太常,精于礼仪,当复出,故系于此年。

齐王嘉平三年(251年)辛未　57岁

八月,司马懿卒,其子司马师执政。

《三国志·三少帝纪·齐王芳纪》:"(嘉平三年)秋八月……戊寅,太傅

司马懿薨，以卫将军司马景王司马师为抚军大将军，录尚书事。"此亦见于
《晋书》的《宣帝纪》和《景帝纪》。

齐王嘉平四年(252 年)壬申　58 岁

司马师秉政，王肃参与朝议。

《晋书·景帝纪》："魏嘉平四年春正月，迁大将军，加侍中，持节，都督
中外诸军、录尚书事。命百官举贤才，明少长，恤穷独，理废滞……王肃、陈
本、孟康、赵酆、张缉预朝议，四海倾注，朝野肃然。"

王肃预见东关之败。

《三国志·魏书·王肃传》："时有二鱼长尺，集于武库之屋，有司以为
吉祥。肃曰：'鱼生于渊而亡于屋，介鳞之物失其所也。边将其殆有弃甲之
变乎？'其后果有东关之败。"

《三国志·三少帝纪》："(嘉平四年)夏五月，鱼二，见于武库屋上……
十二月，吴大将军诸葛恪拒战，大破众军于东关。"

齐王嘉平五年(253 年)癸酉　59 岁

王肃徙为河南尹。

《三国志·魏书·王肃传》："徙为河南尹。"

【考论】嘉平四年十二月有东关之败，明年废除齐王曹芳时，王肃任职
河南尹，王肃徙为河南尹当在本年。

齐王嘉平六年(254 年)甲戌　60 岁

王肃参与废齐王曹芳。

《三国志·魏书·三少帝纪》注引《魏书》："是日(嘉平六年秋九月甲
戌)，景王承皇太后令，诏公卿中朝大臣会议……于是乃与群臣共为奏永宁
宫曰：'守尚书令太尉长社侯臣浮……河南尹兰陵侯臣肃……等稽首
言……帝本以齐王践祚，宜归藩于齐。'"

王肃持节迎高贵乡公。

《三国志·魏书·王肃传》："嘉平六年，持节兼太常，奉法驾，迎高贵乡
公于元城。"《三国志·魏书·三少帝纪》注引《魏书》："使中护军望、兼太常
河南尹肃持节，与少府袤、尚书亮、侍中表等奉法驾，迎公于元城。"

王肃预见毌丘俭、文钦起兵之事。

《三国志·魏书·王肃传》："是岁(嘉平六年)，白气经天，大将军司马
景王问肃其故，肃答曰：'此蚩尤之旗也，东南其有乱乎？君若修己以安百
姓，则天下乐安者归德，唱乱者先亡矣。'明年春，镇东将军毌丘俭、扬州刺

史文钦反。"《宋书·天文志一》:"魏高贵乡公正元元年十一月,有白气出斗侧,广数丈,长竟天。王肃曰:'蚩尤之旗也。东南其有乱乎!'二年正月,毌丘俭等据淮南以叛,大将军司马师讨平之。"

高贵乡公正元二年(255年)乙亥　61岁

王肃谏景王司马师亲讨毌丘俭、文钦叛乱。后迁中领军,加封。

《三国志·魏书·王肃传》:"明年春,镇东将军毌丘俭、扬州刺史文钦反,景王谓肃曰……肃曰……景王从之,帝破俭、钦。后迁中领军,加散骑常侍,增邑三百,并前二千二百户。"《三国志·魏书·傅嘏传》:"正元二年春,毌丘俭、文钦作乱。或以司马景王不宜自行,可遣太尉孚往,惟嘏及王肃劝之。景王遂行。"《晋书·景帝纪》:"(正元)二年春正月,镇东大将军毌丘俭、扬州刺史文钦举兵作乱……帝会公卿谋征讨计,朝议多谓可遣诸将击之,王肃及尚书傅嘏、中书侍郎钟会劝帝自行。"《晋书·郑袤传》:"毌丘俭作乱,景帝自出征之,百官祖送于城东,袤疾病不任会。帝谓中领军王肃曰:'唯不见郑光禄为恨。'肃以语袤,袤自舆追帝,及于近道。"

高贵乡公甘露元年(256年)丙子　62岁

王肃卒。

《三国志·魏书·王肃传》:"甘露元年薨,门生缞绖者以百数。追赠卫将军,谥曰景侯。"

四月,高贵乡曹髦入太学,问诸经,博士庾峻答以王肃说。

《三国志·魏书·三少帝》:甘露元年夏四月丙辰,皇帝幸太学。问诸儒曰……讲《易》毕,复命讲《尚书》。帝问曰:"郑玄曰:'稽古同天,言尧同于天也。'王肃云:'尧顺考古道而行之。'二义不同,何者为是?"博士庾峻对曰:"先儒所执,各有乖异,臣不足以定之。然《洪范》称'三人占,从二人之言'。贾、马及肃皆以为'顺考古道',以《洪范》言之,肃义为长。"

附录三　王肃《毛诗注》补遗①

▲硕人俣俣,公庭万舞。(《邶风·简兮》)

王肃云:"硕人谓申后。"(《正义》)

---

① 王肃《毛诗注》有多种辑本,其中以马国翰所辑《毛诗王氏注》和黄奭所辑《毛诗王肃注》影响最大。凡二书所辑,在此不作重复,仅对二书遗漏作一补充。

▲大车,刺周大夫也。礼义陵迟,男女淫奔,故陈古以刺今大夫不能听男女之讼焉。(《王风·大车》)

王肃注曰:"陵迟,犹陂陀也。"(《毛诗李黄集解》)

▲三事大夫。(《小雅·雨无正》)

王肃①以三事为三公,大夫谓其属。(《正义》)。

▲旻天疾威。(《小雅·小旻》)

王肃曰:"仁覆悯下曰旻天。"(《诗辑》)

▲既匡既敕。(《小雅·楚茨》)

王肃曰:"匡,诚正也。"(《诗辑》)

▲俶载南亩。(《周颂·载芟》)

王肃曰:"俶,始也。载,事也。言用我之利,始事于南亩也。"(《文选》卷三十谢玄晖《和徐都曹》注引)

▲有椒其馨。(《周颂·载芟》)

王注云:椒,芬芳之物。②(《释文》)

▲懿厥哲妇。(《大雅·瞻卬》)

"懿"於其反,痛伤之声。王同沈,又如字。(《释文》)

▲鼓钟将将。(《小雅·鼓钟》)

《毛传》:"幽王用乐,不与德比,会诸侯于淮上,鼓其淫乐,以示诸侯。贤者皆为之忧伤。"郑《笺》:"为之忧伤者,嘉乐不野合,牺、象不出门。今乃于淮水之上,作先王之乐,失礼尤甚。"

"牺",王音義。(《释文》)

附录四　王肃《毛诗音》辑佚③

▲左右采之。(《周南·关雎》)

---

① 原文作"见",阮元校云:"'见'当作'肃'。"参见(清)阮元校刻《十三经注疏·毛诗正义》,北京:中华书局,1980 年,第 450 页阮元校勘记。阮说可信,此从之,故此当为王肃语。

② 《唐风·椒聊》:"椒聊之实"。《毛诗正义》释"椒"亦引此条,但据《释文》,此乃条乃释"有椒其馨",故另列一条附于此。

③ 王肃《毛诗音》早佚,且至今无辑佚本。笔者将《经典释文·毛诗音义》所引王肃《毛诗》注音辑为一编,以供学者参考。1983 年中华书局影印出版《经典释文》,该本以徐乾学通志堂本为底校,校以宋本,黄侃断句。本书辑佚以此本为主要底本,兼参考《四部丛刊》本和黄焯的《经典释文汇校》(中华书局 2006 年版)等。

（左右）王申毛如字。（《释文》）

▲百两御之。（《召南·鹊巢》）

（御）王肃：鲁鱼反。（《释文》）

▲逝不相好。（《邶风·日月》）

（好）王、崔申毛如字。（《释文》）

▲彤管有炜，说怿女美。（《邶风·静女》）

（说怿）毛、王：上音悦，下音亦。（《释文》）

▲其将来施。（《王风·丘中有麻》）

（将）王申毛如字。（《释文》）

▲葛屦五两。（《齐风·南山》）

（两）王肃如字。（《释文》）

▲硕大无朋。（《唐风·椒聊》）

《傅》：朋，比也。（比）王肃、孙毓申毛：必履反。（《释文》）

▲谷旦于差。（《陈风·东门之枌》）

（"旦"）本亦作"且"，王：七也反。（《释文》）

▲谷旦于差。（《陈风·东门之枌》）

（差）王音嗟。（《释文》）

▲田畯至喜。（《豳风·七月》）

（喜）王申毛如字。（《释文》）

▲勿士行枚。（《豳风·东山》）

（行）王：户刚反。（《释文》）

▲共武之服。（《小雅·六月》）

（恭）王、徐：音恭。（《释文》）

▲哙哙其正。（《小雅·斯干》）

《传》："正，长也。"（长）王：丁丈反。（《释文》）

▲哕哕其冥。（《小雅·斯干》）

《传》："冥，幼也。"（幼）王如字。（《释文》）

▲民虽靡膴。（《小雅·小旻》）

（膴）王：火吴反。（《释文》）

▲饮酒温克。（《小雅·小宛》）

（克）王如字。（《释文》）

▲谁适与谋。（《小雅·巷伯》）

（适）王、徐皆都历反。（《释文》）

▲鼓钟将将。（《小雅·鼓钟》）

（牸）王音義。（《释文》）

▲既齐既稷。（《小雅·楚茨》）

（齐）王申毛如字。（《释文》）

▲攘其左右。（《小雅·甫田》）

（攘）王如字。（《释文》）

▲乘马在厩。（《小雅·鸳鸯》）

（乘）王、徐绳登反。（《释文》）

▲实维何期。（《小雅·頍弁》）

（期）王如字。（《释文》）

▲莫肯下遗。（《小雅·角弓》）

（遗）王申毛如字。（《释文》）

▲式居娄骄。（《小雅·角弓》）

（骄）王力住反。（《释文》）

▲中心藏之。（《小雅·隰桑》）

（臧）王才郎反。（《释文》）

▲昭兹来许。（《大雅·下武》）

（来）王如字。（《释文》）

▲诒厥孙谋，以燕翼子。（《大雅·文王有声》）

（孙）王申毛如字。（《释文》）

▲颠沛之揭。（《大雅·荡》）

《传》："揭，见根貌。"（见）王如字，言可见。（《释文》）

▲好是稼穑。（《大雅·桑柔》）

家，王申毛，音驾。穑，王申毛，谓收穑也。（《释文》）

▲覆狂以喜。（《大雅·桑柔》）

（狂）王居况反。（《释文》）

▲既之阴女。（《大雅·桑柔》）

（阴）王如字。（《释文》）

▲其风肆好。（《大雅·崧高》）

（好）王如字。（《释文》）

▲邦国若否。（《大雅·烝民》）

（否）旧方九反。王同,（《释文》）

▲庆既令居。（《大雅·韩奕》）

（令）王力政反。（《释文》）

▲燕师所完。（《大雅·韩奕》）

（燕）王肃孙毓并乌贤反。（《释文》）

▲铺敦淮濆。（《大雅·常武》）

（敦）王申毛如字（《释文》）

▲哲夫成城。（《大雅·瞻卬》）

《传》云:"哲,知也。"（知）王申毛如字。（《释文》）

▲懿厥哲妇。（《大雅·瞻卬》）

（懿）於其反。王同。（《释文》）

▲有夷之行。（《周颂·天作》）

（行）王、徐并下孟反。（《释文》）

▲成王不敢康。（《周颂·昊天有成命》）

（王）王如字。（《释文》）

▲奄观铚艾。（《周颂·臣工》）

（奄）王、徐并如字。（《释文》）

▲既昭假尔。（《周颂·噫嘻》）

（假）郑、王并音格。（《释文》）

▲於荐广牡。（《周颂·雍》）

（於）王音乌。（《释文》）

▲命不易哉。（《周颂·敬之》）

（易）王以豉反。（《释文》）

▲於绎思。（《周颂·赍》）

王"於"音乌。（《释文》）

▲桓桓于征,狄彼东南。（《鲁颂·泮水》）

（狄）王他历反。（《释文》）

▲不吴不扬。（《鲁颂·泮水》）

（吴）又王音误作吴,音话,同。（《释文》）

▲戎车孔博。（《鲁颂·泮水》）

（博）徐云:毛如字。王同。（《释文》）

▲敦商之旅。（《鲁颂·閟宫》）

（敦）王、徐：都门反。（《释文》）

▲牺尊将将。（《鲁颂·闷宫》）

（牺）王许宜反。（《释文》）

▲昭假迟迟。（《商颂·长发》）

（假）案：王肃训"假"为至，格是王音也。（《释文》）

▲天命多辟。（《商颂·殷武》）

（辟）王音僻。（《释文》）

附录五　《孔子家语》佚文①

▲《观周篇》云：孔子将修《春秋》，与左丘明乘如周，观书于周史。归而修《春秋》之经。丘明为之传，共为表里。（《左传正义·春秋左传序》疏引）

▲《家语》引此诗，乃云："纣政失其道，而执万乘之势，四方诸侯固犹从之，谋度于非道，天所恶焉。"（《毛诗正义·大雅·皇矣》疏引）

▲《家语》曰：鲲鱼其大盈车。（《列子·汤问》张湛注）

▲《家语》曰：绝嗣而后他人，于理为非。（《通典》卷六十九引）

▲《家语》曰：六宗：四时、寒暑、日、月、星、水旱。（《礼记正义·祭法》疏引）

▲《家语》曰：临燔柴，服衮冕，著大裘，象天。（《礼记正义·郊特牲》疏引）

▲《家语·冠颂》曰："天子之元子之冠，拟诸侯之冠，四加。"（《通典》卷五十六引）

▲《家语》云：卫庄公易朝市，孔子曰："绎之于库门之内，失之矣。"（《毛诗正义·大雅·绵》疏引）

▲《家语》作"盍"。（《毛诗正义·大雅·绵》疏引）

---

① 王仁俊辑《经籍佚文》收录《家语》佚文一卷，仅收录前3条，后数条为笔者所辑。《北堂书钞》卷九十引《圣证论》《易》六子说，实误，不录。《尚书·旅獒》疏引《家语》"八尺为仞"，实出于《家语注》，不录。

附录六　《孔子家语》引《诗》称《诗》及王肃注一览表①

▲《邶风·柏舟》："忧心悄悄,愠于群小。"(《始诛》)

▲《小雅·节南山》："天子是毗,俾民不迷。"(《始诛》)

王肃注："毗,辅也;俾,使也。言师尹当毗辅天子使民不迷。"

▲《召南·草虫》："未见君子,忧心惙惙。亦既见止,亦既觏止,我心则悦。"(《五仪》)

▲《郑风·野有蔓草》："有美一人,清扬宛兮,邂逅相遇,适我愿兮。"(《致思》)

王肃注："清扬,眉目之间也。宛然,美也。幽期而会令愿也。"

▲孔子曰："吾于《甘棠》,见宗庙之敬甚矣。思其人,必爱其树,尊其人,必敬其位,道也。"(《好生》)

▲孔子曰："《关雎》兴于鸟,而君子美之,取其雌雄之有别;《鹿鸣》兴于兽,而君子大之,取其得食而相呼。"(《好生》)

▲《豳风·鸱鸮》："殆天之未阴雨,彻彼桑土,绸缪牖户。今汝下民,或敢侮余。"(《好生》)

王肃注："殆,及也。彻,剥也。桑土,桑根也。鸱鸮天未雨,剥取桑根,以缠绵其牖户,喻我国家积累之功,乃难成之若此也。今者,周公时,言我先王致此大功至艰,而下民敢侵侮我周道,谓管蔡之属,不可不遏绝之,以存周室者也。"②

案:"殆",今本作"迨"

▲《鄁诗》曰:"执辔如组"(《邶风·简兮》)"两骖如舞"(《郑风·大叔于田》)。(《好生》)

王肃注："骖之以服,和调节中。"

案:"鄁诗"即"邶诗"。

▲孔子曰："为此诗者,其知政乎? 夫为组者,总纰于此,成文于彼。言其动于近,行于远也。执此法以御民,岂不化乎? 《竿旄》之忠告,至矣哉。"

① 《孔子家语》引《诗》有少许王肃未作注,凡未作注者则仅罗列《孔子家语》所引《诗》句。《孔子家语》原文未引诗者,而王肃注引《诗》,则仅引王肃注。

② 在《孔子家语》中,此数句《诗》的注释是分布于各句之后,为了方便阅读,本表合在一处。以下类似情况皆作如此处理。

（《好生》）

王肃注：《竿旄》之诗者,乐乎善道告人,取喻于素丝良马如组纰之义。

▲《小雅·小旻》:"战战兢兢,如临深渊,如履薄冰。"(《观周》)

王肃注:"战战,恐也。兢兢,戒也。恐坠也,恐陷也。"

▲《大雅·下武》:"媚兹一人,应侯慎德。"(《弟子行》)

王肃注:"一人,天子也。应,当也。侯,惟也。言颜渊之德足以媚爱天子,当于其心惟慎德。"

▲《大雅·下武》:"永言孝思,孝思惟则"。(《弟子行》)

王肃注:"言能长是孝道,足以为法则也。"

▲《大雅·荡》:"靡不有初,鲜克有终。"(《弟子行》)

王肃注:"冉雍能终其行。"

▲《商颂·长发》:"受小拱大拱,而为下国骏庞,荷天子之龙。"(《弟子行》)

王肃注:"拱,法也。骏,大也。庞,厚也。龙,和也。言受大小法,为国大厚,乃可任天下道也。"

▲《商颂·长发》:"不戁不悚"、"敷奏其勇"。(《弟子行》)①

王肃注:"戁,恐。悚,惧。敷,陈。奏,荐。"

案:"悚",今本作"竦"。

▲《大雅·泂酌》:"岂弟君子,民之父母。"(《弟子行》)

王肃注:"恺,乐。悌,易也。乐以强教之,易以说安之,民皆有父之尊,有母之亲。"

▲《小雅·节南山》:"式夷式已,无小人殆。"(《弟子行》)

王肃注:"式,用。夷,平也。言用平则已也。殆,危也,无以小人至于危也。"

▲《大雅·抑》:白圭之玷。(《弟子行》)

王肃注:玷,缺也。《诗》:"白圭之玷,尚可磨也。斯言之玷,不可为也。"一日三复之,慎之至也。

▲王肃注:《诗》曰:"汤降不迟,圣敬日跻。"言汤疾行下人之道,其圣敬之德日升闻也。(《弟子行》)

案:此出于《商颂·长发》,"跻"今本作"跻"。

---

① 今本《诗经》中后句在前面。

▲孔子读《诗》,于《六月》六章,惕焉如惧,曰:"彼不达之君子,岂不殆哉。"(《贤君》)

▲《小雅·正月》:"谓天盖高,不敢不局,谓地盖厚,不敢不蹐。"(《贤君》)

王肃注:"此《正月》六章之辞也。局,曲也。言天至高,己不敢不曲身危行,恐上干忌讳也。蹐,累足也,言地至厚,己不敢不累足,恐陷累在位之罗网。"

▲《大雅·泂酌》:"岂弟君子,民之父母。"(《贤君》)

▲《大雅·板》:"丧乱蔑资,曾不惠我师。"(《辩政》)

王肃注:"蔑,无也。资,财也。师,众也。无为亡乱之政,重赋厚敛,民无资财,曾莫肯爱我众。"

▲《小雅·巧言》:"匪其止共,惟王之邛。"(《辩政》)

王肃注:"止,止息也。邛,病也。谗人不共所止息,故惟王之病。"

▲《小雅·四月》:"乱离瘼,奚其适归。"(《辩政》)

王肃注:"离,忧也。瘼,病也。言离散以成忧,忆祸乱于斯,归于祸乱者也。"

▲《诗》曰:"皇皇上天,其命不忒。天之以善,必报其德。"①(《六本》)

王肃注:"此逸《诗》也。皇皇,美貌也。忒,差也。"

▲《小雅·小宛》:"明发不寐,有怀二人。"(《哀公问政》)

王肃注:"假此诗以喻文王。二人,谓父母也。"

▲《大雅·板》:"民之多辟,无自立辟。"(《子路初见》)

王肃注:"辟,邪辟。"

▲《小雅·何草不黄》:"匪兕匪虎,率彼旷野。"(《在厄》)

王肃注:"率,修也。言非兕虎而循旷野也。"

▲《商颂·那》:"温恭朝夕,执事有恪。"(《困誓》)

王肃注:"(恪)敬也。"

▲《大雅·既醉》:"孝子不匮,永锡尔类。"(《困誓》)

王肃注:"匮,竭也。类,善也。孝子之道不匮竭者,能以类相传,长锡尔以善道也。"

▲《大雅·思齐》:"刑于寡妻,至于兄弟,以御于家邦。"(《困誓》)

---

① 此为佚《诗》,不见于今本《诗经》。

王肃注:"刑,当也。寡,適也。御,正也。文王以正法接其寡妻,至于同姓兄弟,以正治天下之国家者也。"

▲《大雅·即醉》:"朋友攸摄,摄以威仪。"(《困誓》)

▲《幽风·七月》:"昼尔于茅,宵尔索绹。亟其乘屋,其始播百谷。"(《困誓》)

王肃注:"宵,夜。绹,绞也。当以时治屋也。亟,疾也。当亟乘尔屋以善治之也。其复当修农播百谷。言无懈怠。"

▲王肃注:"秋季霜降,嫁娶者始也。于此《诗》云:'将子无怒,秋以为期。'"(《本命解》)

案:此出于《邶风·氓》。

▲王肃注:泮,散也。……《诗》云:"士如归妻,迨冰未泮。"言如欲使妻归,当及冰未泮散之盛时。(《本命解》)

案:此出于《邶风·匏有苦叶》。

▲王肃注:阃,门限。妇人以自专,无阃外之威仪。《诗》:"无非无仪,酒食是议。"(《本命解》)

案:此出于《小雅·斯干》,今本"酒"字前有"唯"字。

▲行中规,旋中矩,銮和中《采荠》,客出以《雍》,彻以《振羽》,是故君子无物而不在于礼焉。入门而金作,示情也;升歌《清庙》,示德也;下管象舞,示事也。(《论礼》)

王肃注:《清庙》,所以颂文王之德也。

▲不能《诗》,于礼谬。(《论礼》)

王肃注:《诗》以言礼。

▲《大雅·泂酌》:"岂弟君子,民之父母。"(《论礼》)

▲孔子曰:"志之所至,诗亦至焉;诗之所至,礼亦至焉;礼之所至,乐亦至焉;乐之所至,哀亦至焉。诗礼相成,哀乐相生。"(《论礼》)

▲《周颂·昊天有成命》:"夙夜基命宥密。"(《论礼》)

王肃注:"夙夜,恭也。基,始也。命,信也。宥,宽也。密,宁也。言以行与民信,王教在宽,民以安宁,故谓之无声之乐也。"

▲《邶风·柏舟》:"威仪棣棣,不可选也。"(《论礼》)

▲《邶风·谷风》:"凡民有丧,扶伏救之。"(《论礼》)

▲《商颂·长发》:"帝命不违,至于汤齐。汤降不迟,圣敬日跻。昭假迟迟,上帝是祗,帝命式九围。"(《论礼》)

王肃注:"至汤以天心齐。不迟,言疾。跻,升也。汤疾行下人之道,其圣敬之德日升闻也。汤之威德,昭明遍至,化行宽舒,迟迟然,故上帝敬其德。九围,九州也。天命用于九州,谓以为天下王。"

▲《小雅·宾之初筵》:"发彼有的,以祈尔爵。"(《观乡射》)

王肃注:"的,实也。祈,求也。言发中的以求饮尔爵也。胜者饮不胜者。"

▲升歌三终。(《观乡射》)

王肃注:《记》曰:主人献之。于义不得为宾也。下句"笙入三终,主人又献之"是也。歌《鹿鸣》《四牡》《皇皇者华》三篇终,主人乃献之是也。

▲笙入三终。(《观乡射》)

王肃注:"吹《南陔》《白华》《华黍》三篇终,主人献也。"

▲间歌三终。(《观乡射》)

王肃注:乃歌《鱼丽》,笙《由庚》;歌《南有嘉鱼》,笙《崇丘》;歌《南山有台》,笙《由仪》是也。

▲合乐三阙。(《观乡射》)

王肃注:全笙声同其音,歌《周南》《召南》三篇也。

▲诵《诗》三百,不足以一献。(《郊问》)

▲《召南·甘棠》:"蔽芾甘棠,勿翦勿伐","邵伯所憩。"周人之于邵公也,爱其人,犹敬其所舍之树,况祖宗其功德而可以不尊奉其庙不焉?(《庙制》)

王肃注:"蔽芾,小貌。甘棠,杜也。憩,席也。"

▲《秦风·小戎》:"言念君子,温如其玉。"(《问玉》)

▲孔子曰:"入其国,其教可知也。其为人也,温柔敦厚,《诗》教也;疏通知远,《书》教也;广博易良,《乐》教也;洁静精微,《易》教也;恭俭庄敬,《礼》教也;属辞比事,《春秋》教也。故《诗》之失愚,《书》之失诬,《乐》之失奢,《易》之失贼,《礼》之失烦,《春秋》之失乱。"(《问玉》)

▲《大雅·崧高》:"崧高维岳,骏极于天,惟岳降神,生甫及申。惟申及甫,惟周之翰,四国于蕃,四方于宣。"(《问玉》)

王肃注:"岳降神灵和气,生申、甫之大功也。翰,干。美其宗族世有大功于周。甫侯相穆王,制详刑;申伯佐宣王,成德教。言能藩屏四国,宣王德化于天下也。"

▲《大雅·江汉》:"矢其文德,协此四国。"(《问玉》)

王肃注:《毛诗》:"矢其文德",矢,陈。协,和。①

▲《大雅·江汉》:"明明天子,令问②不已。"(《问玉》)

▲《小雅·车舝》:"觏尔新昏,以慰我心。"(《七十二弟子解》)

王肃注:"慰,安。"

▲《小雅·鹿鸣》:"君子是则是效。"(《正论解》)

▲《大雅·文王有声》:"诒厥孙谋,以燕翼子。"(《正论解》)

王肃注:"诒,遗也。燕,安也。翼,敬也。言遗其子孙嘉谋,学安敬之道也。"

▲《邶风·雄雉》:我之怀矣,自诒伊戚③。(《正论解》)

▲祭公谋父作《祈昭》以止王心……其诗曰:祈昭之暗暗乎,式昭德音。思我王度,式如玉,式如金。刑民之力,而无醉饱之心。(《正论解》)

王肃注:思王之法度,如金玉纯美。《诗》云:"追琢其章,金玉其相。"

案:此出于《大雅·棫朴》。

▲《大雅·抑》:"有觉德行,四国顺之。"(《正论解》)

王肃注:"觉,直。"

▲《小雅·南山有台》:"乐只君子,邦家之基。"(《正论解》)

王肃注:"(基)本也。"

▲《小雅·民劳》:"民亦劳止,汔可小康。惠此中国,以绥四方。"(《正论解》)

王肃注:"汔,危也。劳民,人病汔,可小变,故以安也。"

▲《小雅·民劳》:"毋纵诡随,以谨无良。式遏寇虐,憯不畏明。"(《正论解》)

王肃注:"诡人,随人,遗人小恶者也。谨以小惩之也。憯,曾也。当用遏止为寇虐之人也。曾不畏天之明道者,言威也。"

▲《大雅·民劳》:"柔远能迩,以定我王。"(《论正解》)

王肃注:"言能者,能安近。以定安王位也。"

▲《商颂·长发》:"不竞不绿,不刚不柔,敷行优优,百禄是遒。"(《正论解》)

王肃注:"不竞不绿,中和。优优,和。遒,聚。"

---

① "矢"原作"驰",与《礼记》同。后人因《毛诗》而改为"矢"。"协"今本《诗经》作"洽"。
② 今本《诗经》《礼记》《韩诗外传》"问"皆作"闻"。
③ "戚",今本《诗经》作"阻"。

▲《大雅·文王》:"永言配命,自求多福。"(《正论解》)

王肃注:"言,我。《文王》之诗,我长配天命而行庶国,亦当求多福,人多福,忠也。"

▲《邶风·谷风》:"凡有民丧,匍匐救之。"(《曲礼子贡问》)

▲《王风·大车》:"死则同穴"。(《曲礼公西赤问》)

▲《大雅·皇矣》:"维彼四国,爰究爰度。"

王肃云:"彼四方之国,乃往从之谋,往从之居。"其《奏》云:"《家语》引此诗,乃云:'纣政失其道,而执万乘之势,四方诸侯固犹从之谋度于非道,天所恶焉。'"(《正义》)①

▲《家语》云:子夏习于《诗》,而通其义。王肃注云:子夏所序《诗》,今之《毛诗》是也。(《毛诗李黄集解》)(此为《家语》佚文,可能出于《曲礼子夏问》)

附录七　王肃评论资料选辑②

王肃亮直多闻,能析薪哉!(陈寿《三国志·王肃传评语》)

刘实以为(王)肃方事上而好下佞己,此一反也;性嗜荣贵而不求苟合,此二反也;吝惜财物而治身不秽,此三反也。(陈寿《三国志·王肃传评语》裴松之注引)

魏氏光宅,宪章斯美。王肃、高堂隆之徒,博通前载,三千条之礼,十七篇之学,各以旧文增损当世,岂所谓致君于尧舜之道焉。(《晋书·礼志上》)

永明元年……时国学置郑、王《易》。(《南齐书·陆澄传》)

陆澄与王俭书云:"太元立王肃《易》,当以在玄、弼之间。元嘉建学之始,玄、弼两立。逮颜延之为祭酒,黜郑置王,意在贵玄,事成败儒。"(《南齐书·陆澄传》)

王肃依经辩理,与硕相非,爰兴《圣证》,据用《家语》,外戚之尊,多行晋代。(萧子显《南齐书·刘瓛陆澄传论》)

---

① 此乃《孔子家语》佚文。王仁俊:《经籍佚文》,见《玉函山房辑佚书续编三种》,上海:上海古籍出版社,1989年,第370页。

② 王肃虽不以文章闻名,但留下文章不少,清人严可均所辑《全三国文》中收录王肃文章三十余题。不知何故,《中华大典·文学分典·魏晋南北朝卷》中无"王肃"条,故未对王肃相关资料进行辑录。

昔魏王肃奏祀天地，设宫县之乐，八佾之舞，尔后因循不革。（《陈书·姚察传》）

汉世郑玄并为众经注解，服虔、何休各有所说。玄《易》《书》《诗》《礼》《论语》《孝经》，虔《左氏春秋》，休《公羊传》，大行于河北。王肃《易》亦间行焉。（《魏书·儒林传》）

故因汉鲁恭王、河间献王所得古文，参而考之，以成其义，谓之"古学"。当世之儒，又非毁之，竟不得行。魏代王肃，推引古学，以难其义。王弼、杜预，从而明之，自是古学稍立。（《隋书·经籍志》）

梁、陈，郑玄、王弼二注，列于国学，齐代唯传郑义。至隋，王注盛行，郑学浸微，今殆绝矣。（《隋书·经籍志》）

郑玄作《毛诗笺》，申明毛意，难三家，于是三家遂废矣。魏太常王肃更述毛非郑。（陆德明《经典释文序录》）

王肃之说，皆述毛《传》。（《毛诗正义·卫风·考槃》疏）

（王肃）自云述毛，非传旨也。（《毛诗正义·召南·采蘋》疏）

至若郑玄、王肃，述五经而各异。（刘知几《史通·补注》）

韦昭、王肃，先儒之领袖。（唐玄宗《孝经序》）

王、郑皆有证据，以人情言之，王（肃）优矣。（《通典》五十九引庾蔚之语）

王肃著书，发扬郑短，凡有小失，皆在《圣证》。（《唐会典》卷七十七）

子雍规玄数十百件，守郑学者，时有中郎马昭，上言以为肃缪。诏王学之辈，占答以闻。又遣博士张融案经论诘，融登召集，分别推处，理之是非，具《圣证论》。王肃酬对，疲于岁时。（《旧唐书·元行冲传》）

（贞观）二十一年，又诏曰：左丘明……王肃……等二十一人，并用其书，垂于国胄。既行其道，理合褒崇。自今有事太学，可与颜子俱配享孔子庙堂。（《旧唐书·儒学列传上》）

自《爰居》而下三章，王肃以为卫人从军者与其室家诀别之辞，而毛氏无说，郑氏以为军中士伍相约誓之言，今以义考之，当时王肃之说为是。（欧阳修《诗本义》卷二）

王肃固多非是，然亦有考援得好处。（朱熹《朱子语类》八十三）

咸淳三年，诏封曾参郕国公……司空王肃……凡五十二人，并西向……（《宋史·礼志八》）

熙宁中，士方推崇马融、王肃、许慎之业。（《宋史·儒林列传·吕南公

传》)

（黄泽）其于礼学，则谓郑氏深而未完，王肃明而实浅。（《元史·儒学列传·黄泽传》）

于是礼部会诸臣议……王肃、王弼、杜预罢祀……命悉如议行。（《明史·礼志四》）

郑（玄）、王（肃）为集汉之终。（顾炎武《日知录》卷十三"正始"条）

自郑《笺》既行，齐鲁韩三家遂废。然《笺》与《传》义亦时有异同。魏王肃作《毛诗注》《毛诗义驳》《毛诗奏事》《毛诗问难》诸书，以申毛难郑。（《四库全书总目》"毛诗正义"条）

（王）肃竟谓郑学为孔氏枳棘，故出一腔不得已苦心，辟而去之。又谓天不欲丧斯文，故特令其辟郑学。此种是赵宋人口吻，不意肃已为作俑矣。（王鸣盛《蛾术编》卷五十九）

迄魏王肃驳难郑义，欲争其名，伪作古书，曲傅私说，学者由是习为轻薄，流至南北朝，世乱而学益坏。自郑、王异术，而风俗人心之厚薄以分。嗟夫！世之说经者，不蕲明圣学，诏天下而顾欲为己名，其必王肃之徒者与！（姚鼐《仪郑堂记》，《惜抱轩文集》卷十四）

王肃注书，只嫉郑君之贤，而欲出其上，遂呈其庸妄之见以颠倒六经，肃之罪甚于始皇。而晋唐以来，儒者罕觉其谬，遂至转相授受，多为小人所欺。（臧琳《经义杂记》卷三十"皇矣篇考正"条）

陆澄曰：王肃易在郑玄、王弼之间。（侯康《补三国艺文志》"王肃《周易注》"条）

王肃解经，平易近人，故晋宋以下多从之。近世崇尚郑学攻肃者，几于身无完肤。平心而论，肃经解岂无一得？其立异于郑，犹郑之立异于贾马何许？此得彼失，本可并行，特其专事掊击，且伪造《家语》以自实其言，此则诚不免为小人儒耳。（侯康《补三国艺文志》"王肃《圣征论》"条）

郑笺毛诗而时参三家旧说，故传笺互异者多。《正义》于毛郑皆分释之。凡毛之所略而不可以郑通之者，即取王注以为传意；间有申非其旨，而什得六七。（马国翰《玉函山房辑佚书·毛诗王注序》）

窃谓郑以制度言诗，不若王以人情言诗也。（胡承珙《毛诗后笺》卷二十一）

唐人作《正义》，每取王子雍说，名为申毛，而实失毛旨。（马瑞辰《毛诗后笺序》）

不信六天及感生帝之说,始于王肃;讥郑康成用谶纬之言,出于许敬宗。(孙星衍《问堂集》,《皇清经解》卷七百七十四)

王氏申毛,多得传意。(刘师培《毛诗札记》)

郑学出而汉学衰,王肃出而郑学亦衰……案王肃之学,亦兼通今古文。故其驳郑,或以今文说驳郑之古文,或以古文说驳郑之今文。(皮锡瑞《经学历史》)

两汉经学极盛,而前汉末出一刘歆,后汉末生一王肃,为经学之大蠹。(皮锡瑞《经学历史》)

毛无明文,而孔《疏》云毛以为者,大率本于王肃,名为申毛,实则申王。王好与郑立异,或毛意与郑不异,又强执以为异。既分门户,未易折中。此《诗》之难明者五也。(皮锡瑞《经学通学·诗经》)

治经分门户相攻击,自王肃之攻郑君始。(皮锡瑞《圣证论补评序》)

三国时代,大体不过是追随前、后汉诸儒的……特别如王肃、何晏、王弼那样的例外,在某种意味上,是不为两汉所因的,宁说对于六朝以后的学问思想界开一新方向的人物。(本田成之《中国经学史》)

王肃申毛之说,虽有意与郑立异,然得毛意实多。清儒师法郑君,多喜掊击王氏,实非持平之见。先从父季刚(黄侃)先生尝称王肃解诗时有胜郑处,所论至允。(黄焯《毛诗郑笺平议序》)

(王)肃之诗学,既守毛传,不妄自删改,又平实不杂谶纬,简明而合于人情,此正三国以降,经说之趋向……肃之别于郑玄者,实非为意气之争,乃经学思想潮流之演变而已。(汪惠敏《三国时代之经学研究》)

王肃注毛诗,则多依毛传,鲜有擅改者,此为其与郑玄毛诗笺最大之不同。(汪惠敏《三国时代之经学研究》)

子雍王氏独契诗人兴咏之清,以诗还诗,平情入理;验诸佚文,有愈于郑氏矣。(简博贤《今存三国两晋经学遗籍考》)

王肃首肇以出土器物,证经纠缪谬之始,仅此一端,可以不朽矣。(简博贤《今存三国两晋经学遗籍考》)

子雍述毛,故凡笺之所改,必据毛与夺。毛氏古义篡乱于三家,而螯然可征者,子雍翼传之功也。(简博贤《今存三国两晋经学遗籍考》)

后记

小书即将出版，我对王肃的研究即将暂告一段落。回首往昔，感慨绵绵。

研究王充经学思想影响时，我便对王肃经学有所关注，惜无暇深入下去。2014 年 6 月，进入华东师范大学哲学博士后流动站，经合作导师陈赟教授认可，我得以专心从事"王肃《诗经》学研究"。经过三年的努力（因合作导师陈赟教授出国访学而延期一年出站），于 2017 年 5 月顺利出站。出站答辩时，复旦大学徐洪兴教授、吴震教授，华东师范大学杨国荣教授、陈卫平教授、高瑞泉教授，上海社会科学院何锡蓉教授等，对本课题研究提出了许多宝贵的建议和意见，在此，向诸位先生表示诚挚的感谢！

陈赟老师虽然年纪不大，但其学贯中古，通古博今，实乃难得的良师益友。三年期间，陈老师对我关照甚多。入站报到那天晚上，差点被陈老师和他的弟子灌醉。经费报销时，陈老师常常陪着我跑东跑西。出站答辩时，陈老师一直等了好几个小时。中午，我们又一起到食堂吃饭。这些往事，至今历历在目。郑随心师妹是个热心肠人，每次到华师大办事，她总是给予我很多无私的帮助。

2015 年，本课题获第 57 批中国博士后科学基金面上资助。出站之后，我继续深化此课题研究。2019 年，我以"王肃《诗经》学及其影响研究"为题，申报安徽省社科规划项目，有幸立项。又经过一番修订，2020 年，我以书稿申报国家社会科学基金后期资助项目，幸运立项。又经过一年多时间的认真修改，于今年 3 月申请结题，数月后顺利通过审核。从 2014 年至今，已经 8 年过去了！

不知不觉，来到合肥已经五年了！自到安大文学院工作以来，学院领导吴怀东院长、吴早生副院长、王泽庆副院长、原副院长刘飞教授，以及师妹杨霞等，在工作和生活等方面给予我众多关照与帮助，在此对诸位表示诚挚的感谢！

申请立项、申请结题时，多位匿名评审专家对本课题提出了众多中肯的修改意见，使得本研究成果质量得到较大提升，在此向这些专家表示诚挚的感谢！

从课题申报到结题出版,安徽大学出版社李君女士都给予了大力的支持与帮助,在此向李君女士表示诚挚的谢意！

转眼,已至知天命之年。天命何在? 学无止境,吾生有尽。来也匆匆,去也匆匆,虽不能带走什么,但愿能留下点什么……

吴从祥

2022 年 9 月 15 日于合肥